Nena Tramountani

The Way You Crumble

Roman

PENGUIN VERLAG

MIX
Papier | Fördert gute Waldnutzung
FSC® C083411

Klimaneutral
Druckprodukt
ClimatePartner.com/14044-1912-1001

Penguin Random House Verlagsgruppe FSC® N001967

1. Auflage 2022

in der Penguin Random House Verlagsgruppe GmbH,
Neumarkter Straße 28, 81673 München
Dieses Buch wurde vermittelt von der Literaturagentur erzähl:perspektive, München (www.erzaehlperspektive.de).
Umschlag: www.buerosued.de unter Verwendung von Motiven von www.buerosued.de
Redaktion: Melike Karamustafa
Satz: Buch-Werkstatt GmbH, Bad Aibling
Druck und Bindung: CPI books GmbH, Leck
Printed in Germany
ISBN 978-3-328-10856-6
www.penguin-verlag.de

*Liebe Leser*innen,*

dieses Buch enthält potenziell triggernde Inhalte.
Deshalb findet sich auf S. 441 eine Triggerwarnung.
Achtung: Diese enthält Spoiler für das gesamte Buch.
Wir wünschen allen das bestmögliche Leseerlebnis.

Nena Tramountani und der Penguin Verlag

Für alle, die es leid sind,
in zwei Welten zu leben.

1. KAPITEL

Echo

The devil I know

Zu meiner Verteidigung: Mir war von Anfang an klar gewesen, dass es nicht funktionieren würde. Es war bloß eine Überraschung, wie schnell ich diesmal einen neuen Rekord aufgestellt hatte.

»Ausweis«, knurrte der bullige Typ vor mir.

Ich hatte ihn noch nie gesehen. Mein Glück.

Mit ausdrucksloser Miene zog ich meinen Ausweis hervor, und Sekunden später winkte er mich durch, ohne mich noch eines weiteren Blickes zu würdigen. Ich sah nicht halb so abgefuckt wie noch vor einem Monat aus. Immerhin das hatte ich der Klinik zu verdanken. Nach all den Jahren hatte ich es perfektioniert, in der feiernden Meute unterzugehen. Eine gute Mischung zwischen lässig und erwachsen darzustellen. Trotz der einstündigen Fahrradfahrt von Goldbridge hierher sah ich entspannt aus, wie meine Handykamera mir bestätigt hatte: goldfarbene Bomberjacke, die mir über den Arsch reichte, darunter ein schwarzer Jumpsuit und Stiefel mit fettem Plateau – dreifacher Vergewaltigungsschutz –, dunkles Augen-Make-up, meine kurzen Haare so mit Gel in Form gezupft, dass nicht mal der Fahrtwind eine Chance gehabt hatte.

Der Boden vibrierte unter meinen Füßen.

Ich lächelte nicht, als ich den schummrigen Gang entlang und die Treppen nach unten lief. Da war keine Vorfreude in mir. Die würde noch kommen. Sie kam immer, sobald das Zeug anfing, seine Wirkung zu entfalten. Aber nicht jetzt. Noch nicht. Ich hatte einen Plan. Ich war konzentriert. So wie heute Mittag bei meiner Entlassung und das gesamte Abendessen mit Luke über. Mein Plan hatte mir geholfen, der Mensch zu sein, den mein Großvater sich wünschte. Zwei Stunden lang hatte ich brav gegessen, gelacht, genickt, die richtigen Dinge gesagt, um ihn in Sicherheit zu wiegen. Auch diese Rolle hatte ich mit der Zeit perfektioniert.

Die bunten Lichter der Discokugel zuckten über die Tanzfläche. Es war brechend voll im Fever. Immerhin war es Samstagnacht, und zu dem einzigen größeren Club in der Nähe von Goldbridge und den Nachbarkäffern gab es keine wirkliche Alternative. Nicht dass die Musik oder sonst irgendwas hier besonders berauschend war. Berauschend würde heute nur eines sein. Ha.

Als ich auf dem Weg zu den Toiletten an der ewig langen Bartheke vorbeikam, traf mich Dimis Blick. Er war gerade dabei, den Cocktailshaker über der Schulter zu schütteln, und ließ ihn abrupt sinken. Im Gegensatz zum Türsteher war er leider nicht neu. Seit über zwei Jahren arbeitete er als Barkeeper im Fever und kannte deshalb meine Historie.

»DEIN SCHEISS ERNST?«, brüllte er über den wummernden Bass hinweg. Eine Mischung aus Wut und Enttäuschung machte sich auf seinem bärtigen Gesicht breit.

Ich legte meinen Mittelfinger an die Lippen, küsste ihn und hielt ihn für genau eine Sekunde in die Höhe, bevor ich den Arm wieder sinken ließ und mich hinter einer Gruppe von spanischen Touristen wegduckte. Schnell weg hier. Ich konnte nicht einschätzen, wie ausgeprägt sein Beschützerinstinkt inzwischen war. Am Anfang hatte er sich mit dem ein oder anderen tadelnden Kommentar zufriedengegeben, doch mit jedem Entzug – ich hatte heute Mittag Nummer drei abgeschlossen – und jedem Rückfall schien er nerviger zu werden. Lieber nichts riskieren.

Als ich den schmalen Flur zu den Toiletten erreichte, atmete ich erleichtert aus. Die Wände waren mit Konzertplakaten zugekleistert, die Luft stank nach Zigarettenrauch und Kotze, aber immerhin war hier nicht viel los. Die meisten Fever-Besucher tranken keinen Alkohol, sie warfen Pillen ein oder zogen sich den Spaß durch die Nase, was bedeutete, dass sie stundenlang durchtanzen konnten und höchstens aufs Klo rannten, um sich die nächste Dröhnung zu geben.

Nun spürte ich doch Vorfreude. Sie zuckte durch mich hindurch wie die Lichter über die tanzenden Leute. Meine Lippen verzogen sich zu einem Lächeln, während ich den Reißverschluss meiner Bauchtasche öffnete und nach den Scheinen tastete.

Augenblicklich hatte ich Lukes gutmütiges Gesicht vor Augen.

Nein. Weg damit. Es würde ihm nicht auffallen. Ich würde es ersetzen. Immerhin hatte ich ja jetzt einen Job. Mal sehen, wie lang ich ihn behielt. Andererseits, für ein bisschen Kohle würde ich mich zusammenreißen.

Ich hatte das Ende des Gangs erreicht, bog um die Ecke und fand mich vor dem defekten Zigarettenautomaten wieder, der sich zwischen den beiden Toilettentüren befand. Isla lehnte gelangweilt dagegen und wickelte sich eine blonde Strähne um den Finger. Sie trug ein schickes weißes Kleid aus Seide, das genau wie der Rest ihrer Erscheinung kein bisschen in einen heruntergekommenen Laden wie diesen passte.

Sobald sie mich erblickte, stieß sie sich vom Automaten ab und lachte hämisch. »Aller guten Dinge sind drei, dachte ich?«

»Ja, ja, lass stecken. Pax ist heute nicht da?«

Isla war die Vertretung meines Dealers und – zugegeben – die geeignetere Person für den Job. Niemand würde es wagen, sie zu filzen. Sie war gerade mal volljährig, stank nach Luxus und hatte ein süßes Engelsgesicht mit den dazu passenden Goldlocken. Außerdem hatte sie im Gegensatz zu Pax ihr Gewissen im Griff und verkaufte mir, was ich wollte.

»Nee, der ist krank«, erwiderte sie mit ironischem Unterton. »Und damit meine ich, in einer ›glücklichen‹ Beziehung.«

Die Anführungszeichen waren nicht zu überhören.

Ich wies mit dem Kinn zur linken Toilettentür, vergewisserte mich, dass sie mir folgte, stieß sie auf und quetschte mich an zwei knutschenden Typen vorbei.

Wir verschanzten uns in einer freien Kabine und schlossen ab. Prompt stieg mir ihr süßliches Vanilleparfüm in die Nase.

»K?«, raunte sie mit einem lasziven Lächeln, das ihre jadegrünen Augen zum Strahlen brachte.

Als ich nickte, griff sie in ihren BH. »Wie viel?«

Noch ein Grund, aus dem sie mir lieber als Pax war: Sie verschonte mich mit dummem Gelaber.

»Ein halbes Gramm.«

Heute würde ich es langsam angehen lassen. Ein, zwei Stunden tanzen, dann ab zurück ins Bett, die Nachwirkung wegschlafen, morgen früh fröhlich und munter zu meinem neuen Job antreten und Luke stolz machen. Alles entspannt. Alles unter Kontrolle.

Wir tauschten Geld gegen Plastiktütchen, sie hauchte Luftküsse rechts und links neben meine Wangen in die Luft und verließ die Kabine. Ihre hohen Absätze klapperten auf den Fliesen.

Nachdem ich mir die Tüte in den Ausschnitt gesteckt hatte, folgte ich ihr nach draußen, lief aber nicht in Richtung Tanzfläche, sondern betrat durch die Nebentür die Frauentoiletten.

Die meisten gaben zu Recht einen Scheiß auf Geschlechtertrennung, aber hier war es aus irgendeinem Grund trotzdem immer sauberer.

Niemand war zu sehen. Der Spiegel über dem Waschbecken rechts von mir war mit bunten Schriftzügen vollgekritzelt, sodass ich nur meine Augen und meinen Mund erkennen konnte. Ich grinste mir zu.

Kaum dass die Tür hinter mir zugeklappt und die Musik von draußen nur noch gedämpft zu hören war, vernahm ich das Stöhnen aus der hintersten Kabine. Inzwischen war das nicht mehr abstoßend für mich. Wenn man monatelang mit Leuten auf dem Parkplatz eines Motels lebte, für die Sex das beste Mittel war, um schnell an Geld zu kommen, härtete man ab.

Da die erste Kabine abgeschlossen war, blieb mir nur die mittlere. Ich schlüpfte hinein, verriegelte sie hinter mir und klappte den Klodeckel runter. Nachdem ich mich gesetzt hatte, atmete ich ein paarmal tief durch.

Das Stöhnen neben mir wurde lauter, dann erklang ein dumpfer Schlag, zusätzlich wackelte die Wand, die unsere Kabinen trennte.

Jäh verflog meine Vorfreude. Was tat ich hier?

Die körperliche Entgiftung war schlimmer denn je gewesen. Ich hatte geschrien, getobt, gebettelt – und schließlich doch weitergekämpft. Tag für Tag war ich von Psychologen begleitet worden, hatte geredet und zugehört, in Einzel- und Gruppentherapie, geredet, geredet, geredet, keinen Bullshit diesmal, nicht wie beim ersten Entzug, sondern die Wahrheit, wie beim zweiten Mal, nur dass ich diesmal richtig ausgepackt und jedes Detail offengelegt hatte. Keine Ahnung, woher ich die Kraft genommen hatte. Vielleicht weil ich immer wieder Lukes verheultes Gesicht vor mir gesehen hatte. Zum ersten Mal die ganze Wahrheit: *»Hi, ich bin Echo, und* *ich bin süchtig. Hi, ich bin Echo, und ich weiß nicht, wer ich ohne die Drogen bin. Hi, ich bin Echo, und jedes Mal, wenn ich geglaubt habe, echtes Glück zu empfinden, ist es zwischen meinen Fingern zerbröckelt. Hi, ich bin Echo, und ich bin Abschaum. Hi, ich bin Echo, und es ist meine Schuld, dass meine Mutter keinen Bock mehr auf dieses Leben hatte.«* Dann Kunsttherapie, Achtsamkeitsübungen, Bewegungstherapie, Musiktherapie. Noch mehr reden und noch mehr zuhören. Als ich nach drei Wochen in der Klinik aufgewacht und mein erster Gedanke nicht der ans Aufgeben gewesen war, hatte sich etwas verändert. Mein Selbstbewusstsein war zurückgekehrt.

Selbstbewusstsein war mit Selbstüberschätzung gleichzusetzen, wenn man süchtig war. *Ich schaffe das*, hatte ich mir gesagt, *ich schaffe es, meinen Grandpa stolz zu machen. Diesmal schaffe ich es, ein normales Leben zu führen. Was ist schon dabei, wenn ich ein bisschen Hilfe brauche?* Deshalb war ich ins Fever gekommen, statt meine alte Crew aufzusuchen und dort weiterzumachen, wo ich vor einem Monat aufgehört hatte. Diesmal wollte ich vernünftiger sein.

Beinahe hätte ich über meine eigene Logik gelacht. Meine Vernunft, mein bisschen Hilfe war das Ketamin.

»Das ist so gut«, erklang eine Stimme neben mir, gefolgt von einem genussvollen Keuchen.

Abrupt stand ich auf. Wenn ich das durchziehen wollte, musste ich mich vergewissern, dass ich keine Zeugen hatte, die mich anschwärzen würden. Kurzerhand stützte ich mich an der Kabinenwand ab und stieg auf die Kloschüssel. Links von mir ertönte die Spülung, eine rothaarige Frau war gerade dabei, die Kabine zu verlassen. Sie bemerkte mich nicht. Rechts waren wie erwartet zwei Leute zugange. Ein großer Typ mit dunklen kurz rasierten Haaren und hellem Teint, eine etwas kleinere Frau mit schwarzen Braids und dunkler

Haut. Sie hatte ihr kurzes Kleid hochgeschoben, ihr Slip und die Strumpfhose lagen auf dem Boden. Seine Jeans und Boxershorts baumelten um seine Knöchel, er trug nur noch ein schwarzes weites Hemd. Seine rechte Hand verschwand zwischen ihren Beinen, die andere lag an ihrem Hinterkopf. Ein rundes Tattoo prangte auf seinem Handrücken. Voller Leidenschaft küssten sie sich.

Sekundenlang starrte ich auf sie hinab und vergaß zu atmen.

Im nächsten Moment hatte er sie an den Hüften gepackt und hochgehoben, sie schlang die nackten Beine um seine Mitte, überkreuzte sie an seinem Hintern, er presste sie mit dem Rücken gegen die Wand und drang in sie ein.

Mein Mund wurde staubtrocken, Hitze durchflutete mich.

Beide stöhnten jetzt, mit jeder Sekunde wurden ihre Bewegungen heftiger. Die Kabinenwand, an der ich mich festhielt, bebte, und plötzlich rutschte meine Hand ab und ich schwankte. Im letzten Augenblick konnte ich mich festkrallen, ehe ich das Gleichgewicht verlor.

Ein überraschter Laut entwich mir. Die Frau schien nichts davon zu bemerken, doch der Typ schaute hoch.

Dunkle Augen, wie zwei Kohlestücke in dem blassen Gesicht, tief liegende Brauen, harte Züge.

Fuck.

2. KAPITEL

Echo

When push comes to shove

Obwohl ich ihn seit Jahren nicht mehr aus der Nähe gesehen hatte, hätte ich dieses Gesicht niemals vergessen können. Außerdem kannte ich die Gerüchte über ihn, die in Goldbridge kursierten. In unserer Schulzeit hatte er trotz seiner Größe etwas Zerbrechliches gehabt, inzwischen wirkte er nicht nur erwachsen, sondern irgendwie scharfkantig. Früher waren ihm ständig die dunklen Locken in die Augen gefallen, jetzt betonte der Buzzcut seine harten Züge.

Erkannte er mich auch? Starrte er mich deshalb an, ohne eine Miene zu verziehen? Und wieso vögelte er sie einfach weiter?

Irgendwann wurde die Hitze in mir so unerträglich, dass ich zurückwich und von der Kloschüssel sprang.

Scheiße!

Ich durfte nicht hier sein. Wenn er mich gerade nicht sowieso schon erkannt hatte, würde ihm spätestens morgen aufgehen, dass ich es war, die ihn beim Vögeln beobachtet hatte.

Reflexartig griff ich in meinen Ausschnitt und zog das Tütchen hervor, mit der anderen Hand klappte ich den Klodeckel hoch.

Für den Bruchteil eines Moments zögerte ich. So was hatte ich noch nie getan. Meine Hand begann zu zittern, während das Stöhnen in der Kabine neben mir erneut lauter wurde. Bald beschränkte sich das Zittern nicht nur auf meine Hand, sondern auch auf meinen restlichen Körper.

Es brauchte eine einzige Sekunde voller Schwäche, um rückfällig zu werden. Um monate-, oft jahrelange Arbeit zunichtezumachen. Und es brauchte jede verfluchte Sekunde jedes verfluchten Tages voller Willensstärke, um nicht rückfällig zu werden.

Ich hatte gerade einen Grund gefunden, um stark zu bleiben. Je länger ich darüber nachdachte, desto wahrscheinlicher war es, dass ich Gründe finden würde, die mich vom Gegenteil überzeugten. Also pfefferte ich das Tütchen in die Toilette und drückte auf die Spüle, wieder und wieder, während ich den Blick gen Decke richtete, damit ich nicht dabei zuschauen musste, wie es weggeschwemmt wurde, und die Nerven verlor.

Mein Zittern wurde immer schlimmer.

Weg hier. Ich musste weg hier.

Mit hastigen Schritten verließ ich die Toilette. Meine Umgebung verwischte vor meinen Augen, als ich mir meinen Weg zur Bar bahnte und mich nach vorn kämpfte, bis Dimi vor mir erschien.

Er kniff die Augen zusammen. Sein Blick tanzte über mein Gesicht, als versuchte er, Anzeichen für meine Schwäche zu finden.

»Ich lass dich rausschmeißen«, rief er mir zu, doch er klang nicht mehr wütend. »Ich sorge dafür, dass du nie wieder einen Fuß in diesen Club setzt.«

»Okay.« Ich rang mir ein Lächeln ab. »Krieg ich davor noch eine Fanta?«

Mit einem Stöhnen wandte er sich ab und kehrte mit einer

Flasche zurück, die er öffnete und mir kommentarlos hinknallte.

Ich nahm einen großen Schluck. Die eiskalte Flüssigkeit verstärkte mein Zittern.

»Alexis Bithersea«, stieß ich schließlich hervor, »vögelt jemanden in den Toiletten.«

Dimi starrte mich noch ein paar Sekunden zweifelnd an, dann zuckte er mit den Schultern. »Erzähl mir was Neues.«

»Was ist mit ihm los?«

Wie passte das mit den Gerüchten zusammen? Der jüngste Bithersea-Sohn war schon immer der ruhigste der drei Brüder gewesen. Doch ich hatte gehört, dass er inzwischen kaum noch redete. Dass mit ihm etwas nicht stimmte.

Dimi hob eine Braue. »Ist halt sein Ding. Dafür kommt er her. Ist mir lieber als Junkies.«

Das letzte Wort klang herausfordernd.

»Woher weißt du, dass er keiner ist?«, gab ich grinsend zurück.

Böse funkelte er mich an. »Er trinkt nicht mal. Und seine wichtigste Regel, wenn er jemanden klarmacht: hundertprozentige Nüchternheit auf beiden Seiten.«

Ich schnaubte und trank den Rest meiner Fanta auf einen Zug leer. »Also ein ganz Korrekter.«

Als ich meine Bauchtasche öffnete, um zu bezahlen, winkte Dimi ab. »Lass stecken. Und jetzt verschwinde, bevor ich dich höchstpersönlich hier raustrage. Und ruf verflucht noch mal deine Sponsorin an, sonst ruf ich Luke an.«

Erneut zeigte ich ihm den Mittelfinger, gehorchte aber.

Während ich das Fever hinter mir ließ und die kalte Septemberluft einatmete, zog ich meine Kopfhörer hervor und steckte sie mir in die Ohren. Ein paar Meter vom Club entfernt stand mein Fahrrad an einen Laternenpfahl geschlossen. Ich entsperrte die Kette, schwang mich auf den Sattel und holte mein Handy aus der Jackentasche. Dann wählte ich die Nummer, von der ich niemals gedacht hätte, sie so schnell nach meiner Entlassung zu nutzen. Allerdings nicht, weil ich angenommen hatte, dass ich so lang clean bleiben würde. Im Gegenteil.

Als es klingelte, steckte ich das Handy zurück in die Tasche und fuhr los. Der Wind schlug mir ins Gesicht und trieb mir Tränen in die Augen, auf einmal schien die ganze Welt mit mir zu zittern. Der Boden, die Bäume rechts und links der Straße, die Industriegebäude weiter vorn.

Nach dem achten Klingeln klickte es in der Leitung.

»Echo?«

Sie klang schlaftrunken. Ihr Akzent, über den ich mich am Anfang lustig gemacht hatte, weil ich wie gesagt Abschaum war, löste jetzt das Gefühl von Geborgenheit in mir aus.

Wütend kämpfte ich die Tränen zurück.

»Schönen guten Abend, Soula. Ich hab's verkackt.«

3. KAPITEL

Echo

No more hiding

»Du hast nichts verkackt.«

Soula goss uns entkoffeinierten Schwarztee in altmodisch geblümte Porzellantassen – »sonst können wir noch weniger schlafen« – und nickte mir aufmunternd zu.

Obwohl mir überhaupt nicht danach zumute war, musste ich grinsen. Ich liebte es, wenn sie mit ihrem schweren griechischen Akzent Vulgärsprache benutzte.

Sie hatte so lang mit mir telefoniert, bis sie sich sicher gewesen war, dass ich auf direktem Weg zu ihr fahren würde, auch wenn es inzwischen drei Uhr nachts war. Ihr Haus befand sich auf dem East Hill, wenige Meter neben Lukes, und lag nur eine kurze Fahrradfahrt von dem Wohnheim entfernt, das von nun an mein Zuhause sein würde. Luke hatte alles für mich in die Wege geleitet. Der einzige Grund, aus dem er eingewilligt hatte, mich unbeaufsichtigt leben zu lassen, war die Nulltoleranz des Wohnheims gegenüber Alkohol und Drogen – es gab tatsächlich eine Taschenkontrolle am Eingang – und die Tatsache, dass man ins System einchecken musste, sobald man das Gebäude betrat. Ganz nach dem Motto: »Vertrauen ist gut, Kontrolle ist besser«.

Na gut, es gab noch einen zweiten Grund. Er wusste, dass ich den Job nicht angenommen und mich nicht bereit erklärt hätte, einen Neuanfang zu wagen, wenn ich bei ihm wohnte.

Soula und Luke waren befreundet – manchmal hatte ich sogar den Verdacht, dass sie mehr als Freunde waren –, doch am Anfang der Sponsorschaft hatte sie mir versichert, dass alles, was wir besprachen, unter uns bleiben würde. *»In erster Linie bin ich deine Bezugsperson, Echo«*, hatte sie gesagt. *»Und er liebt dich mehr als sein eigenes Leben, aber er wird dich nie so verstehen, wie ich dich verstehe.«*

Diese Worte waren dafür verantwortlich gewesen, dass ich ihr nach langem Hin und Her schlussendlich vertraut hatte. Und weswegen ich in diesem Moment die unangenehme Wahrheit aussprach.

»Ich hab Luke vorhin beim Abendessen bestohlen.«

Soula verzog keine Miene, während sie sich mit dem dampfenden Tee in ihrem Plüschsessel zurücklehnte. Hinter ihr hingen unzählige goldgerahmte Ikonen an der Wand, und in ihrem Wohnzimmer roch es immer ein bisschen nach Weihrauch. Meine Sponsorin war religiös. Griechisch-orthodox. Das war sogar schlimmer als katholisch, wenn man Luke Glauben schenken durfte. Vor langer Zeit war er selbst katholisch gewesen. Inzwischen hasste er sich dafür. Mir war die Konfession egal. Religion war Religion. Einer der vielen Gründe, aus denen es mit dem Vertrauen zu Soula eine ganze Weile gedauert hatte. Mum war religiös gewesen. Hatte sie am Ende auch nicht gerettet. Hatte eher uns beiden das Leben zur Hölle gemacht. Im wahrsten Sinne.

»Wie viel?«, wollte Soula wissen.

Ich wandte den Blick von den gruseligen Heiligenbildern ab und fixierte sie. Ihre welligen grauen Haare waren zu einem Dutt am Hinterkopf verknotet, ihr Gesicht war rund und aufgeschwemmt, die dunklen Augen ganz klein vor Müdigkeit.

Sie trug einen lilafarbenen Bademantel, eine gepunktete Pyjamahose und glitzernde Pantoffeln.

»Dreißig Pfund.«

Sie nahm einen großen Schluck, als wäre sie immun gegen die Hitze. »Er wird es überleben. Wieso hast du es geklaut?«

Gerade noch so konnte ich mich vom Lachen abhalten. »Was glaubst du?«

Ihr Blick bohrte sich in meinen. »Am Telefon hast du gesagt, du hast nichts genommen.«

»Hab ich auch nicht. Aber ich hab was gekauft und es dann die Toilette runtergespült.«

»Siehst du.« Ihre Mundwinkel zuckten. »Nichts verkackt.«

»Das Geld ist trotzdem weg.«

»Dann gibst du es deinem Großvater schnellstmöglich zurück und entschuldigst dich. Du fängst doch morgen deinen Job an, oder nicht? Als Kellnerin bekommt man bestimmt Trinkgeld auf die Hand. Wenn du dich gut anstellst, hast du es bald zusammen.«

Ich würde mich nicht gut anstellen, das wussten wir beide.

»Könntest du …« Ich zögerte. »Könntest du es morgen nicht schon mal ersetzen, wenn du zum Kaffee bei ihm vorbeischaust? Ich zahle es dir zurück, sobald ich es zusammenhabe.«

»Netter Versuch.« Nun breitete sich ein richtiges Lächeln auf ihren Lippen aus. Es brachte ihr Gesicht zum Strahlen und lenkte beinahe von den eindeutigen Spuren ihres jahrelangen Drogenmissbrauchs ab. »Ich bin nicht deine Enablerin, Echo. Du wirst schon ehrlich sein müssen, wenn du willst, dass das hier funktioniert.«

»Enabler« war der Begriff für jemanden, der Leuten wie mir dabei half, die dreckigen Seiten ihrer Sucht zu verstecken. Ein Möglichmacher.

»Wer sagt, dass ich das will?«, murmelte ich in meine Tasse.

Sie verstand mich natürlich trotzdem.

»Die alte Echo hätte das Zeug nicht die Toilette runtergespült. Und sie hätte mich erst recht nicht angerufen. Die alte Echo hätte nicht gekämpft, wie du heute gekämpft hast.«

Ich verdrehte die Augen. Ihre Stimme wurde immer ganz heiser, wenn ihr etwas wichtig war. Normalerweise hasste ich es, wenn sie oder sonst jemand in meiner Nähe zu viele Emotionen zeigte. Am liebsten hätte ich ihr gesagt, dass ich nur von meinem Vorhaben abgebracht worden war, weil mich Alexis Bitherseas nackter Arsch aus dem Konzept gebracht hatte, nicht, weil ich stark war oder gekämpft hatte. Aber ich war zu müde für diese Diskussion.

»Du kannst hier schlafen«, fuhr sie in normaler Tonlage fort und deutete überflüssigerweise aufs Sofa, auf dem ich saß und das sie bereits mit rot-weiß geblümter Bettwäsche bezogen hatte. »Du musst morgen erst um zwölf im Restaurant sein, richtig?«

»M-hm.«

»Gut. Ich fahre dich. Wenn du dich gleich hinlegst, bekommst du immer noch genug Schlaf, um fit in deinen ersten Arbeitstag zu starten.«

Ich verzog das Gesicht. Falls ich es schaffen würde einzuschlafen.

»Ich bin stolz auf dich, Echo.«

»Halt die Klappe«, entfuhr es mir.

Ihre Brust vibrierte, und bevor ich eine Entschuldigung hervorwürgen konnte, brach ein kehliges Lachen aus ihr hervor. »Du kleines Arschloch.«

Jetzt musste ich auch lachen. So hatte sie mich bei unserem Kennenlernen genannt. Es war eins meiner ersten NA – Narcotics Anonymous – Treffen gewesen und für sie vermutlich das tausendste. Nach ein, zwei widerwillig rausgequetschten Sätzen meinerseits bei der Vorstellungsrunde hatte sie mich am Ende, als die meisten schon gegangen waren, am Ausgang abgefangen und gefragt, ob ich noch eine Sponsorin brauchte.

»*Lern erst mal richtig Englisch*«, hatte ich sie angefahren. Und es bereits Sekunden später bereut. Aber Soula hatte nur hämisch gelacht. »*Du denkst, damit kannst du mich beeindrucken, du kleines Arschloch?*«, hatte sie gekontert. »*Weißt du, wie oft ich das schon gehört habe?*«

Ab diesem Moment hätte mir eigentlich klar sein sollen, dass wir eines Tages Freundinnen werden würden.

Als wir uns wieder beruhigt hatten, sah sie mich mit ernster Miene an. »Machst du dir Sorgen wegen morgen?«

»Nicht wirklich.«

Mit ihrem bescheuerten Röntgenblick starrte sie mich nieder, bis ich mich seufzend ergab.

»Ich habe eine Scheißangst.«

»Wovor?«

»Du weißt wovor.«

»Ich will es dich sagen hören.«

Nur zu gerne hätte ich sie beleidigt. Stattdessen schluckte ich die Wut herunter. »Ich habe Angst, Luke einmal zu oft zu enttäuschen. Ich habe Angst vor dem Job. Ich habe Angst, die einfachsten Sachen nicht auf die Reihe zu bekommen. Ich habe Angst, dass alle merken, was für eine Versagerin ich bin. Ich habe Angst, gut darin zu sein, Erfolg zu haben, es zu mögen und dann rückfällig zu werden und es zu verlieren.« Ich holte tief Luft. »Aber hey, immerhin habe ich keine Angst davor, dass Alexis Bithersea ausplaudert, mich im Fever gesehen zu haben.«

Von der Begegnung mit Alexis hatte ich Soula vorhin am Telefon erzählt, und sie hatte mir bestätigt, dass der jüngste Sohn der Bitherseas nicht sprach – zumindest so gut wie nie, und wenn, dann auch nur mit Leuten, die nicht zu seiner Familie gehörten. Sie hatte keinen engen Kontakt mit Alexis'

Mutter und meiner zukünftigen Arbeitgeberin Thea Bithersea, da diese ihr zufolge die Flucht ergriff, sobald sie Soula sah. Die beiden waren die einzigen Griechinnen in der Stadt, und Thea wollte aus irgendeinem Grund nichts mit ihrer Herkunft zu tun haben, was anscheinend andere Leute aus Griechenland einschloss. Aber Soula hatte genug Bekannte in Goldbridge, die Kontakt zu Theas Familie hatten. Die Gerüchte machten überall die Runde.

»Okay«, erwiderte sie nach einer Weile. »Das sind alles nachvollziehbare Ängste. Mir würde es ganz genauso gehen.«

»Aufmunternd wie immer, Soula«, gab ich ironisch zurück.

Ihre Augen funkelten amüsiert. »Wenn ich dich aufzumuntern versuche, reißt du mir den Kopf ab.«

Wo sie recht hatte …

»Wegen einer Sorge kann ich dich allerdings beruhigen: Luke wirst du niemals so sehr enttäuschen können, dass er dir nicht mehr verzeiht. Außer du kratzt ab, natürlich. Ich kann dir versichern, das würde er dir niemals verzeihen.«

Ein hohles Lachen entfuhr mir. Ich liebte es, dass sie kein Problem damit hatte, solche Dinge vor mir auszusprechen, während die meisten Menschen in meiner Gegenwart vor dem Thema Tod zurückschreckten, seit das mit meiner Mutter passiert war.

»Danke. Ich glaube, ich werde jetzt versuchen zu schlafen.«

»Immer gern.« Sie trank ihren Tee aus. »Und ich werde erreichbar sein, wenn du mich brauchst. Du kannst dich jederzeit melden.« Mit einem Ächzen erhob sie sich. »Im Bad liegt eine neue Zahnbürste. Schlaf gut.«

»Du auch.« Mit einem unschuldigen Lächeln schaute ich zu ihr hoch. »Grüß den lieben Herrn von mir.«

Das quittierte sie lediglich mit einem Seufzen, ehe sie mir den Rücken zukehrte und die Treppe nach oben schlurfte. Wahrscheinlich war sie langsam zu müde für Blödsinn.

Schließlich hatte ich sie mitten in der Nacht aus dem Schlaf gerissen.

»Danke«, flüsterte ich, sobald sie außer Hörweite war. »Danke, dass du für mich da bist, obwohl ich die größte Loserin bin.«

Am Anfang hatte ich das getan, was alle taten, wenn sie zum ersten Mal an einer Selbsthilfegruppe teilnahmen: Ich hatte mich mit Soula und allen anderen verglichen und mir selbst versichert, dass sie erbärmlicher als ich waren, im Gegensatz zu mir ein echtes Problem hatten, dass ich auf keinen Fall mit ihnen in einen Topf geworfen werden konnte, da ich, anders als sie, mein Leben unter Kontrolle hatte. Doch mit jedem weiteren Rückfall war die Wahrheit weiter aus den Tiefen meines Unterbewusstseins hervorgekrochen und schließlich allgegenwärtig geworden.

Ich war wie meine Mutter. Immerhin hatte sie mir meinen Namen aus gutem Grund gegeben. Sie war die Erbärmlichste von allen gewesen, und ich würde nie etwas anderes als ihr Widerhall sein.

4. KAPITEL

Alexis

Darker in the day than the dead of night

»Wieso bist du schon wach?«

Vasile beobachtete mich mit verschränkten Armen und gerunzelter Stirn, als ich aus dem Aufzug trat und in Richtung Ausgang lief. Es war kurz nach sechs und damit selbst für meine Verhältnisse früh, zumal ich erst gegen drei ins Bett gekommen war. Aber ich hatte heute die perfekte Ausrede.

Seine Verwirrung wich der Vorfreude, sobald er die weiße Box in meinen Händen erkannte.

»Das ist nicht nötig, Kleiner, wie oft denn noch? Du hast deine Schuld längst beglichen.«

Wir waren gleich groß, um die eins fünfundachtzig, aber er war ungefähr doppelt so breit wie ich, was ihm wohl das Recht gab, mich als klein zu bezeichnen. Das und die Tatsache, dass er zwanzig Jahre älter als ich war.

Lächelnd drückte ich ihm die Box in die Hand. Darin befanden sich wie immer süße Kreationen, die ich ihm zum Probieren mitgebracht hatte. Diesmal waren es Cupcakes in den Geschmacksrichtungen Salted Caramel, Pistazie und Vanille-Macadamia, meine übrig gebliebenen Testkuchen für die mehrstöckige Torte, die ich heute fertigstellen würde. Eigentlich hatte ich sie ihm gestern Abend nach meiner Schicht geben wollen – ich fühlte mich besser, wenn ich im Voraus »bezahlte«, nicht erst im Nachhinein mit dem Zeug anrückte –, aber ich hatte zu spät Feierabend gemacht, und er war nicht mehr auf seinem Posten gewesen, als ich ins Wohnheim eingecheckt hatte.

Vasile war unser Hausmeister, und wir hatten den Deal, dass ich sein Auto benutzen durfte, wenn er es nicht brauchte. Sprich: Wenn es im Hof stand. Ich hätte auch das Auto meiner Eltern oder den Lieferwagen unseres Familienrestaurants nehmen können, aber dann hätte ich mir den Trip genauso gut sparen können. Ich brauchte ein Auto, um an Orte zu gelangen, an denen nicht alle Leute Bescheid wussten, was für ein bemitleidenswerter Kerl ich war. Ich brauchte ein Auto für ein paar Stunden Freiheit.

»Alles gut bei dir, hm?« Vasile legte mir die freie Hand auf die Schulter und drückte leicht zu.

Augenblicklich versteifte ich mich, beeilte mich aber zu nicken. Er sollte nicht denken, dass ich mich unwohl in seiner Gegenwart fühlte. Ich war ihm wirklich verdammt dankbar für alles. Im Gegensatz zu den anderen Bewohnern Goldbridges hielten sich seine Kommentare zu meinem Zustand in Grenzen, und er behandelte mich ganz normal, auch nachdem er mir vor ein paar Monaten eines Nachts im dunklen Flur auf dem dritten Stock, in dem mein Zimmer lag, begegnet war und ich eine meiner berühmten Panikattacken bekommen hatte.

Hastig zog ich mein Handy hervor, entsperrte es und klickte auf meine Galerie, wo ich meine Skizze der Torte abgespeichert hatte. Ich drehte das Display in seine Richtung.

Seine hellgrünen Augen weiteten sich, und er ließ seine Hand sinken.

Erleichterung durchflutete mich. Ich hatte kein Problem mit Körperkontakt. Solange ich ihn selbst initiierte.

»Sieht ja irre aus! Sag bloß, das ist die Torte für Lucindas Tochter? Also stimmt das Gerede?«

Mein Lächeln wurde breiter. »Es stimmt.«

Lucinda war die Besitzerin der Cornish Bakery Naughty & Nice, die sich genau wie das Prisma hier in der Straße befand, und ihre Tochter Ann hatte erst letztes Jahr einen reichen Typen aus Dublin geheiratet. Für die Hochzeit hatte ich eine fünfstöckige Torte kreiert, an der ich tagelang gearbeitet und die dem Prisma eine saftige Summe beschert hatte. Jetzt, kaum ein Dreivierteljahr später, hatte Ann eine neue Bestellung bei uns aufgegeben. Wieder sollte es eine fünfstöckige Torte sein – diesmal für ihre Scheidungsparty.

Vasile prustete los, sodass sein massiger Körper bebte. »Die haben wirklich einen Knall. Aber was soll's – gut fürs Prisma und für dich. Dir macht so was bestimmt Spaß, oder?«

»M-hm.«

In meiner Kochausbildung an der Ashburton Cookery School hatte ich mich aufs Konditorhandwerk spezialisiert und schließlich den Patisserie-Bereich im Prisma, dem Restaurant meiner Familie, übernommen. Der Job war meine Leidenschaft, doch inzwischen konnte ich die Desserts auf unserer Speisekarte im Schlaf zubereiten, also war jede ausgefallene Bestellung eine willkommene Abwechslung. Außerdem: Mehr berufliche Herausforderungen bedeuteten, ich musste mich weniger mit dem Scheiß um mich herum auseinandersetzen.

Ich straffte die Schultern und steckte das Handy weg.

Vasile hatte den Blick wieder auf mich gerichtet. Seine dunklen buschigen Augenbrauen zogen sich zusammen. Was jetzt folgen würde, würde mir nicht gefallen. Ich konnte es förmlich spüren.

Raus hier. Schnell. Bevor es zu spät war.

Ich wollte mich gerade in Bewegung setzen, doch es war zu spät.

»Dein Vater«, raunte Vasile. »Also, ich wollte … Ich …«

Halt die Klappe! Halt einfach deine dumme Klappe!

Das wollte ich ihm entgegenbrüllen. Diesem Menschen, der von Anfang an ausschließlich nett zu mir gewesen war. Der keinen blassen Schimmer hatte, was er mit seinen Worten in mir auslöste. Aber natürlich brachte ich nichts hervor. Meine Stimme hatte mich genau in solchen Situationen bereits vor langer Zeit im Stich gelassen, und sie würde sich garantiert nicht jetzt auf meine Seite schlagen. Das war mein Schicksal.

Natürlich rührte ich mich auch nicht von der Stelle, statt schnellstmöglich das Weite zu suchen.

»Ich wollte nur sagen, dass es mir leidtut. Es muss hart für dich … für deine ganze Familie sein. Es ist jetzt schon über einen Monat her, nicht? Falls ich irgendetwas für dich tun kann, Alex …«

Hitze durchfuhr mich. Dann Kälte. Dann wieder Hitze.

Vasile hatte es mitbekommen. Er hatte mitbekommen, wie mein Vater Abend für Abend ins Wohnheim gekommen war und es erst spätnachts wieder verlassen hatte. Man musste schließlich einchecken, wenn man hier rein wollte.

Das Wohnheim war für die Prisma-Mitarbeiter eine günstige Alternative zu den meist überteuerten Stadtapartments, aber es war auch immer schon ein kleines Gefängnis gewesen, weil die Mitarbeiter nicht unbedingt die vertrauenswürdigsten Menschen waren. Es gab hier strenge Regeln. Mich hatten sie nie gestört. Alles war besser, als noch einen weiteren Tag bei meinen Eltern zu wohnen, hatte ich damals gedacht. Sie hatten pausenlos gestritten. Tja, und dann war ich im Frühjahr letzten Jahres hier eingezogen und eines Besseren belehrt worden. Wäre ich zu Hause geblieben, wäre vermutlich alles anders gekommen. Wäre ich zu Hause geblieben, hätte ich nie herausfinden müssen, was für ein beschissener Schwächling ich war.

»Hey, sorry, ich lass dich damit in Ruhe«, ertönte Vasiles Stimme wie aus weiter Ferne.

Sein Gesicht verschwamm vor meinen Augen. Zu spät. Der Schaden war bereits angerichtet.

Was ich gesagt hätte, hätte ich eine Wahl gehabt: *Es ist nicht hart, weil er weg ist, es ist hart, weil er eines Tages zurückkommen wird. Deine Hilfe brauche ich jetzt auch nicht mehr – ich hätte sie gebraucht, als er Nacht für Nacht ins Wohnheim kam und mich wie seinen Scheißkumpel, nicht wie seinen Sohn behandelt hat. Du hast es mitbekommen und nichts getan. Warum hast du nichts getan? Ich weiß, es war nicht deine Verantwortung. Aber war es meine?*

»Es tut mir leid«, sagte Vasile, jedes Wort schmerzverzerrt. Er trat einen Schritt zurück und hob die Box in die Höhe. »Die werde ich mir gleich zum Frühstück gönnen.«

Ich konnte nicht lächeln. Ich wünschte mir, es zu können. Aber ich war zu beschäftigt damit, nicht schon wieder ein Drama vor ihm zu veranstalten.

In meinem Kopf führte ich eine Liste darüber, wie viele Ausraster ich mir schon bei den Leuten in meinem Umfeld geleistet hatte. Je mehr es waren, desto mehr musste ich mich zusammenreißen. Nicht dass das sonderlich gut funktionierte. Aber der Wille zählte, oder? Jedenfalls hatte mich Vasile schon entschieden zu oft so erlebt.

Atmen. Einfach atmen.

Leider war nichts an den Dingen, die den meisten Menschen leichtzufallen schienen, einfach für mich. Atmen. Sprechen. Normal sein.

»Hast du Mic gesehen? Hat sie schon Futter bekommen?«

Das war es.

Sobald der Name unserer geheimen Wohnheimkatze fiel, trat die Schwere für einen Augenblick in den Hintergrund. Vasile und ich waren die Einzigen, die von ihrer Existenz wussten. Zumindest nahmen wir das an. Bestimmt hatten sie schon mehrere Bewohner auf den Fluren herumstreunen sehen. Ich hatte die Kleine vor einem Monat blutend neben unseren Mülleimern gefunden. Vasile hatte sie Mic getauft und zum Tierarzt gebracht, und jetzt fütterten wir sie trotz des ausdrücklichen Tierverbots im Wohnheim in meinem Zimmer und hatten sogar einen Kratzbaum und ein Katzenklo für sie besorgt. Seitdem schaute sie immer wieder bei mir vorbei.

Ich nickte. Und endlich schaffte ich es, ein wenig die Mundwinkel zu heben.

»Gut.« Er erwiderte mein Lächeln, wenn auch besorgt. »Dann mache ich mich mal auf die Suche nach ihr.« Und damit wandte er sich von mir ab.

Das war mein Zeichen. Endlich schaffte ich es, mich in Bewegung zu setzen.

Als ich durch die Drehtür nach draußen trat, erwarteten mich die salzige Meerluft und ein dunkelblauer Himmel, der bestimmt noch eine gute halbe Stunde brauchte, um aufzuhellen. Kein Mensch war auf der Straße zu sehen, die bunten Häuserfassaden wirkten grau, durch das Licht der Straßenlaternen wurden unheimliche Schatten auf den Asphalt geworfen.

Die Nächte waren mir deutlich lieber als die Tage. Nachts war ich jemand anderes. Ich konnte tanzen, manchmal sogar lachen, aber vor allen Dingen konnte ich neue Menschen kennenlernen und mich in ihnen verlieren. Tagsüber war ich nur eines: der jüngste Bithersea-Sohn – traumatisiert, zerbrechlich, stumm.

5. KAPITEL

Echo

Head down, hands up

Luke hatte sein bestes Hemd angezogen und sich sogar seine graue Zottelmähne gekämmt. Ein äußerst ungewöhnlicher Anblick. Außerdem strahlte er über beide Backen.

»Das wird toll, glaub mir. Wenn du möchtest, komme ich noch mit hoch, dann können wir das Einführungsgespräch mit Thea zusammen ...«

»Nein.« Scheiße. Meine Stimme klang viel zu hart. »Nein, danke.« Ich lächelte. Es fühlte sich wie eine Grimasse an.

Luke hatte schon vor dem Prisma gewartet, als ich angekommen war, obwohl ich selbst eine Viertelstunde zu früh dran war – dabei hatte ich mich sogar noch im Wohnheim umgezogen. Aber so, wie ich ihn kannte, lungerte er schon seit mindestens einer Stunde hier rum. Soula hatte mir mehrfach angeboten, mich zu fahren, aber ich hatte abgelehnt. Hätte Luke mich aus ihrem Auto steigen sehen, wäre ihm sofort klar gewesen, dass der gestrige Abend nicht wie geplant verlaufen war ...

»Du bist bereit dafür«, fuhr er fröhlich fort. »Das wird dir guttun. Du hast hart gekämpft und es schon so weit geschafft. Ich glaube an dich.«

Mir war schlecht. Nicht nur, weil ich gleich durchs

Eingangstor und die Treppen nach oben in diesen Schickimicki-Laden laufen musste, zu dem ich ungefähr so gut passte wie die weiße Bluse und die schwarze Businesshose zu mir. Sondern weil sich Lukes ganzer Stolz gleich in Luft auflösen würde.

Ich sah mich um. Pastellfarbene Häuser. Hügel. Der hübsche Teil Goldbridges. Schäfchenwolken am blaugrauen Himmel. Ein paar Möwen, ein paar Autos, ein paar Fußgänger – Letztere allerdings nicht in Hörweite. Also holte ich tief Luft und würgte die Worte hervor.

»Ich habe gestern Geld aus deiner Jackentasche genommen.«

Stille. Nur das Rauschen des Meeres und die quietschenden Reifen eines Autos waren zu hören.

Weiter. Schlimmer wird's nicht. Hau's einfach raus.

»Es tut mir leid. Ich werde dir das Geld zurückgeben, sobald ich es verdient habe, das schwöre ich dir. Ich war gestern Nacht noch im Club. Bin direkt von dir dort hingefahren, statt wie abgemacht ins Wohnheim zu gehen. Hab mir was gekauft, es aber nicht genommen, sondern das Klo runtergespült, Soula angerufen und bei ihr gepennt. Das Geld ist trotzdem weg. Tut mir leid.«

Luke lächelte nicht mehr. Da war etwas Intensives in seinem Blick. Das Graublau seiner Augen verflüssigte sich. Bevor ich mir einen Reim darauf machen konnte, war er einen Schritt auf mich zugetreten und hatte mich in eine feste Umarmung geschlossen. Der Duft nach Holzspänen, starkem Espresso und Leder stieg mir in die Nase.

Obwohl alles in mir sich dagegen wehrte, stellte ich mich auf die Zehenspitzen und schlang ihm meine Arme um den Hals. Ein paar Sekunden erlaubte ich ihm, mich zu halten. Ein paar Sekunden genoss ich die Wärme und die Illusion, dass ich eine ganz normale Enkelin war, die ihren Grandpa umarmte.

»Danke«, flüsterte er.

Ich wich zurück. »Was?«

Er blinzelte viel zu oft. »Du hast mir diesen Mist noch nie von dir aus erzählt. Ich musste es immer selbst herausfinden.«

Ein ungläubiges Lachen entwich mir. »Juhu, eine Runde Applaus für mich. Ich bin so ein guter Mensch.«

»Der beste, den ich kenne«, erwiderte er ernst.

Mein Inneres zog sich zusammen. Ich wollte das nicht. Ich ertrug es nicht. Nicht von ihm. Nicht von dem Menschen, der mir bereits Millionen Chancen gegeben hatte, obwohl ich nicht mal die zweite verdient hätte.

»Dann kennst du echt viele Nullen.«

Seine Mundwinkel zuckten, doch er schien das Lächeln zurückzuhalten. »Unter normalen Umständen würde ich sagen, vergiss das Geld, aber ich habe genau wie du dazugelernt. Also würde ich mich freuen, wenn du es mir schnellstmöglich zurückzahlst.«

Luke hatte an unzähligen Beratungskursen für Angehörige von Suchtkranken teilgenommen und mich auch schon zu NA-Treffen begleitet. Außerdem tauschte er sich mit Soula aus.

»Unser Verhalten hat Konsequenzen«, hatte sie mal gesagt. *»Das dürfen wir nie vergessen. Und wenn unsere Liebsten uns dabei helfen, die Konsequenzen auszulöschen, dann helfen sie nicht uns, sondern unserer Sucht.«*

Deshalb hatte sie auch darauf bestanden, dass ich Luke meinen Diebstahl beichtete.

Ich nickte. »Das werde ich. Versprochen.«

Nun lächelte er wieder, gab mich frei, tippte mir einmal auf die Nasenspitze und nickte in Richtung Prisma. »Na, los, hau ab. Du willst an deinem ersten Tag nicht zu spät sein. Grüß Thea von mir.«

»Mach ich.«

Blitzschnell wandte ich mich von ihm ab und lief durchs Eingangstor.

Das war zu einfach gewesen. Viel, viel zu einfach. Aber ich würde mir später noch den Kopf darüber zerbrechen können. Jetzt musste ich meine ganze Energie in meine Außenwirkung stecken.

Es war nicht mein erster Job. Zwar hatte ich keinen Schulabschluss, da ich im Abschlussjahr irgendwann aufgehört hatte, zum Unterricht zu gehen, aber ich war einundzwanzig Jahre alt und hatte die letzten drei Jahre nicht ausschließlich mit Süchtig-, Clean- und Rückfälligwerden verschwendet. Da waren Aushilfsjobs an der Tankstelle, im Tesco, in einer Cornish Bakery gewesen. Gut, länger als ein paar Wochen hatte ich nie durchgehalten, aber immerhin hatte ich eine ungefähre Ahnung davon, was mich erwartete. Egal, in was für ein Arbeitsumfeld ich kam, es fühlte sich an wie eine Wiederholung meiner Schulzeit. Zähne zusammenbeißen, versuchen so auszusehen, als wüsste ich, was ich tat, schnellstmöglich die Sozialhierarchie analysieren, mich gleich zu Beginn mit denen, die was zu sagen hatten, anlegen, damit sie kapierten, dass ich keinen Schiss vor ihnen hatte, und mich dann an die Person hängen, von der am wenigsten Mobbinggefahr ausging, damit ich meinen Seelenfrieden hatte. Mit der Strategie war ich bisher ganz gut gefahren.

Okay, das war Bullshit. Mit der Strategie hatte ich mich in trügerischer Sicherheit gewogen, bis ich den Weg zurück zu den Drogen fand. Aber zumindest das Zähnezusammenbeißen und Faken würde ich auch im Prisma anwenden können.

Ich nahm die in den Fels eingelassenen Stufen nach oben, und mit jedem Schritt beschleunigte sich mein Herzschlag. Das Restaurant befand sich in einer Grotte mit Terrasse zum Meer hin, und ich war mir jetzt schon sicher, dass es der edelste Ort war, den ich je betreten hatte und würde.

Fuck, das war eine schlechte Idee – was mir von Anfang an klar gewesen war. Wiedereingliederung in einen normalen Alltag, schön und gut, aber nichts hier hatte mit meinem Alltag zu tun.

Ich schaute zurück. Luke stand nach wie vor an der Straße und reckte nun zwei Daumen in die Höhe, während er mich aufmunternd angrinste.

Augenrollend wandte ich mich ab, lief weiter.

»Ja, es ist suboptimal, wenn du bei der Arbeit mit Alkohol in Berührung kommst«, hatte er gesagt, als er mir zum ersten Mal von dieser *»tollen Gelegenheit«* erzählt hatte. Wir wussten beide, dass das Angebot viel zu gut war, um es auszuschlagen. Nirgendwo sonst würde man einem Junkie ohne Abschluss einen Job in einem Sternerestaurant anbieten. *»Aber ich habe mit Thea gesprochen, und sie hat mir versichert, dass es kein Problem sein wird. Sie wird alles dafür tun, dir den perfekten Neuanfang zu ermöglichen.«*

Thea konnte nicht ganz bei Trost sein. Ich kannte sie nur vom Sehen – in diesem Kaff kannte jeder jeden zumindest vom Sehen –, aber das letzte Mal, dass wir uns begegnet waren, war Ewigkeiten her. In meinem Kopf war sie damals nur als Alexis' Mum abgespeichert gewesen. Wenn man selbst Versagereltern hatte, achtete man genauer auf die seiner Klassenkameraden. Insgeheim vermutete ich, dass Luke Thea bestochen hatte, mir diesen Job zu geben. Er hatte mir erzählt, dass es im Restaurant gerade nicht besonders gut lief, aus welchem Grund auch immer. Tja, mit mir im Team würde es bestimmt noch viel grandioser laufen.

Ich war in einem spärlich beleuchteten Felsgang angekommen. Kleine grüne Lichtpunkte waren in den Stein über mir eingelassen. Am Ende des Gangs erwartete mich eine weitere Treppe und oben eine gläserne Eingangstür.

Mein bescheuertes Herz wollte nicht zur Ruhe kommen. Dabei hatte ich schon so viel Schlimmeres überlebt. Das hier war im Vergleich nichts.

Sobald ich die Glastür geöffnet hatte und mich auf der hölzernen Restaurantfläche wiederfand, erstarrte ich. Es war wirklich *deutlich* zu schick.

Die Tische waren rund mit schneeweißem Gedeck. Auf jedem stand ein kleiner Herbststrauß in verschiedenen Orangetönen. Vorne links führte ein Absatz die Klippe entlang, wo weitere Tische standen, dahinter kam das dunkelblaue, heute stürmische Meer zum Vorschein. Laternen hingen über den Tischen, und die Felswände schimmerten in einem subtilen Türkis.

Bevor ich die Nerven verlieren konnte, kam mir eine bekannte Gestalt in weißer Schürze entgegen. Rostrote Locken, zu einem hohen Zopf gebunden, Sommersprossen, Brille, hellblaue, in diesem Moment geweitete Augen.

Tori.

Als ich sie vor etwa drei Monaten eines schönen Sommermorgens – schön für mich, weil ich bekifft gewesen war – an einem der hässlicheren Strände Goldbridges aufgegabelt hatte, war sie alles andere als glücklich gewesen. Sie hatte den Eindruck gemacht, als würde sie sich jeden Moment in Luft auflösen wollen. Wie war das noch mal gewesen? Ah ja, sie war vor ihrem manipulativen Ex geflüchtet und spontan nach Goldbridge gekommen. Ein paarmal waren wir uns in der Stadt begegnet, und einmal hatte ich sie mit Julian Bithersea – Alexis' älterem Bruder – gesehen, aber ich hatte keine Ahnung gehabt, dass sie ausgerechnet im Prisma arbeitete. Verdammt. Das war's dann mit meinem Neuanfang. Sie wusste von meiner Vergangenheit. Hatte mich mehrmals high erlebt. Und ich hatte echt viel von meinem Leben ausgeplaudert.

Tori erholte sich schneller von der Überraschung als ich.

»Echo?«, quietschte sie voller Begeisterung.

Hätte ich gerade nicht deutlich größere Sorgen gehabt, hätte ich laut aufgestöhnt. Sie klang so *hoffnungsvoll.*

»Hi.«

Blitzschnell scannte sie mich von oben bis unten. Als Verwirrung über ihr Gesicht zuckte, versetzte es mir einen Stich. Jep, den Neuanfang konnte ich mir definitiv abschminken. Ich passte hier nicht rein. Ganz im Gegensatz zu Leuten wie Tori.

»Was machst du denn hier?«

Ich bin zum Arbeiten hier, aber ich glaube, ich habe es mir anders überlegt. Cool, dich wiederzusehen. Bis dann. Ciao.

»Wie geht's dir?«

Beschissen, und dir?

Abhauen war keine Option. Luke würde immer noch draußen warten. Ich kannte ihn. Und er kannte mich. Er wusste, wie hoch die Wahrscheinlichkeit war, dass ich einen Rückzieher machte. Der einzige Weg war vorwärts. Also musste eine neue Strategie her.

Ich könnte sie am Handgelenk packen und auf die Straße zerren.

Nein. Wenn sie meine Kollegin war, dann durfte ich es mir nicht gleich mit ihr verscherzen. Zwar hatten wir uns recht gut verstanden, aber keine Ahnung, wie gut mein Urteilsvermögen vor ein paar Wochen funktioniert hatte. Immerhin war ich alles andere als nüchtern gewesen.

»Kommst du kurz mit in den Gang?«, flüsterte ich.

Zu meiner Erleichterung nickte sie sofort.

Ich drehte mich um, stieß die Glastür auf und eilte die Treppenstufen wieder nach unten. Ihre Schritte erklangen hinter mir. Erst als ich im Felsgang war, drehte ich mich zu ihr um.

Ihre Miene war ernst.

»Ich wusste nicht, dass du im Prisma arbeitest«, brachte ich hervor. »Sonst hätte ich Luke gleich gesagt, dass es eine ganz dumme Idee ist, hier anzufangen.«

Als hätte ich das nicht so oder so gesagt …

Tori runzelte die Stirn. »Wieso?«

»Niemand soll wissen, dass ich … Also … du erinnerst dich an die Sache mit den Sternschnuppen?«

»Ich saß neulich eine ganze Nacht lang hier und habe auf Sternschnuppen gewartet«, hatte ich ihr bei unserem Kennenlernen erzählt. *»Wenn ich drei hintereinander seh, habe ich mir gesagt, dann versuch ich noch mal, clean zu werden.«*

Erkenntnis zuckte über ihr Gesicht. »Niemand?«

»Thea weiß es natürlich. Aber die Abmachung war, dass es sonst niemand erfährt. Damit ich hier … normal sein kann.«

Meine Güte, wie armselig ich klang. Als würde mir jemals irgendjemand abnehmen, dass ich normal war.

Doch Toris Miene wandelte sich plötzlich. Ihr Blick glühte geradezu. »Von mir wird es niemand erfahren. Das schwöre ich. Jeder Mensch verdient einen Neuanfang.« Bevor ich ihr mit Misstrauen begegnen konnte, strahlte sie mich an. »Ich freu mich so sehr, dass du hier anfängst! Ich hab mir schon Sorgen gemacht, weil ich dich seit Wochen nirgendwo mehr gesehen habe. Klar, das liegt daran, dass ich nicht mehr im Seascape Inn wohne, ich bin ins Mitarbeiterwohnheim gezogen, aber trotzdem … Es ist *wirklich* schön, dich zu sehen.«

Okay. Unerwartet. Die Vorstellung, dass sie tatsächlich Ausschau nach mir gehalten hatte, war seltsam. Es fühlte sich ungefähr so übelkeitserregend wie Lukes und Soulas Stolz an. Wie ich diesen Mist hasste.

Schnell ablenken.

»Dann sind wir anscheinend schon wieder Nachbarinnen.«

Sie riss die Augen auf. »Du wohnst in der Nähe des Wohnheims?«

»Ich wohne seit heute *im* Wohnheim. Hab sogar ein Zimmer. Nicht nur 'nen Schlafsack auf dem Parkplatz.«

»O mein Gott, ist das cool! Wir werden *so* viel Spaß haben.« Damit hakte sie sich bei mir unter und lotste mich wieder in Richtung Restaurant.

»Wer bist du und was hast du mit meiner lebensmüden Strandbekanntschaft gemacht?«, murmelte ich.

Ein freies, losgelöstes Lachen erklang, das kein bisschen zu der Version von ihr passte, die ich in Erinnerung hatte.

»Wie oft muss ich dir noch sagen, dass ich noch nie lebensmüde war?«, gab sie zurück. »Und hey, du siehst auch nicht unbedingt wie die Echo aus, die ich zuletzt gesehen habe.«

»Will ich doch hoffen. Sonst wäre Lukes Geld wirklich für den Arsch gewesen.«

Die Entzugsklinik war nicht gerade billig. Dummerweise gab es auch keinen Mengenrabatt, wenn man zum dritten Mal dort aufkreuzte. Dafür zunehmend angepissteres Personal. Es war mir wirklich schleierhaft, wie man tagein, tagaus mit Süchtigen arbeiten und immer noch enttäuscht reagieren konnte, wenn eine von ihnen zurückkehrte.

Als wir am Fuß der Treppe angekommen waren, ließ Tori mich los.

»Was ist unsere Story?«, raunte sie verschwörerisch.

»Hä?«

»Wie haben wir uns kennengelernt? Oder soll ich tun, als würde ich dich heute zum ersten Mal sehen?«

»Das kann nur peinlich für dich werden. Ignorier mich einfach, das ist besser für dich, glaub mir. Keine Sorge, ich werde mich nicht an dich hängen oder irgendetwas von dir erwarten oder so.«

Verständnislos sah sie mich an.

Ich seufzte. Waren wir mal ehrlich, selbst wenn niemand von den anderen Mitarbeitern von meiner Liebe zu Drogen wusste, würde ich eindeutig die größte Loserin im Laden sein. Jeder, der sich mit mir abgab, würde ebenfalls als Loser betrachtet werden.

Tori wirkte plötzlich beinahe ein wenig wütend. »Ich werde sagen, dass wir uns bei deinem Einzug ins Wohnheim kennengelernt haben«, verkündete sie nach ein paar Sekunden entschlossen.

»Du checkst es nicht, oder?«, zischte ich. Wir waren inzwischen auf der Hälfte der Treppe angekommen und beide stehen geblieben. »Ich bin nicht wie du. Ich komme nicht aus deiner hübschen Welt. Du bist abgehauen, weil dein Ex ein krankes Arschloch war, nicht, weil du selbst ein absolutes Desaster ...«

Ihre Augen funkelten. »Du erinnerst dich an meinen Ex. Und daran, was für ein Arschloch er ist.«

»Ich war in einer Entzugsklinik. Ich habe nicht mein Gedächtnis verloren. Der Typ war zehn Jahre älter als du und dein Chef. Also bitte.«

Erst lachte sie, dann schüttelte sie den Kopf. »Wir kommen nicht aus derselben Welt. Aber hier spielt das keine Rolle, okay? Es ist egal, wer du zuvor warst. Im Prisma kannst du sein, wer du willst.«

Ich war drauf und dran, ihr entgegenzuschleudern, dass sie keinen Schimmer hatte, wovon sie da sprach, doch in diesem Moment flog die Glastür über uns auf. Ich war zu beschäftigt mit Tori gewesen, um darauf zu achten, wer uns vielleicht beobachten könnte.

»Hier bist du!«, rief die junge Frau. Sie hatte schwarzes glattes Haar, ebenfalls zu einem Zopf gebunden, einen Pony, der ihr bis kurz über die geschwungenen Augenbrauen reichte, und in ihren Ohren funkelten mehrere Ohrringe. Genau wie Tori trug sie eine weiße Schürze.

»Oh, hi Darcy«, gab Tori fröhlich zurück. »Das hier ist

Echo. Sie wohnt auch im Wohnheim und fängt heute neu bei uns an. Echo – Darcy.«

In dem Moment, in dem sie den Namen aussprach, dämmerte es mir. Darcy Gruber war wie ich in Goldbridge aufgewachsen und zusammen mit Julian zwei Klassenstufen über Alexis und mir gewesen. Zu Beginn hatte ich sie für Geschwister gehalten, weil sie Julian äußerlich ähnelte und die beiden ständig miteinander rumhingen, aber es hatte sich herausgestellt, dass die Bitherseas drei Söhne hatten. Der Älteste arbeitete im Gegensatz zu seinen Brüdern nicht im Familienrestaurant, soweit ich wusste.

»Hey.« Darcy lächelte mich an und legte den Kopf schief. »Kenne ich dich nicht irgendwoher?«

Ein Lächeln gelang mir nicht, allerdings klang meine Stimme wieder relativ normal, als ich antwortete. »Wir waren beide auf der St. Louis.«

»Ah, cool! Du warst dann wahrscheinlich eine Stufe unter mir, oder?«

»M-hm.«

Die Älteren erinnerten sich selten an die Jüngeren. Das war mein Glück. Goldbridge war keine besonders große Stadt, und auch wenn ich nach meinem Schulabbruch eine Weile abgetaucht war und die Normalos, deren Leben in geregelten Bahnen lief, nicht genau wussten, was aus mir geworden war, hoffte ich, dass die anderen im Team nicht auch alle aus Goldbridge stammten. Es war schlimm genug, dass Alexis hier arbeitete, der damals hautnah miterlebt hatte, wie erbärmlich ich war.

»Willkommen im Prisma-Team! Kellnerst du?«

»Ich … Ich glaub schon.«

Ehrlich gesagt hatte ich keine Ahnung, was ich tun würde. Ich wusste nur, dass ich es nicht in den Sand setzen durfte.

Apropos in den Sand setzen …

»Und ich bin spät dran«, fuhr ich hastig fort. »Ich sollte mit Thea sprechen. Wisst ihr, wo ich sie finde?«

»Fürchte dich nicht, ich bin mit dir«, wisperte eine kleine Stimme in meinem Kopf, während ich mich von ihnen durchs Restaurant führen ließ. *»Weiche nicht, denn ich bin dein Gott; ich stärke dich, ich helfe dir auch, ich erhalte dich durch die rechte Hand meiner Gerechtigkeit.«*

Ich ballte meine Hände zu Fäusten. *Du mich auch,* schoss ich in Gedanken zurück. *Du mich auch, Mum.*

6. KAPITEL

Alexis

Black hole

Wollten mich eigentlich alle verarschen?

Sowohl Ginevra als auch Dani hatten sich krankgemeldet. Erstere war Auszubildende in der Patisserie, Letztere Springerin, sie half also überall dort aus, wo es nötig war. Beide hatten gewusst, dass heute die Bestellung fällig war. Die letzten Tage hatten wir damit verbracht, alles für die Torte vorzubereiten, hatten verschiedene Buttercremes, Basiskuchen und Verzierungen ausprobiert. Ich hatte kaum ein normales Dessert für einen Gast zubereitet. Nicht dass es viel Andrang gegeben hätte. Seit sich die Sommersaison dem Ende zuneigte, konnten wir nicht mehr auf Touristengruppen hoffen. Aber wie zur Hölle sollte ich die Bestellung heute allein fertigstellen? Ich brauchte jemanden, der meine Handgriffe vorhersehen konnte, der meine Arbeitsweise kannte.

Als hätte er meine Gedanken gehört, schneite im nächsten Augenblick Julian in den Patisserie-Bereich des Restaurants.

Hervorragend. Der hatte mir gerade noch gefehlt.

»Hi, Alex, alles gut bei dir? Ich hab dich heute noch gar nicht gesehen, aber Mum hat gesagt, du bist vor allen anderen da gewesen, stimmt das?«

Julian war der einzige Mensch aus meiner Familie, der nach wie vor mit mir redete, als würde ich antworten können. Manchmal machte mich das nur noch wütender, weil ich mir dadurch jedes Mal wie der größte Loser vorkam; manchmal war ich dankbar, denn damit gab er mir tausend Chancen, einfach draufloszureden, sollte ich eines Tages wieder in der Lage dazu sein.

Mit beiden Händen, an denen unzählige silberne Ringe funkelten, fuhr er sich durch die schwarzen zerzausten Haare. Seine Stimme klang betont fröhlich, aber ich hörte den besorgten Unterton heraus. Und die Distanz zwischen uns, die mit jedem Tag größer wurde. Es hatte eine Zeit gegeben, da war er ganz normal mit mir umgegangen. Und es hatte eine Zeit gegeben, da hatte ich keine unbändige Wut verspürt, wenn er den Raum betrat. Das lag nicht nur an Julian. Auf den Rest meiner Familie reagierte ich genauso. Mit Ausnahme von Nicolas, meinem ältesten Bruder. Aber der befand sich sowieso in einer ganz anderen Kategorie – und derzeit auch auf einem anderen Kontinent. Nic war seit Ewigkeiten nicht mehr in Goldbridge gewesen, weil er seinem Beruf als freier Fotograf nachging. Mit Abstand betrachtet, war das so ziemlich das Schlauste gewesen, was er hatte tun können. Der Glückliche hatte keine Ahnung vom Ausmaß unseres Familiendramas. Mir war das ganz recht. So gab es wenigstens eine Person, die mit mir verwandt war und mit der ich unbefangen kommunizieren konnte. Wir schrieben uns alle paar Tage, nichts besonders Tiefgründiges, aber er machte nie Anstalten, das zu ändern. Vermutlich war er genauso froh, dass ich ihn nicht nach seinem wahren Gemütszustand fragte, wie andersrum.

Ich richtete den Blick auf die Arbeitsfläche, wo ich gerade damit beschäftigt war, Buttercreme mit Kakao zu mischen. Wenn ich Julian lang genug ignorierte, würde er sich schon wieder verpissen.

»Hey«, erklang seine Stimme erneut, diesmal sanfter, was mich nur noch wütender machte. »Ich bin hier. Wenn du Hilfe brauchst, sag Bescheid. Draußen ist kaum was los.«

Ich presste die Lippen zusammen und widerstand dem Bedürfnis, die Schüssel mit der Creme vor mir zu packen und an die Wand zu pfeffern. Oder in sein Gesicht.

Wenn ich Hilfe brauchte … So, wie es klang, meinte er nicht nur die Torte.

Julian war mal mein Lieblingsmensch gewesen. Ich konnte verstehen, wieso alle Prisma-Mitarbeiter ihn mochten, obwohl er kein großes Talent fürs Kochen besaß. Wieso er Mums Lieblingssohn war. Wieso er nie ein Problem damit gehabt hatte, Freunde zu finden. Er war immer der Interessanteste im Raum. Die Sonne schien ihm aus dem Arsch. In seiner Nähe fühlte man sich gut aufgehoben. Er war nicht perfekt. Er hatte Ecken und Kanten, war ein Chaot und oft unfreiwillig witzig, hatte aber fast ausschließlich gute Laune und riss alle in seiner Umgebung mit. Und dann war da noch sein Menschenhelfersyndrom, das er sich von unserer Mutter abgeguckt hatte. Kurzum, er war der ideale Protagonist. Und ich? Ich war die tragische Randfigur, die nur dazu diente hervorzuheben, was für ein toller Kerl er war.

»Ich wünschte, du würdest mir sagen, was ich falsch gemacht habe.«

Ich riss den Kopf hoch. Vorsichtig, mit unterdrückter Wut, stellte ich den mit Kakao gefüllten Messbecher ab und klammerte mich so fest mit beiden Händen an der Arbeitsfläche fest, dass meine Knöchel weiß hervortraten.

Er kann nichts dafür, er kann nichts dafür, er kann nichts dafür …

Dieses Mantra wiederholte ich jedes Mal in Gedanken, wenn sein bescheuertes Gesicht in mein Sichtfeld kam. Ich wusste, es war die Wahrheit. Und trotzdem half es nichts.

Noch mehr Wahrheiten: Ich hasste Mum. Dafür, dass sie der Auslöser gewesen war. Dafür, dass sie mich nicht beschützt hatte, obwohl sie es dank ihrer Vergangenheit besser wissen sollte. Ja, Julian hasste ich inzwischen auch. Dafür, dass Dad seinetwegen seit fünf Wochen einen Entzug machte. Davor hatte ich noch Zeit mit Julian verbracht. Auch wenn ich nicht mit ihm hatte sprechen können, ich hatte mir von ihm helfen lassen. Aber dann hatten ein paar Worte von ihm ausgereicht, während Tausende von mir nutzlos gewesen waren. Wie sollte ich ihn *nicht* hassen?

Außerdem hasste ich jede Person in meinem Umfeld, die nicht kapiert hatte, was mit Dad los war, bis es zu spät gewesen war. Aber am allermeisten hasste ich mich selbst. Denn ich hatte es kapiert. Und es mir monatelang zur Aufgabe gemacht, es zu verstecken. Wer tat so was? Wer half einem Alkoholabhängigen freiwillig dabei, seine Sucht zu verheimlichen, wenn er selbst am allermeisten darunter litt?

Ein absoluter Vollpfosten. Der dann den Preis dafür zahlte, während alle anderen ihr Leben normal weiterführten.

»Alexis …«

Meine abgehackten Atemzüge erfüllten den Raum.

Verschwinde. Bitte, verschwinde einfach, sonst muss ich dir eine reinhauen.

Im nächsten Moment trat unsere Mutter neben Julian.

Am liebsten hätte ich gelacht. Jetzt war die Runde vollständig.

Ihre Miene war angespannt, ein paar dunkle Strähnen hatten sich aus ihrer Frisur gelöst, und auf ihren Wangen prangten rote Stressflecken. »Es gibt draußen einen Zwischenfall. Jules, kannst du kurz für mich einspringen? Und Alexis – ich habe Unterstützung für dich gefunden.« Ihr Lächeln erreichte ihre Augen nicht. Für den Bruchteil einer Sekunde schaute sie zwischen Julian und mir hin und her, runzelte die Stirn, dann schüttelte sie den Kopf, als hätte sie entschieden, dass sie jetzt keine Zeit für so etwas Belangloses wie ihre Söhne hatte.

Bevor Julian loslaufen konnte, setzte ich mich in Bewegung. Ich wusste nicht, wohin ich wollte, ich wusste nur, dass ich es keine weitere Sekunde mit den beiden in einem Raum aushielt. Meine Beine trugen mich aus der Patisserie und durch die Küche, vorbei an den bekannten Gesichtern, Richtung Restaurantbereich. Ein paar Blicke streiften mich flüchtig, doch keiner verharrte auf mir. Die Leute hier waren meine Aussetzer gewohnt. Inzwischen war das mein Merkmal Nummer eins. Manchmal hatte das tatsächlich Vorteile.

Sobald ich die schwere Metalltür zum Außenbereich aufstieß, konnte ich laute Stimmen hören.

»... lasse ich mir nicht bieten! So was habe ich noch nie erlebt!«

Die Stimme gehörte zu Alfred Huxley, dem Bürgermeister von Goldbridge. Mit hochrotem Kopf saß er an einem Tisch am Geländer, vor ihm ein halb aufgegessener Teller mit gefüllten Mangoldblättern.

Zum Leidwesen aller war der Typ Stammkunde im Prisma. Da wir einen Michelin-Stern verloren hatten und das Restaurant dementsprechend nicht besonders gut lief, waren Stammkunden wichtig für uns – auch wenn sie noch so aufgeblasen und nervtötend waren. Vor ihm standen zwei Mitarbeiterinnen in schwarzen Kellnerschürzen, eine davon war Tori – ich erkannte ihre rotbraunen Locken auch von hinten. Seit wann kellnerte sie wieder? Vor etwa drei Monaten hatte sie neu bei uns angefangen. Am Anfang hatten sie alle für eine gewöhnliche Kellnerin gehalten, doch dann war rausgekommen, dass sie die Tochter unserer ehemaligen Chefköchin war und selbst ein Naturtalent in der Küche. Seitdem arbeitete sie neben Mum als Vertretung des Souschefs, meinem Vater. In einem anderen Leben wäre ich vielleicht mit ihr befreundet gewesen. Aber erstens gestalteten sich neue Freundschaften schwierig, wenn man den Mund nicht aufbekam, und zweitens war sie mit Julian zusammen, also hielt ich mich inzwischen von ihr fern. Neben ihr stand eine kleinere Person mit schmaler Statur und dunkelblonder Kurzhaarfrisur. Eine neue Kellnerin?

»Tja, für alles gibt es ein erstes Mal«, sagte die Unbekannte.

Ihre Stimme klang herausfordernd. Und irgendetwas darin weckte eine Erinnerung in mir.

Tori legte ihr einen Arm um die Schultern. »Ich glaube, wir gehen jetzt wieder zurück in die Küche. Bitte entschuldigen Sie uns, Mr. Huxley. Wie wäre es mit einem Nachtisch aufs Haus oder ...«

Wutschnaubend schob Huxley seinen Stuhl zurück und erhob sich. »Ihr geht nirgendwo hin, bevor die hier sich nicht anständig entschuldigt hat!«

Die Neue befreite sich von Toris Arm und lachte. »Einen Scheiß werde ich.«

Bevor unser Bürgermeister erneut ausrasten konnte, rauschte Mum an mir vorbei und geradewegs zu seinem Tisch. »Mr. Huxley«, rief sie mit ihrer fake-fröhlichsten Stimme. »Wie schön, dass Sie uns wieder mit Ihrer Anwesenheit beehren!« Und dann leiser, in Toris Richtung: »Nach hinten. Jetzt sofort.«

Tori griff nach dem Handgelenk der neuen Kellnerin und zog sie mit sanfter Gewalt hinter sich her. Kurz wirkte es, als würde diese sich wehren, doch dann ließ sie es geschehen. In dem Moment, in dem sie sich umdrehten und geradewegs auf mich – oder besser gesagt auf die Tür zur Küche, vor der ich stand – zuliefen, trafen sich unsere Blicke. Meiner und der der Unbekannten.

Nur, dass sie keine Unbekannte für mich war.

Im Gegensatz zu gestern Nacht war sie nicht geschminkt. Ihre hellen Augen wirkten zu groß in dem schmalen Gesicht, die Schatten darunter schimmerten violett, und ihre Lippen waren voll und herzförmig. Wie gebannt starrte ich sie an. Gestern war sie diejenige gewesen, die gestarrt hatte. Auf der Clubtoilette, während Aisha und ich Sex gehabt hatten.

Wie lange war es her, dass wir uns davor das letzte Mal in einem Raum befunden hatten? Drei Jahre? Vier? Inzwischen trug sie die dunkelblonden Haare nicht mehr schulterlang, sondern fast so kurz wie ich meine. Was war das bitte für ein Zufall, dass wir uns erst gestern, dann heute wiedersahen? Ihren Namen hatte ich genauso wenig vergessen wie ihr Gesicht. Echo. Der ungewöhnliche Name war damals einer der Gründe gewesen, aus denen unsere hirnrissigen Mitschüler auf ihr herumgehackt hatten. Ihre konstant schlechten Noten in fast jedem Fach ein weiterer. Und dann hatte sich ihre Mutter das Leben genommen. Man könnte meinen, spätestens das hätte die Arschlöcher dazu gebracht, sie in Ruhe zu lassen. Aber nein, natürlich hatten sie selbst die vermutlich größte Tragödie in Echos Lebens gegen sie verwendet.

Im Fever hatte ich keinen Gedanken mehr an sie verschwendet, nachdem sie die Toiletten verlassen hatte. Ich war voll und ganz mit Aisha beschäftigt gewesen. Wir hatten Spaß gehabt. Es war ihre letzte Nacht in Goldbridge gewesen, und wir hatten dafür gesorgt, dass sie sich daran erinnern würde. Erst als ich wieder in meinem Bett gelegen hatte, war mir die seltsame Begegnung mit Echo wieder eingefallen. Ich hatte mich gefragt, was aus ihr geworden war, wie es ihr ging, ob sie all die Jahre in Goldbridge geblieben war, nachdem sie die Schule abgebrochen hatte, und falls ja, wieso sie mir nie wieder begegnet war.

»Können wir vorbei?«, riss mich Toris angespannte Stimme aus meinen Gedanken.

Die beiden standen inzwischen direkt vor mir. Echos Blick war nach wie vor mit meinem verkettet. Sie wirkte nicht überrascht, mich hier zu sehen. Nur angepisst, doch das schob ich auf die Konfrontation mit Huxley. Ich hatte keine Ahnung gehabt, dass sie im Prisma anfangen würde, aber sie hatte vermutlich damit gerechnet, mich hier zu sehen. Immerhin wusste ganz Goldbridge, dass ich im Restaurant meiner Eltern arbeitete.

Sie war genauso zierlich wie damals; ich dagegen war im letzten Schuljahr noch um die zehn Zentimeter in die Höhe geschossen, sodass sie mir jetzt kaum bis zur Schulter reichte. Früher hatte sie sich beim Gehen noch kleiner gemacht, so als wollte sie sich vor den giftigen Kommentaren der anderen verstecken. Jetzt hielt sie sich mit trotzigem Stolz. Und da war etwas Hartes in ihrer Miene, das zumindest mir neu war.

Irgendwie schaffte ich es, meinen Blick von ihr zu lösen. Hastig drehte ich mich um, drückte die Tür auf und hielt sie den beiden auf.

Statt wie geplant die Flucht zu ergreifen, folgte ich ihnen nach drinnen. Meine Wut war wie weggeblasen. Sämtliche Blicke lagen auf ihr. Manche neugierig, manche argwöhnisch, und Julians Mitbewohnerin und beste Freundin Darcy, die im Saucier-Bereich stand und gerade dabei war, mit dem Schneebesen eine dickflüssige Suppe aufzulockern, grinste Echo zu.

»Na endlich sagt jemand diesem Vogel die Meinung«, rief sie. »Du weißt nicht, wie viele von uns sich das schon gewünscht haben.«

Echo erwiderte nichts, sondern schaute stumm auf ihre Fußspitzen. Plötzlich wirkte sie nicht mehr halb so wütend. Eher beschämt.

Sekunden später kam Mum mit einem perfekten Pokerface

zurück in die Küche und schloss gewissenhaft die Tür hinter sich.

»Echo, kommst du bitte mit nach hinten in die Patisserie?«, sagte sie betont freundlich und schaute dann zu mir. »Du auch, Alex?«

Ich ging voraus und schaute mich nicht um, bis ich den Patisserie-Bereich erreicht hatte.

Mum schloss auch diese Tür hinter sich, nachdem wir alle drei eingetreten waren. »Alexis, du warst vorhin nicht hier, als ich Echo den anderen vorgestellt habe.«

Das musste in der halben Stunde passiert sein, als ich die letzten Besorgungen für die Torte gemacht hatte.

»Sie hat heute bei uns angefangen, und eigentlich war geplant, dass sie kellnert«, fuhr Mum fort und schaute dann mit einem gezwungenen Lächeln zu Echo. »Aber ich glaube, wir überlegen uns vorerst eine Alternative für dich, was meinst du?«

Völlig entgeistert starrte Echo sie an. »Ich werde nicht rausgeschmissen?«

Mums Lächeln wurde überzeugender. »Ganz so schnell geht das hier nicht. Außerdem braucht Alexis heute Hilfe mit einer Bestellung. Drei Fliegen mit einer Klappe also, oder wie geht dieses Sprichwort?«

Echo wirkte immer noch schockiert. »Z-zwei«, brachte sie leise hervor.

»Bitte?«

»Zwei Fliegen mit einer Klappe.«

»Danke, mit den Sprichwörtern komme ich immer noch durcheinander.« Mum nickte, dann blickte sie wieder zu mir. »Ihr beiden kennt euch von früher, kann das sein? Wart ihr nicht in einer Jahrgangsstufe?«

Echo mied meinen Blick. »Wir hatten ein paar Fächer zusammen.«

Also erinnerte sie sich auch an mich.

»Prima. Alexis wird dir alles zeigen. Es ist nichts Kompliziertes, heute muss nur noch alles zusammengesetzt und ausgeliefert werden, richtig?«

Ich presste die Lippen aufeinander und schüttelte leicht den Kopf, doch Mum sah mich nicht mehr an. War das ihr Ernst?

»Falls ihr Hilfe braucht, meldet euch, ich muss vorn das Risotto fertig machen«, fuhr sie mit einem breiten Lächeln fort. »Bis später, ja?«

Und damit machte sich diese Verräterin aus dem Staub. Aber was hatte ich anderes erwartet? Inzwischen sollte ich es gewohnt sein, von ihr im Stich gelassen zu werden.

7. KAPITEL

Echo

Is it better to be good or just a great pretender?

Der Tag lief alles andere als geplant. Dabei hatte ich es entgegen meinen Erwartungen geschafft, nicht sofort wieder die Flucht zu ergreifen. Zum Großteil lag das an Tori. Sie hatte den anderen Mitarbeitern tatsächlich erzählt, dass sie mich aus dem Wohnheim kannte, und darauf bestanden, mich einzuarbeiten, obwohl sie normalerweise in der Küche tätig war. Thea war begeistert von der Idee gewesen. Inzwischen war auch klar, dass Luke sie nicht bestochen hatte. Die Gute hatte einfach einen kleinen Schaden, wie sich herausstellte. Sie stand drauf, Leuten in Not zu helfen. Freudestrahlend hatte sie mich in ihrem Büro begrüßt und mir eine Rede über zweite Chancen und die Kraft von Neuanfängen gehalten. *»Ich glaube an dich, Echo«*, hatte sie gesagt, als würden wir uns seit Ewigkeiten kennen und als könnte sie sich ein realistisches Urteil über mich erlauben. *»Dein Großvater glaubt an dich. Wenn du jetzt auch noch an dich selbst glaubst, dann wird das hier großartig.«*

Ich hatte nur gequält gelächelt.

Dann hatte sie mich gefragt, wie sie im Prisma mit meiner Vergangenheit umgehen sollte.

Darauf hatte ich eine klare Antwort gehabt: »*Totschweigen, bitte.*«

Eine Weile hatte sie mich eindringlich gemustert, und ich war mir fast sicher gewesen, es mit der Antwort vermasselt zu haben, doch schließlich hatte sie genickt. Im Gegenzug hatte ich ihr versprechen müssen, dass ich zu ihr kommen würde, sollte ich jemals Redebedarf haben.

Als ob. Aber sie war meine Chefin, und ich würde alles versprechen, was sie glücklich machte.

Ich war stolz darauf gewesen, dieses Gespräch gemeistert zu haben. Auch die Vorstellungsrunde mit den anderen Mitarbeitern war gut gelaufen. Die Tatsache, dass von Alexis dabei jede Spur fehlte, hatte mich beruhigt, und die nächsten zwei Stunden waren wie im Flug vergangen. Ich gab es nicht gern zu, aber Toris Anwesenheit machte wirklich alles besser. Sie verurteilte mich nicht, wenn mir Fehler unterliefen, sie wiederholte jeden Schritt, bis selbst ich ihn mir merken konnte, und sie gab mir das Gefühl, dass sie und die anderen Mitarbeiter dankbar für meine Arbeit waren. Für jeden kleinen Scheiß lobte sie mich, selbst wenn es nur das richtige Falten von Servietten war.

Tja, und dann, dann hatte ich trotz allem das getan, was ich am besten konnte: es verkackt.

»Glotz nicht so«, blaffte ich Alexis an, sobald seine Mutter die Patisserie verlassen hatte. »Ich will auch nicht hier sein.«

Es war ein kleiner Schock gewesen, ihn bei Tageslicht zu sehen, und das kotzte mich an. Tori hatte mir zuvor bestätigt, dass er im Prisma arbeitete. Und trotzdem hatte es mich fertiggemacht, ihn plötzlich vor mir stehen zu sehen. In dieser Umgebung wirkte er wie ein völlig anderer Mensch als gestern Nacht. Aber vielleicht stimmte das nicht. Vielleicht ging es weniger um ihn als um die Reaktionen aller anderen auf ihn. Die Mitarbeiter schienen ihn mit einer Mischung aus

Angst und Mitleid anzusehen. Und seine Mutter behandelte ihn wie ein kleines Kind. Ihre Stimme wurde sanfter, wenn sie mit ihm sprach, vorsichtiger. Das kotzte mich ebenfalls an, auch wenn ich nicht genau sagen konnte, aus welchem Grund. Vielleicht erinnerte es mich daran, wie ich in der Klinik behandelt worden war? Jedenfalls schien Alexis kein bisschen begeistert von der Idee seiner Mutter zu sein. Verständlich. Wer wollte mit einer Loserin wie mir zusammenarbeiten, noch dazu, nachdem ich gerade bewiesen hatte, dass ich die einfachste Gastro-Regel nicht befolgen konnte?

Obwohl oder gerade *weil* ich ihn verstand, wurde ich umso angepisster, als er mich musterte, als hielte er mich für Platzverschwendung.

»Glaub mir, ich hab nicht geplant, diesem ekligen Typen meine Meinung zu sagen«, fuhr ich fort. Sein Schweigen war so verurteilend, dass ich mich rechtfertigen *musste.* »Aber irgendjemand sollte es machen, oder? Ich hasse solche Leute. Außerdem hat er angefangen. Er hat sich beschwert, dass ich das Wasser beim Einschenken verschüttet habe. Ich schwöre, das waren nicht mal zwei Spritzer, die danebengegangen sind. Und verdammt noch mal, es ist *Wasser*, kein Rotwein! Ich hab mich sogar entschuldigt. Das muss man sich mal geben. War echt hart, aber ich hab mir so gesagt: Hey, Echo, du willst Kellnerin sein, und Regel Nummer eins ist dabei nun mal, Leuten in den Arsch zu kriechen, egal, was für Witzfiguren sie sind. Und dann! Dann hat er sich eine Hand an die Ohrmuschel gelegt und ›Wie bitte? Ich habe dich nicht verstanden!‹ gerufen. Sorry, aber ich bin doch kein Zirkusaffe! Hier kommen bestimmt nur solche Leute her, was? Wie soll man das aushalten, ohne irgendwann zu explodieren?«

Während meiner Rede hatte Alexis den Blick abgewendet und auf die Arbeitsfläche vor sich gerichtet, auf der mehrere Schüsseln mit goldfarbenen Streuseln, Kakao und etwas, das wie geschlagene Sahne aussah, standen. Angestrengt starrte er darauf, als versuchte er, mich komplett auszublenden.

Die Wut kochte erneut in mir hoch. »Wie auch immer, sag mir einfach, was ich tun soll. Ich kann auch hier stehen und gar nichts machen, wenn das besser für dich ist, aber ich weiß nicht, wie geil das deine Mutter finden wird.«

Alexis wandte sich von mir ab, lief zu einem Regal hinter sich an der Wand und holte ein Tablet von der untersten Ablage. Mit gerunzelter Stirn und zusammengepressten Lippen tippte er darauf herum.

Ich stöhnte auf. »Macht so richtig Spaß mit dir. Du wirst bestimmt regelmäßig zum Mitarbeiter des Monats gewählt.«

Blitzschnell schaute er vom Bildschirm auf. Seine Nasenflügel weiteten sich, pure Mordlust glitzerte in seinen dunkelbraunen Augen.

Okay, vielleicht musste ich ein bisschen netter zu ihm sein. Ich durfte nicht vergessen, dass er mich gestern im Fever gesehen hatte. Auch wenn er angeblich mit niemandem hier redete, sollte ich kein Risiko eingehen.

»Sorry«, nuschelte ich und zwang mich, freundlicher zu gucken. »Übrigens – wie wär's, wenn wir vergessen, dass wir uns gestern Nacht im Club gesehen haben?«

Saubere Leistung, echt. Ihm erst auf den Sack gehen und ihn dann um einen Gefallen bitten.

Je länger wir uns ansahen, desto mehr veränderte sich sein Blick, bis er kaum mehr wütend wirkte. Eher neugierig. Dann hob er eine dunkle Braue.

Ich legte den Kopf in den Nacken. Der Typ war wirklich riesig.

So, da musste ich jetzt durch. Ich konnte wohl kaum zurückrudern. »Ich war nur fünf Minuten da. Wegen 'nem Freund von mir. Ja, ich weiß, erschreckend, dass ich inzwischen Freunde habe. Egal. Ich wollte eigentlich gar nicht dort sein, das ist das Wichtigste. Aber dann musste ich halt pinkeln. Konnte ich ja nicht wissen, dass du neben mir vögelst. Hätte ich das geahnt, wäre ich in die andere Kabine gegangen. Oder hätte vielleicht nicht rübergeguckt. Na ja, lässt sich jetzt nicht mehr rückgängig machen. So oder so – ich hab schon fast vergessen, dass ich dich dort gesehen hab. Ist mir eh egal, was du gemacht hast. Weil du mir egal bist.«

Nun wanderte auch seine andere Braue in die Höhe. Bildete ich es mir ein, oder wirkte er mit einem Mal belustigt? Kopfschüttelnd löste er den Blick von mir, und erst jetzt realisierte ich, dass mein Scheißherz viel zu schnell schlug. Bevor ich mir einen Reim auf seine Reaktion – oder meine – machen konnte, drückte er mir das Tablet in die Hand.

Auf dem Display war die Zeichnung einer Torte zu sehen. Fünfstöckig, jede der fünf Kuchenschichten in einer anderen Pastellfarbe und mit verschiedenen bunten Streuseln verziert. Auf der obersten thronte ein verschnörkelter goldener Schriftzug: *Ann & Ian forever*.

»Reizend«, entfuhr es mir. »Ann und Ian klingen zusammen wirklich dämlich, das hätte ich mir an ihrer Stelle bei der Partnerwahl früher überlegt. Die musst du heute fertig machen?«

Seine Mundwinkel zuckten. Er schüttelte den Kopf und beugte sich näher zu mir. Der Duft nach Vanille und karamellisiertem Zucker stieg mir in die Nase. Natürlich. Natürlich roch er nach Süßkram.

Mit einem Swipe nach links verschwand die Zeichnung, und jetzt war die Innenansicht der bunten Torte zu sehen: dem Anschein nach fünf Schokokuchen mit irgendeiner Creme dazwischen. Der unterste war tiefdunkel, fast schwarz, je höher man ging, desto heller wurden die Schichten, der kleinste und oberste Kuchen erinnerte an Vollmilchschokolade. Ein weiterer Swipe, und eine völlig neue Torte erschien, bei der das

Innere der letzten nach außen gekehrt zu sein schien. Wieder waren es fünf Stockwerke, und jede Schicht hatte eine andere Schattierung von Schokoladenbraun. Das Äußere des untersten Kuchens war mit ein paar goldfarbenen Streuseln verziert, die anderen mit einer Art feinem Glitzer bestäubt. Erneut war oben ein goldener Schriftzug zu sehen, diesmal: *Ann forever*.

»Fehlt da nicht was?«, murmelte ich, und: »Wie oft will die noch heiraten?«

Alexis schüttelte den Kopf, und plötzlich umspielte ein richtiges Lächeln seine Lippen. Es ließ ihn jünger aussehen.

Länger als ein paar Sekunden ertrug ich seinen Anblick nicht, weil irgendwas Nerviges in mir abging, wenn er lächelte. Das lag vermutlich an früher. An früher, als ich noch halbwegs normal gewesen war. Nicht für den Großteil meiner Klassenkameraden, aber zumindest innerlich. Früher, als ich noch Träume von einer Zukunft gehabt hatte. Als es Mum noch gegeben hatte. Als ich den Hinterkopf des stillen Typs im Mathekurs angestarrt hatte, der am Tisch vor mir saß und sich jedes Mal nach mir umdrehte, wenn jemand *»Kein Wunder ist dein Vater abgehauen, bei so 'ner Tochter hätte ich das auch gemacht«* oder einen anderen liebenswürdigen Kommentar über mich losließ. Der *»Scheiß auf die«* flüsterte und mich anlächelte, als gehörten wir irgendeinem fucking Geheimclub an. Der sich so was leisten konnte, weil seine beiden älteren Brüder in Goldbridge bekannt waren und es sich niemand mit ihnen verscherzen wollte. Früher, als ich mir noch erlaubt hatte zurückzulächeln. Als ich darüber fantasiert hatte, wie es wäre, meine Hand auszustrecken und seine dunklen Locken zu berühren. Seinen Nacken. Seine Schultern. Sein Gesicht. Als Mums Stimme noch nicht jedes Mal in meinem Hinterkopf erklungen war, wenn ich auch nur ansatzweise in diese Richtung dachte. *»Halt dich von Männern fern, Echo. Halt dich von ihnen fern und beschütze deinen*

Körper. Er ist heilig. Wiederhole meinen Fehler nicht.« Ob sie je kapiert hatte, dass sie *mich* damit einen Fehler nannte?

Ich schüttelte den Kopf, um die dummen Gedanken zu vertreiben. Ja. Früher. Meine Reaktion auf sein Lächeln war ein Überbleibsel aus der Vergangenheit. Kein Grund zur Sorge. Alexis hatte bereits die nächste Illustration aufgerufen, darauf sollte ich mich konzentrieren.

Das Innere der zweiten Torte war wie das Äußere der anderen gestaltet, quietschbunt, jeder Kuchen in einer anderen Farbe. An den Rand waren Bezeichnungen neben jedes Stockwerk geschrieben: Salted Caramel, Pistazie, Vanille-Macadamia, Mohn-Lavendel, Orange.

Bevor ich weiterfragen konnte, nahm Alexis mir das Tablet aus der Hand, wobei seine Finger meine Haut streiften. Unwillkürlich zuckte ich zurück, und unsere Blicke trafen sich. Aus seinem schien Bestürzung zu sprechen.

Ich schluckte hart. Dann setzte ich schnell eine gelangweilte Miene auf. »Also, was ist jetzt mit dieser Torte?«

Er schloss die Seite mit der Illustration und klickte auf ein Chat-Programm. Im nächsten Moment spielte er eine Audio-Nachricht ab.

»Hi, Thea, kannst du die Nachricht bitte auch an deinen Sohn weiterleiten?«, erklang eine hohe, gestresst klingende Stimme. »Ich weiß, wir haben schon telefoniert, aber ich wollte meine Vision noch mal ganz deutlich machen. Die Torte soll von außen elegant, aber langweilig sein, so wie das Innere meiner Hochzeitstorte – und wie mein Ex.« Ein Lachen ertönte. »Sorry, sorry. Die Hochzeitstorte war übrigens *der Hammer*. Ich weiß nicht, ob wir das damals oft genug betont haben, aber sie kam wirklich eins a bei den Gästen an und bei meinen Followern auch. Tja, nur bei Ian nicht, der fand sie zu süß. Ha, es ist eine Torte, soll die salzig sein, oder was? Das hätte mein erster Hinweis sein sollen. Na, wie auch immer. Ich vertraue euch blind. Es ist mir nur wichtig, dass Alexis sich im Inneren schön austobt. Ich möchte bunte Farben, ich möchte Leben, Explosionen, Möglichkeiten, Inspiration! Jetzt geht es so richtig los, verstehst du? Ich möchte das Gegenteil von meiner Ehe. Und es meiner Familie so richtig zeigen. Die denken tatsächlich, es gäbe nichts Schlimmeres im Leben einer Frau als eine Scheidung, dabei war das die beste Entscheidung, die ich je getroffen habe. Okay? Okay. Kussi, grüß mir deine Jungs. Und meine Güte, das hätte ich beinahe vergessen, noch mal mein herzliches Beileid wegen Elliot, Thea, ich weiß gar nicht ...«

Alexis klickte hastig auf das Pause-Zeichen, und die Stimme verstummte.

»Das ist 'ne Torte für ihre Scheidungsparty?«, murmelte ich, obwohl ich eigentlich etwas ganz anderes fragen wollte. »Ihr Ernst? Wieso haben reiche Leute eigentlich immer einen an der Waffel?«

Schulterzuckend wandte er sich ab und legte das Tablet wieder ins Regal. Dann deutete er mit dem Kinn zur Tür.

Ich folgte ihm nach draußen in den Flur, während meine Gedanken sich regelrecht überschlugen. *»Mein herzliches Beileid wegen Elliot ...«* Elliot Bithersea war Alexis' Vater. Oh, Scheiße, war der etwa abgekratzt, und niemand hatte daran gedacht, das zu erwähnen?

Alexis führte mich ans Ende des Flurs und dann nach rechts, in den Umkleideraum, den mir Thea vorhin gezeigt und wo sie mir meine Arbeitskleidung gegeben hatte. Mein neues Outfit, das sich sowieso völlig verkehrt für mich anfühlte, war also absolut sinnlos gewesen.

Alexis kramte in einem Schrank nach etwas und zog schließlich eine weiße Schürze hervor. Er faltete sie auseinander, hielt sie neben mich und musterte mich von oben bis unten. Nicht urteilend, eher konzentriert. Trotzdem jagte es mir eine Gänsehaut über den Rücken. Starren hatte er drauf, so viel stand fest. Seine dunklen Augen wirkten fast schwarz, genau wie die seiner Mutter. Und wie vorhin, als sie mich angesehen hatte, fühlte ich mich jetzt von ihm geröntgt.

Konnte er mal aufhören, mich so anzuglotzen? Es löste ein ekelhaftes Jucken unter meiner Haut aus. Ich wollte nicht angesehen werden. Ich wusste, dass ich beschissen aussah, in diesem sterilen Licht erst recht, da half auch kein Monat Entzugsklinik. Mein Körper war zu knochig, und mein Gesicht wirkte regelrecht ausgemergelt. Tori war vorhin nur höflich gewesen, als sie gesagt hatte, dass ich anders aussah als noch vor ein paar Wochen, da war ich mir sicher. Sie war die geborene People-Pleaserin.

Reflexartig verschränkte ich die Arme vor meinen nicht vorhandenen Brüsten. »Hat euch schon mal jemand gesagt, was für eine bescheuerte Idee es ist, Weiß zu tragen, wenn ihr in der Küche arbeitet?«

Er verdrehte die Augen und machte eine Kreisbewegung mit dem Zeigefinger.

Ich rührte mich nicht von der Stelle. »Was willst du?«

Ein paar Sekunden starrte er mich ausdruckslos an, dann trat er einen Schritt auf mich zu, beugte sich runter, tastete nach meiner Taille und drehte mich sanft, aber bestimmt um. Mit blitzschnellen Bewegungen löste er die verknoteten Bänder meiner schwarzen Kellnerschürze.

»Du kannst auch einfach deine Stimme benutzen und mich fragen«, zischte ich. Und dann, als ich kapierte, was ich da von mir gegeben hatte, machte ich alles noch schlimmer. Ein Glucksen entfuhr mir. »Ach, nee, kannst du ja gar nicht. Mein Fehler!« Keine Ahnung, was mit mir los war. Diese seltsame Stimmung zwischen uns war jedenfalls unerträglich.

Alexis ließ sich nicht von mir beirren. Er zog mir die Schürze aus, knüllte sie zusammen und pfefferte sie auf die

Bank, die zwischen den Spinden stand, ehe er mir die weiße Schürze reichte, mir die obere Schlaufe über den Kopf zog, als wäre ich dazu selbst nicht in der Lage, und dann begann, die Bänder, die ich ihm nach hinten reichte, an meinem Rücken zu verknoten.

»Ey, geht's ein bisschen lockerer?«, rief ich. »Ich will noch atmen können.«

Ein Schnauben erklang hinter mir, doch er gehorchte.

Als sein heißer Atem meinen Nacken kitzelte, schoss mein Puls erneut in die Höhe. Was auch immer hier abging, es gefiel mir ganz und gar nicht.

Sobald er fertig war, wirbelte ich herum und funkelte ihn an. »Nächstes Mal mach ich das alleine. Das kriege ich gerade noch so hin.«

Genervt erwiderte er meinen Blick, dann wandte er sich ab und stapfte aus dem Raum. Mir blieb nichts anderes übrig, als ihm zu folgen. Einen weiteren Fehltritt konnte ich mir heute kaum leisten.

Alexis' nächstes Ziel war ein begehbarer Kühlschrank, zu dem er mir die schwere Metalltür aufhielt, ohne mich anzusehen, also schlüpfte ich hinter ihm ins eisige Innere. Verschiedene Lebensmittel standen rechts und links aufgereiht, fein säuberlich nach Haltbarkeitsdatum sortiert und mit Beschriftungen versehen.

Als Alexis nach einer großen Kuchenform griff und sie mir hinhielt, nahm ich sie mit zusammengepressten Lippen entgegen. Unwillkürlich hatte ich wieder Mums Stimme im Kopf. *»Wer seine Zunge hütet, bewahrt sein Leben«*, zitierte sie. *»Wer aber mit seinem Maul herausfährt, über den kommt Verderben.«*

Da ich sowieso längst verdorben war, begann ich wieder zu reden. Ich redete und redete und hörte nicht auf.

8. KAPITEL

Alexis

Crashing into your shore

Wie konnte man so verdammt viel reden?

Früher war sie nicht so gewesen. Zwar hatte sie sich durchaus wehren können, aber wenn man sie nicht beachtet hatte, war sie geradezu mit dem Hintergrund verschmolzen. Mir war das wie eine Strategie vorgekommen, um weiteren Hänseleien aus dem Weg zu gehen. Ein Versuch, sich unsichtbar zu machen. Vielleicht war mir das aufgefallen, weil ich mir selbst oft gewünscht hatte, unsichtbar zu sein. Natürlich war das vergeblich gewesen. Wenn man mit Julian und Nicolas verwandt war, stand man im Mittelpunkt des Geschehens, ob man wollte oder nicht.

Irgendetwas war in den letzten Jahren mit ihr passiert, was sie in das komplette Gegenteil verwandelt hatte. Sie schien überhaupt keinen Filter zu besitzen. Jeder verfluchte Gedanke wurde ausgesprochen. Seit Stunden. Nicht mal, wenn ich ihr etwas Neues zeigte, gönnte sie mir eine Pause. Sie kommentierte jeden einzelnen Schritt. Fragen stellte sie dagegen keine einzige. Inzwischen hatte sie anscheinend ebenfalls kapiert, dass es zwecklos war, eine Antwort von mir zu erwarten.

Nacheinander hatten wir alle fünf Schichten mit der passenden Ganache bestrichen, sie abkühlen lassen, währenddessen

Fondant mit Kokosöl weich geknetet, ihn in fünf verschiedenen Braun-Schattierungen eingefärbt und die Kuchen dann mithilfe von Holzstangen und zugeschnittenen Tortenplatten, die von außen nicht zu sehen waren, aufeinander gestapelt. Schließlich hatten wir das gesamte Konstrukt mit Fondant eingekleidet, ein paar Goldstreusel daraufgeklebt, sie mit essbarem Glitzer besprüht und die Buchstaben, die ich bereits gestern aus gefärbter Blütenpaste geformt und auf Holzstäbchen trocknen lassen hatte, auf die oberste Etage gesteckt.

Normalerweise tauchte ich voll und ganz in meine Arbeit ab, vor allem, wenn es eine neue Herausforderung war und ich mich besonders konzentrieren musste. Mit Echo an meiner Seite war das unmöglich. Obwohl sie mich nervte, konnte ich allerdings nicht leugnen, dass sie sich entgegen meinen Erwartungen nicht dumm anstellte. Vor der Umsetzung einer neuen Kreation schrieb ich für gewöhnlich Notizen, damit andere Mitarbeiter die Arbeitsschritte nachvollziehen konnten, doch Echo warf nur einen kurzen Blick darauf und schob sie dann beiseite. Stattdessen beobachtete sie mich bei jedem neuen Schritt eine Weile und imitierte mich dann. Ihre Finger waren nicht so ruhig wie meine, und ganz allgemein schien es ihr schwerzufallen, länger als ein paar Minuten am Stück stillzuhalten. Sie streckte sich, verlagerte immer wieder ihr Gewicht von einem Bein aufs andere, pfiff, klopfte mit den Fingern auf die Arbeitsplatte und trieb mich damit zusätzlich zu ihrem Gelaber in den Wahnsinn, aber sie machte kaum Fehler. Allein hätte ich deutlich länger gebraucht, um fertig zu werden.

Immer wieder kam jemand vorbei, um zu schauen, wie wir vorankamen, denn bei solchen besonderen Bestellungen war die allgemeine Begeisterung groß, und seltsamerweise störte es mich nicht wie sonst. Ruhe hatte ich ohnehin keine. Womöglich war das der wahre Grund, aus dem Mum Echo zu mir in die Patisserie gesteckt hatte. Vielleicht hatte sie sich gedacht, dass es mir guttun würde, jemanden an meiner Seite zu haben, der so viel redete, dass es für uns beide reichte.

Inzwischen war es nach sieben, wir hatten die Torte verkehrssicher ins Prisma-Auto verfrachtet, was eine kleine Ewigkeit gedauert hatte, und Echo und ich waren auf dem Weg zur Partylocation. Die Feier würde erst morgen stattfinden, aber Ann hatte darauf bestanden, dass wir heute lieferten. Julian hatte angeboten, an Echos Stelle mit mir zu fahren, damit diese Feierabend machen konnte, doch aus irgendeinem Grund hatte sie abgelehnt. Zwar war mein Kopf drauf und dran, von ihrem stundenlangen Gequatsche zu explodieren, aber ihre Gesellschaft war mir immer noch lieber als Julians.

»Ich kapiere nicht, wieso Leute so viel Geld für den Scheiß zahlen«, sagte sie, hievte ihre Beine vor sich aufs Armaturenbrett und verschränkte die Füße. »Ja, klar, du hast dir offensichtlich viel Mühe bei der Planung und so gemacht, und das dauert alles ewig, aber ich verstehe allgemein nicht, wieso man mehr als nötig für Essen ausgibt. Das ist bloß dazu da, dass wir überleben. Der Genuss hält für ein paar Minuten an, und dann ist das Zeug weg und wird ein paar Stunden später wieder ausgeschieden. Ich meine, wer zur Hölle zahlt freiwillig mehr als nötig dafür? Ist das nicht die größte Verschwendung?«

Ich trat ein bisschen zu aggressiv aufs Gaspedal. Eigentlich fiel es mir nicht schwer, Geräusche auszublenden, ich hatte sehr viel Übung darin, in meinen Kopf zu verschwinden, aber irgendwas an ihr machte es unmöglich. Vermutlich war es ihre Penetranz. Oder die Tatsache, dass sie mich nicht anders als andere behandelte. Die meisten Leute, die zum ersten Mal mit *dieser* Version von mir in Berührung kamen, reagierten bestürzt, übervorsichtig, waren befangen oder peinlich berührt. Echo schien es schlichtweg scheißegal zu sein. Ihre fehlende Sensibilität machte mich genauso wütend, wie sie mich erleichterte. Lag es daran, dass sie mich gestern in meiner Parallelwelt angetroffen hatte, in der ich jemand ganz anderes war?

»Hey!«, brüllte sie. Ich zuckte zusammen. »Rot! Ich will nicht sterben!«

In allerletzter Sekunde trat ich aufs Bremspedal, und wir wurden beide nach vorn geschleudert. Wir befanden uns an einer Kreuzung, und ich war so abgelenkt gewesen, dass ich fast abgebogen wäre, obwohl die Ampel eindeutig Rot zeigte. Ich musste mich zusammenreißen.

Meine Finger umklammerten das Lenkrad fester. Ich atmete tief durch.

»Apropos sterben«, erklang ihre Stimme nach einem Moment etwas ruhiger. »Ist dein Alter tot?«

Was zur Hölle?

Sie nahm ihre Beine wieder runter und schob die Hände zwischen die Oberschenkel. Ihr Gesichtsausdruck wirkte im Gegensatz zu ihrer angespannten Körperhaltung gelassen.

»In dieser Sprachnachricht vorhin«, sagte sie schulterzuckend, »hat die Tussi euch ihr herzliches Beileid ausgesprochen.«

Wut durchfuhr mich. Auf sie, weil sie wirklich keinen Funken Taktgefühl besaß. Auf Ann für diese dämliche Aussage. Und besonders auf mich, weil ich nicht daran gedacht hatte, die Audio früher abzubrechen.

Ein lautstarkes Hupen hinter mir lenkte mich ab. Ich schaute nach vorn. Grün. Wieder war ich nicht bei der Sache gewesen. Schleunigst fuhr ich los und ließ den Blick diesmal stur auf die Straße gerichtet. Ich sollte mich wirklich aufs Fahren konzentrieren. Und ich hatte *wirklich* keine Lust auf dieses Gespräch.

»Geht mich nichts an, ich weiß«, fuhr sie fort. »Aber falls es stimmt, tut's mir leid. Hat mich bloß gewundert, dass sonst niemand was gesagt hat. Hat er nicht auch im Prisma gearbeitet? Und deine Mum wirkt echt seltsam happy dafür, dass ihr Mann ...«

»Kannst du endlich den Mund halten?« Ich hatte die Entscheidung zu sprechen nicht getroffen. Das tat ich nie. Wäre ich dazu in der Lage gewesen, wäre mein Leben ein anderes. Jedes Mal, wenn mir meine Stimme entglitt, als gehörte sie überhaupt nicht zu mir, war es eine Überraschung. Manchmal schreckte ich vor ihrem Klang zurück. Jetzt war ich eindeutig zu wütend dafür. »Kannst du verdammt noch mal endlich den Mund halten?« Mit jedem Wort wurde ich lauter.

Selektiver Mutismus nannte sich der Scheiß. Das bedeutete, ich war nicht vollständig stumm. Nur in bestimmten Kontexten. Außerhalb meiner Komfortzone. So hatte es zumindest der Psychologe erklärt, zu dem mich meine Eltern vor etwas über einem Jahr geschleppt hatten, nachdem ich im Sommer zu sprechen aufgehört hatte. Für die meisten Betroffenen bedeutete das, dass sie in großen Menschenmengen oder unter Fremden den Mund nicht aufbekamen, aber mit ihren Freunden und ihrer Familie, also mit für sie vertrauten Leuten, problemlos kommunizierten. Bei mir war es genau andersrum. Ich hatte keine Schwierigkeiten damit, mit Fremden zu sprechen. Sondern mit Menschen, die irgendetwas mit meiner Familie zu tun hatten. Es brauchte keinen Psychologen, um mir zu erklären, was das über meine Komfortzone aussagte. Oder über den Schaden, den Dad angerichtet hatte.

Ich hatte mit der Therapie aufgehört, weil sich nach einigen Sitzungen herausgestellt hatte, dass sie mir nichts brachte. In den Einzelsitzungen hatte ich kein Wort rausgekriegt und bei den drei Malen, die Julian und meine Eltern mitgekommen waren, erst recht nicht. Ganz davon abgesehen, dass ich meine Zeit sinnvoller nutzen konnte – es war die größte Geldverschwendung.

Für eine Weile war nichts als das sanfte Prasseln der Regentropfen auf der Windschutzscheibe zu hören. Wann hatte es zu regnen begonnen? Mit einer viel zu heftigen Bewegung betätigte ich die Scheibenwischer. Mein Herz klopfte mir bis zum Hals.

Manchmal fühlte es sich an, als würde ich an all den ungesagten Worten ersticken. Aber was war die Alternative? Wenn sie einmal anfingen, aus mir herauszubröckeln, würden sie ein Erdbeben auslösen und die gesamte Welt in Trümmer legen.

Gerade als ich mir sicher war, Echo endlich zum Schweigen gebracht zu haben, zerfetzte ihre Stimme aufs Neue die Stille zwischen uns.

»Ich versteh's, okay?« Mit einem Mal klang sie genervt. »Ich weiß, wie es sich anfühlt.«

Du hast keinen blassen Schimmer, wie es sich anfühlt!

Das wollte ich ihr entgegenbrüllen. Bis mir bewusst wurde, worauf sie sich bezog. Bis die Erinnerung an unsere Schulzeit zurückkehrte. An das Gerede, das sie monatelang verfolgt hatte. *»Ihre Mutter hatte doch schon immer einen an der Klatsche, oder? Hat sie Echo nicht mit vierzehn oder so bekommen? Und dann ist sie rumgelaufen wie 'ne creepy Sektenführerin. Hat ständig mit Bibelversen um sich geworfen und versucht, alle im Umkreis zu bekehren. Was war es am Ende, was glaubt ihr? Ich hab gehört, es waren Tabletten. Aber danach hat sie sich noch die Pulsadern aufgeschnitten. Oder sich auf dem Dachboden erhängt?«*

Ich wollte wütend sein. Eine Vollbremsung hinlegen, mich über Echo beugen, die Beifahrertür aufstoßen und sie zwingen, das Auto zu verlassen.

»Er ist nicht tot«, hörte ich mich stattdessen sagen. Kaum

mehr als ein Wispern. Keine Wut. Reine Verzweiflung. »Aber ich wünschte, er wäre es. Zählt das?«

Stille. Alles einnehmende Stille.

Für den Bruchteil einer Sekunde hoffte ich, sie würde etwas Albernes erwidern. Mich mit ihren Gedanken zutexten und sich über meine melodramatische Art lustig machen.

Aber nein. Diesmal schien sie wahrhaftig beschlossen zu haben, die Klappe zu halten. Ihr Schweigen, das ich mir den ganzen Tag herbeigewünscht hatte, war jetzt unerträglich. Wer sagte so etwas zu jemandem, dessen Mutter sich das Leben genommen hatte? Jetzt waren wir quitt, was die Taktlosigkeit anging.

Ich versuchte, mich auf die Straße zu konzentrieren, die immer wieder vor meinen Augen zerfloss. Es lag am Regen. Hoffentlich lag es am Regen. Nur noch wenige Minuten, bis wir unser Ziel erreicht hatten. Nur noch geradeaus fahren.

Meine Hände bebten.

Reiß dich zusammen, du willst keinen Unfall bauen.

Regelmäßig atmen. Darin hatte ich Übung. So lang regelmäßig atmen, bis ich wieder ich war.

»Das meinst du nicht ernst«, flüsterte sie, und mein Herz setzte einen Schlag aus.

Wir hatten unser Ziel erreicht. Die Festhalle am Ende der Straße. Ich bremste und umklammerte das Lenkrad fester. Während ich einparkte, schaffte ich es, meine Atemzüge zu normalisieren. Und dann, als es unausweichlich wurde, wandte ich ihr mein Gesicht zu. Keine einzige Emotion war in ihren Zügen zu erkennen. Nichts. Ein leeres Blatt Papier.

»Ich meine es nicht ernst«, sagte ich und hörte die Wut heraus, die unbemerkt zurückgekrochen war. »Aber ich wünschte, ich täte es.«

»Nein«, antwortete sie, löste ihren Gurt und stieß die Beifahrertür auf. »Das tust du nicht.«

9. KAPITEL

Echo

There's nothing in this town

Ich kannte die Gegend. Direkt um die Ecke befand sich die Kathedrale St. Paul's, in die Mum mich früher jeden Sonntag geschleppt hatte. Die Kuppel war selbst im verregneten Dunkeln hinter dem Flachdach der Festhalle zu sehen. Später würde ich ihr gezwungenermaßen noch einen Besuch abstatten.

Kurz bevor wir den Eingang erreicht hatten, trat eine Frau mittleren Alters aus der Tür. Sie hatte gold gefärbte schulterlange Ringellocken, trug ein violettfarbenes Kostüm, das ihre Sanduhrsilhouette betonte, und einen Eimer voll weißer Rosen in den Händen.

»Oh, ihr seid überpünktlich!«

Der Klang ihrer Stimme ließ mich erstarren. Okay, Scheiße. Ich blinzelte und starrte ihr direkt ins Gesicht. Das war nicht irgendeine Frau. Es war Lucinda Fortuzzi, Besitzerin der Cornish Bakery Naughty & Nice, in der ich für kurze Zeit vor etwa anderthalb Jahren gearbeitet hatte. Bevor ich in der zweiten Woche meiner Probezeit gekündigt worden war, weil ich zum wiederholten Mal zu spät und high zu meiner Schicht aufgetaucht war.

Reflexartig zupfte ich an der Kapuze meiner Jacke, damit sie mir tiefer ins Gesicht fiel.

Bitte, flehte ich in Gedanken. *Bitte lass Alexis das Gespräch übernehmen.*

Mein Herz hämmerte viel zu schnell, und ich war mir sicher, es lag nicht nur an meiner Sorge, von Lucinda erkannt zu werden. Alexis' Worte hallten in meinem Kopf wider. Ich konnte immer noch nicht fassen, dass er tatsächlich mit mir gesprochen hatte. Und noch weniger konnte ich fassen, was er von sich gegeben hatte.

Eine peinliche Stille entstand. Lucinda fixierte Alexis, der Hilfe suchend zu mir schaute.

»Na?«, rief sie. »Wo ist die Torte?«

Weitere Sekunden verstrichen. Er hatte eben noch gesprochen. Mehrfach. Man konnte es fast als einen Dialog bezeichnen, was da im Auto passiert war.

Ich holte tief Luft. Na schön. Nie im Leben machte er das mit Absicht. Niemand würde sich freiwillig dazu entscheiden, seinen Alltag derart zu verkomplizieren.

Doch ehe ich etwas sagen konnte, ergriff Lucinda wieder das Wort. »Wie geht es dir, mein Junge?« Mit einem Ächzen stellte sie den Eimer neben sich ab, trat einen Schritt vor und legte Alexis eine Hand auf die Schulter. Sie befand sich nur deswegen ungefähr auf einer Höhe mit ihm, weil drei Treppenstufen zum Eingang hinaufführten und sie auf der obersten stand. »Redest immer noch nicht, was? Muss ganz schön hart für deine Familie sein.«

Obwohl inzwischen Wind aufgekommen war, der den eisigen Regen in unsere Gesichter klatschte, war mir mit einem Mal sehr heiß.

»Die Lieferung ist im Auto«, fauchte ich. »Wir brauchen Hilfe, um sie in die Halle zu transportieren. Zu zweit wird das kaum möglich sein bei einer fünfstöckigen Torte.«

Lucinda ließ ihre Hand sinken und schaute entsetzt zu mir.

»Und wer bist …« Sie unterbrach sich selbst, und auf einmal wurden ihre Augen hinter den runden Brillengläsern ganz schmal. »Echo?«, rief sie spöttisch. »Was tust *du* hier?«

»Ich helfe bei der Auslieferung.«

Eine Weile sagte sie nichts, sah mich bloß mit unverhohlener Feindseligkeit an. Schließlich schüttelte sie den Kopf. »Thea ist wirklich unglaublich. Als wüsste sie nicht, dass sie sich damit ins eigene Fleisch schneidet! Diese Familie hat nun wirklich genug Sorgen …«

»Vielleicht sollten Sie sich um Ihren eigenen Scheiß kümmern«, erwiderte ich. »Nur so ein Vorschlag.«

Ich legte es nicht drauf an. Wirklich nicht. Vor allem heute Morgen hatte ich mir vorgenommen, die Nerven zu bewahren, egal, wie sehr meine Geduld auf die Probe gestellt werden würde. Aber wenn Alexis sich nicht selbst verteidigen konnte, dann musste ich das wohl übernehmen. Na gut, vielleicht ging es nicht nur um Alexis. Vielleicht ging es darum, dass ich es nicht ertrug, wenn jemand mich daran erinnerte, wer ich war und immer sein würde.

Lucindas Augen schienen ihr aus dem Kopf zu treten. Sie schnappte nach Luft, klappte den Mund auf, zeigte mit einem Finger auf mich und wollte gerade loslegen, als die Tür hinter ihr aufflog.

»Mamma, was machst du hier draußen?« Eine Frau um die dreißig mit einem lockigen blonden Bob und in einem knallroten Hosenanzug trat neben Lucinda – ihre Tochter Ann. Hätte sie die Ähnlichkeit zu ihrer Mutter nicht verraten, dann in jedem Fall ihre Stimme, die ich von der Sprachnachricht wiedererkannte. Wenn mich nicht alles täuschte, hatte ich sie schon mal bei Naughty & Nice gesehen. Da hatte sie allerdings noch lange Locken wie ihre Mutter gehabt. Ihre Miene hellte sich auf. »Oh, hi, Alexis. Schön, dich mal wiederzusehen! Und du bist …«

»Das ist Echo«, knurrte ihre Mutter. »Du kennst sie. Das ist die Aushilfe, die ich vor anderthalb Jahren eingestellt habe und die …«

»Die Torte ist im Auto!«, rief ich und schenkte Ann ein breites Lächeln. »Hilfst du uns, sie reinzutragen? Ah, und Glückwunsch zur Scheidung. Eine wirklich *inspirierende* Entscheidung.«

»Danke!« Ann strahlte. »Das sehe ich ganz genauso.« Sie warf ihrer Mutter einen selbstzufriedenen Blick zu, den diese nicht erwiderte, weil sie mich anstarrte, als würde sie mir am liebsten an die Gurgel springen. Ohne sich um den Regen zu kümmern, stieg Ann die Treppen runter und gesellte sich zu uns. »Auf geht's! Ich bin so gespannt auf das Ergebnis. Ma, könntest du hierbleiben und uns die Tür aufhalten?«

Die nächsten Minuten vergingen ohne Zwischenfälle. Alexis, Ann und ich trugen die Torte ins Innere der Halle, vorbei an langen, bunt geschmückten Tischen, die ungefähr so aussahen wie das Innere der Torte, und an einer Tanzfläche. Unser Ziel war ein Hinterraum, in dem sich ein gigantischer Kühlschrank befand. Keine Ahnung, wo Lucinda inzwischen war, aber es sollte mir recht sein, wenn sie sich fernhielt.

Sobald wir die eingepackte Torte auf der verchromten Arbeitsplatte neben dem Kühlschrank abgestellt hatten, machte sich Alexis daran, sie vorsichtig auszupacken, sodass Ann sie begutachten konnte.

»Hat meine Mutter euch genervt?«, fragte sie in meine Richtung. »Ich weiß ehrlich gesagt nicht, wieso sie hier ist. Um Hilfe gebeten habe ich sie garantiert nicht.«

»Nee, ich glaube, sie mag mich bloß nicht«, erwiderte ich, da Alexis ihr mit großer Wahrscheinlichkeit nicht antworten würde. »Was eventuell daran liegen könnte, dass ich mal bei ihr in der Bäckerei gearbeitet habe, wie sie gerade so freundlich erwähnt hat. Sie hat mich rausgeschmissen.«

Ein belustigter Ausdruck trat auf Anns Gesicht. »Verdient?«

»Könnte man so sagen, ja.«

»Verstehe. Na, was soll's, Menschen ändern sich.«

Nein, tun sie nicht.

Ich kam nicht dazu, ihr zu antworten, denn Alexis hatte den oberen Teil der Transportbox abgenommen und Ann plötzlich nur noch Augen fürs Innere.

»O Gott, die ist ja großartig geworden!« Entzückt beugte sie sich über die Torte. »Und von innen wird sie noch großartiger aussehen. Ihr seid wahre Künstler.« Sie knuffte Alexis leicht in die Seite, der kaum merklich zusammenzuckte. Im nächsten Moment erschien ein gezwungenes Lächeln auf seinen Lippen. »Danke, danke, danke!« Ann zückte ihr Handy und schoss eifrig Fotos. »Ihr habt euch wirklich selbst übertroffen!«

»Allein sein Verdienst«, platzte es aus mir heraus. Es fühlte sich verkehrt an, auch nur einen Bruchteil des Lobs zu akzeptieren. Ich verschränkte die Arme vor der Brust. Sofort brannte Alexis' Blick auf mir, doch ich starrte beharrlich geradeaus.

»In dem Fall – danke, Alexis, du Künstler«, antwortete Ann. »Mit der Bezahlung ist alles geklärt, richtig? Und kann ich mich morgen noch mal melden, wenn beim Aufbau was schiefgeht?«

Alexis nickte.

Nachdem wir die Torte wieder eingepackt und in den Kühlschrank gehievt hatten, verabschiedete ich mich von Ann und lief neben Alexis zurück nach draußen.

Lucinda stand vor der Festhalle und rauchte hektisch unter der Überdachung. Ihre Augen wurden schmal, sobald sie uns entdeckte.

Als mir der Zigarettenrauch ins Gesicht wehte, schoss unwillkürlich mein Puls in die Höhe.

Es ist nur 'ne Kippe. Nur ein bisschen Nikotin.

Ich atmete durch den Mund. Es war erbärmlich. Wirklich, wirklich erbärmlich. Zigaretten brachten mir nichts. Sie schmeckten nur scheiße. Und trotzdem hätte ich in diesem Moment alles dafür gegeben, der Mensch zu sein, der einfach ohne Konsequenzen eine rauchen konnte. Das Gift tief inhalieren, das Brennen in der Lunge genießen ... Nein, Zigaretten waren nie mein Problem gewesen. Genauso wenig wie Alkohol. Aber der Konsum von beidem würde mich vergessen lassen, dass ich überhaupt ein Problem hatte.

»Grüße an deine Mutter«, zischte Lucinda Alexis zu, als wir an ihr vorbeiliefen, bevor sie an mich gewandt hinzufügte: »Ich werde Thea darüber in Kenntnis setzen, was du bei mir abgezogen hast. Das ist meine Pflicht. Von Geschäftsfrau zu Geschäftsfrau.«

Ich musste so sehr lachen, dass ich für ein paar Sekunden den Krieg, der in meinem Kopf tobte, vergaß. »Die Mühe können Sie sich sparen. Thea weiß, was für eine Versagerin ich bin. Ich nehme an, das ist der Grund, aus dem sie mir den Job im Prisma überhaupt erst gegeben hat.« Mit diesen Worten beschleunigte ich meine Schritte.

Den ganzen Weg zum Auto spürte ich Alexis' Blick auf mir. Der Regen war stärker geworden und meine Kapuze irgendwann nach hinten gerutscht. Ich kümmerte mich nicht darum. Erst als ich angeschnallt neben ihm auf dem Beifahrersitz saß und er losfuhr, beruhigte sich mein Herzschlag wieder.

»Du hättest doch deinen Bruder mitnehmen sollen«, murmelte ich und starrte aus dem verregneten Fenster.

Etliche Sekunden vergingen, in denen nur der Scheibenwischer und das Prasseln der Regentropfen zu hören waren.

»Auf gar keinen Fall.«

Eine Gänsehaut überzog meine Arme. Seine Stimme verriet nichts über seinen Gemütszustand. Widerstrebend wandte ich mich ihm zu. Sein Gesicht wirkte entspannt, die Hand, die auf dem Lenkrad ruhte, ebenfalls.

»Es stimmt nicht«, fuhr er fort, bevor ich mich zum zweiten Mal an diesem Tag davon erholt hatte, ihn reden zu hören. »Was du gesagt hast, stimmt nicht. Wir haben die Torte zusammen fertiggestellt. Und du hast dich dabei nicht halb so dumm angestellt, wie ich erwartet habe.«

Gegen meinen Willen musste ich grinsen. »Sagst du das nur, weil ich deine Ehre verteidigt habe?«

Keine Regung in seiner Miene.

»Das war ein Scherz. Nennt sich Humor. Kennst du das Konzept?«

Stille.

»Wieso ist Goldbridge so ein Scheißkaff, in dem jeder jeden kennt?«, fragte ich weiter. »Und wieso können sich die Leute nicht einfach um ihren eigenen Kram kümmern, statt uns allen auf den Sack zu gehen?«

»Würden sie sich um ihren eigenen Kram kümmern, würde ihnen auffallen, dass sie genauso abgefuckt sind wie wir. Und ich bin mir nicht sicher, ob sie für diese Erkenntnis bereit sind.«

Wie wir. Wow. Hatte er sich selbst und mich gerade ernsthaft in eine Schublade gesteckt?

»Wieso bist du abgefuckt?«

»Geht dich nichts an.«

Er klang nicht feindselig, nur müde.

Es war sein gutes Recht, nicht mit mir darüber zu reden. Die Klappe halten konnte ich trotzdem nicht.

»Und wieso kannst du mit mir reden, aber mit anderen nicht? Bin ich so besonders?« Das letzte Wort sprach ich bewusst spöttisch aus. Nicht dass er auf die Idee kam, ich meinte es auch nur zu einem Prozent ernst.

»Im Gegenteil.« Alexis zuckte nicht mit der Wimper. »Du bist mir egal.«

Der Vorteil, wenn man sein ganzes Leben lang verletzt worden war: Man entwickelte früh einen Abwehrmechanismus. Sobald sich auch nur der kleinste Stich bemerkbar machte, fuhr ich meinen Schutzwall hoch und schaltete auf Durchzug. Die Drogen hatten mir das beigebracht. Und wenn ich mir Mühe gab, wenn ich mir wirklich Mühe gab, würde ich es eines Tages auch ohne sie schaffen. Bis dahin hieß es aushalten. Das war mein neues Lebenskonzept. Aushalten, dass ich schwach war, nutzlos, ungewollt. Aushalten, wenn mir Zigarettenrauch entgegenwirbelte. Aushalten, wenn ich mir weißes Pulver durch die Nase ziehen, wenn ich die Dreckszweifel gemeinsam mit bunten Pillen runterschlucken wollte. Aushalten, aushalten, aushalten. Und weitermachen.

Es war eine Sache, wenn ich diese Worte zu ihm sagte, während ich mich in Rage redete und offensichtlich war, dass es nur die halbe Wahrheit war, und eine ganz andere, wenn er sie so trocken und ernst aussprach.

Ich biss mir auf die Lippe, bis ich Blut schmeckte, und wandte mich wieder dem Fenster zu. Goldbridge verwischte hinter einer Regenwand. Farben und Lichter liefen ineinander, vermischten sich, tanzten.

»Wo fahr ich dich hin?«, durchbrach er irgendwann die Stille.

Erst als ich den Mund öffnete, um zu antworten, fiel mir auf, dass ich kurz vorm Losheulen war. Wie dumm war ich eigentlich? Der Typ war ein Niemand. Ich kannte ihn nicht, genauso wenig wie er mich. Würde ich ernsthaft zu flennen anfangen, weil er mich früher mal verteidigt und inzwischen realisiert hatte, dass ich genau so eine Loserin war, wie alle immer gesagt hatten?

Sofort folgte die Wut. Noch so eine Reaktion, die ich mir irgendwann antrainiert hatte. Sobald ich auch nur einen Anflug von Sentimentalität spürte, wurde ich unglaublich wütend auf mich, weil ich nach all den Jahren noch immer nicht meine Lektion gelernt hatte, dass jede Emotion in einem zornigen Lauffeuer niedergebrannt wurde.

»Zum Wohnheim«, presste ich hervor.

»In welcher Etage wohnst du?«

»Du kannst mich vor dem Eingang rauslassen«, höhnte ich. »Zu meiner Zimmertür schaffe ich es auch alleine.«

Mal ganz davon abgesehen, dass ich mit Soula ausgemacht hatte, sie nach meiner Schicht vor dem Wohnheim zu treffen. Wir würden heute noch zu einem NA-Treffen gehen. Als wir losgefahren waren, hatte ich sowohl Luke als auch ihr Bescheid gegeben, dass ich zusammen mit Alexis die Torte ausliefern würde, ehe ich ins Wohnheim zurückkam. Das gehörte zu den neuen Regeln, die wir aufgestellt hatten. Ich musste Rechenschaft darüber ablegen, wo ich mich wie lange befand. Damit so etwas wie gestern Nacht nicht immer wieder passierte. Es war ein Gefängnis. Das hatte ich auch bei meinem ersten Entzug schon so empfunden. Aber inzwischen war mir bewusst, dass es schlimmere Gefängnisse gab.

»Ich hatte nicht vor, dich zu begleiten«, gab er nüchtern zurück. »Ich frage nur aus Interesse. Ich wohne auch im Wohnheim.«

»Entscheide dich mal. Bin ich dir egal oder hast du Interesse?«

Dröhnende Stille breitete sich zwischen uns aus.

Eigentlich hatte ich die Zeit mit Alexis so lang wie möglich hinauszögern wollen, um möglichst wenig vom Treffen mitzubekommen, aber inzwischen wünschte ich mir, er würde schneller fahren.

»Ich habe kein Interesse an dir«, antwortete er. »Das nennt sich Small Talk. Kennst du das Konzept?«

Schlagartig roch ich den Zigarettenrauch wieder. Ich spürte das Phantombrennen in meiner Kehle, wünschte mir so sehr, es wäre real. Mein Herz klopfte wilder, meine Sicht verschwamm.

Die Sucht war unoriginell wie eh und je. Drohte auch nur das kleinste bisschen Ablehnung, riss sie mich mit. Das zu wissen, half leider nicht gegen die widerlichen Gefühle.

Ich presste die Augen zusammen und krallte meine Finger ineinander. So verharrte ich, bis das Auto verlangsamte und wir schließlich zum Stehen kamen. Erst als ich mir sicher war, dass wir unser Ziel erreicht hatten, schlug ich die Augen auf.

Soula wartete bereits vor dem Eingang im Schein der nächsten Straßenlaterne auf mich, in ihrem bodenlangen purpurfarbenen Mantel und mit einem ekelhaft stolzen Grinsen auf den Lippen.

Hastig öffnete ich meinen Sitzgurt und griff nach dem Rucksack zu meinen Füßen. Ich wollte gehen. Ich *sollte* gehen. Aber irgendwas in mir rebellierte.

Also wandte ich Alexis mein Gesicht zu, wartete, bis er mich ansah, ignorierte die Zerrissenheit in seinen dunklen Augen, ignorierte meine Übelkeit und holte tief Luft. »Das mit dem Reden solltest du in Zukunft vielleicht auch bei mir lassen«, stieß ich hervor. Dann stieg ich aus und schlug die Tür ein bisschen zu fest hinter mir zu. »Hi, Soula«, rief ich als Nächstes, so fröhlich ich konnte. »Wartest du schon lange?«

Sie kam mir entgegen und schüttelte den Kopf. »Für dich würde ich dreimal so lang warten. Allerdings verspätet sich dein Großvater. Perrys Nichte hatte einen Unfall in ihrer Werkstatt, und er hilft aus. Du weißt ja, wie er ist. Dafür holt er uns später ab. Möchtest du vorher noch hoch und dich frisch machen?«

Ich nickte. Es war mir nur recht, dass Luke nicht dabei sein würde. Ich schämte mich immer noch wegen des Bargelds.

Hinter mir erklang das Geräusch einer sich öffnenden

Autotür. Als Soulas Blick in die Richtung glitt, folgte ich ihm gegen meinen Willen.

Alexis stand neben der Fahrertür. Das pure Schuldbewusstsein stand ihm ins Gesicht geschrieben.

Schnell schaute ich wieder zu Soula. Ihre Miene wurde nachsichtig, ihr Lächeln traurig. Und dann öffnete sie den Mund und sagte etwas, das ich nicht verstand. Was mit großer Wahrscheinlichkeit daran lag, dass sie griechisch sprach. Ich hatte ihr oft zugehört, wenn sie mit Verwandten telefonierte, und außerdem klangen ihr Akzent und die Satzmelodie, wenn sie englisch sprach, genau wie in ihrer Muttersprache.

Ich runzelte die Stirn. Verstand Alexis sie? Seine Mutter hatte ihm kaum die Sprache beigebracht, so abweisend, wie sie auf Soula reagierte, oder? Und soweit ich wusste, waren alle Söhne der Bitherseas hier geboren. So oder so, selbst wenn er sie verstand, er würde wohl kaum …

In diesem Moment erklang Alexis' Stimme hinter mir. Leise, aber unverkennbar. Die Worte waren abgehackt, es klang anders als bei Soula, aber es war eindeutig dieselbe Sprache.

Erneut drehte ich mich nach ihm um. In der Dunkelheit konnte ich mir nicht sicher sein, doch es wirkte, als errötete er. Nervös zuckte sein Blick von mir zu Soula und wieder zu mir.

Voller Freude erwiderte Soula etwas.

Augenrollend wandte ich mich ihr zu. »Lass uns hochgehen«, murmelte ich. »Ich würde mich gern umziehen.«

Kurz zögerte sie noch, dann winkte sie Alexis zu und folgte mir ins Innere.

Obwohl alles in mir danach schrie, mich noch einmal nach ihm umzudrehen, blieb ich stark. Glücklicherweise hatte ich inzwischen Übung darin, meinem Körper nicht jeden beschissenen Wunsch zu erfüllen.

10. KAPITEL

Echo

Underneath it all

»Hi, ich bin Echo, und ich bin süchtig.«

Wie oft hatte ich den Satz schon ausgesprochen? Wie oft hatte ich ihn ernst gemeint?

Heute definitiv. Ich wünschte mir die Ironie zurück, das stumme (und waren wir mal ehrlich, manchmal auch sehr laute) »Fickt euch alle, ihr seid solche Loser, ich gehöre nicht zu euch«. Mir einzugestehen, dass ich aufgeschmissen war, mein Leben nicht mehr unter Kontrolle hatte und meiner Sucht gegenüber machtlos war, war nur der erste der zwölf NA-Schritte. Für mich war es bisher der härteste gewesen. Was vielleicht damit zusammenhing, dass ich nie lange genug clean geblieben war, um herauszufinden, wie hart die anderen elf tatsächlich sein würden.

»*Gute Einsicht, sie verleiht Gunst*«, wisperte Mum in meinem Kopf. »*Aber der Weg derer, die treulos handeln, ist holprig.*«

»Hi, Echo«, erklang es mehrstimmig.

Wir waren heute zu fünft und saßen in einem Stuhlkreis im Aufenthaltsraum von St. Paul's. Wie es sich für eine Selbsthilfegruppe gehörte. Bei meinem ersten Treffen hatte ich mich fast schon beleidigt angesichts der Klischeehaftigkeit des Ganzen gefühlt. Inzwischen hatte ich größere Probleme. Zum Beispiel die Erinnerung an Mum, die mir hier aus jeder Ecke entgegenschlug. Die bunten Mosaikfenster, der staubige Geruch, die Kälte, die nie ganz nachließ, egal, wie viel geheizt wurde.

Soula saß neben mir, neben ihr Isaac, ein Kerl um die fünfzig, Typ Familienvater mit Pullunder und schlecht sitzendem Hemd darunter, dem es schwerfiel, Frauen beim Reden in die Augen zu schauen – nicht, weil er zu schüchtern war, sondern weil er lieber auf ihre Brüste glotzte. Ich kannte ihn, er war immer mit am Start. Angeblich war er wegen seiner Marihuana-Abhängigkeit hier. Als er zum ersten Mal davon erzählt hatte, musste ich losprusten und war dafür aus dem Raum geschmissen worden.

Neben Isaac saß Linda, die Leiterin der Gruppe, die ich leider auch viel zu lang kannte. Mitte vierzig, lila gefärbte hüftlange Locken. Sie trug am liebsten Kleider mit Paisley-Muster, und ihr Lächeln war so nachsichtig, dass ich mir wünschte, es ihr aus dem Gesicht zu wischen. Allerdings war ihre Drogenvergangenheit interessanter. Sie hatte schon jeden Scheiß probiert und nicht mal vor Heroin haltgemacht.

Die Fünfte im Bunde kannte ich nicht, sie wirkte etwas älter als ich, hatte einen schwarzen Bob und abgekaute Nägel. Ihrer nervösen Miene zufolge war sie noch nicht lang dabei.

»Wie schön, dass du dich heute entschlossen hast, zu uns zu kommen, Echo«, ertönte Lindas Stimme, als ich nicht weitersprach.

Ich verdrehte die Augen. Gleich zu Beginn hatte sie mich abgefangen und gefragt, ob ich heute nicht erzählen wollte, da es mir bestimmt guttun würde. Eigentlich hatte ich verneinen wollen, aber dann hatte ich Soulas aufmunternden Blick aufgefangen, tief Luft geholt und genickt.

»Ja, wirklich schön.« Ich räusperte mich und fixierte die

graue Wand hinter Lindas Lockenschopf. »Ich habe heute einen neuen Job angefangen und war gar nicht so schlecht.« Na ja, wenn wir mal von der ersten Stunde absahen. »Das sollte ich als Erfolg verbuchen, ich weiß. Aber es kommt mir sinnlos vor. Ich habe noch so viele Tage vor mir. Das ist erst der Anfang, und ich stand oft am Anfang, nur um es in kürzester Zeit wieder zu verkacken. Es gibt diese ganzen Fallen um mich herum. Erst vor 'ner Stunde hat jemand direkt vor meiner Nase eine beschissene Zigarette geraucht, und in meinem Kopf lief ein krasser Film ab. Ich hab so Bock darauf, jetzt schon alles über den Haufen zu werfen. Mich fallen zu lassen und aufzugeben. Aber irgendwas hält mich dann doch ab.«

Es fühlte sich nicht gut an, die Wahrheit auszusprechen. Es hatte sich noch nie gut angefühlt. Wer behauptete, Reden sei befreiend, war ein Lügner oder übersprang zumindest mehrere Schritte. Soula zufolge würde es eines Tages befreiend sein, aber zu Beginn mussten wir alle durch die Scheiße waten. Eine Mischung aus Scham, Selbsthass, Wut und Ohnmacht überrollte mich, wenn ich die Wahrheit aussprach. Falls es wirklich Menschen auf der Welt gab, für die es von Anfang an eine positive Erfahrung gewesen war, ihr Innerstes nach außen zu kehren, wollte ich sie niemals kennenlernen. Sonst würde ich vor Neid zu schreien anfangen.

Schweigen kam mir entgegen. So war es immer. Schweigen gab mir den Raum, mich zu sortieren. Am liebsten hätte ich alle hier der Reihe nach beleidigt. Auch Soula. Vor allem Soula, weil die mich hergeschleppt hatte. Stattdessen schloss ich die Augen, sammelte mich und kämpfte weiter.

»Mir ist klar, was mich davon abhält, aber es macht mir eine Scheißangst, das auszusprechen. Früher dachte ich, wenn ich Angst habe, dann muss ich sie ganz tief in mir vergraben, denn wenn sie erst mal draußen ist, dann wird sie zur Realität und hat Macht über mich. Ich weiß, ich weiß, es ist genau andersrum. Also: Ich will stärker werden. Meistens nur für meinen Grandpa. Und für Soula.« Ich öffnete die Augen, hütete mich aber, in die Richtung meiner Sponsorin zu schauen. Ihre Rührseligkeit hatte mir gerade noch gefehlt. »Weil sie so viel Zeit in mich investiert hat und ich nicht will, dass es zwecklos war. Das wäre die größte Lebensverschwendung. Luke hat sein Leben eh an mich verschwendet, aber für den bin ich eine Art Ablassbrief, damit komme ich inzwischen besser klar. Bei mir kann er alles korrigieren, was er bei seiner Tochter falsch gemacht hat. Manchmal wünschte ich, er würde checken, was für ein riesengroßer Druck dadurch entsteht. Nicht nur für ihn, sondern auch für mich. Aber gleichzeitig ist es eine Motivation. Wenn ich versage, dann zerstöre ich nicht nur mein Leben, sondern auch seines. Aber wenn ich es schaffe, dann hat er vielleicht eines Tages das Gefühl, es ist okay, dass er meine Mum nicht vor sich selbst retten konnte.« Ich blendete alle Gesichter aus, bis sie nur noch verschwommene Farben waren. »Und dann gibt es noch einen anderen Grund. Der ist neu für mich. Ich habe jetzt meinen dritten Entzug hinter mir, und als mein Körper diesmal entgiftet hat, dachte ich, ich würde lieber sterben, als das noch eine weitere Sekunde zu ertragen. Aber dann … dann bin ich eines Tages aufgewacht, und die Schweißausbrüche sind ausgeblieben. Und ich hatte Hunger. Ich hab mich auf einen jämmerlichen Buttertoast gefreut, anstatt nur Bock auf 'nen Rausch zu haben. Da kam mir zum ersten Mal der Gedanke, dass ich gerne für *mich* stärker werden würde. Für meine Zukunft. Um herauszufinden, ob ich … ob ich mehr sein kann als diese ganze Scheiße.«

Zitternd atmete ich aus. So. Jetzt war es raus. Mein Herz klopfte wie verrückt, mir war übel, aber das bedeutete nur, dass ich die Wahrheit gesagt hatte. Inzwischen wusste ich das.

Einige Sekunden vergingen, dann passierten mehrere Dinge gleichzeitig. Soula griff nach meiner Hand und umschloss sie fest mit ihrer, Tränen schossen mir in die Augen, und Linda begann so melodramatisch laut zu klatschen, dass ein verächtliches Lachen aus mir hervorbrach.

Hektisch blinzelte ich, warf Soula einen »Reiß dich jetzt bitte zusammen, sonst bring ich dich um«-Blick zu, ehe ich mich Linda zuwandte. »Das ist so weird, Linda«, presste ich hervor. Zum Glück klatschte niemand sonst mit. Isaac betrachtete gelangweilt seine Fingernägel, die Unbekannte starrte mich mit unverhohlener Neugier (oder war es Abscheu?) an.

Linda hörte damit auf, sich zum Affen zu machen, und wischte sich kurz über die Augen, dann strahlte sie mich an. »Vielen Dank, dass du deine Gedanken und Gefühle mit uns geteilt hast. Es erfordert eine Menge Mut, so offen zu sein. Wir empfangen deine Worte als Geschenk, denn die Wahrheit ist nie eine Einbahnstraße – sie öffnet uns allen neue Wege, ehrlicher zu uns selbst und unseren Mitmenschen zu sein.« Das mit der Einbahnstraße hatte sie von Brené Brown oder Glennon Doyle, jede Wette. »Und du hast sehr viele kluge Dinge gesagt, aber auf eine Sache würde ich mich gern ganz besonders konzentrieren: Du hast von deiner Zukunft gesprochen.« An dieser Stelle legte sie ihre Hände gefaltet über ihr Herz und schaute mit rührseliger Miene in die Runde. »Drogen rauben uns nicht nur Energie, Lebensfreude und echte menschliche Verbindungen, sie rauben uns unsere Zukunft. Es gibt keine Ausnahme. Ein Leben mit Drogen hat keine Zukunft. Um eine Chance auf diese Zukunft zu haben, ist es wichtig, uns auf das Hier und Jetzt zu konzentrieren. Denn es kann überwältigend sein, das Leben als Ganzes zu betrachten und sich vorzustellen, wie viele Minuten, Tage, Wochen oder gar Jahre wir kämpfen müssen, um clean zu bleiben. Es ist ein anstrengender, langwieriger Prozess. Es kann helfen, ihn in kleine Schritte runterzubrechen.« Sie fixierte wieder ausschließlich mich. »Echo, du bist heute einen wichtigen Schritt gegangen. Du hast dich gegen die Leugnung deiner Sucht entschieden. Ich bin unendlich stolz auf dich.«

Statt mich zu bedanken, nickte ich knapp, biss mir auf die Unterlippe, die ich mir im Auto mit Alexis zerkaut hatte, sodass der Schmerz alle anderen Empfindungen übertönte, und befreite mich aus Soulas Klammergriff.

NA fühlte sich meistens an wie eine Gruppe von Kleinkindern, die sich gegenseitig für das absolute Minimum gratulierten. *Hey, Glückwunsch, du hast es heute geschafft, pinkeln zu gehen und dabei nicht zu verrecken, du bist ja so geil!* Es war peinlich, entwürdigend – und trotzdem meine beste Aussicht darauf, so lang wie möglich clean zu bleiben.

Linda starrte mich noch ein paar Sekunden an, dann klatschte sie in die Hände. »Gibt es noch jemanden, der sein Erlebtes mit uns teilen möchte?«

Isaac straffte die Schultern und hob den Kopf. »Ich!«, rief er mit höchster Dringlichkeit in der Stimme.

Soula und ich tauschten einen schnellen Blick. Ihre Miene war ein Spiegel meines Innenlebens. Sie verabscheute ihn mindestens so sehr wie ich. Gerade noch konnte ich ein lautes Lachen unterdrücken.

Und so schnell rückte mein Unwohlsein in den Hintergrund. Es brauchte einen einzigen Moment, um mich aus dem Konzept zu bringen. Aber manchmal brauchte es auch nur einen einzigen Moment, um meine Welt wieder geradezurücken.

11. KAPITEL

Echo

We're just animals still learning how to crawl

Wir traten ins Freie. Soula hakte sich bei mir ein, in der freien Hand hielt sie ihren dritten Pappbecher Earl Grey. Es war ein Wettbewerb zwischen uns, wer es schaffte, mehr kostenlose Snacks und Getränke bei den Treffen abzustauben. Heute hatte sie haushoch gewonnen, ich war zu abgelenkt von meiner Entblößung gewesen.

Luke wartete im Schein der Straßenlaternen vor der Kirche auf uns. Er trug einen ausgebeulten Pullover und seine gelbe Arbeitshose, die graue Mähne verschwand unter einer Baseball-Cap. Er wirkte müde und noch älter als sonst. Ich hasste es, wie sehr mir das inzwischen auffiel. Jede kleine Veränderung fühlte sich an wie ein Schlag ins Gesicht. Eine Erinnerung daran, wie vergänglich alles war.

Besonders schlimm war es gewesen, als er mich aus der Klinik abgeholt hatte. In den vier Wochen, in denen wir uns nicht gesehen hatten, waren seine Falten tiefer geworden, sein Blick trüber, sein Gang ungelenker. Das war natürlich Unsinn. In Wirklichkeit war es ein schleichender Prozess. Meine Mutter hatte mich mit sechzehn bekommen, was bedeutete, dass Luke verglichen mit anderen Großeltern nicht besonders alt war, gerade mal zweiundsechzig. Trotzdem konnte ich diese Art Gedanken und die damit verbundene Panik in letzter Zeit nur schwer abschalten.

»He, Lukà!« Soula betonte die letzte Silbe. Es war die griechische Version seines Namens, und etwas sagte mir, dass sie ihn so nannte, wenn sie flirten wollte.

Sein Kopf ruckte hoch, und schon breitete sich ein warmes Lächeln auf seinem Gesicht aus. Er stieß sich von der niedrigen Steinmauer ab, auf der er gesessen hatte, und kam mit ausgebreiteten Armen auf mich zu.

Mit einem genervten Stöhnen löste ich mich von Soula und ließ es zu, dass er mich in eine feste Umarmung zog. Ich krallte die Finger in seinen Pullover, inhalierte den gewohnten Geruch und wich nach genau drei Sekunden energisch zurück.

»Tut mir leid, dass ich dich nicht zum Meeting gebracht habe, Kleines.« Er verzog das Gesicht. »Ich ...«

»Alles gut, hab's schon gehört«, sagte ich hastig und zwang mich zu einem Lächeln. »Goldbridge hat dich gebraucht.«

Einen viel zu intensiven Augenblick lang musterte er mich noch, dann wandte er sich Soula zu, die ihn mit Küsschen rechts und links begrüßte, wobei sie beide Hände auf seine Schultern legte.

»Bei mir willst du dich nicht entschuldigen?«, fragte sie mit hochgezogenen Brauen.

Kopfschüttelnd lachte er, nahm ihre Hände in seine und drückte sie vor seiner Brust zusammen. »Bitte verzeih mir, meine liebste Soula.«

Mal ehrlich, es war ekelhaft, dem eigenen Grandpa beim Flirten zuzuschauen. Doch es störte mich viel weniger, als es sollte. Vermutlich, weil ich mir wünschte, dass er endlich über seinen Schatten springen und mit ihr zusammenkommen würde. Soweit ich wusste, war er nicht mehr in einer

Beziehung gewesen, seit seine Frau bei einem Unfall gestorben war – da war meine Mutter zehn gewesen. Außerdem war es offensichtlich, dass er genauso vernarrt in Soula war wie sie in ihn.

»Das Auto steht vorm Wohnheim«, sagte er wieder an mich gewandt. »Ich dachte, wir spazieren dorthin, und du erzählst mir von deinem Tag?«

Der Stolz und die Freude in seiner Stimme bereiteten mir Übelkeit, trotzdem nickte ich so enthusiastisch wie möglich. Er hatte das verdient. Nach allem, was er für mich getan hatte, war es das Mindeste, dass ich dieses Theater mitspielte.

In ein paar knappen Sätzen erzählte ich von der Arbeit und ließ dabei aus, dass ich in die Patisserie gesteckt worden war, weil ich beim Kellnern versagt hatte. Als ich gerade mit meinem Bericht fertig war, wurde Soula angerufen. Sie nahm das Gespräch an und bedeutete uns wild gestikulierend, dass wir weiterlaufen sollten.

Mist. Damit löste sich mein Puffer in Luft auf.

Da ich wusste, dass es ihn freute, schlang ich Luke einen Arm um die Mitte.

Er reagierte sofort und legte seinen um meine Schultern, drückte mich kurz an sich. »Weißt du, wie stolz ich auf dich bin?«, murmelte er.

Ich wollte heulen.

»Danke.« Mehrmals schluckte ich, bis der verfluchte Kloß in meinem Hals kleiner wurde. Ablenkung. Schnell. »Wann fragst du Soula endlich, ob sie auf ein Date mit dir geht?«

Er brummte etwas Unverständliches.

»Wie bitte?«, rief ich extra laut. »Könntest du das noch mal wiederholen?«

Übertrieben genervt rollte er mit den Augen. In Momenten wie diesen war unsere Verwandtschaft nicht zu leugnen. Unwillkürlich musste ich grinsen.

»Ich brauche sie nicht zu fragen, Echo, sie fragt mich oft genug.«

»Ha!« Das war mir neu, aber nicht wirklich überraschend. »Wusst ich's doch! Also läuft da endlich was?«

»Nein, da läuft nichts«, erklärte er mir in einem Tonfall, in dem man mit Dreijährigen sprach. »Ich bin zu alt für diesen Kram.«

»Was für 'nen Kram denn?«

»Das weißt du genau.«

»Liegt's daran, dass sie auch ein Junkie ist?«

»Du weißt, wie sehr ich dieses Wort verabscheue.«

Ich grinste breiter. Genau aus dem Grund hatte ich es verwendet. »Weil sie *süchtig* ist?«

»Nein, daran liegt es nicht.«

»Woran dann?«

»Ich würde mich jetzt gern auf dich konzentrieren.«

So wie er das sagte, klang es nicht, als meinte er damit nur dieses Gespräch.

»Und ich mich auf dich«, erwiderte ich mit einem Zwinkern, das ihn sofort zum Lachen brachte. Es war ein echtes, tiefes Lachen. Manchmal, wenn ich mich nur darauf konzentrierte, hatte ich ein paar Sekunden lang das Gefühl, die Welt wäre ein schöner Ort und ich jemand, der es verdient hatte, einen Platz auf ihr einzunehmen.

»Du weißt, dass ich nicht dein ganzes Leben sein sollte«, sagte ich, als er sich wieder beruhigt hatte. Extra flapsig, doch die Ernsthaftigkeit dahinter war nicht zu überhören. Vor allem nicht für ihn. »Das ist ungesund. Und nicht zu vergessen – eine Erwartung, die ich niemals erfüllen kann.«

Luke seufzte tief. »Ich möchte nur, dass du glücklich bist. Mehr erwarte ich nicht. Wenn du glücklich bist, bin ich es auch.«

»Na, wenn's nur das ist!«

Eine Weile lang liefen wir stumm den Gehweg stadteinwärts entlang. Zu unserer Rechten waren nur noch vereinzelt Häuser zu sehen, dafür wurde das Meeresrauschen hinter den Klippen eindringlicher und der Weg steiler. Soulas aufgeregte Stimme tönte zu uns rüber, dazwischen immer wieder ihr Lachen.

»Du bist nicht der Grund, aus dem ich nichts mit ihr anfange«, sagte Luke, als Breakwater Beach und der beleuchtete Pier in Sicht kamen. »Ihr Glaube ist der Grund.«

Instinktiv ging ich auf Abstand, und er ließ ebenfalls von mir ab, wenn auch widerstrebend.

»Wegen Mum?«, murmelte ich.

Er schüttelte den Kopf. »Wegen mir. Mein Glaube hat mich dazu verleitet, mein eigenes Kind im Stich zu lassen. Ich war erwachsen. Sie nicht.«

Und täglich grüßt das Murmeltier …

Wie oft ich mir seine Schuldgefühle schon angehört hatte. Genau das hatte ich vorhin mit Ablassbrief gemeint. An manchen Tagen fragte ich mich, ob Luke immer nur seine Tochter sah, wenn er mich anschaute. Mum und ich waren uns äußerlich nicht ähnlich, alles an ihr war groß und rundlich gewesen, und sie hatte feuerrotes Haar und dunkle Augen wie ihre Mutter gehabt. Dafür gab es genug Gemeinsamkeiten, was unser Verhalten anging. Außenseiterinnen. Verstoßene. Verlorene Seelen.

»Dein Glaube hat dich nicht dazu verleitet«, stieß ich hervor und konnte nicht fassen, dass ausgerechnet ich die Scheiße verteidigte, die mir so zuwider war. »Genauso wenig wie Mums Glaube der Grund dafür war, dass sie sich umgebracht hat.«

Er zuckte heftig zusammen.

Wie konnte es sein, dass er nach all den Jahren noch dermaßen heftig darauf reagierte? Musste man sich nicht irgendwann mal daran gewöhnen? Oder war das absoluter Blödsinn, und niemand gewöhnte sich jemals an die wirklich großen Tragödien? Ging es immer nur darum, den Schmerz zu unterdrücken, um nicht jedes Mal aus dem Nichts getroffen zu werden, wenn jemand darauf zu sprechen kam?

»Bei dir lag's an der patriarchalen Kacke, oder etwa nicht?« Ich kickte einen Stein vor mir, um irgendwie meiner Wut Luft zu machen. »Klar, hast du die Religion vorgeschoben, aber damit machst du's dir auch ein bisschen einfach.«

Es machte mich wahnsinnig, wie er sich selbst im Weg stand, bloß weil er sich seinen einzigen wirklich nennenswerten Fehler nicht verzeihen konnte. Er hatte Mum vor die Tür gesetzt, als sie ihm gebeichtet hatte, dass sie schwanger war – Sex vor der Ehe: Todsünde –, und die beiden hatten bis zu meiner Geburt keinen Kontakt miteinander gehabt. Das hatte ich erst nach Mums Tod von ihm erfahren. Meine Mutter hatte nie darüber gesprochen, und ich hatte ihr Verhältnis zu ihrem Vater immer als positiv wahrgenommen. Aber Luke hatte nie aufgehört, sich deswegen Vorwürfe zu machen. Seiner Meinung nach war sein Verhalten der Grund dafür, dass sie schlussendlich abgedreht war. Je religiöser sie wurde, desto stärker schwand sein Glauben. Vor Mums Tod war er meine moralische Unterstützung gewesen, wenn sie mal wieder zu jeder Gelegenheit Bibelverse zitierte und pathetische Reden am Küchentisch schwang, um mir die Wichtigkeit von Gottes Gnade näherzubringen. Luke hatte hinter ihrem Rücken Grimassen gezogen und mich damit oft zum Lachen gebracht. Nie im Leben wäre ich darauf gekommen, dass es eine Zeit gegeben hatte, in der er selbst gläubig gewesen war. Bei ihm hatte allerdings das Aufrechthalten von Traditionen im Fokus gestanden, nicht die Spiritualität. Nur einer der Gründe, aus denen er nicht hatte verstehen können, wie Mum sich immer tiefer in ihrem Glauben verstrickte, wie die Religion zu ihrem

Zuhause wurde, wie sie ihr Halt gab, wie die Realität irgendwann nicht mehr daran herankam. Auch ich hatte es nicht kapiert. Bis ich Drogen für mich entdeckt und diese zu meinem Zuhause gemacht hatte. Während ich high war, gab es nichts, was ich besser verstehen konnte.

»Du hast recht«, durchbrach Lukes Stimme meine Gedankengänge. Sie klang belegt. »Ich bin nur noch nicht so weit, das zuzulassen. Ich kann mir nicht sicher sein, dass es bei Soula anders ist.«

Ich nickte bloß. Das ergab Sinn. Deshalb hatte es auch so lang gedauert, bis ich ihr vertraut hatte. An guten Tagen kam ich zu dem Schluss, dass ich die Allerletzte war, die andere Menschen für ihre präferierte Art von Realitätsverlust verurteilen sollte. Manche schluckten Pillen, andere tranken bis zur Besinnungslosigkeit, und Soulas Motivation, morgens aufzustehen, waren ihre Selbstgespräche, die sie Gebet nannte. Das war auch Mums Motivation gewesen. Im Grunde waren wir alle nur Menschen, die nach Wegen suchten, um zu überleben.

Bis wir es nicht mehr taten.

12. KAPITEL

Alexis

Another day, another ticking bomb

Vasiles Auto stand nicht auf dem Parkplatz. Es war mir sofort aufgefallen, als ich ins Wohnheim zurückgekehrt war, und seitdem hatte ich jede Stunde mein Zimmer verlassen, war ans Ende des Flurs gelaufen und hatte meinen Kopf nach draußen gestreckt, um nachzusehen, ob es zurückgekehrt war. Ich traute mich nicht, ihm zu schreiben. In letzter Zeit hatte ich das Auto viel zu oft benutzt. Jetzt war es kurz nach Mitternacht, und das letzte bisschen Hoffnung starb.

Auf dem Rückweg war ich in die Wohnheimküche gegangen, um mir was zu trinken zu holen. Jemand hatte das alte Radio dort laufen lassen, und ausgerechnet »Build Me Up Buttercup« war knarzend erklungen. Unsere Familienhymne. Es hatte mich sämtliche Willenskraft gekostet, das Radio nicht aus dem Fenster zu pfeffern.

Ich war aufgeschmissen. Noch mindestens fünf Stunden, die ich überbrücken musste, bis es Sinn ergab, aufzustehen und mich für die Arbeit fertig zu machen. Doch an Schlaf war nicht zu denken, auch wenn jeder Zentimeter meines Körpers danach schrie.

Im Dunkeln lag ich auf dem Bett; auf meinem Bauch hatte sich Mic zusammengerollt und schnurrte so laut, dass ich es trotz der Vorlesestimme in meinen Ohren hörte. Gedankenverloren streichelte ich die Katze. Die Vibrationen und ihr warmes Fell halfen ein wenig gegen die Panik, die mit jeder Sekunde größer wurde, weil mir eine weitere schlaflose Nacht bevorstand und ich kein verlässliches Gegenmittel hatte. Schlafmeditation funktionierte nicht mehr, also war ich dazu übergegangen, mir Hörbücher auf Griechisch anzuhören. Am besten funktionierten Fantasy-Kinderbücher, die ich schon auf Englisch kannte. Ich verstand nicht mal zehn Prozent, aber der Klang war trotzdem vertraut, was es zum perfekten Hintergrundgeräusch machte. Es gab lediglich ein einziges Gegenmittel, das bisher ausnahmslos funktioniert hatte, aber das konnte ich heute vergessen. Ohne Auto keine fremden Menschen. Ohne fremde Menschen kein Sex.

Ein *Pling* in meinen Ohren unterbrach das Hörbuch, und ich griff mit der freien Hand nach meinem Handy, das neben mir auf der Matratze lag. Nic hatte mehrere Tränenlach-Emojis als Antwort auf Anns Scheidungsparty-Torte geschickt, von der ich vorhin ein Bild gemacht und ihm geschickt hatte.

Ich pausierte das Hörbuch, als ich sah, dass er tippte. Schon trudelten die nächsten Nachrichten ein.

Nic: *Irgendwie geil, dass sie die Scheidung noch mehr zelebriert als ihre Hochzeit. You go, Ann!*

Nic: *Wie ist die Lage gerade bei euch? Alles gut?*

Nic wusste weder von Dads Aufenthalt in der Entzugsklinik noch von der finanziellen Lage des Prisma. Verdammt, Nic wusste nicht mal von mir. Julian hatte längst den Kontakt zu ihm abgebrochen, und Mum und Dad wollten ihn nicht belasten, damit er sich nicht gezwungen fühlte zurückzukommen. Das war zum Totlachen. Die Tatsache, dass man unantastbar wurde, wenn man abhaute. Was wohl aus mir geworden wäre, hätte ich Goldbridge dauerhaft verlassen?

Jeden Tag fragte ich mich, wann Nic anrufen und eine richtige Frage stellen würde, die das ganze Kartenhaus in sich zusammenfallen ließ. Da ich der Sohn meiner Eltern war, floss das Verdrängungsgen auch in meinem Blut. Natürlich genoss ich es, dass mein großer Bruder mich nicht so betrachtete wie der Rest der Familie. So konnte ich eine gute Beziehung zu ihm haben, selbst wenn diese auf Schweigen und Lügen basierte.

Ich tippte auf das Chatfenster.

Alexis: *Alles gut hier. Viel zu tun. Mum und Dad sind mit Prisma-Zeug beschäftigt, du kennst sie ja. Wir haben eine neue Angestellte, ich kenne sie aus der Schulzeit, habe sie aber seit Ewigkeiten nicht mehr gesehen. Sie sollte eigentlich kellnern, hat dann Huxley in ihrer ersten Schicht zusammengeschissen, deshalb hat Mum sie zu mir gesteckt. Sie hat mit der Torte geholfen. War gar nicht so übel.*

Nachdem ich die Nachricht abgeschickt hatte, starrte ich auf die geschriebenen Worte, bis sie vor meinen Augen verschwammen. Der Tag war verflucht seltsam gewesen. Ich wusste nicht, wann ich das letzte Mal so viel am Stück mit jemandem im Arbeitskontext gesprochen hatte. Und ich konnte mich auch nicht daran erinnern, jemals so unfreundlich zu jemandem gewesen zu sein, der nicht zu meiner Familie gehörte. Es war nicht geplant gewesen. Normalerweise lösten nur meine Eltern und seit ein paar Wochen auch Julian solche starken Aggressionen in mir aus.

Das Bedürfnis, jemanden zu verletzen, machte mir Angst. Denn wie lang würde es dauern, bis die Grenze zwischen verbaler und körperlicher Gewalt verschwand? Jedes Mal, wenn ich diesen Impuls spürte, jedes Mal, wenn ich mich ihm beugte, fragte ich mich, ob auch nur ein einziger Mensch auf der Welt einen freien Willen besaß oder ob wir einfach alle Opfer unserer Genetik waren.

Echo hatte es nicht verdient, so beschissen behandelt zu werden. Doch dieses Wissen hatte mich nicht davon abgehalten, es trotzdem zu tun. In den letzten Stunden hatte ich versucht, mir eine Entschuldigung zurechtzulegen. Morgen würde ich nicht mit ihr sprechen können, während wir uns im Restaurant befanden, so viel stand fest. Es war überraschend gewesen, dass ich bei ihr überhaupt meine Stimme gefunden hatte. Das hing vermutlich damit zusammen, dass wir uns zuvor in der Clubtoilette begegnet waren. Für ein paar Sekunden war sie Teil meiner anderen Welt gewesen – der Welt, in der ich sprechen konnte. Im Prisma hatte ich seit letztem Sommer den Mund nicht mehr aufbekommen. Es war also unmöglich, mich morgen bei der Arbeit bei ihr zu entschuldigen. Und ihre Nummer besaß ich auch nicht.

Mit beiden Handballen fuhr ich mir fest über die geschlossenen Augen. Ich stöhnte. Es gab keine wirklichen Regeln. Es gab nur meine Angst, die manchmal entschied, mir eine Pause zu gönnen, nur um im Anschluss noch größer zu werden.

Der Signalton meines Handys kündigte die nächste Nachricht an.

Nic: *Wie geil, die Arschgeige hat's so was von verdient. Ich hoffe, jemand hat das mitgefilmt, das würde ich mir zu gern anschauen.*

Es dauerte einen Augenblick, bis ich realisierte, dass er von Huxley sprach. Ich wollte gerade zum Tippen ansetzen, da kam die nächste Nachricht.

Nic: *Sie klingt cool. Weißt du, was ihr Problem ist? Also wieso Mum sie eingestellt hat?*

Wie bezeichnend, dass er nur von Mum sprach, obwohl unsere Eltern offiziell zusammen das Restaurant führten und auch gemeinsam über Neuzugänge entschieden – zumindest war das Nics letzter Stand. Mum war diejenige, die verlorene Seelen rettete, indem sie ihnen einen Job gab. Irgendwie ironisch. Die heilige Mutter Teresa, die allen half außer sich selbst und ihrer Familie.

Ich atmete tief durch. Das schlechte Gewissen ließ nicht lange auf sich warten. Hitze sammelte sich in meiner Brust, da war ein Druck hinter meinen Augen, ein Pochen hinter meiner Stirn, eine Stimme, die mir zuflüsterte, dass meine Wut auf sie nicht berechtigt war. Mum hatte die schlimmste Kindheit und Jugend gehabt. Sie hatte genug geleistet.

Ich brauchte Ablenkung.

Meine Finger flogen geradezu über die Displaytastatur.

Alexis: *Ihre Mum hat sich damals das Leben genommen, und kurz danach hat sie die Schule abgebrochen.*

Nic: *Wenn ich so was höre, fühle ich mich wie ein privilegiertes Arschloch.*

Könnte daran liegen, dass du eins bist.

Alexis: *Ich auch.*

Alexis: *Aber genug von mir – was geht bei dir? Woran arbeitest du? Und bist du gerade in New York oder Kapstadt? Ich komme ständig durcheinander.*

Nic: *Beides falsch. Es gab einen Ausfall bei einer Fotostrecke in London, sie haben mich spontan dazugebucht.*

Mein Atem stockte. *London.*

Nic: *Ich würde gern zu Besuch kommen, aber danach muss ich direkt wieder nach Kapstadt fliegen, das wird 'ne ziemlich knappe Aktion, also wird's leider nicht möglich sein.*

Ich atmete geräuschvoll aus.

Alexis: *Schade.*

Das meinte ich ungefähr so ernst wie er sein *»Ich würde gern zu Besuch kommen«* – also gar nicht.

Alexis: *Aber klingt nice. Schick Fotos. Und grüß mir die Hauptstadt.*

Mein Herz pochte immer noch viel zu heftig in meiner Brust, als ich das Handy weglegte. Selbstverständlich vermisste ich ihn und wollte ihn wiedersehen. Trotzdem verstand ich auch Julian, der ihn dafür hasste, dass er sich nie blicken ließ. Bei mir überwog aber die Erleichterung. Solange er wegblieb, hielt er mich für den alten Alexis. Solange er wegblieb, war ich einfach nur sein jüngster Bruder. Kein emotionales Wrack.

Es kam keine Antwort mehr. Wahrscheinlich saß er gerade in irgendeiner Bar oder mit aufregenden exzentrischen Menschen in seinem Hotelzimmer. Mir war klar, dass ich eine äußerst romantisierte Vorstellung von Nics Leben hatte. Aber die hatte er auch von meinem.

Ich nahm die Kopfhörer aus meinen Ohren, tastete behutsam nach Mics flauschigem Körper und hob sie von meinem

Bauch, um sie neben mich auf ein Kissen zu legen. Sie maunzte vorwurfsvoll, schlief aber direkt wieder ein, als ich sie ein paarmal streichelte.

Mein Blick schweifte durch das Zimmer. Gegenüber vom schmalen Neunzig-Zentimeter-Bett befand sich ein Schrank, daneben der Kratzbaum, ein Katzenklo, ein Schreibtisch mit Stuhl, die Möbel weiß, über die Jahre abgenutzt, funktionell, wenig dekorativ. Als ich hier letztes Jahr im Frühling eingezogen war, hatte ich mir vorgenommen, es schön einzurichten. Ich hatte Wohnheimzimmer von Arbeitskollegen gesehen, die wie kleine gemütliche Universen wirkten, weil sie mit so viel Liebe zum Detail dekoriert worden waren. Doch mein Plan hatte sich in Luft aufgelöst, als das mit Dad kurz danach angefangen hatte. Jetzt ertrug ich den Anblick meines Zimmers kaum mehr. Es schien mit jeder Sekunde kleiner und kleiner zu werden. Die Wände kamen auf mich zu, drohten mich zu ersticken. Im Dunkeln war es okay, und die Katze half – so lächerlich das klang –, weil sie erst in mein Leben getreten war, nachdem Dad aufgehört hatte, ins Wohnheim zu kommen. Auf diesen Teil meines Lebens hatte er keinen Zugriff mehr, und das war befreiend. Doch es reichte nicht, um mir echte Freiheit zu schenken. Ich fühlte mich immer noch eingesperrt, wenn ich zu viel Zeit hier verbrachte, obwohl ich meist nur zum Schlafen im Zimmer war; aber wenn ich nicht schlafen konnte, brachen die Erinnerungen über mich herein.

Es hatte harmlos begonnen. Am Anfang hatte ich mir sogar etwas darauf eingebildet. Mein Vater zog sich bei mir zurück. Er fühlte sich so wohl bei mir, dass er abends nach der Arbeit zu mir kam, eine Weinflasche öffnete, die er hineingeschmuggelt hatte, und mit mir redete wie mit einem guten Freund.

Und dann? Dann war dieses Hochgefühl nach und nach abgeebbt, bis ich verstanden hatte, dass mein Vater mich nicht sah. Nicht einmal ansatzweise. Eher im Gegenteil. Je öfter er bei mir war, je mehr er sich öffnete, desto deutlicher wurde, dass er komplett vergaß, wen er da vor sich hatte – nämlich seinen Sohn und keinen Saufkumpel.

Mein Magen zog sich zusammen, mein Herz klopfte schneller, und meine abgehackten Atemzüge erfüllten den Raum. Nein. Das würde so nicht funktionieren. Ich konnte mir keine Panikattacke leisten. Ich würde es nicht schaffen, mich da selbst rauszuziehen, dafür war ich gerade nicht stark genug, und Julian zu kontaktieren war seit Wochen keine Option mehr.

Ruckartig richtete ich mich auf, stand auf und betätigte den Lichtschalter. Meine Umgebung verschwamm wie so oft vor meinen Augen, und leichter Schwindel überfiel mich. Sich anbahnende Angst war die seltsamste Empfindung der Welt. Einerseits bestand man nur noch aus seinem Körper, fühlte alles gleichzeitig, ertrank in den gottverfluchten Emotionen, andererseits war es die pure Depersonalisation. Wie oft ich das Gefühl gehabt hatte, nicht mehr real zu sein. Mein Zimmer fühlte sich wie ein Filmset an, und wenn ich mein Spiegelbild sah, fragte ich mich, wer der Fremde war, der mit blutunterlaufenen Augen zurückstarrte.

Ich lief zum Schrank, während ich versuchte, meine Atemzüge zu zählen, immer bis zehn und dann wieder von vorn, damit ich mich konzentrieren musste.

Meine Idee war absolut idiotisch, unfair und vermutlich übergriffig. Aber die Alternative war so unerträglich, dass ich schon einen Weg finden würde, das Ganze vor mir selbst zu rechtfertigen. Später. Jetzt musste ich tun, was ich tun musste, um diese Nacht zu überstehen.

13. KAPITEL

Echo

I swear on my life that I've been a good girl

Ich hatte alles richtig gemacht. Zurück in meinem Wohnheimzimmer, hatte ich heiß geduscht, mich bettfertig gemacht, langsam, bedächtig, währenddessen wieder und wieder in Gedanken das dämliche Gelassenheitsgebet wiederholt, das ich von den Meetings kannte (ohne die Gottes-Ansprache, sonst würde ich kotzen): *Gib mir die Gelassenheit, Dinge zu akzeptieren, die ich nicht ändern kann, den Mut, Dinge zu ändern, die ich ändern kann, und die Weisheit, das eine vom anderen zu unterscheiden.*

Es ging nicht um die Bedeutung der Worte. Die konnte ich eh nicht ernst nehmen, weil sie mich viel zu sehr an Mums Bibelquatsch erinnerten; es ging um die Wiederholung, um das Fokussieren, es ging darum, irgendetwas zu tun zu haben, um meine Gedanken von der einen Sache abzulenken, nach der alles in mir schrie.

Ich saß auf der Fensterbank am geöffneten Fenster und schaute in die Nacht. Mein Zimmer befand sich im dritten Stock. Von hier aus hatte man einen guten Blick über Goldbridge, bei Tag konnte man sogar das Meer sehen. Jetzt wirkte die Stadt unter mir wie eine Ansammlung von Glühwürmchen.

Der Wind war erbarmungslos und peitschte mir den Sprühregen ins Gesicht, doch ich genoss die Kälte, obwohl ich nur Leggings und ein altes kurzärmliges Kricket-Trikot von Luke trug. Darin fühlte ich mich am wohlsten, denn ich versank geradezu darin, und von meinem knochigen Körper war kaum mehr was zu sehen. Ich konnte nicht mal sagen, ob es daran lag, dass ich Komplexe wegen meines Äußeren hatte, oder daran, dass ich mich während meiner Zeit auf der Straße daran gewöhnt hatte, so viel von mir zu verstecken, um kein leichtes Opfer zu sein.

Meine Zeit auf der Straße. Ein hohles Lachen entwich mir. Wie das klang. Für eine ganze Weile war es die pure Freiheit gewesen. Zumal ich mich immer wieder bei Luke hatte reinschleichen können, wenn ich was brauchte. Er hatte stets die Hintertür, zu der man durch den Garten gelangte, unverschlossen gelassen. Enabler-Verhalten 101.

Ich hatte mich oft an seinem Kühlschrank bedient, hatte Geld und Kleidung geklaut oder die Dusche benutzt, war manchmal sogar bei ihm eingepennt. Dabei hatte ich mich nie wirklich als wohnungslos empfunden. Vielleicht hatte ich auch keine Zeit gehabt, mir über so was Gedanken zu machen, denn es ging nur darum, wann ich mir den nächsten Rausch verschaffen konnte. Es spielte keine Rolle, ob ich auf kaltem Sand oder auf einem Sofa lag, während ich in irgendwelchen anderen Sphären unterwegs war.

Stöhnend fuhr ich mir übers regennasse Gesicht. Der Gedanke daran half nicht. Ich wünschte, er würde mich nur mit Ekel und Scham erfüllen, doch da war auch noch ein drittes Gefühl: Wehmut. Ein Teil von mir, der größte Teil, der süchtige, wollte diese Zeit zurück. Sie war so viel einfacher gewesen als dieser Mist hier.

Was Mum dazu sagen würde, wenn sie mich so sehen könnte? Ich hatte es weiter als sie gebracht. Ein eigenes Zuhause, nicht bloß das Zimmer in Lukes Haus, in dem auch sie aufgewachsen war und wo sie sich fehl am Platz gefühlt hatte.

Ein Klopfen an meiner Tür riss mich aus den Gedanken, trotzdem rührte ich mich nicht.

Erneut klopfte jemand. Obwohl Klopfen eher eine Untertreibung war. Jemand hämmerte regelrecht gegen das Holz.

Ich sprang von der Fensterbank und lief zur Tür. Vielleicht war es Tori. Sie war die Einzige, die auch hier wohnte und wusste, wo sich mein Zimmer befand. Vorhin hatte ich mit dem Gedanken gespielt, Kontakt zu ihr aufzunehmen, hatte ihn dann aber wieder verworfen, weil ich keine nervige Klette sein wollte.

Ich riss die Tür auf – und erstarrte mitten in der Bewegung.

Es war nicht Tori.

»Na endlich.«

Ein müdes Grinsen lag auf seinen Lippen. Er trug eine hellgraue Jogginghose, weiße Sneaker und einen dunkelblauen Kapuzenpullover mit dem verblichenen Schriftzug *Ashburton Cookery School est. 1992*. In der linken Hand hielt er eine Transportbox, aus deren vergitterter Öffnung zwei weiß-rotmelierte Pfoten hervorlugten, in der rechten eine große Tüte. Ein penetrantes Miauen erklang.

Was zur Hölle? Was tat Alexis Bithersea mit einer Katze vor meiner Tür? Und warum grinste er so dumm?

»Ich hoffe, ich störe nicht.« Er drückte sich an mir vorbei und lief in mein Zimmer.

Ich fuhr herum. »Bist du bescheuert?«, zischte ich.

Seelenruhig stellte er die Box und die Tüte auf dem Holzboden ab. »Hast du eine Katzenhaarallergie?«

Meine Augen wurden schmal. »Wieso?«

»Hast du?«

»Nicht dass ich wüsste.«

»Perfekt.« Er kniete sich auf den Boden und öffnete die

Box. Sofort flitzte die Katze heraus und begann, ihre Umgebung zu erkunden. »Ich nämlich schon«, fuhr er fort und schaute zu mir hoch. »Die letzten Wochen hat sie trotzdem bei mir gewohnt, ich musste sie verstecken, weil Tiere hier verboten sind. Aber auf Dauer funktioniert das nicht, ich kann nicht ständig Allergietabletten schlucken.«

Aus dem Augenwinkel nahm ich wahr, wie die Tür hinter mir zufiel. Keine Ahnung, wann ich die Klinke losgelassen hatte. Völlig perplex starrte ich ihn an, unfähig, alle Infos gleichzeitig zu verarbeiten.

Wer war der Typ und was hatte er mit dem richtigen Alexis getan?

»Warum sollte mich das interessieren?«, brachte ich hervor. Mein Blick huschte immer wieder zur Katze. Gerade war sie damit beschäftigt, meinen geöffneten Koffer, den ich noch nicht ganz ausgeräumt hatte, zu beschnuppern.

Alexis richtete sich mit einem Seufzen auf und fuhr sich mit einer Hand über den rasierten Kopf. »Kannst du sie bitte zu dir nehmen? Nur für ein paar Tage, bis ich mir eine bessere Lösung überlegt habe. Du musst für nichts zahlen, ich baue hier alles auf, vor dem Schlafengehen solltest du sie nur füttern und das Katzenklo machen. Es ist wirklich einfach. Tagsüber geht sie eh raus, und der Hausmeister kümmert sich auch um sie.«

Ich verschränkte die Arme vor der Brust. »Das ist ein Scherz, oder?«

Sein flehender Blick verriet mir, dass es keiner war.

Gegen meinen Willen musste ich lachen. »Hast du keine Freunde?«

Er zuckte mit den Schultern. »Nicht wirklich.«

»Und woher weißt du überhaupt, in welchem Zimmer ich wohne?«

Sein Lächeln kehrte zurück. »Ich habe einfach an jeder Tür geklopft, die infrage kam. Hab in diesem Stockwerk angefangen, weil mein Zimmer am Ende des Flurs liegt, es hat also nicht besonders lang gedauert, dich zu finden.«

Ich sollte ihm sagen, dass er die Katze wieder einpacken, das Zeug mitnehmen und abhauen sollte. Doch irgendetwas hielt mich zurück. Vermutlich lag es daran, dass ich gerade nicht besonders wählerisch war, mit wem ich meine Zeit verbrachte – Hauptsache, ich war nicht allein mit meinen Gedanken.

»Ich interessiere mich nicht für Tiere«, sagte ich und lief zu meinem Bett, setzte mich darauf, ohne den Blick von der Katze zu nehmen. Sie war inzwischen beim Schreibtischstuhl angelangt und versuchte vergeblich, darauf zu klettern. Was für ein dummes Ding.

Als Alexis nach ihr griff, stieß sie ein leises Quietschen aus, entspannte sich jedoch sofort in seinen Händen, als er begann, sie mit dem Zeigefinger unter dem Kinn zu streicheln. Mit zwei großen Schritten war er bei mir und setzte sich neben mich aufs Bett.

Unwillkürlich wurde mir bewusst, wie nah er mir war. Kaum mehr eine Armlänge trennte uns. Und wie schummrig es hier drin war. Lediglich das Licht meiner orangefarbenen Schreibtischlampe durchbrach die Dunkelheit.

Ich schaute auf seine Hand, auf der das runde Tattoo prangte. Ein tintenschwarzes Rad. Ein Spinnrad, wie ich aus der Nähe erkannte. Es schien sich zu bewegen, während er die Katze streichelte. Genießerisch schloss sie die Augen, und im nächsten Moment erfüllte ihr Schnurren den Raum. Bevor ich etwas sagen konnte, legte er sie mir auf den Schoß.

»Echo, Mic. Mic, Echo.«

Mein Magen zog sich zusammen, und ich erstarrte. Es war das erste Mal, dass ich ein Tier auf dem Schoß hatte. Und wenn ich mich nicht irrte, dann war es auch das erste Mal, dass Alexis meinen Namen aussprach.

»Streicheln«, flüsterte er. »Dann entspannt sie sich sofort.«

Ich hatte keine Ahnung, wieso ich gehorchte. Womöglich, weil ich dadurch etwas zu tun hatte und nicht auffiel, dass ich Schwierigkeiten hatte, ihm in die Augen zu schauen.

Im nächsten Moment drückte sie das Köpfchen gegen mich und schnurrte noch lauter, während ich immer wieder über ihr weiches Fell strich und gleichzeitig eine Gänsehaut meine Arme überzog.

Alexis lachte leise. »Sie mag dich.« Dann streckte er eine Hand aus und fuhr behutsam mit dem gleichen Zeigefinger, mit dem er sie gestreichelt hatte, über meinen entblößten Arm. »Und du sie auch, wie's aussieht.«

Ich zuckte zusammen, worauf er sich sofort zurückzog. Dennoch schoss mein Puls in die Höhe, und nur Sekundenbruchteile später folgte mit voller Wucht die Wut. Plötzlich fiel es mir nicht halb so schwer, ihn anzuschauen.

»Was willst du wirklich hier?«, knurrte ich.

Je länger ich ihn anstarrte, desto mehr schien seine Fassade zu bröckeln, bis nur noch Verletzlichkeit übrig blieb.

Er schluckte hart. »Es tut mir leid, wie ich dich vorhin behandelt habe.«

»Ist mir scheißegal, wie du mich behandelt hast«, schoss es aus mir hervor.

»Okay. Aber mir nicht. Ich will nicht so zu anderen Menschen sein. Und vor allem nicht zu dir.«

Ich schob die Katze von mir. Es fühlte sich verdammt gut an, ihre Wärme auf mir zu spüren. Und gleichzeitig wie ein Manipulationsversuch.

»Was soll das heißen?«, blaffte ich ihn an. »Vor allem nicht zu mir?«

Weil ich so bemitleidenswert war, oder was?

Alexis seufzte. »Du hast mir nichts getan. Eher im Gegenteil. Du bist seit Langem der erste Mensch, mit dem Reden keine Qual ist.«

»Weil ich dir egal bin«, spielte ich auf seine Worte von vorhin im Auto an.

Eine Pause entstand. Ich wünschte mir, ich hätte die Katze nicht weggeschoben. Sie war inzwischen vom Bett geradewegs in den Koffer gesprungen, wo sie sich auf einem meiner Pullover zusammenrollte.

Alexis räusperte sich. »Ich weiß nicht genau, woran es liegt, aber ich glaube, es hat damit zu tun, dass du mich nicht verurteilst.«

Überrascht sah ich ihn an. »Ich bin dir den ganzen Tag auf den Sack gegangen und hab dich wortwörtlich dafür fertiggemacht, dass du nicht reden kannst.«

»Du behandelst mich nicht, als würde ich jeden Moment auseinanderfallen. Du bist einfach du und hast keine Angst, mir auf den Sack zu gehen.« Seine Mundwinkel zuckten. »Fast so, als wäre ich ein ganz normaler Mensch.«

Es war nicht ernst gemeint, doch da war eine Schärfe in seinen Worten, die ich mir garantiert nicht einbildete. »Wieso solltest du kein normaler Mensch sein?«

Er lachte trocken. »Frag mal meine Familie. Oder so ziemlich jeden Prisma-Mitarbeiter. Oder Leute wie Lucinda Fortuzzi.«

»Ich mach mir nicht so viel aus der Meinung anderer«, erwiderte ich. »Vor allem nicht, wenn sie Arschlöcher sind.«

Seine Miene wurde ernster. »Wegen früher?«

Diesmal zuckte ich nicht zusammen, obwohl es erneut zu viel abrupte Nähe war. Keine körperliche, doch das machte es nicht besser. Er hatte mir vorhin nicht auf diese Art von Fragen geantwortet, das bedeutete, er würde garantiert Verständnis dafür aufbringen, wenn ich auch keine Lust darauf hatte. Aber was hatte ich zu verlieren? Er wusste in etwa, wie meine Jugend ausgesehen hatte, wozu also Dinge leugnen?

»Kein Plan. Wahrscheinlich. Was bringt es, sich von anderen abhängig zu machen?«

Seine dunklen Augen blitzten, ob vor Vergnügen oder aus einem anderen Grund konnte ich nicht sagen. »Und diese Logik funktioniert für dich, ja? Dann könnte ich dich auch fragen, was es bringt, unglücklich zu sein, wenn man stattdessen auch einfach glücklich sein kann.«

Touché.

»Bist du unglücklich?«, platzte ich heraus.

Bewegungslos starrte er mich an. »Offensichtlich. Du nicht?«

Ich starrte zurück. Keinen Schimmer, wann mir diese Frage zuletzt gestellt worden war. In den letzten Jahren waren andere in der Vordergrund getreten. *Bist du clean? Was hast du genommen? Wirst du kämpfen?*

»Doch«, würgte ich hervor, als die Stille unerträglich wurde. Und dann, aber in völlig anderem Ton: »Was willst du wirklich hier?«

Mein Herz klopfte so schnell, dass mir übel wurde. Sein Blick wanderte quälend langsam über mein Gesicht, über meinen Körper, meine ineinandergekrallten Hände und wieder zurück zu meinen Augen. »Sex.«

Rauschendes Blut in meinen Ohren. Herzstillstand.

Mein Körper war wirklich erbärmlich.

Weil ich mir nicht anders zu helfen wusste, prustete ich los. Das war viel zu absurd. Erst die Zusammenarbeit im Prisma, unser Gespräch im Auto, dann die Katze und jetzt das. Wo waren die versteckten Kameras?

»Okay, und was hat das mit mir zu tun?«, brachte ich lachend hervor. »Soll ich dir dabei helfen, jemanden aufzureißen?«

»Mit dir«, sagte er ruhig. »Ich will Sex mit dir.«

14. KAPITEL

Echo

Tonight, I don't wanna be her

Er machte Witze. Ich hoffte, er machte Witze.

»Du willst mich verarschen, oder?«

»Wieso sollte ich dich verarschen?«

»*Warum?*«

»Warum was?«

»Warum mit mir?«

Ein verwirrter Ausdruck erschien auf seinem Gesicht. »Weil ich dich attraktiv finde.«

Erneut lachte ich, doch diesmal klang es nach einem Hilfeschrei. »Bist du echt so verzweifelt?«

»Ja, ich bin verzweifelt, aber ich würde auch mit dir schlafen wollen, wenn ich es nicht wäre. Dann hätte ich mich höchstens ein bisschen länger zurückgehalten und wäre hier nicht einfach so um diese Uhrzeit reingeplatzt.« Er zog die dunklen Brauen zusammen. »Wieso denkst du, dass man verzweifelt sein muss, um mit dir schlafen zu wollen?«

Das Jucken unter meiner Haut war zurück. Es lag nicht nur daran, dass er mich mit seinem Blick durchbohrte. Seine Worte gingen ebenso tief. Mein Körper war in Aufruhr, ich wollte weg, den Schalter umlegen und vergessen. Doch was, wenn er mir genau dafür eine andere Option bot?

Natürlich war sie mir wieder und wieder auf dem Silbertablett präsentiert worden. Bekanntschaften auf der Straße hatten mir in höchsten Tönen davon vorgeschwärmt. *»Probier's einfach, Echo, du weißt nicht, wie geil sich das anfühlt, der Trip wird noch so viel besser dadurch.«* Oder die andere Schiene: *»Mach's für Geld, du merkst eh kaum was davon, wenn du genug genommen hast, und es gibt wirklich keinen schnelleren Weg, um sich was dazuzuverdienen.«*

Mein Mund fühlte sich staubtrocken an. Ich konnte den Blick nicht von ihm abwenden. »Weil es noch nie jemand wollte«, antwortete ich, als das Jucken beinahe unerträglich wurde.

Nicht auf die Art, die er meinte.

»Woher willst du das wissen?« Das Dunkelbraun seiner Augen funkelte. »Also *ich* wollte es schon, als wir noch in der Schule waren.«

What the fuck?

Unwillkürlich musste ich wieder lachen. »Hör auf, mich zu verarschen.«

»Du wiederholst dich.«

Mit einem Satz war ich auf den Beinen und stellte mich vor ihn. »Was ist dein Problem? Schau mich an. Siehst du das?« Ich gestikulierte an meinem Körper auf und ab. »Hast du einen Knacks?«

Wut flackerte in seinen Augen auf. »Was du über dich selbst denkst, ist dein Ding. Darüber werde ich nicht mit dir diskutieren. Aber ich würde dir niemals irgendwas erzählen, was ich nicht ernst meine. Du kannst einfach sagen, dass du keine Lust hast, und das Thema ist gegessen.«

»Wer sagt, dass ich keine Lust habe?«

Mein Herz war völlig aus dem Takt geraten, doch plötzlich war es mir egal. Es war mir egal, dass ich mich mit meinen

Worten entblößte und verletzlich machte. Es war mir egal, dass sein Verhalten absolut seltsam war.

»Ich hatte noch nie Sex«, hörte ich mich sagen, schnell, abweisend. »Ich hab mich mein Leben lang davon ferngehalten, weil ich genug andere Probleme habe.«

Nicht ganz die Wahrheit. Ich hatte mich mein Leben lang davon ferngehalten, weil ich geglaubt hatte, wenigstens diesen Teil von mir rein und unberührt lassen zu können, wenn ich so ziemlich alles andere beschmutzte, was meiner Mutter heilig gewesen war. Außerdem wusste ich dank den Erzählungen von anderen Süchtigen während meinen Klinikaufenthalten und den NA-Treffen, dass der exzessive Konsum von Drogen und Libidoverlust oft Hand in Hand gingen. Was ironisch war, weil Sex auf Drogen überall als die pure Offenbarung dargestellt wurde. Mir war es aus diesen Gründen jedenfalls nie schwergefallen, auf ihn zu verzichten.

»Das bedeutet auch, dass ich keine Ahnung davon habe«, fuhr ich fort. »Und um ehrlich zu sein, hab ich gerade minus achttausend Bock auf Stress.«

»Ich hab auch keine Lust auf Stress.« Seine Lippen verzogen sich zu einem schiefen Lächeln. »Ich will so ziemlich das Gegenteil von Stress.«

»Ja, klar ist das kein Stress für dich, du musst ja auch nicht erst entjungfert werden.«

Sein Lächeln wurde spöttisch, und er öffnete den Mund, doch ich kam ihm zuvor.

»Ja, ja, Jungfräulichkeit ist ein soziales Konstrukt, ist mir auch klar, aber du willst ja trotzdem was in mich reinstecken, was zuvor noch nie da drin war, und selbst wenn nicht – denn ja, ich weiß auch, dass es nicht nur Penetration gibt –, ich hab keine Ahnung, was ich mit deinem Körper machen soll, und ich kann mich gerade nicht damit befassen, weil das viel zu spontan ist und mich hart stresst und ich wie gesagt heute nicht noch mehr Stress brauche.«

Puh. Mal wieder Luft holen wäre wahrscheinlich eine gute Idee …

Er stieß sich von der Matratze ab, stand auf und stellte sich so dicht vor mich, dass ich mal wieder den Kopf in den Nacken legen musste, um ihn ansehen zu können. Sein Geruch war allgegenwärtig, obwohl ich mir alle Mühe gab, ihn nicht wahrzunehmen.

»Bist du fertig?«, raunte er.

Ich verdrehte die Augen. »Ist das deine sexy-hexy Stimme?«

Ein Lachen brach aus ihm hervor, das sein gesamtes Gesicht zum Leuchten brachte. Ehe ich mich von dem Schock erholen konnte, ihn so losgelöst zu erleben, wurde er wieder ernst. »Erstens: Ich will nichts in dich reinstecken, wenn du das nicht willst. Zweitens: Du musst nichts mit meinem Körper machen. Drittens: Hast du Lust, dass ich was mit deinem mache?«

Mums Stimme hallte in meinen Gedanken wider, erst flüsternd, wie zu sich selbst, dann immer lauter, lauter, lauter, bis sie von allen Seiten auf mich einzuschreien schien: *»Und führe uns nicht in Versuchung, sondern erlöse uns von dem Bösen.«*

Versuchung. Erlösung. Böse.

Es war eine Genugtuung, daran zu denken, wie verwerflich sie das fände. Vermutlich wäre es sogar schlimmer für sie als all das andere Zeug, das ich mir angetan hatte. Wenn ich das hier durchzog, dann könnte ich die Verbindung zu ihr vielleicht endgültig kappen. Wenn ich diesen letzten Schritt ging, dann würde vielleicht endlich nur noch Hass für sie übrig bleiben.

So lässig ich konnte, zuckte ich mit den Schultern. »Okay.«

»Okay?«

»Grins nicht so blöd, sonst überleg ich's mir anders.«

»Du kannst es dir sowieso immer anders überlegen. In einer Minute, in zwei oder in zwanzig.«

»Ach was«, sagte ich mit einem Schnauben.

Er hörte auf zu grinsen. Im nächsten Moment griff er nach meinen Händen, lief rückwärts, ließ sich wieder aufs Bett fallen und zog mich mit sich. Unsere Gesichter waren plötzlich nur Millimeter voneinander entfernt.

»Ich will dich nicht küssen«, entfuhr es mir. »Das stresst mich auch.«

Er nickte. »Sonst noch was, das dich stresst?«

»Wenn du mich so anglotzt.«

»Willst du dich umdrehen?«

Ich nickte.

Sekunden später hatten wir eine bequeme Position gefunden. Er saß mit dem Rücken zur Wand, ich zwischen seinen Beinen, meinen Körper dem Raum zugewandt.

Die Katze schlief tief und fest. Sie zuckte nur kurz zusammen, als Alexis sich die Sneaker von den Füßen kickte und diese mit einem leisen Poltern auf dem Boden aufkamen.

Was für eine surreale Situation. Aber allemal besser, als schlaflos hier rumzusitzen und darüber nachdenken zu müssen, was für eine Loserin ich war.

Seine Wärme war angenehm. Seine Finger fuhren ganz langsam über meine Arme. Es war Ewigkeiten her, dass ich jemandem außer Luke erlaubt hatte, mir länger als für eine kurze Umarmung nah zu sein.

»Leg den Kopf nach hinten«, flüsterte er und rutschte tiefer, ohne in der Berührung innezuhalten.

Seine Tonlage schickte Hitzewellen durch meine Beine. Ich gehorchte, sodass mein Nacken an seiner Schulter lag.

»Schließ die Augen.«

Erneut gehorchte ich. Meine Gänsehaut kehrte zurück.

»Fühlt sich das gut an?«

»Willst du mich die ganze Zeit über zutexten?«

Wir vibrierten beide, als er lachte. »Wie soll ich sonst wissen, ob es dir gefällt? Ich darf dich ja nicht anschauen.«

Ich stöhnte auf. »Ja, es gefällt mir. Du kannst auch einfach auf meinen Körper achten.«

»Mach ich«, raunte er. »Aber ich muss dich trotzdem erst besser kennenlernen, bevor ich mir zutraue, mich ausschließlich auf die Reaktionen deines Körpers zu verlassen.«

Seine Finger ließen von meinen Armen ab und widmeten sich meinen Oberschenkeln.

Sofort verkrampfte ich mich.

Er verharrte. »Nicht gut?«

»Doch. Nur unerwartet. Mach weiter.«

Als er fortfuhr, begann mein Herz schneller zu klopfen, und die Hitzewellen kamen in kürzeren Abständen. So viel zum Libidoverlust.

»Es gibt noch ein paar Dinge, die ich mit dir klären möchte«, murmelte er, während seine Finger unaufhörlich meine Beine auf und ab fuhren.

»Okay«, nuschelte ich, bedacht darauf, nicht jetzt schon genießerisch zu stöhnen. Der Stoff meiner Leggings war so unglaublich dünn.

»Bist du getestet?«

»Was?«

»STIs? Kennst du deinen Teststatus?«

»Ja.« Meine Stimme klang mit einem Mal hohl. »Erst vor Kurzem. Alles negativ.«

Falls er es seltsam fand, dass ich getestet war, obwohl ich noch nie Sex gehabt hatte, zeigte er keine Reaktion darauf – was mir nur recht war. Ich hatte wenig Lust, ihm zu erklären, woran es lag. Vielleicht hielt er mich einfach für übervorsichtig, obwohl natürlich das Gegenteil der Fall war. Auf

Lukes Drängen hin hatte ich den Test bisher jedes Mal über mich ergehen lassen, wenn ich einen Entzug machte. Man konnte sich schließlich nicht nur über Sex anstecken, sondern auch durch Spritzen, Nadeln und Röhrchen.

»Gut«, sagte er. »Ich mache das auch regelmäßig. Dauert nur noch ein bisschen bei mir, bis ich den nächsten Test machen kann.«

»Macht Sinn«, erwiderte ich trocken. »Hast ja erst gestern gevögelt.«

»Ja. Wir haben aber verhütet.« Seine Finger waren an der Innenseite meiner Oberschenkel angelangt. »Wie war es für dich, mich dabei zu beobachten?«

Seine Stimme klang nicht provokant oder betont sexy, eher interessiert. Trotzdem musste ich lachen. Die Wahrheit? Es hatte mir den verfluchten Arsch gerettet. Vermutlich hätte ich mich ohne diese Ablenkung nicht daran erinnert, dass ich clean bleiben wollte, und nicht die Willenskraft aufgebracht, das Tütchen die Toilette runterzuspülen. Doch das würde ich ihm garantiert nicht auf die Nase binden.

»Keine Ahnung«, murmelte ich. »Heiß? Ich fand's gut, dass du genauso laut wie sie warst. Es ist irgendwie verstörend, wenn ein Typ komplett still bleibt, während sie sich die Seele aus dem Leib schreit. Als würde man jemandem etwas antun, ohne selbst Teil davon zu sein.«

Eine Weile herrschte Stille.

»Also findest du mich auch attraktiv?«

Ich bildete mir ein, ein Lächeln aus seiner Stimme herauszuhören.

»Wird das hier Fishing for compliments? Willst du hören, wie geil du bist? Hast du keine Augen im Kopf?«

»Was hat das eine mit dem anderen zu tun?«

Meine Güte, ich würde es wirklich aussprechen müssen.

»Offensichtlich bist du attraktiv«, sagte ich mit einem

entnervten Stöhnen. »Das hat nichts mit meiner Wahrnehmung zu tun, das ist ein Fakt.«

Eine Weile blieb er still, und seine Berührung wurde langsamer, was mich wahnsinnig machte. Es kostete mich einige Anstrengung, mich nicht zu winden, um ihn zum Weitermachen zu animieren.

»Du hast mich in der realen Welt erlebt«, flüsterte er. »Es ist schwer, mir vorzustellen, dass du mich trotzdem attraktiv findest.«

»Hä?« Meine Lider flatterten auf. »In wie vielen Welten bist du unterwegs?«

»In zwei«, erwiderte er ohne Spur von Ironie. »In der Prisma-Welt findet mich niemand heiß oder würde auch nur in Erwägung ziehen, mit mir anzubandeln. Nachts sieht's natürlich anders aus, da kann ich sein, wer ich will.«

Mir war nicht entgangen, wie die anderen ihn behandelten. Trotzdem konnte ich mir nicht vorstellen, dass niemand ihn heiß fand. Er war objektiv betrachtet das, was meine Mum als »Trouble« bezeichnet hätte.

»Ich glaube, du unterschätzt deine Wirkung.«

»Also so wie du?« Schlagartig klang er wieder belustigt.

Ich verdrehte die Augen, auch wenn er das nicht sehen konnte. »Pretty-Privilege existiert, weißt du?«

»Auf jeden Fall. Du fällst aber auch in diese Kategorie, egal, ob du es wahrnimmst oder nicht. Du bist normschön. Aber weißt du, was noch existiert? Menschen, die anders behandelt werden, weil sie nicht den Mund aufkriegen, oder als seltsam abgestempelt werden, weil sie ein bisschen zu oft den Mund aufreißen.«

Erneut hatte er aufgehört, mich zu streicheln, seine Handflächen ruhten auf meinen Oberschenkeln, und inzwischen war es keine Qual mehr. Ich war viel zu abgelenkt von diesem Gespräch. Vor allem von einem Wort.

»Normschön?«, wiederholte ich verächtlich.

Ein lautes Seufzen ertönte. »Du bist dünn, du bist klein – das gilt natürlich nur bei weiblich gelesenen Personen als Ideal –, du hast symmetrische Gesichtszüge, große Augen, reine Haut. Alles Attribute, die in unserer Gesellschaft als schön wahrgenommen werden.«

Eine Weile konnte ich nichts darauf erwidern. Alles in mir schrie danach, dagegen zu argumentieren. Doch wenn ich ehrlich zu mir war, dann wusste ich, dass er recht hatte. Es ging tatsächlich nicht darum, ob ich mich selbst hässlich fand. Es ging auch nicht darum, dass ich über die Jahre versucht hatte, so wenig feminin wie möglich auszusehen, um härter rüberzukommen, als ich war. Um nicht die Blicke von Widerlingen anzuziehen und da draußen zu überleben. Es war egal, dass mir nie zuvor jemand gesagt hatte, dass ich schön war. Alexis sprach von einem Privileg, das ich besaß, ob ich wollte oder nicht.

»Okay«, wisperte ich. »Ja. Stimmt.«

»Natürlich kannst du trotzdem ausgegrenzt werden oder dich beschissen fühlen. Wie gesagt, auch ich weiß, wie sich das anfühlt, obwohl ich ebenfalls als normschön gelte.«

»Du bist nicht nur normschön«, rutschte es mir heraus. »Du hast auch diesen Vibe. Und diesen Blick. Es ist …« Ich räusperte mich. »Also, bei dir ist es das Gesamtpaket.«

»Danke.« Grinste er schon wieder? »Bei dir ist es definitiv auch das Gesamtpaket. Du hast so was Intensives an dir, was nichts mit Äußerlichkeiten zu tun hat. Ich kann natürlich nicht leugnen, dass ich dich trotz allem auch einfach nur schön finde. Aber am interessantesten finde ich dich wegen deiner Wirkung. Du bist ein bisschen … drüber. Alles ist laut und eckig und krass bei dir. Mich ziehen Menschen an, die das Gegenteil von mir sind. Das macht das Vergessen leichter.«

Die Gedanken in meinem Kopf überschlugen sich. Ich konnte mich nicht damit auseinandersetzen, was er über mich sagte. Also konzentrierte ich mich auf Letzteres. »Das Vergessen?«

»Ja.« Behutsam begann er, mit beiden Zeigefingern Kreise auf meine Oberschenkel zu malen. »Das ist der Grund, aus dem ich Sex habe.«

»Was willst du vergessen?«

»Geht dich nichts an«, hatte er vorhin gesagt, als ich ihn gefragt hatte, wieso er abgefuckt war. Doch jetzt hatte sich etwas verändert. Er wollte etwas von mir.

»Mich«, murmelte er. Sein Atem kitzelte meinen Hals. »Die Panik. Die Erinnerung an das vergangene Jahr.«

»Und dabei hilft Sex?« Ich unterdrückte das Bedürfnis ein »mit *mir*?!« hinterherzuschieben.

»Besser als alles andere.«

Ich runzelte die Stirn. Vielleicht verstand ich es doch. Vielleicht war das seine präferierte Droge.

»Auch wenn du nur was mit mir machst und ich nichts mit dir?«, wollte ich wissen.

»M-hm. Das macht keinen großen Unterschied. Es geht mir einfach nur darum, dass ich mich in einem anderen Menschen verliere und mein Hirn mit neuen Details geflutet wird, die den ganzen Shit vertreiben, der mich sonst so fertigmacht.«

In einem anderen Menschen verliere ...

»Das ist die letzte Sache, die ich noch klarstellen möchte.« Zum ersten Mal hörte ich eine Spur Unsicherheit aus seiner Stimme heraus. »Ich werde dir nicht mehr geben können als das.«

»Mehr?«, wiederholte ich höhnisch. »Was soll das heißen?«

»Gefühle. Emotionale Unterstützung. Nähe, die über die körperliche hinausgeht.«

Ha. Wie süß.

Unwillkürlich musste ich an die Empfehlung des Zwölf-Schritte-Programms denken. Die meisten waren der Meinung, dass romantische Beziehungen kurz nach einem Entzug viel zu riskant waren und den Heilungsprozess nur erschwerten. Am populärsten war die Ein-Jahr-Regel – so lang sollte man warten, bis man sich dafür öffnete. Dazu gehörte auch Sex. Wie gut, dass ich einen feuchten Dreck auf Regeln gab, besonders, wenn sie nur Empfehlungen waren.

Ein Grinsen schlich sich auf meine Lippen. »Weil du fifty shades of fucked up bist?«

Das entlockte ihm ein weiteres Lachen. »Ich bin nur auf eine einzige sehr spezifische Art abgefuckt. Aber die reicht aus. Ich komme nicht mal mit meinen eigenen Gefühle klar. Also kann ich mich nicht auch noch mit den Gefühlen einer anderen Person auseinandersetzen. Das meine ich.«

»Okay. Ist mir egal.«

»Bist du sicher?«

»Ja.«

Ich hatte absolut kein Interesse daran, jemandem auf die emotionale Art näherzukommen. Um Nähe aufzubauen, musste man den ganzen Ballast auspacken und bereit sein, damit zu arbeiten. Und wie Alexis schon sagte – es war hart genug, mit den eigenen Gefühlen klarzukommen.

Mums Stimme in meinem Kopf widersprach natürlich. *»Echo, du musst vorsichtig sein. Körperkontakt kann dir zunächst harmlos vorkommen, aber du unterschätzt seine Wirkung. Am Anfang wirst du in Sicherheit gewogen, weil sich alles so gut anfühlt. Das ist die Verführung des Teufels. Doch ehe du es dich versiehst, hängt nicht nur dein Körper, sondern auch dein Herz dran, und schon lässt du etwas mit dir machen, was du nie wolltest. Du wirst abhängig. Willst immer mehr. Es gibt nur einen einzigen Schutz dagegen – Abstinenz.«*

Ich biss die Zähne zusammen. Glücklicherweise war ihre Stimme nichts als eine Erinnerung. Tote hatten nichts zu melden. Vor allem nicht, wenn sie freiwillig gegangen waren.

»Hast *du* irgendwelche Fragen?« Seine Lippen streiften mein Ohr.

»Jep.« Ich atmete tief durch. Ablenkung musste her. Und zwar schnell. »Wann hörst du endlich auf zu reden und machst was?«

Im nächsten Moment hatte er mich rechts und links an den Hüften gepackt und zog mich ruckartig näher zu sich.

»Dein Wunsch sei mir Befehl.«

15. KAPITEL

Echo

A new way to stay alive

Seine Berührungen wurden härter. Er kratzte über die Innenseiten meiner Oberschenkel, während sein Mund zu meinem Hals wanderte und er begann, Küsse darauf zu verteilen. »Du riechst so gut«, flüsterte er dazwischen.

Meine Atemzüge beschleunigten sich, mein Inneres wurde flüssig. Und trotzdem war da ein Teil in mir, der sich dagegen wehrte, vollkommen loszulassen. Das war mir nicht fremd. Am Anfang meiner Sucht hatte ich den Moment des absoluten Kontrollverlustes absichtlich herausgezögert. Wenn ich mir Drogen kaufte und bewusst noch ein paar weitere Minuten verstreichen ließ, weil die Vorfreude fast besser war als das Erlebnis selbst.

»Duschen wirkt Wunder«, erwiderte ich. »Solltest du auch mal probieren.«

Sein heiseres Lachen bescherte mir die nächste Gänsehaut. Einen Augenblick später biss er mir leicht in den Nacken, und jeder weitere alberne Kommentar blieb mir im Hals stecken. Ich erschauderte.

Seine linke Hand wanderte zwischen meine Beine. »Okay?«, wisperte er.

Ich konnte nur heftig nicken.

Mit dem Mittelfinger, an dem ein silberner Ring funkelte, fuhr er quälend langsam über meine Vulva, während die rechte aufwärts strich, mein Becken entlang, meinen Bauch, meine kaum vorhandenen Brüste.

»Ich werde dich jetzt unter dem Shirt anfassen. Ist das auch okay?«

»Ja«, gab ich gepresst zurück, weil Sprechen gerade wirklich eine Herausforderung war. »Kannst du einfach machen und nicht ständig fragen?« *Atmen. Atmen. Atmen.* »Ich hab echt absolut kein Problem damit, dir zu sagen, wenn mir etwas gegen den Strich geht. Aber wenn du ständig fragst, werde ich rausgerissen, weil ich reden muss.«

Ein paar Sekunden herrschte Stille.

»Du musst nicht reden«, sagte er schließlich, seine Stimme gedämpft, weil sein Mund direkt an meiner Haut lag. »Wenn du etwas nicht willst, schieb mich einfach weg oder kneif mich oder was auch immer. Aber bitte schwör mir, dass du nichts über dich ergehen lässt, was du nicht willst.«

Er klang viel zu flehend. Beinahe verzweifelt.

Schon wieder musste ich die Augen verdrehen. »Ich schwöre.«

»Ich mein's ernst, Echo.«

»Boah, ich doch auch, Alter! Warum bist du so übertrieben vorsichtig?«

»Weil ich wünschte, dass man sich doppelt und dreifach bei mir abgesichert hätte, bevor man meine Grenze wieder und wieder überschritten hat.«

Mit jedem Wort war er lauter geworden.

Ich wurde ganz still. »Beim Vögeln?«

»Nein«, gab er hart zurück. »Nicht beim Vögeln.«

»Alles klar.« Das Bedürfnis, mich umzudrehen und ihm ihn die Augen zu schauen, flackerte in mir auf, doch ich kämpfte dagegen an. Was er jetzt brauchte, war Absicherung, oder?

Also würde ich sie ihm geben. »Du hast mich heute im Prisma erlebt. Ich kann mich wehren. Du schüchterst mich nicht ein. Niemand schüchtert mich ein. Wenn mir was nicht gefällt, wirst du es schneller merken, als du die Frage formulieren kannst.«

»Gut.« Geräuschvoll atmete er aus. »Ich wünschte, ich wäre auch so.«

Und dann, noch bevor ich mir darauf eine Antwort überlegen konnte, machte er genau da weiter, wo er aufgehört hatte. Die eine Hand zwischen meinen Beinen, die andere an meinem Oberkörper. Als ich seine warmen Finger unter meinem Shirt spürte, konnte ich mich nicht mehr zurückhalten. Ich stieß ein Seufzen aus, meine Augen fielen zu.

Bedächtig streichelte er meine nackte Haut, genussvoll, träge, zog mit den Fingern Kreise um meinen Bauchnabel, um meine Brüste, tastete nach meinen Nippeln, drehte sie, bis ich keuchte, und begann währenddessen mit der anderen Hand zwischen meinen Beinen über den dünnen Leggingsstoff zu reiben. Gleichmäßig und mit genau so viel Druck, um mich vergessen zu lassen, wo wir uns befanden. Meine Mitte begann zu pulsieren, wurde heißer und heißer, die Feuchtigkeit schoss mir in den Slip, und bald bestand ich nur noch aus nasser Wärme.

Es war Ewigkeiten her, dass ich mich selbst befriedigt hatte. In der Klinik hatte ich zu wenig Privatsphäre gehabt und außerdem den Großteil der Zeit absolut keine Lust darauf. Ein kalter Entzug war noch weniger dafür bekannt, den Sexualtrieb zu steigern, als regelmäßig Drogen zu nehmen. Außerdem hatte ich den Teil von mir, der sich nach dem Masturbieren schmutzig fühlte, nie ganz ausschalten können.

Mal wieder danke fürs nichts, Mum.

In den letzten Monaten hatte ich oft vergessen, dass mein Körper überhaupt in der Lage war, sexuelle Lust zu empfinden. Nun kam die Erinnerung mit voller Wucht zurück. Alexis berührte mich mit so viel Selbstsicherheit und Dringlichkeit, dass ich mir nicht vorstellen konnte, jemals etwas anderes gewollt zu haben.

Mit jeder Sekunde wurde es heftiger. Er steigerte sein Tempo, ging immer gröber mit mir um, erwiderte jedes meiner Stöhnen mit einem eigenen, biss mir ins Ohrläppchen, in den Hals, in die Schulter. Als ich seine Härte hinter mir spürte, durchfuhren mich heißkalte Stöße. Das war wegen mir. Er war angeturnt wegen *mir*. Zwar ging es auch um die Befriedigung seiner Bedürfnisse, weil ihn das hier anscheinend ablenkte, aber ich war nicht einfach dazu da, dass er sich einen runterholte, so wie Kyle oder einer der anderen Widerlinge, deren Bekanntschaft ich in den letzten Monaten gemacht hatte. Es ging um mich. Es machte ihn an, mich anzumachen.

Ein frustriertes Keuchen entwich mir, als er aufhörte, mich zwischen den Beinen zu massieren.

»Keine Sorge«, raunte er mir zu, und wieder hörte ich sein Lächeln heraus. Diesmal verdoppelte es meine Erregung. Die Tatsache, dass er die Kontrolle über mich hatte, dass er entscheiden konnte, wie schnell er mir das gab, wonach ich verlangte, brachte mich beinahe um den Verstand. »Du bekommst alles, was du willst.«

Und mit diesen Worten bahnten seine Finger sich ihren Weg unter den Saum meiner Leggings und meines Slips.

»Oh, fuck«, entfuhr es mir, sobald er an der richtigen Stelle angekommen war und sein Werk weiterführte.

Ich hob das Becken an und drängte mich seiner Hand entgegen. Mit gleichmäßig kreisenden Bewegungen berührte er mich und küsste sich unterdessen meinen Hals entlang, diesmal zarter. Farben und Lichter explodierten vor meinem inneren Auge. Jede Berührung zog mich tiefer in den Strudel.

Und plötzlich befand ich mich nicht mehr auf dem Bett in meinem Wohnheimzimmer. Plötzlich war ich wieder siebzehn und hatte gerade meinen ersten ganzen Joint geraucht. Es war die erste warme Sommernacht, und ich lag neben dem Pool von Kyles Eltern, die mal wieder geschäftlich unterwegs waren, auf kühlem moosbedecktem Steinboden, den Blick gen Himmel gerichtet. Ich hatte keine Erinnerung mehr daran, wie ich dort hingekommen war. Alles, was zählte, waren die Sterne über mir, die sich langsam zu drehen begannen und mich wie magnetisch anzogen. Ich stieß mich vom Boden ab, ignorierte die Rufe um mich herum, das Gegröle, das Gelächter und schwebte dem Himmel entgegen. Ich wirbelte in der Luft herum. Schwerelos. Frei. Keine Sorge in Sicht.

Es war das erste Mal in meinem Leben gewesen, dass ich verstanden hatte: Es gab einen Ausweg. Wie dringend ich diesen Ausweg nötig hatte, begriff ich allerdings erst Monate später. Lukes Gesicht, tränenüberströmt. Seine Worte, kaum verständlich durch das Schluchzen. *»Sie ist tot, Echo. Sie kommt nicht zurück.«* Andere Worte, umso verständlicher, glasklar in meinem Kopf: *Wieso bin ich nicht genug?*

Als ich Mums Beerdigung sausen ließ und mir das erste Mal was von meinem eigenen Geld kaufte – in diesem Moment hatte ich wahrhaftig verstanden. Während alle anderen Menschen den Tod meiner Mutter beweinten, saß ich am Strand und lachte. Schalter umgelegt. In einer Sekunde Schmerz, in der nächsten Glück.

Alexis' Stimme hallte in mir wider. *»Und diese Logik funktioniert für dich, ja? Dann könnte ich dich auch fragen, was es bringt, unglücklich zu sein, wenn man stattdessen auch einfach glücklich sein kann.«*

Ja. Ja, diese Logik hatte eine Weile hervorragend für mich funktioniert, denn ich hatte mich für Glück entschieden.

»Echo?«, wisperte er.

Auf einen Schlag landete ich wieder in der Gegenwart. Die Macht der Erinnerung hatte mein Verlangen nicht geschmälert, im Gegenteil. Auch im Hier und Jetzt fühlte ich mich schwerelos.

»Hmmmm?«

»Ich will dich schmecken.«

Meine Beine zitterten schon, doch jetzt erbebte auch der Rest meines Körpers.

Er holte tief Luft. »Steh auf.«

Benommen blinzelte ich. Es dauerte ein paar Sekunden, bis er die Finger aus meinem Slip gezogen hatte und ich mich aufrichten konnte. Sobald ich vor dem Bett stand, drohten meine Knie nachzugeben, doch er rutschte hastig nach vorn an den Bettrand und stützte mich. Unsere Blicke trafen aufeinander. Seiner irgendwie glasig, meiner vermutlich … ohnmächtig? Die gute Art von Ohnmacht.

Meine Fresse, wieso hatte ich das nicht viel früher ausprobiert?

Ich stützte mich an seinen Schultern ab. Bevor ich mich an diese neue Version von Ohnmacht gewöhnen konnte, stand er ebenfalls auf, verstärkte seinen Griff um meine Mitte und warf mich aufs Bett.

Mein Keuchen erfüllte den Raum. Im nächsten Moment beugte er sich über mich, sein Blick verdunkelte sich, mein Herz explodierte, er musterte meinen Körper mit so viel unverfälschter Leidenschaft, dass sich alles in mir zusammenzog. Sein Blick war mir plötzlich nicht mehr zu viel. Denn jetzt verstand ich ihn. Das war keine Gefahr. Es war die pure Erlösung.

Im nächsten Augenblick begann er damit, mich auszuziehen. Erst meine Socken, dann die Leggings zusammen mit dem Slip. Als ich nach meinem Shirt griff, um es mir über den Kopf zu ziehen, umklammerte er meine Handgelenke mit seinen langen Fingern und schüttelte den Kopf. »Nein«, sagte er rau. »Das mache ich.«

In jeder anderen Situation hätte ich ihn für diesen Tonfall aufgezogen. In dieser war ich viel zu erregt davon, wie sehr er es genoss, die Kontrolle zu haben.

Mit fahrigen Bewegungen zog er mir das Shirt über den Kopf und warf es achtlos zu Boden. Dann kletterte er vom Bett, kniete sich davor auf den Boden, griff mit beiden Händen unter meinen Hintern und zog mich abrupt zu sich. Bevor ich realisierte, was er im Begriff war zu tun, verschwand sein Kopf zwischen meinen Beinen, und ich spürte seine heiße Zunge. Mit seiner Hand führte er meine an seinen Hinterkopf.

Er blinzelte zu mir hoch. Seine Augen wirkten tiefschwarz. »Zeig mir, was dich so richtig wahnsinnig macht.«

Keuchend presste ich meinen Unterleib rhythmisch gegen ihn, während ich vorsichtig seinen Kopf an die richtige Stelle drückte. Ich konnte nicht fassen, was hier gerade abging.

Je schneller er wurde, je perfekter er genau die Stelle traf, die mich um den Verstand brachte, desto heftiger wurde die Hitze in mir. Seine Hände wanderten zu meinen Brüsten, packten sie, seine Nägel gruben sich in meine Haut, lösten einen leisen Schmerz aus, der meine Erregung nur noch steigerte. Ich wusste nicht, ob es Sekunden oder Minuten dauerte. In einem Moment ritt ich auf den Wellen vollkommener Ekstase, alles warm und schön und leicht, im nächsten erzitterte mein Körper. Es war perfekt, perfekter als alles, meine Vergangenheit, meine Zukunft, nichts als Schall und Rauch, und schon war es zu viel, und ich packte seine Schultern, schob ihn zurück, stieß abgehackte Sätze hervor, kaum richtig da. »Bitte … hör auf … Bitte, ich sterbe … zu … zu … viel.«

Es dauerte eine gefühlte Ewigkeit, bis ich wieder richtig zu mir kam.

Alexis kniete immer noch am Bettende, mit einem beseelten Grinsen auf den glänzenden Lippen. Seine Hände lagen locker auf meinen Beinen, und sein Blick verkettete sich mit meinem. »Willkommen zurück.«

Stöhnend vergrub ich mein Gesicht in meinen Unterarmen. Es stellte sich heraus, dass sein Blick nur erträglich war, wenn ich mich mitten im Sexnebel befand. Jetzt wurde er mir wieder zu viel. »Halt die Klappe, ich muss kurz klarkommen.«

Er lachte, und mein Magen zog sich zusammen.

Was war das eben gewesen?

Ich schüttelte den Kopf, langsam, hin und her, wieder und wieder. Das war die falsche Frage. Ich wusste, was das gewesen war. Ich wusste, was meine Reaktion zu bedeuten hatte. In den letzten Jahren hatte ich es viel zu oft erlebt, um es nicht schon von Weitem zu erkennen. Und jetzt begann ich auch zu verstehen, was es mit der Ein-Jahr-Regel auf sich hatte.

Fuck.

Wie in Zeitlupe nahm ich die Arme von meinen Augen, stützte mich ab, richtete mich auf und zwang mich, ihm ins Gesicht zu schauen. In sein strahlendes Gesicht. So glücklich hatte ich ihn noch nie erlebt. Die Emotion schien einen anderen Menschen aus ihm zu machen.

»Du hast keine Ahnung, was du angerichtet hast«, brachte ich hervor.

Schlagartig veränderte sich seine Miene. Er zog die dunklen Brauen zusammen.

»Nein, nein«, stieß ich hervor. »Entspann dich, Junge. Es war geil.«

Zu geil. Du ahnst nicht, wie *geil.*

Seine Mundwinkel zuckten, doch die Zweifel in seinen Augen blieben.

Also gab ich mir einen letzten Ruck. »Ich weiß nur nicht, wie ich jemals wieder damit aufhören soll.«

Wie auf Kommando kehrte sein Grinsen zurück. Er biss sich auf die Unterlippe, versuchte sichtlich, es zurückzukämpfen, versagte. »Wer sagt, dass wir aufhören werden? Wir haben doch gerade erst angefangen.«

Du verstehst nicht, könnte ich rufen. *Du verstehst gar nichts!*

Erklär's mir, würde er antworten.

Und dann würde ich sein Gesicht, dieses scheißperfekte Gesicht, zwischen die Hände nehmen, ihn zu mir ziehen, bis unsere Nasenspitzen sich berührten, und ihm die Wahrheit entgegenbrüllen.

Alexis Bithersea, ich bin ein Junkie, und du bist soeben zu meiner neuen Lieblingsdroge geworden.

16. KAPITEL

Echo

No one said that it'd be fair

»Oh«, entfuhr es mir. »Ich dachte nicht, dass noch jemand wach ist.«

Niemand außer Alexis und mir zumindest.

Ich hatte gerade die Wohnheimküche betreten, die sich ein Stockwerk über meinem Zimmer befand, und war so in Gedanken versunken gewesen, dass ich die Geräusche nicht wahrgenommen hatte, bis ich an der Türschwelle stand. Vor mir befand sich Tori in einem schwarz-weiß gemusterten Satinschlafanzug, darüber eine schmutzig graue Schürze, die schulterlangen Locken zu einem verwuschelten Dutt nach hinten gebunden, die Brillengläser beschlagen. Auf dem Herd waren drei verschiedene Töpfe zu sehen, aus denen würzig duftende Dämpfe emporstiegen. Eine Dunstabzugshaube gab es dem Anschein nach nicht, aus dem Grund hatte sie vermutlich auch das Fenster direkt neben dem Herd aufgerissen.

Die Küche war ungefähr fünfzehn Quadratmeter groß und schmal geschnitten. An den pastellgelb gestrichenen Wänden hingen Posterdrucke, auf denen verschiedene Gewürze und Gemüse, unterteilt in die jeweilige Saison, zu sehen waren.

»Hi, Echo.« Lächelnd nahm sie die Brille ab und putzte die Gläser mit ihrem Pyjamaärmel. »Ich hatte Hunger und konnte nicht schlafen, aber ich hab viel zu viel gekocht. Du kannst gern was davon haben, wenn du magst.«

»Danke. Das riecht gut. Was gibt's?«

Auch ich war in die Küche gekommen, weil ich Hunger bekommen hatte. An Schlaf war noch weniger zu denken gewesen, nachdem Alexis mein Zimmer verlassen hatte. Okay, er hatte es nicht verlassen. Ich hatte ihn rausgeschmissen. Die Katze war bei mir geblieben. Seelenruhig schlafend in meinem Koffer, während meine ganze Welt in der Zwischenzeit aus den Fugen geraten war. Alexis hatte mir noch ein paar Tipps gegeben und mir gezeigt, wie ich das Katzenklo am besten putzte, aber ich hatte kaum zugehört. In meinem Kopf war der reinste Krieg ausgebrochen, und er hatte sich bis jetzt nicht beruhigt.

»Seitan in Erdnusspanade, dazu geschmorter Rahmgrünkohl und würzige BBQ-Karotten.« Sie zog die Brille wieder auf, legte den Kopf schief und musterte mich amüsiert. Mein Blick sagte wohl alles. »Erst probieren, dann nörgeln. Das ist auch immer Julians Devise.«

»Ich hab nichts gesagt«, erwiderte ich lachend. »Klingt doch nice.« Nice war was anderes, aber ich würde garantiert kein kostenloses Essen kritisieren.

»Was ist eigentlich mit Julian und dir?«

Fragen waren gut. Je mehr sie redete, desto weniger musste ich mich mit mir selbst auseinandersetzen.

»Wie meinst du?« Sie schaltete den Herd aus und holte zwei Teller aus dem Schrank darüber, die sie auf den Tisch hinter uns stellte. Dabei schob sie den prall gefüllten Obstkorb beiseite.

In der Entzugsklinik hatten sie auch einen riesigen Obstkorb im Eingangsbereich. Der reinste Hohn, oder? *Ihr könnt euch zwar nicht mehr mit Drogen weghauen, aber schaut mal, wie wär's stattdessen mit ein paar Vitaminen?*

Ich nahm Besteck aus der Schublade und legte es neben die Teller. »Na, was geht da so?«

»Wir sind in einer Beziehung.« Während sie begann, Essen auf die Teller zu häufen, seufzte sie. »Ich hasse es immer noch, das, was wir haben, als Beziehung zu bezeichnen. Natürlich nicht wegen ihm.«

»Wegen dem Ex-Arschloch?«, vermutete ich.

Sie nickte. »Ich wünschte, es gäbe einen anderen Begriff für das, was ich mit Julian habe, weil es eine Beleidigung ist, ihn in dieselbe Kategorie wie meinen Ex zu stecken.«

»Kann ich verstehen.« Na ja, ich konnte zumindest versuchen, es zu verstehen. Ich war noch nie in einer vergleichbaren Situation gewesen. »Aber mit Julian läuft es gut?«

Erfahrungsgemäß liebten es Menschen, über ihre Beziehungen zu sprechen, ganz egal, ob diese gut oder schlecht liefen.

Erneut nickte sie, und diesmal leuchteten ihre Augen. »Ich hätte nie gedacht, dass es möglich ist, so etwas mit jemandem zu teilen.« Röte stieg in ihre Wangen. Es war so kitschig, dass ich dem Bedürfnis widerstehen musste, etwas Abfälliges zu sagen.

»Das bedeutet nicht, dass alles immer perfekt ist«, fuhr sie fort. »Heute war zum Beispiel geplant, dass ich bei ihm übernachte. Aber am Ende meiner Schicht, als wir uns umarmt haben, da war es mir plötzlich zu viel. Das passiert mir manchmal, weißt du. Ich komme in solchen Momenten nicht so gut mit Körperkontakt klar, und dann brauche ich Abstand. Es liegt nicht an ihm, sondern an früher. Also habe ich ihm gesagt, dass ich die Nacht für mich brauche. Aber sobald ich hier war, hab ich ihn vermisst.« Ein verlegenes Lachen entwich ihr. »Sorry, ich texte dich mal wieder zu.«

Sie war fertig mit dem Anrichten des Essens, und wir setzten uns an den abgenutzten Holztisch.

»Du textest mich nicht zu«, sagte ich. »Ich hab gefragt, weil es mich interessiert.«

Kaum zu fassen, dass sie sich wirklich schlecht fühlte, weil sie viel redete, während ich mich fragte, wieso sie überhaupt mit mir redete, geschweige denn nett zu mir war.

»Trotzdem habe ich das Gefühl, dass du viel mehr über mich weißt als ich über dich. Von Anfang an konnte ich mich echt gut mit dir unterhalten, weil du mich kein bisschen verurteilt hast. Du hast so eine entspannte Art. Man fühlt sich wohl bei dir. Aber es ist unausgeglichen.«

Ich war gerade dabei gewesen, mir marinierte Karotten und was von dem überraschend gut riechenden Grünzeug auf die Gabel zu häufen, ließ sie jetzt aber sinken und sah Tori spöttisch an.

»Sorry, hab ich was Dummes gesagt?«, ruderte sie sofort zurück.

»Nee.« Ich seufzte. »Aber wenn man nicht nüchtern ist, ist es verdammt einfach, entspannt zu sein.«

Getroffen nickte sie. »Sorry, das war wirklich dumm von mir.«

»Alter, hör auf, dich ständig zu entschuldigen, das macht mich aggressiv!« Als sie zusammenzuckte, seufzte ich noch lauter. »Weißt du, wer 'ne *wirklich* entspannte Art hat?« Mit der Messerspitze deutete ich auf sie. »Du. Garantiert nicht dir selbst gegenüber, da bist du so ziemlich das Gegenteil von entspannt, aber wer zur Hölle ist nett zu 'nem Junkie, den er auf der Straße trifft?«

Verständnislos sah sie mich an.

»Du hast mich auch nie verurteilt«, murmelte ich und richtete den Blick aufs Essen. »Du bist ganz normal mit mir umgegangen. Genau wie heute. Obwohl ich 'ne Katastrophe bei der Arbeit war. Du hättest mich ignorieren können, und ich hätte es dir nicht übel genommen. Ich hab keinen Plan, ob es daran liegt, dass du allen Leuten gefallen willst, aber selbst wenn das der einzige Grund ist, warst du eben einfach verflucht nett zu mir, und das ist nicht selbstverständlich. Also hör auf, was von *unausgeglichen* zu labern. Außerdem hast du mich gerade zum Essen eingeladen. Schon wieder.«

Das letzte Mal hatte sie mir Essen bestellt, nachdem ich sie aus dem Meer gefischt hatte, weil sie in eine besonders starke Strömung geraten war. Sie hatte eine Panikattacke erlitten und war ins Wasser gelaufen. Glücklicherweise war ich gerade in der Nähe gewesen. Ich konnte immer noch nicht fassen, wie dumm sie sich verhalten hatte. Aber ich war nun wirklich die Letzte, die andere für dumme Entscheidungen verurteilen sollte. Mein gesamtes Leben war eine Aneinanderreihung von Dummheiten.

Demonstrativ schob ich mir eine Gabel in den Mund, kaute, schluckte und hob erst dann wieder den Blick. Mit undefinierbarer Miene beobachtete sie mich. Ihre hellblauen Augen hinter den Brillengläsern wirkten fast durchsichtig.

»Jetzt kann ich's ja sagen«, nuschelte ich. »Ich dachte, das wird nie im Leben schmecken, aber es ist tatsächlich ziemlich geil.«

Sie lachte auf. »Danke.«

Ein paar Sekunden lang aßen wir schweigend. Immer wieder huschte ein Lächeln über ihre Lippen, wenn ihr Blick mich streifte. Schließlich straffte sie die Schultern und legte ihr Besteck beiseite. »Wie war dein Tag?«

Ein Schnauben entfuhr mir. Tja, wie war mein Tag gewesen? Voller Gegensätze, so viel stand fest. Und voller Überraschungen.

»Lass mich nachdenken«, sagte ich, gespielt in Gedanken versunken. »Den ersten Arbeitstag hab ich so richtig schön vermasselt …«

»Stimmt nicht«, fuhr sie sofort dazwischen. »Die Torte sah supergut aus. Und ich hab gehört, wie Thea zu Julian gesagt hat, dass du echt ein Händchen für die Patisserie zu haben scheinst.«

Ich wünschte, ihre Worte würden mich kaltlassen. Doch plötzlich fiel mir das Schlucken schwer. Hastig verdrehte ich die Augen und schob mir eine viel zu volle Gabel Essen in den Mund.

»Thea hat 'nen Schaden«, sagte ich kauend.

Tori grinste. »Sie ist eine unverbesserliche Optimistin und sieht immer das Beste in Menschen. Aber ist das so schlecht? Das heißt nicht, dass sie die Lage falsch eingeschätzt hat. Alexis schien doch auch ganz zufrieden mit deiner Unterstützung gewesen zu sein, oder?«

Ha. Nur zu gern hätte ich ihr geschildert, wie ich ihm den gesamten Tag auf die Nerven gegangen war und wie er mich später angeschnauzt hatte.

»Was auch immer«, sagte ich stattdessen. »Nach der Arbeit war ich noch bei einem NA-Meeting.«

Wir waren keine Freundinnen. Wer wollte schon mit jemandem wir mir befreundet sein? Ich wusste nicht, wieso ich das Bedürfnis hatte, ihr davon zu erzählen. Wahrscheinlich, weil ich von Alexis ablenken wollte. Vielleicht wollte ich aber auch mit irgendjemandem in meinem Alter reden, vor dem ich die Wahrheit nicht verstecken musste. Mit jemandem, der mich, aus unerfindlichen Gründen, nicht dafür verurteilte. Auch wenn sie früher oder später bestimmt kapieren würde, dass eine Freundschaft mit mir viel zu anstrengend war.

Tori runzelte die Stirn. »Bei was?«

»Narcotics Anonymous«, erklärte ich. »Selbsthilfegruppe.«

»Ah!« Die pure Begeisterung. »Wie cool, dass du das machst.«

Wieder rollte ich mit den Augen. »Oh, ja, *so* cool.«

»Sor…« Sie unterbrach sich selbst. »Nope, nicht sorry. Keine Entschuldigungen. Du hast recht.«

Gegen meinen Willen musste ich grinsen. »Braves Mädchen.«

Nun war sie es, die die Augen verdrehte. »Klingt nach einem ziemlich erfolgreichen Tag. Wie fühlst du dich damit?«

Ich schüttelte den Kopf. »Nein danke, über meine Gefühle habe ich heute genug geredet. Erzähl mir lieber den neuesten Restaurantklatsch. Ich muss ja wissen, womit ich es zu tun habe. Von wem sollte ich mich fernhalten? Wem muss ich in den Arsch kriechen und so weiter? Nicht, dass ich in der Lage wäre, das zu tun, aber kann ja nicht schaden, es zu wissen …«

»Das ist eine gute Eigenschaft, wenn du mich fragst«, erwiderte sie ernst. »Auf jeden Fall ist es eine, die ich sehr bewundere. Du stehst für dich selbst ein.«

»So kann man das auch sehen«, murmelte ich.

In ihren Augen blitzte eine Emotion auf, die ich nicht benennen konnte. Unbehagen? Vorsicht?

»Restaurantklatsch …« Sie spießte ein mundgerecht geschnittenes Karottenstück auf. »Das mit Elliot hast du bestimmt mitbekommen, oder?«

Wieso sah sie mich plötzlich nicht mehr an?

»Was genau?«, fragte ich in möglichst neutralem Tonfall. Meine Neugierde war trotzdem nicht zu überhören. Alexis' Reaktion, als ich ihn auf seinen Vater angesprochen hatte, war heftig gewesen. *»Er ist nicht tot. Aber ich wünschte, er wäre es.«* Wer sagte so etwas über den eigenen Vater? Ich verstand Wut. Auch Hass war mir nicht fremd. Aber sich auch nur für eine Sekunde den Tod der eigenen Eltern wünschen? Das war eine neue Liga. Vielleicht war ich aber auch die falsche Ansprechpartnerin, denn mein Dad war von der Bildfläche verschwunden, bevor ich überhaupt geboren worden war – ich hatte nie nach ihm gesucht, denn Luke war

Vaterersatz genug gewesen –, und meine Mum hatte noch vor meiner Volljährigkeit den Abgang gemacht.

Tori rutschte nervös auf ihrem Stuhl hin und her. »Ich weiß nicht, ob ich darüber reden sollte.«

»Ach komm«, antwortete ich spöttisch. »Angst davor, dass ich es jemandem weitererzähle, brauchst du definitiv nicht zu haben. Du bist so ziemlich die Einzige, die ich in dem Laden kenne. Und Freunde habe ich sonst auch keine, wie du dir denken kannst.«

»Darum geht es nicht.« Sie warf mir einen schnellen Blick zu. War das Angst, die in ihren Augen aufblitzte? »Ich vertraue dir. Ich möchte dich bloß nicht zusätzlich belasten.«

»Hä?«

Ein tiefes Seufzen. »Er ist in einer Entzugsklinik.«

Ich erstarrte.

»Alkohol, nicht Drogen wie …«

»Wie bei mir«, vervollständigte ich trocken.

Peinlich berührt schob sie das verbliebene Essen auf ihrem Teller mit Messer und Gabel herum. »Vor ein paar Wochen gab es einen Zwischenfall, er hat im Restaurant rumgebrüllt und so. Ein ziemliches Drama. Jetzt haben sie es aber mehr oder weniger unter Kontrolle. Julian zufolge läuft der Entzug ganz gut. Klar, es ist hart, ihn nicht als Unterstützung im Restaurant zu haben, aber das war es davor auch schon …«

Ein schrilles Klingeln in meinem Hinterkopf verschluckte ihre Stimme. Ich musste mich zusammenreißen. Sie sollte nicht mitbekommen, wie sehr mir diese Information zusetzte. Es war keine große Sache. Es war höchstens ein bisschen ungünstig, nicht wahr?

Als ich mir sicher war, dass meine Stimme mich nicht verraten würde, setzte ich ein Grinsen auf. »Du denkst, du kannst mich so easy belasten, nur weil du erzählst, dass jemand anderes in einer Entzugsklinik ist?«

Sie hob den Kopf. »Ich will nur nicht, dass du das Gefühl bekommst, Thea hätte dich ausschließlich aus diesem Grund eingestellt.«

Ein echtes Lachen entfuhr mir. »Hat sie nicht? Nee, ich schätze, hat sie wirklich nicht. Sie war ja auch samaritermäßig drauf, bevor ihr Mann ein Alki war, oder?« Tori wirkte bestürzt, deshalb winkte ich hastig ab. »Mach dir keine Sorgen, es ist alles gut bei mir. Ich bin dankbar für die Chance, dort arbeiten zu können, ist mir doch egal, aus welchem Grund.« Sie öffnete den Mund, doch ich sprach hastig weiter. »Hat das was damit zu tun, dass Alexis kein Wort rausbringt?«

Zumindest nicht im Restaurant …

Mein Herz klopfte schneller, sobald die Frage ausgesprochen war, und ich hasste mich dafür. Erbarmungslos fluteten die Erinnerungsfetzen mein Hirn. Dimis Worte im Club. *»Er trinkt nicht mal. Und seine wichtigste Regel, wenn er jemanden klarmacht: hundertprozentige Nüchternheit auf beiden Seiten.«* Und Alexis' vorhin in meinem Zimmer. *»Ich bin nur auf eine einzige sehr spezifische Art abgefuckt. Aber die reicht aus.«*

»Ich weiß es nicht«, holte mich Toris Stimme zurück in die Gegenwart. »Julian vermutet es. Ich kenne Elliot nicht gut genug, um mir ein Urteil zu erlauben. Aber zwischen Thea und ihm lief es schon eine ganze Weile nicht gut, und ziemlich genau zur selben Zeit hat Alexis wohl mit dem Sprechen aufgehört.«

Ich nickte bloß. Es war egal. Es hatte nichts mit mir zu tun. Alexis hatte ganz deutlich gemacht, was das zwischen uns war. Es ging nicht um irgendwelche seltsamen Empfindungen, also brauchte ich mich auch nicht schlecht zu fühlen.

Der Appetit war mir vergangen, trotzdem zwang ich mich, den Teller leer zu essen. Währenddessen lenkte ich vom

Thema ab, indem ich Tori weitere Fragen stellte, zuhörte und anbot, den Abwasch zu erledigen. Ich war erleichtert, als sie einwilligte, mir eine gute Nacht wünschte und mich allein mit meinem Gedankenchaos ließ.

Nachdem ich die Küche aufgeräumt hatte, kehrte ich in mein Zimmer zurück, wo mir prompt eine schnurrende Katze um die Beine strich und mich beinahe zum Stolpern brachte.

»Aus dem Weg, du dummes Ding«, zischte ich und schob sie mit dem Fuß weg. Doch während ich erneut meine Zähne putzte und versuchte, beim Anblick meines Betts nicht in der Erinnerung daran zu versinken, was Alexis vorhin mit mir gemacht hatte, ließ ich es zu, dass die Katze wieder zu mir kam. Ich brachte es nicht über mich, sie zu streicheln, doch ich griff nach der Tüte, die Alexis hiergelassen hatte, holte zwei Keramikschüsseln und füllte in die eine das Futter, in die andere Wasser.

Inzwischen schnurrte die Katze nicht mehr. Sie miaute so laut, dass es mir Kopfschmerzen bereitete. Na ja, Miauen konnte man das kaum nennen, es war eine Mischung aus Fiepen und Schreien. Ich wollte angepisst sein. Ich wollte wirklich, wirklich angepisst sein. Stattdessen schossen mir Tränen in die Augen. Es klang so verdammt verzweifelt. Sie war mir ausgeliefert. Es war nur Futter, aber für sie war es alles.

Nachdem ich die Näpfe auf den Boden gestellt hatte, legte ich mich aufs Bett und starrte ins dunkle Nichts, blinzelte so lange, bis ich die heiße Flüssigkeit zurückgedrängt hatte. Währenddessen lauschte ich den zufriedenen Schmatzgeräuschen der Katze. Was unterschied mich von diesem wehrlosen Wesen? Konnte ich mich meinen eigenen niederen Bedürfnissen widersetzen, weil ich wusste, was besser für mich war?

Und führe uns nicht in Versuchung …

Seine Lippen auf meiner Haut. Seine Finger in meinem Slip.

Seine Worte, während ich völlig entblößt vor ihm gelegen hatte. Alles in mir zog sich zusammen.

»Scheiße«, flüsterte ich.

Ich hatte keine Ahnung, was mit ihm geschehen war. Aber ich wusste, was mit mir geschehen war. Und ich würde mich dagegen wehren müssen, so wie ich mich im Fever dagegen gewehrt hatte, das Ketamin zu sniefen. Es hatte keinen Zweck. Sein Vater war offensichtlich der Grund dafür, dass er abgefuckt war, und ich hatte nicht vor, zu einem weiteren Grund zu werden. Dabei spielte es keine Rolle, ob wir uns bloß körperlich näherkamen. Außerdem konnte ich mir denken, wie seine Meinung über Leute wie mich aussah. Ich war Ablehnung gewohnt, aber diese Art von Ablehnung wäre neu – also würde ich sie mir sparen. Wie hart konnte es schließlich sein, etwas aufzugeben, das ich nur ein einziges Mal probiert hatte?

17. KAPITEL

Alexis

In the morning light

Es war eine hervorragende Idee, Sex mit jemandem zu haben, der auf dem gleichen Flur wie ich wohnte. Wenn ich nach einer Nacht im Fever nach Hause fuhr, hatten meine Gedanken noch viel zu viel Zeit, um sich wieder den Abgründen zu widmen. Gestern war deutlich unkomplizierter gewesen. Nachdem ich Echos Zimmer verlassen hatte, war ich wie auf Wolken zurück in meines geschwebt und in einen tiefen Schlaf gefallen. Ich hatte nicht mal masturbiert. Und auch Mics Abwesenheit hatte mir nichts ausgemacht, obwohl ich mich inzwischen daran gewöhnt hatte, beim Einschlafen ihre Wärme neben oder auf mir zu spüren. Das war es so was von wert gewesen.

Ich liebte es, wie jeder Mensch bei Körperkontakt anders reagierte. Es musste nicht mal Sex sein. Allein Küssen reichte aus, um mich tagelang zu beschäftigen. Wie viel Druck jemand mit den Lippen ausübte, in was für einem Tempo, wie fest oder weich, wie viel Zunge man benutzte, der Geschmack, die Geräusche, die man dabei machte.

Beim Aufwachen und Fertigmachen war mein Kopf voll von Echo gewesen, von ihren harten Worten und ihrem Schutzwall, der in sich zusammengebrochen war, je näher ich ihr körperlich gekommen war. Ich war mir nicht sicher, ob ihre heftige Reaktion damit zu tun hatte, dass sie noch nie eine solche Erfahrung gemacht hatte, oder ob das einfach ihre Art war. Es war bemerkenswert, dass sie überhaupt einen Orgasmus gehabt hatte. Bei meinem ersten Mal vor ein paar Jahren war ich so nervös gewesen, dass ich eine halbe Ewigkeit nicht mal einen hochbekommen hatte; und bei meiner ersten Sexpartnerin hatte es mehrere Versuche gebraucht, bis wir gemeinsam herausgefunden hatten, was sie zum Kommen brachte. Auch Echo war nervös gewesen, doch bei ihr äußerte es sich völlig anders. Was mich am meisten beeindruckte, war ihre Fähigkeit, Grenzen zu kommunizieren. Ich hatte mich erst entspannen können, nachdem ich verstanden hatte, dass sie es tatsächlich ernst meinte. Es war die größte Erleichterung, mich einfach fallen lassen zu können, ohne Schiss zu haben, ihr ungewollt etwas Schlimmes anzutun.

Ich konnte es kaum erwarten, sie wiederzusehen. Ich wollte ihr in die Augen schauen und daran denken, wie ich sie aufs Bett gedrückt hatte, ich wollte, dass sie an meinem Blick merkte, wie ich an das Gefühl dachte, zwischen ihren Beinen zu liegen, ich wollte herausfinden, wie schnell sie dazu bereit war, die gestrige Nacht zu wiederholen.

»Ich weiß nur nicht, wie ich jemals wieder damit aufhören soll.«

Meine Lippen verzogen sich zu einem Grinsen, während ich die Pâte sucrée drei Millimeter dick auf der bemehlten Arbeitsfläche ausrollte.

»Gute Nacht gehabt?«, kam es von Dani, die gerade den Patisserie-Bereich betrat. Ich hatte sie vorhin vor dem Prisma-Eingang getroffen, und sie hatte sich überschwänglich dafür entschuldigt, dass sie mir gestern nicht mit der Torte hatte helfen können. Sie war mit so starken Regelschmerzen aufgewacht, dass sie sich nicht mal mithilfe von Schmerztabletten aus dem Bett hatte bewegen können. Ich hatte abgewunken und sie aufmunternd angelächelt, damit sie kapierte, dass ich ihr kein bisschen böse war. Klar, ich war gestern angepisst gewesen, aber mehr auf Mum als auf Ginevras und Danis Krankmeldungen. Menschen hatten ein Recht auf Erholung. Und außerdem hatte ich die Torte mit Echos Hilfe rechtzeitig fertiggestellt.

Mein Grinsen wurde breiter. Ich nickte.

»Cool!« Sie wackelte mit den blond gefärbten Augenbrauen und hielt mir eine Hand zum Abklatschen hin. Ich schlug ein, obwohl meine Hände voller Mehl waren. Kichernd wischte sie sich die Handfläche an ihrer Schürze ab und stellte sich dann neben mich, um Tartelette-Ringe in den Teig zu drücken.

Dani freute sich immer, wenn ich auch nur ansatzweise andeutete, Spaß gehabt zu haben. Manchmal machte es mich glücklich, manchmal fühlte ich mich dadurch wie ein noch größerer Weirdo, weil es anscheinend so eine Seltenheit war, mich glücklich zu erleben, dass es besonders gefeiert werden musste. Doch sie war eine von den erträglicheren Mitarbeiterinnen, was unter anderem daran lag, dass sie sich mit mitleidigen Blicken begnügte, und außerdem gern mit Musik arbeitete, sodass ich mich ganz auf die Arbeit konzentrieren konnte und nicht daran denken musste, dass meinetwegen unangenehme Stille herrschte.

»Wie ist die Lage?«, wollte Dani wissen, sah mich dabei aber nicht an, sondern stach weiter Kreise aus. »Ich hab gehört, wir haben eine neue Mitarbeiterin.«

Bevor ich mir eine nonverbale Antwort darauf überlegen konnte, öffnete sich die Tür zur Patisserie, und Mum erschien neben Echo. Sie hatte ihr eine Hand auf den Rücken gelegt und schob sie sanft in unsere Richtung.

»Guten Morgen, ihr zwei! Ihr seid schon fleißig am Werkeln, wie ich sehe, sehr schön. Dani, freut mich, dass es dir besser geht, darf ich fragen, was du für deine Periode benutzt?«

Mein Blick haftete auf Echo, die überall hinschaute, nur nicht zu mir. Sie trug eine weiße Schürze mit Prisma-Logo, darunter ein schwarz-gelb gestreiftes Shirt. Bläuliche Schatten lagen unter ihren Augen, und ihre helle Haut wirkte irgendwie wächsern. Bei Mums Worten warf sie dieser einen irritierten Blick zu. Dani hingegen störte sich kein bisschen an der Offenheit meiner Mutter. »Tampons, wieso?«, rief sie fröhlich, während sie mit der Arbeit fortfuhr.

»Ich würde dir empfehlen, mal eine Menstruationstasse zu testen. Das hat bei mir Wunder gewirkt. Und wenn das nichts bringt, probierst du mal mein CBD-Öl.«

Dani kicherte. »Alles klar, Chef, danke für den Tipp.« Sie schaute zu Echo. »Von dir hab ich grade gesprochen. Du bist neu, was?«

Thea lächelte breit, Echo gequält. »M-hm, Echo, hi«, stellte sie sich vor. »Bist du fest in der Patisserie eingeteilt?«

»Nee, bin Springerin. Mädchen für alles sozusagen.«

»Okay, aber heißt das, ich arbeite heute in einem anderen Bereich?«, murmelte Echo und schaute zu Mum. »Das wäre doch besser, oder?«

Atmen. Mein Puls schoss in die Höhe, und Hitze verteilte sich in meinen Fingerspitzen. Atmen. Tief ein, tief aus. Alles war gut. Atmen.

»Oh, nein, keine Sorge«, erwiderte Mum, die nicht zu verstehen schien, was Echos Worte bedeuteten. »Du kannst direkt hier weitermachen. Es ist sogar besser, dass dir Alexis *und* Dani alles zeigen können, so bekommst du verschiedene Perspektiven auf die Arbeit in der Patisserie.« Ihr Blick streifte mich, und ein entschuldigendes Lächeln trat auf ihre Lippen.

Unter anderen Umständen hätte mich das wütend gemacht. Mir war klar, was sie mit *verschiedene Perspektiven* meinte. Im Gegensatz zu mir sprach Dani. Doch ich hatte gerade größere Probleme. Ich fixierte Echo, beschwor sie in Gedanken, mir endlich in die Augen zu schauen.

»So, ich muss wieder nach vorn«, fuhr Mum fort. »Aber Echo, du hast dich gestern wirklich sehr gut angestellt, ich habe eine Rückmeldung von Ann bekommen, sie war hin und weg von der Torte. Ich bin stolz auf dich.« Ein weiteres entschuldigendes Lächeln, das mir galt. »Auf dich natürlich auch, Alex.«

Ja, du mich auch.

Mit diesen Worten winkte sie in die Runde und zog ab.

Echo starrte auf ihre Füße. Ihre Wangen waren gerötet, doch irgendetwas sagte mir, dass es nicht an Mums Lob lag.

Eine angespannte Pause entstand. Dani schaute zwischen Echo und mir hin und her, runzelte die Stirn. Es hatte mir gerade noch gefehlt, dass wir zum Zentrum des neuesten Prisma-Gossips wurden.

»Echo, wir bereiten gerade die Limetten-Tartelettes vor, soll ich dir die einzelnen Schritte zeigen?«

Echo zuckte zusammen und hob den Kopf. »Ja, gerne.« Ihrer Mimik zufolge empfand sie genau das Gegenteil, doch sie lief zur Arbeitstheke – auf Danis Seite, möglichst weit weg von mir.

Dani zeigte ihr, wie sie die Ringe am besten in den Teig und danach in die Tartelette-Formen drückte, bevor sie die abstehenden Ränder vorsichtig abschnitt und die Formen aufs Backblech legte.

Mir blieb nichts anderes übrig, als meine Arbeit fortzuführen. Selbst wenn ich wollte, ich hätte nichts zu ihr sagen können. Das lag nicht bloß an Danis Anwesenheit oder daran, dass wir uns im Prisma befanden, wo ich seit Monaten den

Mund nicht mehr aufbekam. Es lag daran, dass die Panik binnen Sekunden hervorgeschossen war und mich jetzt fest im Griff hatte. Fragen wirbelten in meinem Kopf umher. Fragen, deren Antworten ich nicht ertragen würde.

Hatte ich die Situation gestern Nacht völlig falsch eingeschätzt? Hatte ich gegen ihren Willen gehandelt? Sie so sehr überrumpelt, dass sie gar nicht die Chance gehabt hatte, sich zu wehren?

Wir arbeiteten weiter, Danis Stimme füllte den Raum. Echo nickte nur oder antwortete einsilbig, wenn Nachfragen kamen. Ihr Verhalten hatte nichts mit dem gestrigen gemein. Sie wirkte nicht angepisst oder vorlaut oder frech. Sondern auf der Hut. Ihre Finger zitterten, ihr Blick zuckte nervös durch den Raum.

Angst. Das war eindeutig Angst.

Die schlimmste Frage: Wovor?

Die schlimmste Antwort: Vor mir.

18. KAPITEL

Alexis

Is the blood on my hands?

Drei Stunden. Ich hielt es drei Stunden lang ohne Panikattacke aus.

Zweimal musste ich auf die Toilette rennen, mir kaltes Wasser ins Gesicht spritzen und meine Atemzüge zählen, bis ich mich wieder beruhigt hatte. Inzwischen war mir so schlecht, dass ich mich kaum mehr auf die Arbeit konzentrieren konnte. Das fiel nicht auf, es war wenig los, und Dani war so sehr damit beschäftigt, Echo alles zu zeigen, dass sie nicht auf mich achtete. Außerdem würde es niemand hier als ungewöhnlich betrachten, wenn ich die Nerven verlor. Nur Julian kam mit irgendeinem dummen Vorwand vorbei, um nach mir zu sehen, doch ich ließ seine Fragen an mir abprallen und starrte ihm so lang bewegungslos in die Augen, bis er aufgab und sich verzog.

Irgendwann streckte Mum – tiefenentspannt, perfekt geschminkt, die langen dunklen Haare zu einem hohen Zopf gebunden – ihren Kopf in die Patisserie. »Echo? Du hattest gestern keinen Lunch, oder? Hol dir doch gern vorne etwas zu essen und dann setz dich runter an den Strand, die Meerluft tut gut. Du hast dir eine Pause verdient.« Sie zeigte auf Dani und mich. »Und ihr beide auch. Auf geht's, eine halbe

Stunde Pause. Wenn in der Zeit eine Bestellung reinkommt, kümmer ich mich drum.«

»Danke, Thea«, rief Dani sofort, als hätte sie nur darauf gewartet, und dann zu Echo: »Rauchst du?«

Diese presste die Lippen zusammen und schüttelte viel zu heftig den Kopf.

»Besser für dich! Eklige Sucht, echt, ich komm nicht davon weg. Dann bis gleich.«

Sobald Mum und Dani verschwunden waren, schien der Raum plötzlich enger zu werden. Mein Herz klopfte immer schneller, die Übelkeit nahm zu, und meine Handflächen begannen zu schwitzen. Ich wollte den Abstand zwischen uns überbrücken, ihr Gesicht zwischen die Hände nehmen, sie zwingen, meinen Blick zu erwidern und mir zu sagen, was los war.

Das Bedürfnis nahm all meine Sinne ein, bis ich realisierte, wie krank das klang, und mein Atem stockte. Ich wollte sie zwingen? So wie gestern?

Bevor ich mich von dem Schock erholen konnte, setzte sie sich ebenfalls in Bewegung, während sie irgendwas von »frische Luft« murmelte. Ihrem Gesichtsausdruck zufolge war ihr ebenso schlecht wie mir.

Erinnerungen an gestern Nacht fluteten mein Hirn. Ich hatte gefragt. Oder? Ich hatte mich abgesichert. Der Raum begann sich zu drehen. Aber die wirklich wichtigen Dinge hatte ich erst gefragt, als ich sie schon berührt hatte, als sie schon zwischen meinen Beinen gesessen hatte. Was, wenn sie von Anfang an Angst vor mir gehabt und ich das bloß nicht kapiert hatte, weil mich ihre forsche Art abgelenkt hatte? Was, wenn sie nie Bock auf mich gehabt, aber sich verpflichtet gefühlt hatte mitzumachen? Es war ihre erste sexuelle Erfahrung gewesen, verdammt noch mal. Woher sollte sie wissen, was für sie okay war und was nicht, wenn sie nie die Gelegenheit gehabt hatte, es herauszufinden?

Ich konnte sie viel zu wenig einschätzen. Ich hatte nur die Erinnerung an unsere Schulzeit und wusste, dass sie eine Außenseiterin war, die ihre Mutter viel zu früh verloren hatte. Alles, was ich mir über ihr Verhalten zusammengereimt hatte, waren Vermutungen. Und auch ihre Reaktion auf mich musste nichts bedeuten. Nur weil sie enthusiastisch auf meine Berührungen reagiert hatte, hieß das nicht, dass sie sich gut und sicher bei mir fühlte.

Inzwischen zitterte ich so heftig, dass der Boden unter meinen Füßen vibrierte. Was, wenn es bereits eine Grenzüberschreitung gewesen war, nachts vor ihrer Tür aufzutauchen? So wie meine Grenze überschritten worden war, als Dad wieder und wieder vor *meiner* Tür aufgetaucht war und mich zugetextet hatte?

Alles in mir wehrte sich dagegen, doch einen Herzschlag später stand ich nicht mehr in der Patisserie. In Gedanken kauerte ich in meinem Zimmer, neben dem Schreibtisch, die Knie angezogen, mein Gesicht in den Händen vergraben, während Dads Stimme über mir immer lauter wurde.

»Steh auf!«, zischte er. Der Whisky verzerrte die Worte, die Pausen dazwischen wurden länger.

Ich wünschte mir, sie ausblenden zu können. Ich wünschte, sie wären nichts als ein unverständliches Hintergrundrauschen. Ich wünschte, sie würden mich nicht bis in meine Träume verfolgen, sobald er verschwunden war. Falls ich es überhaupt schaffte einzuschlafen.

»Stell dich nicht so an, es war ein Versehen! Ich verstehe nicht, was dein verdammtes Problem ist, Alex, du hast doch selbst gesagt, wie schön du es findest, dass wir endlich so miteinander reden können! Du bist kein Kind mehr, oder? Also stell dich nicht so an und steh endlich auf!«

Ich konnte nicht aufstehen. Ich konnte nicht mal richtig atmen. Mein trockenes Schluchzen schüttelte mich. Es lag nicht am Schmerz. Der pochende Schmerz an meiner Schläfe war mein kleinstes Problem. Um ehrlich zu sein, hoffte ich, er würde eindringlicher werden. Ich wollte meinen Kopf heben, mich umdrehen und ihn gegen die Wand schlagen. Bis der Schmerz so groß wurde, dass er seine Stimme erstickte. Bis nichts mehr übrig war als weißes Rauschen. Ich wollte Stille. Im Nichts ertrinken. Ich wollte einfach wieder richtig atmen können.

»Alexis.« Das Lallen war nicht zu überhören, doch die Feindseligkeit war aus seinen Worten verschwunden.

Ich erbebte noch heftiger. Es war viel schlimmer, wenn er nett wurde. Wenn er rumbrüllte, wusste ich, womit ich es zu tun hatte, ich konnte in Deckung gehen oder versuchen, ihn zu beruhigen. Aber wenn er zärtlich war, wurde ich für ein paar Sekunden in Sicherheit gewogen. Ich vergaß, dass ich nicht nur meinen Vater vor mir hatte, ich vergaß, dass es auch ein Monster gab, das nur ich zu Gesicht bekam.

Er kniete jetzt vor mir. Streckte eine Hand aus, legte sie behutsam auf mein Knie.

Die Berührung ließ mich zusammenzucken. Nicht nur vor Angst. Es lag an der Erinnerung an das Davor. *Ich wollte, dass er mich in den Arm nahm und sich entschuldigte, ich wollte, dass er mir versprach, nie wieder mit seinem Bullshit zu mir zu kommen, ich wollte, dass ich noch so naiv war, ihm zu glauben.*

»Alexis, bitte.« Seine Stimme war tränengetränkt. Es fehlte nicht mehr viel, dann würde auch er losschluchzen. Ich kannte den Ablauf inzwischen viel zu gut. Doch diesmal hatte sich etwas verändert. Denn diesmal war ich ein anderer. »Wieso hast du nicht früher gesagt, wie schlimm es für dich ist?«, brachte er hervor. »Wieso hast du mir nicht gesagt, wie du dich fühlst? Wieso, Alexis?«

Die Welt blieb stehen. Das Zittern nahm nicht ab, doch endlich schaffte ich es, den Kopf zu heben. Ihm in die blutunterlaufenen Augen zu blicken, die mir inzwischen so zuwider waren. Ich öffnete den Mund. Nichts als ein Krächzen drang hervor.

Seine Worte in meinem Kopf. Worte, die mich zu ersticken drohten. »Wieso, Alexis? Wieso hast du nichts gesagt? Wieso hast du dich nicht gewehrt? Wieso bist du so schwach? Wieso führst du dich jetzt so auf? Du bist doch kein Kind mehr, Alexis. Steh auf. Steh auf und mach den Mund auf. Wieso hast du es zugelassen? Wieso musste es so weit kommen? Wieso? Wieso konntest du nicht einfach Nein sagen?«

Wie von selbst schossen meine Hände vor, packten ihn an den Schultern, zögerten für den Bruchteil einer Sekunde – wer willst du sein, wer willst du sein, nein, nein, das ist eine Illusion, du hast keine Wahl, nicht wer willst du sein, sondern wer bist du? – *und stießen ihn dann mit voller Wucht zurück.*

Er kam ins Schwanken, verlor das Gleichgewicht und krachte mit dem Kopf auf den Boden. Sein Ächzen erfüllte die Luft. Schon befand ich mich über ihm, holte aus, rammte ihm die Faust ins Gesicht. Wieder. Und wieder. Und wieder.

Es war keine Genugtuung. Mein Schluchzen verebbte, doch das Atmen fiel mir nicht leichter.

Ja, mein Vater hatte ein Monster in sich, doch er wusste es nicht besser. Der Alkohol hatte ihm alle Sinne vernebelt. Aber ich? Ich wusste es ganz genau.

Seine Wut blieb aus. Er wehrte sich nicht. Leise schluchzte er weiter. Und immer wieder erklang seine Stimme dazwischen: »Wieso, Alexis? Wieso?«

Weil du mich nie gefragt hast.

Das war die Antwort. Doch ich brachte die Worte nicht über die Lippen. In diesem Moment wusste ich es noch nicht, aber ich würde die Worte auch in den nächsten Tagen,

Wochen, Monaten nicht über die Lippen bringen. Weil ich vor ihm nämlich gar nichts mehr über die Lippen brachte.

Stattdessen wischte ich mir das Blut mit meinem Pulloverärmel vom Gesicht, stand auf, nahm meinen Schlüssel von der Anrichte, schlüpfte in meine Sneaker, lief an ihm vorbei und aus der Tür, ließ ihn hinter mir, ihn und die Worte, ihn und den Schmerz, ihn und die Gewalt.

Nur die Angst, die Angst nahm ich mit. Auch das wusste ich in diesem Moment nicht, doch von nun an würde ich sie überallhin mitnehmen.

»Alex? Hey, Alexis, alles okay?«

Es dauerte etliche Sekunden, bis ich wieder in der Gegenwart landete. Kaum eine Armlänge von mir entfernt stand Julian, die schwarzen Brauen zusammengezogen, die dunklen Augen voller Sorge.

Nein, verdammt, natürlich ist nichts okay. Du hast keine Ahnung, was abgeht. Und ich kann es dir nicht sagen, weil ich viel zu wütend auf dich bin. Deinetwegen macht er einen Entzug. Du bist das Lieblingskind. Ich bin unsichtbar. Wie immer.

Ich schüttelte den Kopf, blinzelte, schnappte nach Luft.

Er machte Anstalten, mich an den Schultern zu berühren. Seine Sorge wurde zu Schmerz. Für den Bruchteil einer Sekunde stellte ich mir vor, wie ich meine Wut Wut sein ließ und die Wahrheit darunter hervorholte. Wie ich meinen Bruder zu mir zog und ihn umarmte. *Ich hasse dich, weil ich nicht wie du sein kann, Julian. Weil ich ihm nicht die Meinung gesagt habe wie du. Und gleichzeitig vermisse ich dich. Mein Gott, wie ich dich vermisse. Weißt du, wie anstrengend dieser Widerspruch ist?*

Seine Finger trafen auf meine Haut, und ich dachte nicht mehr nach. Aus einem Reflex stieß ich ihn heftig zurück. Dann lief ich an ihm vorbei, setzte einen Fuß vor den anderen wie in Trance, erst langsam, dann immer schneller. Der Gang verschwamm vor meinen Augen, die Küche, die Mitarbeiter, ich musste raus, ich musste Echo finden, ich musste wissen, was ich getan hatte.

Ihre Worte von gestern Nacht kehrten zurück und bombardierten mich von allen Seiten.

»Du hast keine Ahnung, was du angerichtet hast.«

Ich sah sie vor mir auf der Matratze liegen, nackt, wehrlos, die Augen aufgerissen, die Wangen gerötet, die Lippen feucht. Ihre Brust hob und senkte sich hektisch, ihr Körper erzitterte. Vor Leidenschaft, wie ich gedacht hatte. Für wen hielt ich mich? Traute ich mir wirklich zu, Leidenschaft von Angst unterscheiden zu können, wenn ich jemanden so wenig kannte?

Erst als ich den Außenbereich des Restaurants und den Felsgang, der nach draußen führte, hinter mir gelassen hatte, kehrte meine Umgebung stückchenweise zurück. Schwer atmend stand ich auf der Straße und scannte die Passanten. Mum hatte ihr vorgeschlagen, sich runter an den Strand zu setzen. Ich rannte los, scherte mich nicht darum, dass mich jemand sehen könnte, sie hielten mich eh für wahnsinnig, ich rannte, bis die Treppenstufen in Sicht kamen, die zum Strand hinunterführten. Die Tränen brannten in meinen Augen, und ich blinzelte sie weg, bis ich etwas erkennen konnte. Im Sand, direkt unterhalb der Grotte, in der sich das Prisma befand, saß sie im Schneidersitz, noch immer mit Schürze. Sie befand sich viel zu nah am Meer, die Wellen leckten an ihren Schuhen. Unzählige Möwen sprangen um sie herum, doch sie schien keine Notiz von ihnen zu nehmen. Ihr Blick war auf den Horizont gerichtet, bewegungslos, auch als ich meine Schritte beschleunigte und die Stufen nach unten hastete.

Vor nicht allzu langer Zeit hatte ich dort gesessen, wo sie jetzt saß, und mich von Julian trösten lassen, während ich eine Panikattacke erlitten hatte. Es war der Anfang vom Ende gewesen. Dad war betrunken im Restaurant aufgetaucht und hatte rumgebrüllt. Die Wahrheit war noch an diesem Tag ans Licht gekommen. Nicht die ganze, nein, die ganze kannte niemand außer ihm und mir, doch der Teil der Wahrheit, den ich so lange zu verstecken versucht hatte.

»Alexis, dein Vater hat ein Alkoholproblem.«

Nur zu gut erinnerte ich mich daran, wie Mum mir die Botschaft überbracht hatte. Fast wäre ich in hysterisches Gelächter ausgebrochen. Hätte ich zu diesem Zeitpunkt noch mit ihr sprechen können, hätte ich zu schreien begonnen: *Wer glaubst du, hat dafür gesorgt, dass du es nicht früher rausbekommst?*

Julian hatte mich an diesem Tag aufgefangen. Inzwischen war es unvorstellbar, dass ich ihn vor kurzer Zeit noch so nah an mich herangelassen hatte. Ich hatte ihm wirklich vertraut. Und ich hatte ein schlechtes Gewissen gehabt, weil ich ihm genauso die Wahrheit verheimlicht hatte. Mum gegenüber nicht, dafür hatte ich sie zu Beginn viel zu sehr dafür verflucht, was sie Dad mit der Affäre angetan hatte. Was ihn wiederum dazu gebracht hatte, mir diesen Scheiß anzutun. Inzwischen ging es mir am Arsch vorbei, wer was getan hatte. Wir waren eine Heuchlerfamilie, einer verlogener als der andere.

Ich war unten angekommen und stolperte über einen Stein, der direkt vor der letzten Stufe lag. Gerade noch so konnte ich mich am Geländer festhalten, ehe mein Gesicht Bekanntschaft mit dem Boden machte.

Echos Kopf ruckte zu mir. In Sekundenschnelle war sie auf den Beinen. Keine Ahnung, was ihr durch den Kopf ging, doch so viel stand fest: Sie war kein bisschen erfreut, mich zu sehen.

»Was tust du hier?«, rief sie gegen die dröhnende Brandung an.

Ich hob die Hände, versuchte, so ungefährlich wie möglich rüberzukommen, doch meine Atemzüge waren immer noch abgehackt, und ich war mir sicher, ihr entging nicht, wie fertig ich war. Mein Auftreten schrie wohl eher *Psychopath* als *netter Kollege*.

Eine Weile starrten wir uns an. Ich wagte es nicht, mich einen weiteren Schritt auf sie zuzubewegen, und auch sie stand wie festgefroren da.

Schließlich schüttelte sie den Kopf und verdrehte die Augen. »Komm«, murmelte sie und deutete stadteinwärts den Strand entlang.

Bevor ich darauf reagieren konnte, wandte sie sich von mir ab und lief los.

Ihre Gestalt wurde kleiner und kleiner, bis ich es schaffte, in die Gänge zu kommen. Obwohl ich bereits völlig außer Atem war, rannte ich ihr hinterher und wurde erst langsamer, als ich sie eingeholt hatte.

»Du klingst, als würdest du gleich abkratzen, Alter«, brach sie das Schweigen zwischen uns. »Ist es hier besser? Kannst du reden? Das Prisma ist nicht mehr in Sicht.«

Eigentlich war mir eher nach Weinen zumute. War sie deshalb weggelaufen? Damit *ich* mich sicher fühlte?

»Es tut mir leid.«

Es dauerte einen Augenblick, bis ich verstand, dass ich derjenige war, der gesprochen hatte. Halb keuchend, halb flüsternd.

Noch immer schaute sie mich nicht an, aber sie spannte ihren Kiefer an.

»Es tut mir leid, was ich dir gestern angetan habe.« Diesmal schreckte ich kaum vor meiner Stimme zurück. Es sollte keine Überraschung mehr sein, dass ich so frei mit ihr sprechen konnte.

Abrupt wandte sie mir ihr Gesicht zu. Ihre Augen blitzten.

Im natürlichen Licht wirkten die Schatten darunter noch dunkler. »Was laberst du?«

Ich musste da durch. Egal, was mit mir passierte, ich musste dafür sorgen, dass sie sich wieder sicher fühlte.

»Ich lass dich in Ruhe, das verspreche ich dir«, fuhr ich fort. »Das wollte ich dir nur sagen. Ich schwöre, ich wollte dich nicht in so eine Situation bringen. Es tut mir leid. Es tut mir so leid.«

Sie blieb stehen, schloss die Augen und atmete einmal tief durch.

Automatisch hielt ich ebenfalls inne.

»Alexis«, wisperte sie und klang beinahe wütend. Ihre Lider flatterten wieder auf. Wut. Eindeutig Wut. »Du hast mir einen Orgasmus verschafft. Wo ist das Problem?«

»Wie du mit mir umgehst.« Meine Stimme brach. »Du hast Angst vor mir.«

Als hätte ich etwas besonders Dummes gesagt, verzog sie das Gesicht. »O mein Gott, überschätz dich mal bitte nicht! Ich hab keine Angst vor dir.«

»Wieso ignorierst du mich dann? Wieso schaust du mich nicht mal an?«

»Ich schau dich grade an, oder etwa nicht?«, blaffte sie.

»Echo.«

»Hör auf, meinen Namen auf diese Weise zu sagen! Ich hasse das!«

Warum sollte sie so wütend sein, wenn ich ihr nicht doch etwas Schlimmes angetan hatte?

Automatisch trat ich einen Schritt zurück. »Es tut mir leid.«

Ein frustriertes Stöhnen verließ ihre Lippen. Mit beiden Händen fuhr sie sich übers Gesicht. »Fang jetzt nicht du auch noch mit dem ständigen Entschuldigen an.«

Mein gesamter Körper rebellierte, und es fiel mir schwer, sie zu fokussieren. Was war passiert? Warum sagte sie mir nicht, was los war? Warum hatte *ich* es *Dad* nicht frühzeitig gesagt?

Weil ich körperlich nicht dazu in der Lage gewesen war. Weil mich die Angst gelähmt hatte.

»Es ist alles meine Schuld«, brachte ich hervor, und meine Stimme drang gedämpft, wie durch Watte, an meine Ohren.

»Hey!« Auch ihre Stimme war viel zu leise, obwohl ich mir fast sicher war, dass sie das Wort gebrüllt hatte.

Im nächsten Moment stand ich nicht mehr. Ich spürte den kalten Sand an meinen Handflächen. Das Meer war viel zu laut. Die Wellen rauschten lauter, lauter, lauter, während alle anderen Geräusche leiser wurden. Ich konnte nicht atmen.

Irgendwann spürte ich Finger auf mir. Auf meiner Brust, auf meinen Schultern. Da waren Worte, die sich durch den Lärmdschungel zu kämpfen versuchten.

»Ich hab keine Angst vor dir. Was ist los? Was ist los mit dir, verdammt? Hey! Schau mich an, was ist los?«

Unsere Blicke trafen aufeinander. Sie kniete vor mir, ihre Hände lagen auf meinen Schultern, hielten mich aufrecht, während Stück für Stück das Entsetzen in ihre Miene kroch.

»Scheiße, sag mir, was ich tun soll. Soll ich jemanden holen?«

Heftig schüttelte ich den Kopf. *Alles okay*, wollte ich sagen, *sorry, ich wollte nicht, dass es so weit kommt, du sollst mich nicht so sehen, ich wollte mich nur entschuldigen, du solltest dich nicht um mich kümmern.*

Leider konnte ich nur krächzen.

Nach einer Weile ließ sie von meinen Schultern ab, setzte sich hinter mich, schlang ihre Arme um meine Mitte und umklammerte mich so fest, dass es mir die Luft abschnürte.

Ich keuchte auf, worauf sich ihr Griff ein wenig lockerte, doch sie ließ mich nicht los. Sie zog mich nah an ihren Körper, bis ich aufhörte, mich zu wehren, und mich gegen sie lehnte.

Am Rande meiner Wahrnehmung bekam ich mit, wie zwei Menschen mit Hunden an uns vorbeiliefen. Wäre ich nicht mit Verrecken beschäftigt gewesen, hätte ich mich vermutlich geschämt.

»He, schön weiterlaufen!«, ertönte Echos angepisste Stimme hinter mir. »Hier gibt's nichts zu sehen!«

Meine Hand zuckte zu ihrer, die sich in mein Shirt krallte, und umfasste sie. Einatmen. Bis fünf zählen. Ausatmen. Bis fünf zählen. Wieder und wieder.

Egal, wie oft ich es erlebte, ich verstand die Panik nicht besser. Man könnte meinen, irgendwann sollte ich mich daran gewöhnt haben, irgendwann sollte eine Art Gelassenheit einsetzen, eine rationale Ebene, auf der mir bewusst war, dass es nicht von Dauer sein würde.

Es ist nicht real, hatte ich mir früher in Gedanken gut zugeredet. *Es. Ist. Nicht. Real. Es existierte nur in deinem Kopf.* Damit hatte ich aufgehört, als ich verstanden hatte, dass es nichts nutzte, vor der eigenen Wahrnehmung zu flüchten. Dies war jetzt meine Realität. Ich würde nicht daran sterben, doch ich würde mich jedes Mal so fühlen als ob. Meine verdiente Strafe.

»Geht's wieder?«, murmelte Echo irgendwann. Ihre Wange und ihre Brust waren gegen meinen Rücken gepresst. Ich spürte die Hitze durch mein Shirt hindurch. Sie reichte beinahe aus, um die Kälte des eisigen Winds zu vertreiben.

Der Strand war wieder gestochen scharf, der graublaue Himmel und die Möwen ebenso.

»Ja.« Ich klang immer noch, als würde ich gleich ersticken, aber immerhin ging mein Atem gleichmäßiger.

Sobald ich Anstalten machte, mich aus ihrer Umklammerung zu befreien, verstärkte sie ihren Griff.

»Hör mir zu, ich werde es nur einmal sagen«, erklang ihre Stimme wieder, leiser, verletzlicher.

Ich kniff die Augen zusammen, versuchte mich ausschließlich darauf zu konzentrieren.

»Ich hatte gestern eine richtig geile Zeit. Ich kann mir nicht vorstellen, wie man eine bessere erste sexuelle Erfahrung haben kann. Die ganze Nacht lang lag ich wach, weil ich daran gedacht habe, was du mit meinem Körper gemacht hast. Es war so richtig, richtig gut, okay? Du hast mir nichts *angetan* oder so einen Scheiß, du hast mir gute Gefühle beschert.« Ich wollte etwas sagen, doch sie fuhr schon fort. »Aber mir ist trotzdem klar geworden, dass ich das jetzt nicht gebrauchen kann. Ich hab gerade erst mit dem Job angefangen, ich will meinen Grandpa stolz machen, und du passt da nicht rein. Ist mir egal, ob es nur körperlich ist. Das reicht. Ich hab dich nicht angeschaut, weil ich nicht schwach werden wollte. Was du mit mir gemacht hast, war *so* gut, dass ich mir selbst nicht vertraue. Ich will nicht … rückfällig werden. Also, chill mal dein Leben. Bitte. Okay? Es ist alles cool.«

Das Gefühl der Erleichterung war so umfassend und heftig, dass mir schwindelig wurde.

»Ist das dein Ernst?«, raunte ich, als ich meine Stimme wiederfand.

Sie schnaubte. »Das ist mein Ernst.« Damit ließ sie mich los, sprang auf die Beine und stellte sich vor mich. Die Hände in die Hüften gestemmt, schaute sie genervt zu mir herab. »Was drehst du denn hier so ab, hm?«

Vermutlich sollte ich von ihrer Wortwahl angegriffen sein. Ich fühlte mich noch immer so, als wäre ich haarscharf am Tod vorbeigeschrammt, doch im nächsten Moment brach ein verzweifeltes Lachen aus mir hervor. »Ich steh nicht so drauf, ein manipulatives Arschloch zu sein, weißt du.«

Ihre Miene verriet mir, dass sie kurz davor war, die Augen zu verdrehen. »Niemand hat hier irgendwen manipuliert, klar?«

Zögerlich nickte ich.

Sie wich meinem Blick aus, presste die Lippen zusammen, sah mich wieder an. »Aber wir wiederholen das trotzdem nicht.«

»Natürlich nicht.« Ich holte tief Luft. Es spielte keine Rolle, was diese Aussage mit mir machte. »Danke, dass du deine Gedanken mit mir geteilt hast. Ich verstehe dich. Ich verstehe, dass du dich gerade auf andere Dinge konzentrieren möchtest. Und ich werde keine Grenze überschreiten, das schwöre ...«

»Ich weiß«, fiel sie mir energisch ins Wort. »Du wiederholst dich. Lass es. Das ist anstrengend.«

Mit aller Macht wehrte ich mich dagegen, erneut eine Entschuldigung zu stammeln, und nickte stattdessen nur.

»Schön, dass wir das geklärt haben. Dann werde ich jetzt zurück zum Prisma gehen. Ach ja, und auch wenn mir klar ist, dass ich die Letzte bin, die mit gut gemeinten Tipps um die Ecke kommen sollte, aber das hier ...« Sie deutete auf meine sitzende Gestalt. »Das mit der Panik solltest du vielleicht mal untersuchen lassen, meinst du nicht?«

Diesmal war mein Lachen frei von Verzweiflung. »Sag bloß, Echo. Sag bloß.«

Ein, zwei Sekunden starrte sie mich noch an, dann wandte sie sich schulterzuckend ab und ging in Richtung Restaurant zurück.

Ich sah ihr nach, bis ihre Gestalt sich in der Ferne verlor und mein Herz wieder in einem normalen Tempo schlug.

Der Wind peitschte die Wellen auf, die Möwen schrien lauter. Doch in mir herrschte endlich Ruhe. Der Sturm war vorbei. Zumindest für diesen Augenblick.

19. KAPITEL

Echo

Beauty to dust

Meine erste Arbeitswoche verging rasend schnell. Jeder neue Tag war eine Wiederholung des letzten, und trotzdem führte das nicht dazu, dass ich mir die Kante geben wollte. Okay. Lüge. Nur nicht mehr als gewöhnlich. Also meistens beim Aufwachen und Ins-Bett-Gehen und etwa zehnmal dazwischen. Ich versuchte, jede Sekunde mit Programm zu füllen. In der Patisserie lernte ich Stück für Stück, mich nützlich zu machen. Hauptsächlich räumte ich hinter Alexis und Dani und schließlich auch Ginevra auf, als diese wieder gesund war und zur Arbeit kam, brachte ihnen Zutaten und ließ mir ab und zu erklären, wie man Teig knetete, den perfekten Eischnee oder cremiges Eis herstellte.

Dani und Ginevra schnauzten mich nicht an, wenn ich eine Schüssel fallen ließ oder dreimal nachfragte, bis ich verstanden hatte, was sie meinten. Wenn wir wenig zu tun hatten, stellten sie mir private Fragen, doch ich ging schnell dazu über, ihnen mehr Gegenfragen zu stellen, um mich nicht erklären zu müssen. Sie schienen beide ein abgefucktes Leben gehabt zu haben, und so dämlich es klang, es beruhigte mich irgendwie.

Dani hatte im Knast gesessen, und ihre Eltern waren kriminelle Masterminds, wie ich nach dem dritten Arbeitstag herausfand. »Sympathisch«, hatte ich kommentiert, als sie mir zwischen der Herstellung von Crémeux au citron – wieso sie nicht einfach Lemon Curd dazu sagen konnten, war mir ein Rätsel – und Basilikumzucker in knappen Sätzen davon erzählt hatte, und sie war in Gelächter ausgebrochen. »Wir beide werden uns gut verstehen«, war ihre Antwort gewesen.

Ginevra war leichter zu knacken. Ich musste nur eine Frage stellen, einigermaßen interessiert gucken und schon erfuhr ich ihre gesamte Lebensgeschichte. Im Alter von drei Jahren hatte sie bereits vor der Kamera gestanden. »Erst Werbespots, dann kleine Nebenrollen in Fernsehproduktionen und schließlich sogar Kinofilme. Meine Eltern haben mich mit Erfolg zu jedem Casting geschleppt, und eine Weile lang dachte ich, es sei meine Bestimmung. Ich hatte das perfekte Engelsgesicht und den perfekten Körper. Tja, als ich dann älter wurde, nahm ich wegen der Pille zu, und plötzlich war ich zu fett, um als schön durchzugehen. Hab versucht, mich runterzuhungern, aber hat natürlich gar nichts gebracht. Das Schlimmste war nicht, dass ich keine Rollen mehr bekommen habe, sondern die Enttäuschung meiner Eltern. Ich hab inzwischen keinen Kontakt mehr zu ihnen. Die können mich mal. Mir geht's viel besser, seit ich mich für diesen Berufszweig entschieden habe. Auch wenn es eine Menge Arbeit war, mental an diesen Punkt zu kommen.«

»Freut mich«, hatte ich gemurmelt, während mir Toris Worte in den Sinn gekommen waren: *»Es ist egal, wer du zuvor warst. Im Prisma kannst du sein, wer du willst.«*

Alexis ging mir aus dem Weg, und da er auch mit sonst niemandem sprach, fiel es nicht weiter auf. Ich sollte erleichtert sein, dass er meinen Wunsch nach unserem Gespräch am Strand respektierte, doch immer wieder erwischte ich mich dabei, wie ich zu ihm rüberstarrte und mich fragte, was ihm gerade durch den Kopf ging.

Wenn es in der Patisserie nichts mehr zu helfen gab, ging ich in den vorderen Bereich der Küche, wo Tori kochte und jedes Mal freudig auf mich reagierte. Wenn sie gerade Zeit hatte, bestand sie drauf, die Mittagspause mit mir zu verbringen, oder ich ging am Strand spazieren, wo ich meine Ruhe hatte. Nach der Arbeit wurde ich von Luke oder Soula abgeholt, entweder ging wir zu einem NA-Meeting – es fand jeden zweiten Tag statt – oder wir verbrachten den Abend vor dem Fernseher bei einem von den beiden. Wenn es spät genug war, dass ich endlich müde wurde, fuhren sie mich zurück zum Wohnheim, wo ich heiß duschte, Mic fütterte und schließlich mit ihr auf meinem Bauch einschlief. An einem Abend fragte mich Tori, ob ich Zeit mit ihr, Darcy und Julian verbringen wollte, doch ich verneinte reflexartig, weil ich es nicht gewohnt war, zu irgendwas eingeladen zu werden. Allerdings bereute ich es später, als ich allein in meinem Zimmer lag und an Drogen dachte.

Aber ehe ich es mich versah, war wieder Samstag, seit meiner Entlassung aus der Klinik war eine Woche vergangen, und ich war bisher stark geblieben. Trotzdem konnte ich mich nicht gegen die Gedanken wehren, die mich nachts heimsuchten. Ich träumte davon, auf dem Parkplatz eines Motels aufzuwachen und nicht zu wissen, was ich eingeschmissen hatte. Da waren Gesichter von Menschen, die ich jeden Tag gesehen hatte, die mir jetzt so unwirklich vorkamen. Kyle. Larissa. Pax. Isla. Wieder Kyle. Ich träumte davon zu ertrinken. Ich träumte von meinem Klinikzimmer. Ich träumte von einem leblosen Körper in meinen Armen, von feuerroten und dunklen Haaren. Ich träumte von Ikonen und Kreuzen. Ich träumte davon, zu fliegen.

Auch tagsüber dachte ich ständig an Drogen. Jede Sekunde, in der ich mit niemandem interagierte, wünschte ich mir, ich wäre nicht nüchtern. Fast genauso oft dachte ich an Alexis.

Zwar hatte ich den Entschluss gefasst, mich von ihm fernzuhalten, und bereute diesen auch nicht, doch meinem Kopf schien das scheißegal zu sein. Er wurde nicht müde, die Nacht in meinem Zimmer abzuspielen, bis mein Körper nach Erlösung schrie. Es klappte nicht wirklich. Selbstbefriedigung war immer noch anstrengend. Manchmal dauerte es so lange, dass ich überreizt war, dann verlor ich mittendrin die Lust und wurde komplett taub; und jedes Mal fühlte ich mich im Nachhinein ekelhaft und schmutzig, während die Gedanken an Sex mich weiter verfolgten und mir keine Ruhe ließen. Abends waren sie am schlimmsten, weil ich wusste, ich müsste nur den Flur entlanglaufen und an seiner Tür klopfen. Ich hatte keine Ahnung, woher ich die Willenskraft nahm, es nicht zu tun. Wahrscheinlich hatte ich das der Erinnerung an seinen Ausraster am Strand zu verdanken. Der Typ war nicht normal. Ich auch nicht, aber das war der springende Punkt. Es würde in einer absoluten Katastrophe enden.

Ich zog mir selbst eine Grimasse in der verspiegelten Innenseite meines Spinds, während ich meine Schürze auszog. Wer hätte mir so viel Willenskraft zugetraut?

»Echo!«

Tori war soeben in die Umkleide gekommen und lächelte mich an. Auch sie war gerade dabei, sich ihrer Schürze zu entledigen.

»Endlich Feierabend, was?«

Lächeln, Echo. Einfach zurücklächeln. Sie gibt sich Mühe, also gib dir verdammt noch mal auch welche.

Es war nach wie vor irritierend, dass sie so nett zu mir war.

»M-hm.«

»Du kommst heute auch zur Snack Night, oder?«

»Was war das noch mal?«

Dani hatte es vorhin erwähnt, aber ich hatte nicht richtig zugehört, weil es mit unbezahlter Arbeitszeit zusammenhing.

»Jeden Samstagabend nach Feierabend essen wir zusammen im Prisma. Dafür serviert eine oder einer von uns ein Gericht, das in irgendeiner Weise eine Geschichte über ihr oder sein Leben erzählt.«

Okay, also tatsächlich unbezahlte Arbeitszeit, aber dafür kostenloses Essen.

»Kommst du auch?«, murmelte ich.

Sie nickte überschwänglich. »Definitiv, heute kocht Thea. Und danach wollen wir direkt zum SeaLytical, das fängt ja heute an. Warst du da schon mal? Ich hab gehört, die Herbstfestivals sind in Goldbridge am beliebtesten.«

»Ja.« Das SeaLytical war ein Kunst- und Kulturfestival, das jährlich ab September einige britische Küstenörtchen abklapperte und auch für ein paar Tage am Breakwater Beach in Goldbridge stattfand. Es gab Livemusik, Streetfood-Trucks, Workshops, Stände mit selbst gemachter Kunst und so Zeug. Über die Jahre war ich öfter hingegangen, nur konnte ich mich nicht an das letzte Mal erinnern, dabei nüchtern gewesen zu sein.

Tori sah mich abwartend an. »Möchtest du mit?«

Da war sie wieder. Meine Chance auf ein normales Sozialleben. Tori hatte mehr als deutlich gemacht, dass sie Lust auf meine Gesellschaft hatte. Wie oft musste ich ihr absagen, bis sie aufhörte, mich zu fragen? Ich wollte es nicht herausfinden. Trotzdem war ein Rest Widerstand in mir. Es bereitete mir Übelkeit, wenn ich daran dachte, wie viel schiefgehen konnte. Im Prisma zu arbeiten, war riskant genug, und wie durch ein Wunder hatte ich es eine ganze Woche lang geschafft, ohne zum Mobbingopfer zu werden. Soziale Situationen außerhalb des Arbeitskontexts waren viel komplizierter. Man musste mehr Stille füllen, sich anpassen und witzig und cool sein. Ich konnte mich durchaus lockermachen und die Partynudel raushängen lassen, dafür musste ich aber was einschmeißen.

Dummerweise hatte ich nie gelernt, wie man in nüchternem Zustand Freundschaften knüpfte.

»Mit wem gehst du denn da hin?«, nuschelte ich.

»Mit Julian und Darcy. Ach, und Alexis, falls Julian es schafft, ihn zu überreden.«

Mir drehte sich der Magen um. Irgendetwas sagte mir, dass Julian es nicht schaffen würde. Es war egal, ob Alexis mitkam oder nicht. Darum ging es nicht.

Toris Miene wurde verständnisvoll. »Machst du dir Sorgen, dass du keinen Anschluss findest?«

Ist mir doch egal, ob ich Anschluss finde. Ich hab einfach keine Lust, mit euch zu chillen, ihr langweilt mich.

Ich presste die Lippen aufeinander. Sie meinte es nur gut. Sie meinte es nur gut. Sie meinte es nur ...

»Ehrlich, das würde ich verstehen«, fuhr sie mit gesenkter Stimme fort. »Mir ging's auch so, als ich neu in Goldbridge war. Es ist mir immer noch peinlich, es zuzugeben, aber bis vor ein paar Wochen hatte ich noch nie in meinem Leben eine Freundschaft geführt. Ich wusste nur, wie man sich andere zu Feinden macht. Aber die Leute hier sind irgendwie anders. Keine Ahnung, ob es an Goldbridge oder am Prisma liegt, aber ich habe das Gefühl, man wird an diesem Ort so akzeptiert, wie man ist.«

»Glaub mir«, entfuhr es mir mit einem Schnauben. »Es liegt garantiert nicht an Goldbridge. Die meisten Leute hier sind Arschlöcher.«

Sie verschränkte die Arme vor der Brust. »Okay. Du bist schließlich in Goldbridge aufgewachsen, also weißt du es besser als ich. Aber ich bin kein Arschloch. Und Julian und Darcy auch nicht. Die anderen ...«

»Schon gut.« Ich seufzte. »Hab's verstanden.«

»Wenn du mitkommst, weiche ich nicht von deiner Seite.« Ein kleines Lächeln umspielte ihre Lippen, und ich war mir nicht sicher, ob ich sie lieber beleidigen oder ihr um den Hals fallen wollte. »Versprochen.«

»Was ist los mit dir, Mädel? Bin ich dein Sozialprojekt?«

»Nö. Ich finde dich einfach cool. Ist das so schwer zu verstehen?«

Ja, verdammt. Sie hatte doch ihre Leute. Was wollte sie ausgerechnet von mir?

Ihr Lächeln verschwand. »Ich kann mir ungefähr vorstellen, was du von dir selbst denkst. Vielleicht glaubst du mir nicht, aber ich bin der Meinung, dass ich sehr viel mehr mit dir gemeinsam habe als mit Julian oder Darcy. Deshalb möchte ich gern Zeit mit dir verbringen.«

Einen Scheiß kannst du dir vorstellen, wollte ich schreien. Aber wusste ich es wirklich besser? Ich hatte ebenso wenig Ahnung von ihrem Leben wie sie von meinem. Was, wenn sie recht hatte?

»Okay«, würgte ich hervor. »Aber ich brauche dich nicht als Babysitterin. Sonst werde ich aggressiv.«

Ihr Lächeln war zurück, breiter als zuvor. »Deal. Ich bin nicht deine Babysitterin.«

»Ach hier steckt ihr!«, erklang eine Stimme hinter uns. Im nächsten Moment stand Darcy mit uns in der Umkleide. Sie hatte die glatten schwarzen Haare zu einem Pferdeschwanz gebunden, mehrere Piercings funkelten an ihren Ohren. »Vorne ist alles fertig, seid ihr bereit?«

Tori strahlte sie an. »Jep. Und Echo kommt danach mit zum Festival!«

»Perfekt!«, erwiderte Darcy prompt und mit einem ähnlichen Grinsen wie Toris. Die beiden waren wirklich unerträglich. »Dann lerne ich dich endlich ein bisschen besser kennen. Es wird langsam mühsam, ständig nur von Tori zu hören, wie cool du bist, ich will mich auch mal richtig mit dir unterhalten!«

O-kay.

»Hab gehört, du bist kein Arschloch«, entwischten mir die Worte, bevor ich richtig realisierte, was ich da laberte.

Darcy stutzte, dann lachte sie. »Ja, nice, Tori, also hast du auch in den höchsten Tönen von *mir* gesprochen!«

Tori kicherte los, während ich hilflos zwischen den beiden hin und her schaute.

Doch bevor noch jemand was erwidern konnte, erklang von draußen eine weitere Stimme.

»Kommt ihr jetzt endlich? Das Essen wird kalt!«

20. KAPITEL

Echo

Now there's no pretending

Im Restaurantbereich waren einige der Tische zusammengeschoben worden, sodass gut fünfzehn Leute Platz an der langen Tafel hatten. Es roch nach überbackenem Käse, Tomaten und Kräutern, zwei große dampfende Auflaufformen standen in der Mitte, daneben mehrere gläserne Karaffen, in denen eine violettfarbene Flüssigkeit mit Lavendelzweigen und Limettenscheiben zu sehen war.

Salziger Wind wehte vom Rand der Klippe herüber, doch einige Heizstrahler verhinderten, dass es zu kalt wurde, obwohl wir uns im Freien befanden. Das Innere der Grotte leuchtete normalerweise türkisfarben, jetzt spendeten nur ein paar Laternen, die über den Tischen baumelten, warmes Licht, was die Atmosphäre noch gemütlicher, aber nicht weniger einschüchternd machte. Nie im Leben hätte ich mir erträumt, jemals an einem Ort wie diesem zu essen. Das Rauschen des Meeres bildete die perfekte Hintergrundmelodie, die nur vereinzelt von Möwenschreien und Grillengesang unterbrochen wurde.

Tori lotste mich zu drei freien Stühlen und setzte sich auf den ganz linken, neben Julian, der sie benommen-verknallt anglotzte; dann klopfte sie einladend auf den Platz zu ihrer

Rechten und sah mich auffordernd an, während Darcy den Stuhl zwischen mir und Dani anvisierte. Gegenüber von ihr saß Thea, mit Perlenohrringen, offenem wallenden Haar und in einem hochgeschlossenen geblümten blau-orangenen Kleid. Die restlichen Leute, die sich bereits um den Tisch verteilt hatten, waren Prisma-Mitarbeiter, die im vorderen Bereich der Küche arbeiteten, und zwei Typen und eine Frau, die ich noch nicht kannte. »Unser Lieferant und die beiden Putzkräfte«, teilte mir Tori, die meinen Blick bemerkt zu haben schien, im Flüsterton mit.

Von Alexis keine Spur. Zuletzt hatte ich ihn gesehen, als er vor gut einer Stunde Törtchen im Kühlraum verstaut hatte. Danach war er nicht wiedergekommen, vermutlich hatte er früher Feierabend gemacht. Ohne sich zu verabschieden oder wenigstens noch mal kurz in der Patisserie vorbeizugucken. Sollte mir nur recht sein. Ich hatte die nächsten beiden Tage frei; genug Zeit, um ihn mir endgültig aus dem Kopf zu schlagen.

»Schön, dass ihr heute so zahlreich erschienen seid«, sagte Thea, sobald wir alle saßen, und das allgemeine Gemurmel verstummte. Sie deutete auf die Auflaufformen vor sich. »Dieses Rezept ist nicht das Originalrezept meiner Familie, das von Generation zu Generation weitergegeben wurde.« Auf ihren Lippen erschien ein Lächeln, das mehr nach Qual als nach Schwelgen in guten Erinnerungen aussah. »Ich würde es nicht übers Herz bringen, genau dieses Rezept nachzukochen, und außerdem wollte ich es gern vegetarisch zubereiten, damit ihr alle davon essen könnt.«

Darcy legte ihre Handflächen aneinander und deutete eine kleine Verbeugung an.

Die beiden Frauen grinsten sich an, ehe Thea fortfuhr. »Diesen Teil meiner Geschichte habe ich während der Snack Night noch nie erzählt, also werdet ihr heute alle etwas Neues zu hören bekommen, nicht nur du, Echo.« Sie prostete mir mit ihrem Glas zu und nahm einen großen Schluck.

Ich zwang mich zu einem knappen Lächeln und versuchte, die Blicke zu ignorieren, die automatisch von allen Seiten zu mir zuckten.

»Ich denke, es ist an der Zeit, mehr über meine Vergangenheit zu sprechen, auch oder vielleicht gerade *weil* es mir schwerfällt.« Thea holte tief Luft.

Was unterschied die Snack Nights von meiner Selbsthilfegruppe? Dass es was Geiles zu essen gab, während sich der Reihe nach jemand anderes verletzlich machte?

»Als ich ein Kind war, hat mein Vater immer Moussaka gemacht, wenn er sich entschuldigen wollte. Das war jedenfalls mein Verdacht – eine richtige Entschuldigung habe ich nie von ihm gehört. Ich habe dieses Gericht jahrelang nicht mehr gegessen, denn als ich jung war, gab es das dreimal die Woche. Irgendwann hat er damit aufgehört, ich vermute, es war ihm genauso zuwider wie uns. Außerdem hätte er es täglich zubereiten müssen.«

Gegen meinen Willen starrte ich sie an. Sie klang wirklich nicht anders als die Junkies bei den NA-Treffen. Ein bisschen ängstlich, ein wenig trotzig. Obwohl sie die Chefin war und eine Respektsperson. Woher nahm sie den Mut, sich derart zu entblößen? Ihr Tonfall und ihre Wortwahl verrieten, in welche Richtung die Geschichte gehen würde. Glück sah anders aus. Aber vielleicht war das auch alles nur eine Farce, um den anderen Loserinnen und Losern, also auch mir, das Gefühl zu geben, wir wären nicht allein?

»Tja, also wo fange ich an? Die meisten von euch wissen, dass ich vor fünfundzwanzig Jahren nach Großbritannien kam, um meine Karriere als Gourmet-Köchin zu beginnen.«

Ungefähr um den Dreh rum war auch Soula nach England gekommen. Doch im Gegensatz zu ihr hörte ich bei Thea nicht mal den Hauch eines griechischen Akzents raus. Entweder war sie in ihrer Heimat mit der englischen Sprache in Berührung gekommen oder sie hatte hart daran gearbeitet, wie eine Einheimische zu klingen. Wenn ich daran dachte, was Soula mir über sie erzählt hatte, tippte ich eher auf Letzteres.

»Und ich glaube, ich habe ein paarmal erwähnt, dass es ein Neuanfang für mich war. Nicht nur das Land, sondern auch der Beruf. Im Grunde war es eine Flucht. Mein Vater war trinksüchtig und erst meiner Mutter und schließlich auch mir gegenüber gewalttätig. Doch das war nicht das Schlimmste. Das Schlimmste war, dass ich keinerlei Freiheiten hatte. Ich durfte keinen Hobbys nachgehen, meine Freundinnen – männliche Freunde standen erst gar nicht zur Debatte – nur unter strenger Beobachtung sehen, und auch eine Ausbildung wollte er mir verbieten. Meine Mutter versuchte, mir so viele Freiheiten wie möglich zu erkämpfen. Dafür bin ich ihr dankbar, aber ich habe ihr bis heute nicht verziehen, dass sie ihn nicht verlassen hat. Nach dem Tod meines Vaters ist sie wieder in ihre Heimatstadt Thessaloniki gezogen, wo sie bis heute lebt. Eine Scheidung war damals unvorstellbar für sie, allein aus religiösen Gründen. Andererseits, hätte sie sich tatsächlich scheiden lassen, hätte ich mir vermutlich niemals dieses Leben aufgebaut. Ich fürchte also, es musste genauso kommen, auch wenn ich diese Aussage normalerweise verachte, weil sie nach esoterischem Gerede klingt.«

Ich riss mich von Theas Anblick los, registrierte die schockierten Mienen der anderen – selbst Julian wirkte völlig überrumpelt – und fixierte schließlich den blank polierten Teller vor mir. *Trinksüchtig. Gewalttätig. Religiöse Gründe.* Na, ganz toll. Hier war ich ja genau richtig. War das der Grund für Theas Helfersyndrom? Sie war genauso vom Leben gefickt worden wie wir alle und hatte es sich deshalb zum Ziel gemacht, kaputten Leuten eine Chance zu geben? Ich wollte nicht an Alexis denken, aber ich konnte mich nicht dagegen wehren. Bestimmt wusste er über die Vergangenheit seiner Mutter Bescheid. Hasste er seinen Vater deshalb? Weil dieser ihm dasselbe angetan hatte, was ihr Vater ihr angetan hatte?

»So, das war's«, riss mich Theas Stimme aus meinen Überlegungen. Sie klang irgendwie erleichtert. »Jetzt kennt ihr auch den traurigsten Teil meiner Vergangenheit. Viel zu lange dachte ich, ich muss ihn weit von mir schieben, um glücklich zu sein. Inzwischen weiß ich, dass man nicht einfach gewisse Teile von sich ausklammern kann, nur weil sie hässlich sind. Mein altes Leben gehört genauso zu mir wie mein neues. Und es hat mich nicht stärker gemacht – wer behauptet, Schmerz mache einen stärker, hat meiner Meinung nach noch nie wahren Schmerz erlebt; ich selbst habe mich stärker gemacht, und aufgrund dieser schlimmen Zeit kann ich alles, was ich jetzt habe, umso mehr wertschätzen. Dazu gehört auch ihr alle. Danke, dass ihr dieses Essen heute mit mir teilt. Ich bin so froh, euch zur Prisma-Familie zählen zu dürfen!«

Ein paar Stimmen erhoben sich, doch ich hörte sie kaum, sie vermischten sich und wurden zu einem unverständlichen Hintergrundrauschen, das hinter das laute, wilde Klopfen meines Herzens zurücktrat.

Wer behauptet, Schmerz mache einen stärker, hat meiner Meinung nach noch nie wahren Schmerz erlebt.

Ich wollte sie nicht mögen. Ich wollte weder Verständnis für sie noch Respekt vor ihr haben. Genauso ging es mir mit Tori und anderen Leuten. Je mehr Menschen ich an mich ranließ, desto mehr konnte ich enttäuschen. Und Thea war meine Chefin, sie hatte mir diese Chance ermöglicht, was bedeutete, sie würde definitiv enttäuscht sein, sobald ich es vermasselte. Es klang, als hätte sie mir den Job nicht aus Mitleid gegeben. Sondern weil sie sich selbst in mir sah. So wie in allen anderen Versagern hier. Wie anstrengend! Sie war wie Luke und Soula … *Verletzte Menschen verletzen Menschen*, so lautete der Spruch. Bei ihnen war es genau das Gegenteil. Sie waren verletzte Menschen, die anderen dabei helfen wollten, deren Verletzungen zu heilen. Richtige Heilige. Zum Kotzen. Dummerweise war ich nicht mehr so gefühlstaub wie vor meinem Entzug. Das hieß, der Scheiß prallte nicht einfach an mir ab, und es fiel mir immer schwerer, mich darüber lustig zu machen.

Erst als Tori meinen Namen sagte, realisierte ich den fetten Kloß in meinem Hals. Stück für Stück nahm ich meine Umgebung wieder richtig wahr, während mich Wut durchflutete. Ich musste aufhören, so erbärmlich zu sein.

Tori streckte auffordernd eine Hand nach meinem Teller aus. Ich reichte ihn ihr, ohne sie anzuschauen. Im nächsten Moment hatte ich ein großes Stück Moussaka vor mir. Auberginen- und Kartoffelscheiben sowie Hackfleisch – beziehungsweise irgendeinen pflanzlichen Ersatz, der täuschend echt wirkte – in Tomaten- und Béchamelsoße und mit einer knusprigen Käsekruste. Ich kannte das Zeug von Soula, sie war nicht die größte Hobbyköchin, aber ein paar Basics aus der griechischen Küche hatte ich bei ihr gegessen.

Erst als sich die Gespräche von Theas Tragödie wegbewegten, wagte ich es, den Kopf zu heben. Ich schnappte mir Gabel und Messer und probierte.

Die pure Geschmacksexplosion in meinem Mund. Mir fehlte das Vokabular, um zu beschreiben, was da abging, doch es war kein Vergleich zu Soulas Version des Gerichts, die schon wahnsinnig gut gewesen war. Der Geschmack schien sich mit jeder Sekunde zu verändern, als würde man in einer Achterbahn sitzen, die immer wieder neue Schlenker und Loopings vollführte. Würzig und cremig und bitter und süß und scharf. O Gott, war das gut. Und o Gott, war es lange her, dass ich Essen so bewusst geschmeckt hatte. Beinahe hätte ich laut aufgestöhnt.

Auch den anderen schien es zu schmecken, es regnete Komplimente von allen Seiten, die Thea mit einem verschmitzten Lächeln und schließlich mit einem »Jetzt reicht's aber! Augen auf eure Teller!« entgegennahm.

Während ich aß und mich zwang, nicht zu schlingen, ließ ich meinen Blick über die Anwesenden schweifen, beobachtete sie dabei, wie sie Witze rissen, sich gegenseitig aufzogen, wie niemand ausgeschlossen wurde, wie sie tatsächlich alle eine große Familie zu sein schienen. Selbst Tori, die erst seit ein paar Monaten hier war, war Teil des Ganzen. Das lag nicht nur an Julian, obwohl ich jedes Mal wegsah, wenn er sie anschaute, weil es viel zu intensiv war. Sie berührten sich nicht, aber sein Blick war krasser als jeder Kuss und jede Umarmung. Auch die anderen – Darcy, Thea, Dani und die Kellnerinnen – interagierten unfassbar vertraut mit ihr. Wie zur Hölle hatte sie das in so kurzer Zeit geschafft?

Ich schüttelte den Kopf. War ich etwa neidisch? Mit Arschkriechen hatte sie es höchstwahrscheinlich geschafft. Oder mit ihren Koch-Skills. Es sollte mir egal sein. Es war ohnehin keine gute Idee, bei so was mitzumischen, das wusste ich seit der Schulzeit. Cliquen waren noch viel gefährlicher als Einzelkontakte. Ich verstand die Dynamik nicht und hatte keinen Schimmer, welche Rolle ich einnehmen sollte. Mein Leben lang hatte ich nur gewusst, wie ich die Außenseiterin zu spielen hatte. Erst mit den Drogen hatte sich etwas geändert, sie hatten meine Sozialkontakte in zwei Lager geteilt: Menschen, mit denen ich mich abschießen konnte und die im Zweifel auf mich aufpassen würden, wenn ich über die Stränge schlug, und jene, die diesen Zustand ausnutzen würden. Zwischen diesen Gruppen zu unterscheiden, war mir leichtgefallen, ich war misstrauisch wie niemand sonst. Freundschaften gab es keine, höchstens Zweckverbindungen.

Ja, es sollte mir egal sein. Aber das war es nicht. Mit jedem Entzug war die Wahrheit lauter geworden und inzwischen nicht mehr zu überhören. Ich wollte es. Das war das größte Dilemma meines Lebens. Ich wollte den Schalter umlegen und nie wieder etwas fühlen. Vermutlich würde ein Teil von mir das immer wollen, denn mein Suchthirn würde sich stets daran erinnern, wie einfach es sein konnte, Schmerz zu betäuben. Doch gleichzeitig sehnte ich mich so verflucht danach, alles, wirklich alles auf einmal zu fühlen.

Und wenn ich schon keine illegalen Substanzen missbrauchen konnte, dann würde ich wohl oder übel die nächstbeste Droge nehmen müssen. Die unsicherste, verlockendste, beängstigendste Droge von allen. Menschen. Die Nähe zu Menschen.

21. KAPITEL

Echo

Such a bore, such a wannabe

Ich bereute es. Ich bereute es, als ich Luke eine Nachricht schickte, um ihm zu erklären, womit ich den heutigen Abend verbringen würde, und unzählige Herzaugen-Emojis zurückbekam, dicht gefolgt von einem *»Bitte pass auf dich auf und melde dich, wenn ich dich abholen soll«*. Ich bereute es, als wir, nachdem wir fertig gegessen und abgewaschen hatten, mit zwei Fahrrädern losfuhren – Darcy und Julian auf einem, Tori und ich auf dem anderen. Ich bereute es, als der Fahrtwind mir ins Gesicht wehte, ich den vertrauten Geruch nach Regen und Fisch und Salz einatmete und meine Heimatstadt an mir vorbeiflog. In diesem Moment bereute ich es am meisten, zugesagt zu haben, denn plötzlich war alles anders. *Ich* war anders. Wie oft war ich diese Straßen entlanggelaufen? Wie oft hatte ich das Gefühl gehabt, mich im Kreis zu drehen? Gefangen zu sein in diesem Leben, das sich von Anfang an gegen mich verschworen hatte?

Wo war dieses Gefühl jetzt?

Die Hoffnung schlug so heftig in mich ein, dass mir Tränen in die Augen schossen. Ich sah die letzten Jahre an mir vorbeiwirbeln, flog in die Vergangenheit, zurück, zurück, zurück, als mein größtes Problem noch die Sticheleien meiner

Mitschüler gewesen waren. Sah mich dort an meinem Tisch kauern, den Blick auf meine Finger gerichtet, ein kläglicher Versuch, mich unsichtbar zu machen. *Stell's dir vor. Stell dir vor, du hättest damals die richtigen Leute gefunden. Stell dir vor, sie und nicht die Drogen hätten dir Halt gegeben, als Mum abgekratzt ist. Stell dir vor, wie dein Leben verlaufen wäre. Stell dir vor, du könntest normal sein, ohne jede Sekunde dafür kämpfen zu müssen.*

Ich hatte die Arme um Toris Mitte geschlungen und sehnte mich jetzt danach, loszulassen und mich zur Seite fallen zu lassen, während wir den Hang hinab Richtung Breakwater Beach fuhren. Die Klippe links von uns herunterrollen und am Strand liegen bleiben.

Nein. Oh, nein, in diese Richtung würde ich garantiert nicht weiterdenken. Ich war schließlich nicht so armselig wie meine Mutter.

Die »Was wäre wenn«-Gedanken waren die schlimmsten. Was, wenn ich kein Junkie wäre, sondern eine ganz gewöhnliche Einundzwanzigjährige? Wenn ich gerade auf dem Weg mit potenziellen neuen Freunden zum Festival wäre, an einem ganz normalen Samstagabend nach einer erfüllenden Arbeitswoche? Von außen betrachtet war ich dieser Mensch. Doch hinter der Fassade sah es anders aus. Würde mir später jemand was zu trinken anbieten? Eine Zigarette? Vielleicht was anderes? Würde ich stark bleiben? Tori war die Einzige, die von meinem Problem wusste, und sie könnte ich in der Menschenmasse leicht loswerden.

Nein. Ich würde stark bleiben. So wie ich die letzten Tage stark geblieben war. Und falls ich Gefahr lief, schwach zu werden, würde ich eben Soula anrufen. Alles unter Kontrolle.

Ich kniff die Augen fest zusammen. So verharrte ich eine gefühlte Ewigkeit, bis der Weg eben verlief und eine andere Art von Lärm sich unter die Brandung mischte. Harter Bass und eine tiefe rauchige Gesangsstimme, die sich über das Menschengewirr erhob.

»Wir sind da!«, rief Tori nach hinten, während ich blinzelnd die Augen öffnete.

Wir befanden uns an der Strandpromenade, links von uns die Achterbahnen, das Riesenrad und die Essensstände, trotz der späten Stunde noch geöffnet; dahinter der Strand, auf dem mehrere Festivalzelte aufgebaut waren, und weiter hinten der Pier, der aufs Meer rausführte und auf dem sich eine Coverband befand, die gerade irgendeinen alten The-Killers-Song zum Besten gab. Dutzende Menschen in allen Altersklassen waren unterwegs, obwohl es bereits kurz vor ein Uhr war.

Nachdem wir die Fahrräder an einer Straßenlaterne angeschlossen hatten, liefen wir nach vorn an den Strand. Ich gab mir Mühe, die Menschenmassen nicht allzu genau zu scannen, um keine bekannten Gesichter aus meiner Vergangenheit zu entdecken. Stattdessen richtete ich den Blick auf meine Begleitungen. Darcy hatte sich bei Julian untergehakt, sie liefen vor Tori und mir. Er trug eine schwarze Skinny Jeans und einen übergroßen bunt gemusterten Strickpullover statt einer Jacke, an seinen Fingern glänzten mehrere Silberringe. Sie hatte gelbe Stiefel an, ein rotes Maxikleid, darüber eine cremefarbene Jeansjacke, und ihr Pferdeschwanz wippte bei jedem Schritt von rechts nach links, während ihre unzähligen Piercings mit seinen Ringen um die Wette funkelten. Beide sahen so unbestreitbar *cool* aus. Wie Figuren in einem quirky Indie-Film, die von allen geliebt wurden und denen nur aufregende Dinge passierten. Die zwar einen Knacks hatten, aber keinen allzu schlimmen, nur einen, der sie noch liebenswerter und interessanter machte.

Hastig schaute ich zu Tori neben mir. Sie trug eine schwarze weite Stoffhose, in die sie ihre grüne Seidenbluse hineingesteckt hatte, dazu einen dunklen Trenchcoat, und ihre rotbraunen Locken lugten unter einem grauen Beanie hervor. Bevor wir das Prisma verlassen hatten, hatte sie ihre Lippen knallrot geschminkt. Die transparent-braune Hipsterbrille rundete das Bild ab.

Tori wirkte zwar nicht ganz so cool wie Darcy und Julian, eher elegant-mysteriös, was es ein bisschen erträglicher machte, mich mit ihr zu vergleichen, doch ich bemerkte, wie viele Passantenblicke auch an ihr hängen blieben. Es war offensichtlich, dass sie nicht aus Goldbridge kam, sondern aus einer Großstadt, und ein bisschen mehr Kohle gewohnt war.

Und ich? Nachdem ich festgestellt hatte, dass die Prisma-Mitarbeiter Einheitskleidung trugen, hatte ich mir diese Woche keine Mühe mehr mit meinen Outfits gegeben, in denen ich zur Arbeit erschien. Meine Garderobe bestand hauptsächlich aus weiten Shirts, Pullovern und zerrissenen Jeans. Ich besaß natürlich auch das ein oder andere Partyoutfit, je freizügiger, desto besser, um Mum eins auszuwischen, und ein, zwei lässige Teile wie meine goldfarbene Bomberjacke. Da ich keine Ahnung gehabt hatte, dass ich heute nach der Arbeit cool aussehen musste, trug ich ausgefranste, an den Knien eingerissene Bluejeans, dazu schwarze ausgelatschte Sneaker und einen einfarbigen dunkelgrauen Pullover, der mir bis zur Hälfte der Oberschenkel ging. Ich war ungeschminkt, denn Make-up verband ich ebenfalls nur mit Partynächten. Kurz: Ich passte kein bisschen zu den anderen dreien. Alles an mir schrie förmlich *uninspiriert*.

Ich hasste diese Gedanken. Während der letzten Jahre hatte ich sie viel weniger gehabt, weil die Leute, mit denen ich mich umgeben hatte, mindestens genauso erbärmlich wie ich waren. Das hatte ich anfangs natürlich nicht so wahrgenommen. Es war verdammt cool gewesen, zu einer Gruppe zu gehören. Immer zusammen abzuhängen, nie verurteilt zu werden. Außerdem war ich mutig, das schindete Eindruck. Ich war für jeden Spaß zu haben. Von Gras bis zu K, von Molly bis zu Crack. Die meisten Süchtigen hatten irgendwann eine Präferenz, doch ich wollte mich nicht begrenzen. Ich wollte *alles*. Außerdem liebte ich es, wie mein Körper auf Neues reagierte. Auch mit Opioiden hatte ich nach meinem ersten Entzug Bekanntschaft gemacht. Zwei Typen, die ich in der Klinik getroffen hatte und die ebenso wenig wie ich vorgehabt hatten, clean zu bleiben, kannten einen Dealer, der ihnen richtig gutes Zeug vertickte – was auf Dauer leider zu teuer wurde. Und die daraus entstehende Abhängigkeit war jenseits von allem, was ich je erlebt hatte. Das hatte ich während meines zweiten Entzugs zu spüren bekommen.

Sobald ich bei einer Droge eine Toleranzgrenze aufgebaut hatte, war ich zur nächsten übergegangen, bis es nicht mehr um einen Rausch ging, sondern darum, keine Entzugserscheinungen zu bekommen. Das große Problem des menschlichen Körpers war nämlich, dass er die Fähigkeit besaß, sich an alles zu gewöhnen. Je mehr Drogen ich konsumiert hatte, desto mehr hatte ich gebraucht, um auf ein Level zu kommen, auf dem die Welt mir erträglich erschien.

»Können wir kurz meinen Eltern Hallo sagen?«, riss mich Darcys Stimme aus meinen Gedanken. Sie warf einen Blick nach hinten. »Die machen ihren Stand gleich dicht.«

Tori nickte lächelnd, und auch Julian drehte sich zu uns um. »Und danach zu Ashs Stand, was zu trinken holen?«

Sofort spürte ich Toris Blick auf mir und beeilte mich zu nicken. »Gerne«, würgte ich hervor.

Ash gehörte Goldbridges beliebtester Pub Recipe for disaster. Nach meinem zweiten Entzug war ich ein paarmal tagsüber mit Soula dort gewesen. Pubs waren für sie genauso wenig ein Trigger wie für mich –, Alkohol war nie ihre präferierte Droge gewesen. Außerdem hatte ich den Verdacht, dass Soula sowohl Ash als auch den anderen Mitarbeitern gesteckt hatte, dass wir Suchtis waren. Wir hatten literweise Tee in uns reingekippt, während ich über den Krieg in meinem Kopf erzählt und sie mir einfach zugehört hatte. Hauptsächlich hatte ich sie angelogen, denn zu dieser Zeit war ich längst wieder rückfällig geworden.

»Ist das okay?«, flüsterte Tori mir zu, nachdem sich Julian und Darcy wieder abgewendet hatten.

Erneut nickte ich, diesmal hektischer. Doch bevor ich mir zusätzlich eine Antwort zurechtlegen konnte, die sie überzeugte, schnappte ich Julians Stimme auf.

»… noch viel schlimmer, irgendwas ist anders, ich spür das. Er war die ganze Woche verschlossener als sonst, und zwar nicht auf die angepisste Weise, eher auf die hart depressive. Ehrlich, er hat mich nicht ein einziges Mal wütend angeguckt.« Seine Stimme bebte vor Sorge. Meine Nackenhaare richteten sich auf. »Und wann hat er zuletzt eine Snack Night ausfallen lassen? Das sieht ihm gar nicht ähnlich. Egal, wie scheiße es ihm ging, er ist trotzdem gekommen.«

Jedes Wort wanderte tief in mein Inneres und steckte dort alles in Brand. Mit hundertprozentiger Wahrscheinlichkeit sprach er über seinen kleinen Bruder.

Scheiße. Hatte das irgendwas mit mir zu tun? Mit Alexis' Zusammenbruch am Strand? So dumm das klang, die Situation hatte mir Angst eingejagt und verfolgte mich immer noch. Ich hatte instinktiv gehandelt, als ich ihn fest umklammert hatte. In der Vergangenheit hatte ich genug Erfahrungen mit Leuten gemacht, die einen schlechten Trip hatten und beruhigt werden mussten, während ihr Körper völlig eskalierte. Und auch ich wusste aus eigener Erfahrung, wie es sich anfühlte. Doch Alexis war nicht auf Drogen gewesen. Irgendetwas an meinem Verhalten hatte ihn dazu gebracht, völlig am Rad zu drehen. Und jetzt war Julian der Meinung, dass es ihm noch schlechter als zuvor ging?

Darcy schaute Julian mitfühlend an. »Wie hat er reagiert, als du ihn gefragt hast, ob er mit uns zum Festival will?«

Er stöhnte. »Gar nicht. Im Prisma ist er mir ständig aus dem Weg gegangen, und meine Nachricht hat er komplett ignoriert.«

Tori streckte eine Hand aus und berührte ihn sanft an der Schulter. »Soll ich später mal an seiner Tür klopfen, wenn ich wieder im Wohnheim bin?«

Julian tauschte einen Blick mit ihr, und für ein paar Sekunden wurde seine Sorge durch Zuneigung ersetzt. »Du kannst es gern probieren. Danke.«

»Und du kannst währenddessen in meinem Zimmer warten.« Ein Lächeln erhellte ihr Gesicht. »Damit er sich nicht so belagert fühlt.«

Als hätte jemand irgendeinen Schalter in ihm umgelegt, glitzerten seine dunklen Augen plötzlich voller Begeisterung. »Ich schlafe heute bei dir?« Er klang, als würde er vor Freude beinahe platzen.

Sie kicherte. »Du schläfst heute bei mir.«

Darcy warf mir einen Blick zu. »Auf einer Skala von eins bis zehn, wie eklig findest du die zwei?«

»Ehrliche Meinung?«

»Bitte.«

»So ’ne starke neun, würde ich sagen. Dabei ist es nicht mal das übliche Pärchengehabe.« Ich deutete auf Julian. »Du guckst sie allerdings an, als würdest du sie gleich fressen wollen.«

»Danke!« Darcy löste sich von Julian, trat neben mich und hakte sich stattdessen bei mir unter. »Eine Gleichgesinnte!«

Julian und Tori verdrehten zeitgleich die Augen; sie schnappte sich seine Hand und verschränkte ihre Finger miteinander. »Sorry, aber das habt ihr jetzt herausgefordert.« Und damit zog sie ihn ruckartig zu sich und presste ihren Mund auf seinen.

Ich musste mir ein Grinsen verkneifen. Nach all der Scheiße, die ihr vermutlich widerfahren war, hatte sie das verdient. Und wenn ich an unser Gespräch in der Wohnheimküche dachte, konnte ich mir vorstellen, wie abgefuckt sie immer noch von früher war. Heute schien ein Tag zu sein, an dem sie sich in seiner Nähe wohlfühlte. Also war es ihr gutes Recht, das in vollen Zügen zu genießen.

Darcy wandte sich mit einem zufriedenen Lächeln mir zu, während Tori und Julian ein Stück vorausliefen. »So, jetzt zu dir, Echo. Erzähl mir was aus deinem Leben.«

Keine Ahnung, was sich auf meinem Gesicht abzeichnete, doch falls es nur einen Bruchteil von dem zeigte, was ich bei ihren Worten empfand, reichte es aus. Bevor ich mir eine angemessene Antwort – oder besser gesagt eine Lüge – zurechtlegen konnte, fuhr sie schon fort. »Oder auch nicht, kein Stress. Ich kann auch was erzählen, wenn dir das lieber ist.«

Sollte ich mich losmachen und sie dumm anmachen, weil sie so verflucht verständnisvoll war, oder mich glücklich schätzen? Hatte Tori ihr erzählt, was für ein hoffnungsloser Fall ich war?

»Erzähl du«, murmelte ich. »Was haben deine Eltern für einen Stand?«

»Sie sind Mitglieder im Art Youth Center und geben Aufklärungsworkshops. Sexualgesundheit, Selbstverteidigung, Suchtberatung und so was in die Richtung. Alles im kunsttherapeutischen Rahmen.«

So beiläufig wie sie *Suchtberatung* erwähnte, konnte ich mir nicht vorstellen, dass sie über mich Bescheid wusste. Und es klang ganz danach, als wären ihre Eltern auch vom Schlag Heilige.

Reiß dich zusammen und sei ein umgänglicher Mensch! Wenn du nichts über dich selbst erzählen willst, dann gib ihr wenigstens das Gefühl, dass du dich für sie interessierst!

»Cool«, presste ich hervor und versuchte zu lächeln.

»Finde ich inzwischen auch. Als ich jünger war, war mir das allerdings echt peinlich.« Sie grinste verlegen. »Ich wollte nicht auffallen und normale Eltern haben, nicht solche, die von Tür zu Tür wandern und Geld für Sozialprojekte sammeln oder Demos veranstalten, obwohl sie gefühlt die Einzigen in der Stadt sind, die sich dafür interessieren. Früher hab ich nie verstanden, wie sie verbissen an ihrer Vision festhalten konnten, auch wenn sie wieder und wieder Gegenwind bekommen haben. Ach, und was natürlich hinzukam: Sie sind geschieden, seit ich ein Baby war, und haben trotzdem zusammengelebt. Tun sie bis heute noch. In der Künstlerkommune gleich hier um die Ecke. Da bin ich aufgewachsen. Das war mir übrigens auch so *richtig* peinlich. Ich weiß noch, wie ich in der Grundschule Lügen über meine Familie erzählt hab. Nur Jules wusste, dass ich bei einem One-Night-Stand entstanden bin und dass meine Eltern alles andere als konventionelle Menschen sind. Hat natürlich nicht viel gebracht, Goldbridge ist immerhin nicht gerade dafür bekannt, Geheimnisse gut bewahren zu können.«

Das stimmte. Geheimnisse machten hier schnell die Runde. Allerdings musste man sich erst mal das Privileg verdienen, dass über einen geredet wurde. Als meine Klassenkameraden Stück für Stück aufgehört hatten, sich für mich zu interessieren, nachdem ich die Schule abgebrochen hatte, war es mir zunächst wie die absolute Freiheit vorgekommen. Endlich konnte ich tun und lassen, was ich wollte, ohne dass über mich hergezogen wurde. Die meisten wussten inzwischen nicht mal, dass ich hiergeblieben war. Goldbridge war keine große Stadt, aber auch hier gab es eine Parallelgesellschaft.

Wenn man einmal zum Abschaum gehörte, existierte man nicht mehr. Es war nicht mehr unterhaltsam, sich das Maul über mich zu zerreißen, es war tragisch.

Scheiße. Ich musste mich auf das Gespräch mit Darcy konzentrieren. Es würde auffallen, wenn ich ständig in Gedanken abschweifte und nur einsilbig antwortete. Ihre Miene war zwar freundlich, aber wer wusste schon, wie lang das noch so bleiben würde. Es spielte keine Rolle, dass mich ihre Erzählungen im besten Fall langweilten und im schlimmsten Neid in mir hervorriefen, weil sie eindeutig ein normaleres Leben als ich hatte. Um mit anderen Menschen zu connecten, musste man versuchen, Gemeinsamkeiten zu finden.

»Ich bin auch bei einem One-Night-Stand entstanden!«

Der Duft von gegrillten Maiskolben stieg mir in die Nase, als wir an einem Essensstand vorbeiliefen. Der Song der Coverband war verklungen, und tosender Applaus verschluckte die meisten Geräusche, doch Darcys überraschtes Lachen hörte ich trotzdem.

»War dir das auch peinlich?«, prustete sie mir ins Ohr.

»Nee, dafür haben alle ein zu großes Drama daraus gemacht.«

»Wie meinst du das?«

Was soll's.

Dann würde ich halt darüber reden. Selbst schuld, wenn sie fragte.

»Na ja, meinen Vater hab ich nie kennengelernt, weil der sich verpisst hat, sobald klar war, was los ist. Ich weiß nicht mal, wie er heißt. Und meine Mum wurde von meinem Großvater vor die Tür gesetzt, weil es ja eine so große Sünde ist, als Teenie schwanger zu werden. Sie war sechzehn. Später ist sie mit mir wieder bei ihm eingezogen und war dann ebenfalls der Meinung, dass es der größte Fehler ihres Lebens war, schwanger zu werden.«

Wie erwartet herrschte auf einmal betretenes Schweigen zwischen uns.

Ich warf ihr einen herausfordernden Blick zu. »Du wünschst dir, du hättest nicht nachgefragt, was?«

Mit zusammengezogenen Augenbrauen schüttelte sie den Kopf. »Nein, nein, ich frage mich gerade nur, ob ich etwas falsch in Erinnerung habe. Bist du nicht Lukes Enkelin?«

»Jep.«

Ihre dunklen Augen weiteten sich. War sie schockiert, weil jemand wie Luke, der als einer der hilfsbereitesten Menschen in Goldbridge bekannt war, so etwas Grausames hatte tun können? Oder zählte sie gerade eins und eins zusammen, weil sie bestimmt gehört hatte, was mit Lukes Tochter geschehen war?

»Es tut mir leid«, murmelte sie nach einer kleinen Pause.

Also Letzteres. Schön.

Ich zuckte mit den Schultern. »Passt schon.«

»Nein, es tut mir leid, dass ich darüber rede, was mich an meinen Eltern gestört hat, während du …«

»Während ich keine Eltern habe«, vervollständigte ich trocken. »Ehrlich, es ist okay, du konntest es ja nicht wissen. Ist außerdem nicht erst gestern passiert. Man lernt, damit klarzukommen.«

Haha.

Was erzählte ich da für einen Bullshit? Ich war Anfang zwanzig, hatte nicht mal einen Schulabschluss, dafür den dritten Drogenentzug hinter mir. Klarkommen sah anders aus.

»Tut man das wirklich?« Ihre Stimme war so leise, dass sie bei dem ganzen Lärm um uns schwer zu verstehen war.

»Nee, keinen Plan, wieso ich das gesagt habe.«

Sie lachte, und obwohl es traurig klang, durchfuhr mich Erleichterung, und auch ich musste grinsen. »Genug davon. Wo ist der Stand deiner Eltern?«

Bevor sie darauf antworten konnte, erklangen lautstarke Stimmen.

»Daaaaarcyyyy! Da seid ihr ja endlich! Darcy-Schatz, Daaarcyyyy!«

»Wir warten schon ewig! Darcyyyy, hallo!«

Am Stand ein paar Meter von uns entfernt waren ein Mann und eine Frau zu sehen, hektisch winkend, beide in bunten Klamotten, mit Ketten und Armbändern aus Holz. Er hatte längeres braunes Haar, sie silbergraue wilde Locken, die sie auf dem Kopf zu einer Art Vogelnest getürmt hatte. Beide sahen Darcy nicht wirklich ähnlich, aber den exzentrischen Stil hatte sie sich wohl von ihnen abgeguckt. Mit dem Unterschied, dass ihre Eltern beide vom Schlag »immer kurz vor der Cultural Appropriation« zu sein schienen. Es wunderte mich, dass keiner von ihnen Braids hatte.

»Hi ihr zwei«, rief Darcy kopfschüttelnd. »Gut, dass ihr hier rumbrüllt, wir hätten euch sonst definitiv nicht bemerkt!« Und dann zu mir, flüsternd: »Du verstehst, was ich mit *peinlich* meinte?«

Ein ersticktes Lachen brach aus mir hervor. »Nee, keine Ahnung«, gab ich leise zurück.

Am Stand wurden wir vorgestellt. »Echo, Tori, das sind Agata und Oliver.« Sie schüttelten Tori und mir begeistert die Hände und knutschten Darcy und Julian ab.

»Du bist doch die Freundin von Julian, nicht wahr? *So* toll, dich endlich kennenzulernen, Liebes!«, sagte Darcys Vater zu Tori.

»Dad, ich hab dir doch gesagt ...«, zischte Darcy ihrem Vater zu.

»Oh, bitte entschuldige«, rief dieser prompt. »Ihr labelt euch ja nicht. Wie dumm von mir.«

Tori lachte, und es klang ungefähr so überfordert, wie ich mich fühlte.

»Und du bist neu im Prisma, habe ich gehört?« Darcys Mutter beugte sich über den Stand und lächelte mich breit an. »Irgendwoher kommst du mir bekannt vor.«

Oh, bitte nicht.

»Goldbridge ist nicht die größte Stadt«, gab ich gepresst zurück. Ich würde garantiert nicht noch mal Luke erwähnen.

»Ach, wie schön, dann bist du von hier?« Ihr Blick tanzte über mein Gesicht, als suchte sie nach Anhaltspunkten.

»Ja, und du?«, murmelte ich hastig.

»Eigentlich aus Bristol, aber wir sind jetzt so lang in Goldbridge, dass es sich anfühlt, als hätte es nie ein Davor gegeben. Oder meinst du etwa *ursprünglich*?«

Bevor ich darauf antworten musste, eilte Darcy zu meiner Rettung. »Sie meint ganz sicher nicht ursprünglich, Mum.«

Ihre Mutter ließ mich los und wandte sich ihrer Tochter zu. »Kiki hat übrigens nach dir gefragt.«

Froh um die Ablenkung warf ich einen Blick auf die bunten Postkarten und Flyer, die zwischen uns lagen. *Nur Ja heißt Ja. Sisters nicht Cis-ters. Mein Uterus, meine Entscheidung. Sexarbeit ist Arbeit. Keine Macht den Drogen.*

Hastig schaute ich wieder weg und zu Darcy. Ihre Wangen hatten sich rosa gefärbt. »Cool, Mum.«

Diese schien sich nicht an dem eindeutigen Unbehagen ihrer Tochter zu stören. »Sie hat gesagt, wenn sie dich in der Nähe vom Recipe-for-disaster-Stand sieht, gibt sie dir heute noch einen Drink aus.«

»Super.« Darcy warf Julian einen flehenden Blick zu, doch dieser und Tori waren in eine Diskussion mit Darcys Vater vertieft.

Okay, zwar hatte ich absolut kein Interesse daran, ein Gespräch zu führen, und wollte so schnell wie möglich weg von hier – Erwachsene von mir zu überzeugen, war noch schlimmer als Gleichaltrige –, aber Darcy brauchte eindeutig

Unterstützung. Also griff ich nach dem erstbesten Prospekt und wedelte damit herum. »Ich finde es wirklich beeindruckend, was für eine Arbeit ihr leistet«, sagte ich, und nur jemand, der mich kannte, hätte den Sarkasmus heraushören können. »Wie kam es dazu?«

Agatas Blick zuckte zu mir. »Ach, Schätzchen, das ist aber lieb von dir.« Sie strahlte. »Weißt du, als Oli und ich nach Goldbridge kamen, ist uns schnell aufgefallen, dass es hier einige Problemthemen gibt, die einfach unter den Teppich gekehrt werden, genau wie es in unseren beiden Familien auch der Fall war. Wir wollten eine bessere Welt für die nächste Generation schaffen, einen sicheren Ort, an dem man sich entfalten und man selbst sein kann, frei von gesellschaftlichen Zwängen oder Regeln. Dazu kommt …«

Ihre Stimme wurde von meinen Gedanken übertönt. Während ich mich bemühte, Darcys Mutter interessiert anzuschauen, wurden sie in meinem Kopf immer lauter. *Ganz egal, wie nervig sie für ihre Tochter sein kann, immerhin ist sie eine Mutter, die sich für ihr Kind interessiert und will, dass es in Frieden lebt. Die nicht herumläuft und versucht, ihm irgendeinen Scheiß aufzudrücken, weil sie ihr eigenes Trauma nicht verarbeitet hat.*

Ich musste mich konzentrieren. Raus aus meinem Kopf.

»Das klingt toll«, hörte ich mich sagen, als sie eine Pause machte, und spürte Darcys Seitenblick auf mir. Ich ignorierte ihn und schaute stattdessen an ihnen vorbei den Strand runter. Keine Ahnung, was mich dazu gebracht hatte, vielleicht eine innere Eingebung, doch im nächsten Moment entdeckte ich ein bekanntes Gesicht.

Buschige Brauen, wilder Blick, schmutzige Kleidung, fettiges Haar, glänzende Haut. Mein Herz setzte einen Schlag aus. Er schaute weg. Lief weiter. Blieb stehen. Schaute wieder zurück. Erkenntnis blitzte in seiner Miene auf.

Scheiße.

Abrupt wandte ich mich wieder Darcy zu. »Entschuldigt mich bitte kurz. Treffen wir uns gleich an Ashs Stand?« Ohne ihre Antwort abzuwarten, schaute ich zu ihrer Mutter. »Schön, dich kennenzulernen!« Dann winkte ich Darcys Vater zu, der mich nicht beachtete, weil er nach wie vor mit Tori und Julian beschäftigt war, und mischte mich unter eine Gruppe lachender Teenager.

Mein Puls schoss in die Höhe, und Übelkeit machte sich in mir breit. Mir war klar gewesen, dass es früher oder später passieren würde. Ja, es gab eine Parallelgesellschaft in Goldbridge, und ich war immer noch ein Teil von ihr. Egal, mit wem ich abhing.

Hektisch scannte ich die Umgebung, rannte vorbei an Essensständen, quetschte mich durch Menschengruppen durch, rutschte fast auf einer leeren Fish-and-Chips-Schale aus, wich einem Hund aus, der versuchte, an mir hochzuspringen, vergewisserte mich immer wieder, ob *er* mir folgte, verlor den Überblick. Es waren zu viele Menschen, plötzlich hatten sie alle sein Gesicht. Mein Herz schlug zu schnell, ich war außer Atem. Es lag nicht daran, dass ich rannte, es lag an der eisigen Hand, die sich um meine Kehle zu legen schien und zudrückte.

An einem Stand, der selbst gemachten Schmuck aus Glasperlen und Muscheln verkaufte, hielt ich inne und lehnte mich keuchend gegen die Rückseite. Dahinter befand sich ein hohes Geländer, darüber ragten die bunten Achterbahnen in den Nachthimmel. Die Coverband spielte den nächsten Song, die Stimme des Sängers war plötzlich überall, sie schien aus den Tiefen des Meeres aufzusteigen und geradewegs in mein Inneres zu wandern.

We took a walk that night, but it wasn't the same
We had a fight on the promenade out in the rain

Ich presste beide Hände auf meine Brust, versuchte, meine Atemzüge zu beruhigen.

She said she loved me, but she had somewhere to go
She couldn't scream while I held her close
I swore I'd never let her go

Mums Stimme. »*Echo, ich liebe dich. Ich liebe dich, aber es ist nicht genug, verstehst du? Ich brauche mehr. Nur* er *kann mir Erlösung schenken.*«

Ich war nicht genug. Sie hatte mich gemeint.

Meine Tränen, heiß und nass auf meinen Wangen. Mein Geschrei. »*Wag es nicht! Wag es nicht, mich zu verlassen, hörst du? Das kannst du nicht tun. MUM? Mach die Augen auf! Das kannst du mir verfickt noch mal nicht antun.*«

»Wir dachten, du bist tot.«

Ich zuckte so heftig zusammen, dass ich nach hinten stolperte und unsanft gegen das Geländer stieß. Der scharfe Schmerz vibrierte durch meinen Körper.

Vor mir stand Kyle. Mit einem ekelhaften Grinsen auf den Lippen musterte er mich, während er sich durchs schmutzige Haar fuhr.

Sofort straffte ich die Schultern. Ich musste keine bewusste Entscheidung treffen. Meine Gesichtszüge verhärteten sich ganz von allein. Ich hatte in den letzten Jahren sehr viel Übung darin gehabt, unnahbar rüberzukommen.

»Muss dich leider enttäuschen«, gab ich, so ruhig ich konnte, zurück. »Mir geht's prächtig.«

»Das sehe ich. Du strahlst richtig.« Sein Grinsen verschwand. »Da wird man ja fast neidisch.«

Kyle war erst koksabhängig gewesen, jetzt methabhängig. Er war drei Jahre älter als ich. Seine Eltern waren stinkreich, und es hatte eine ganze Weile gedauert, bis sie hinter sein dreckiges Geheimnis gekommen waren, da sie ständig beruflich unterwegs waren. Nachdem sich herauskristallisiert hatte, dass ihr Sohn es zu nichts bringen würde, egal, mit wie viel Geld sie versuchten, sein Problem zu behandeln, hatten sie ihn vor die Tür gesetzt. Seitdem lebte er auf der Straße. Er war einer dieser Menschen, vor denen man sich da draußen besonders in Acht nehmen musste. Das Privileg, das ihm in die Wiege gelegt worden war, hallte noch immer in ihm wider. Er war der Meinung, dass ihm alles auf der Welt zustand. Ich hatte mich oft gefragt, wieso er mit den Drogen angefangen hatte. Manche Menschen waren genetisch dafür prädestiniert, manche hatten Pech, weil sie das falsche Schmerzmittel verschrieben bekommen hatten und dann nicht mehr davon loskamen. Und dann gab es diejenigen, die einfach gelangweilt waren. Wenn man alles haben konnte, begann man womöglich, die Grenzen auszureizen, um irgendwas Neues zu spüren. Aber vielleicht war das auch Bullshit. Vielleicht ging es mal wieder nur um eine verkorkste Kindheit, wie bei uns allen. Wohlstand war schließlich nicht mit Fürsorge gleichzusetzen.

»Weißt du, woran ich gedacht habe, während du weg warst?«, fuhr er fort und musterte mich mit unverhohlener Abscheu.

Es war eindeutig eine rhetorische Frage, aber ich würde ganz sicher nicht hier stehen und sein Geschwätz passiv über mich ergehen lassen. Dann könnte ich mir auch gleich »leichtes Opfer« auf die Stirn tätowieren.

»Seit wann kannst du denken, Kyle?«, erwiderte ich zuckersüß.

Er lachte auf. »Oh, ja, ich hab dich wirklich vermisst.« Einen Augenblick später machte er einen großen Schritt auf mich zu, und jedes falsche Amüsement wich aus seinem Gesicht. »Wie kann es sein, dass dich zum dritten Mal jemand in 'ne Klinik schleppt und meine Alten mich schon aufgegeben haben, nachdem es beim ersten Mal nicht funktioniert hat?«

Gut. Dann lag es bei ihm wohl wirklich an der fehlenden Liebe. Was für ein riesengroßes Klischee. Mein Mitleid hielt sich in Grenzen.

»Mich hat niemand hingeschleppt«, antwortete ich nüchtern. »Ich habe mich selbst eingewiesen.«

Kyles Augen wurden schmal. »Und dann hast du's wie durch Zauberhand geschafft, 'nen Job in 'nem Luxusschuppen wie dem Prisma zu landen?«

So viel dazu, dass sie mich für tot gehalten hatten. Eindeutig wusste er zu gut über mein Leben Bescheid.

Nicht aus dem Konzept bringen lassen.

»Was willst du?«, zischte ich.

Sein Grinsen kehrte zurück. »Ich will wissen, was dich von uns unterscheidet. Wieso andere Menschen der Meinung sind, du seist es wert, gerettet zu werden, obwohl du doch genau wie wir alle Abschaum bist.«

Gegen meinen Willen lachte ich. »Zufall.«

Es war die Wahrheit. Mich unterschied nichts von ihm oder den anderen Versagern. Ich hatte einfach Glück, dass Luke ein gigantisches schlechtes Gewissen wegen Mum hatte und sämtliche Energie in mich steckte. An Tagen wie heute fragte ich mich, ob es wirklich Glück war. Oder ob es gütiger gewesen wäre, mich einfach mir selbst zu überlassen, als deutlich geworden war, wie verloren ich bereits war. Kyle war nicht glücklich. Aber immerhin war er frei. Und wenn ich mir seine zerfallenen Gesichtszüge und die fehlenden Zähne so anschaute, würde es nicht mehr lange dauern, bis sein Kampf vorüber war. Wenigstens würde er sich bis dahin noch ein paar Tage gut fühlen, wenn das Geld reichte. Mein Kampf würde weitergehen. Solange mein Großvater lebte, durfte ich nicht aufgeben.

Wut zuckte über Kyles Gesicht. Ich spannte meinen Körper an, machte mich für den Angriff bereit. Doch statt noch näher zu kommen, zog er etwas aus seiner Hosentasche. Ein Tütchen. Zwei mintgrüne Tabletten mit eingestanzten Sternen befanden sich darin. Auf der flachen Hand streckte er es mir hin.

»Das ist ein Geschenk von uns allen«, sagte er. »Willkommen zurück.«

Ich schaute auf die Pillen, in sein Gesicht, registrierte seinen flehenden Blick, und plötzlich erfüllte mich eine tiefe Leere. Für einen Moment schloss ich die Augen und konzentrierte mich auf die Stimme des Sängers.

Tell me what you want to know

Oh come on, oh come on, oh come on

»Bock, heute mit uns feiern zu gehen?«, fuhr Kyle fort. »Ich bin nicht der Einzige, der dich vermisst hat.«

And then you whisper in my ear

I know what you're doing here

So come on, oh come on, oh come on

»Mach's gut, Kyle«, würgte ich hervor. Und mit diesen Worten drückte ich mich an ihm vorbei und ließ ihn stehen, obwohl jede Faser meines Körper danach schrie, sein Angebot anzunehmen.

Ich mischte mich wieder unter die Menschenmenge, die Gesichter zerflossen vor meinen Augen, genau wie die Stände, das Lied war kein Lied mehr, es war Geschrei, Alarm, Alarm, und dann begann ich zu rennen, ich wusste nicht, wohin, ich wusste nur, dass ich wegmusste. Weg von Kyle. Weg von der Versuchung. Weg von mir selbst.

Erst als mein Name erklang, wurde ich langsamer. Es war nicht Kyles Stimme.

»Alles in Ordnung?«

Es war Soulas.

Ich blinzelte heftig. Zwang mich, stehen zu bleiben. Ihr Gesicht zu fokussieren. Unsere Umgebung. Ich war die

Promenade runtergerannt, am Pier vorbei, und jetzt befand ich mich nicht nur direkt vor meiner Sponsorin, sondern auch an Ashs Stand. *Recipe for disaster* stand auf einem Banner in Regenbogenfarben, der darüber hing. Was für ein Zufall.

»Es gibt keine Zufälle, Echo«, wisperte Mums Stimme in meinem Kopf. Mir war wirklich kotzübel. *»Das ist die Hand Gottes.«*

Ich nickte überschwänglich. »Was machst du denn hier?«

Damit sie keine Chance hatte, mich genauer unter die Lupe zu nehmen und die Emotionen in meiner Miene zu deuten, fiel ich ihr um den Hals und drückte mich an sie, obwohl wir uns nie zur Begrüßung umarmten. Als mir der gewohnte Weihrauchgeruch in die Nase stieg, rebellierte mein Magen.

Sie packte meine Schultern, schob mich eine Armlänge von sich und musterte mich eindringlich. Dann warf sie einen Blick hinter sich, wo Ash und Reena standen und gerade dabei waren, Drinks für eine grölende Männergruppe zu mixen, ehe sie mich wieder ins Visier nahm.

»Bist du clean?«

Sie wisperte die Worte, doch selbst wenn sie sie nur mit den Lippen geformt hätte, hätte ich sie verstanden.

Ein verzweifeltes Lachen kämpfte sich an die Oberfläche. »Leider ja«, gab ich in der gleichen Lautstärke zurück. »Und du?« Gespielt besorgt linste ich auf ihren halb vollen Pappbecher, in dem sich zweifellos Tee befand.

»Was ist los?«, murmelte sie lauter, ohne auf mich einzugehen.

Ich schüttelte den Kopf. »Nichts. Bei dir?«

»Echo.«

Ich wollte sie beleidigen. Ich wollte hinter sie greifen, die Whiskyflasche aus Ashs Hand reißen und damit auf sie und alles in Reichweite einschlagen.

»Hab meine Begleitungen aus den Augen verloren«, sagte ich stattdessen. Meine Stimme bebte.

Sie ließ die Hände sinken. Irgendetwas schien ihr zu sagen, dass Körperkontakt gerade eine schlechte Idee war. Selbst wenn ich ihn zuerst initiiert hatte.

»Mit wem bist du hier?«

»Mit den Prisma-Leuten. Und du?«

»Ich hab sie hier allein herumspazieren sehen und gefragt, ob sie uns Gesellschaft leistet«, klinkte sich Reena ein, die fertig mit den Drinks war. Sie und Ash lächelten mir zu. »Hallo, Echo«, sagten sie wie aus einem Mund.

Die beiden waren ein Paar, das hatte ich bei meinen Besuchen im Recipe for disaster herausgefunden. Ash war nichtbinär, Reena stand auf alles außer Cishets; und als wäre das nicht genug gewesen, um sie zu Außenseitern zu machen, war ihre Beziehung auch noch offen. Es war mir ein Rätsel, wieso sie Soula nicht zur Hölle schickten.

»Wisst ihr«, entfuhr es mir. Ich war immer noch außer Atem, und zu meiner Übelkeit gesellte sich nun auch noch Schwindel. Scheiß drauf. Ich brauchte Ablenkung. »Ich habe mich die ganze Zeit über gefragt, wieso ihr so nett zu Soula seid. Sie beschert euch nie einen nennenswerten Umsatz und …« Ich streckte eine Hand aus und holte den Anhänger an der goldenen Kette hervor, der unter ihrem violettfarbenen Pullover lag – ein schlichtes Kreuz. »Und außerdem trägt sie so was hier. Sollte das kein Dealbreaker für euch sein?«

Soula machte keine Anstalten, mich zurechtzuweisen. Ihr Blick war verständnisvoll.

Erst jetzt fiel mir auf, dass sie sich geschminkt hatte. Ein äußerst seltener Anblick. Silberner Lidschatten, der sich in ihren Lidfalten festgesetzt hatte, und rosa Lippenstift. In ihrem aufgeschwemmten Gesicht sah es erbärmlich aus. Ich war mir nicht sicher, ob ich sie gehässig darauf hinweisen oder mich stattdessen in ihre Arme werfen und losschluchzen wollte.

»Warum sollte es?«, fragte Ash ruhig. They trug eine rote Mütze über den kurzen Haaren, nur ein paar dunkelblonde Locken quollen hervor und fielen them in die Augen. »Wir sind hier offen für alle Menschen.«

»Und bei einem Mann sollst du nicht liegen, wie man bei einer Frau liegt«, zitierte ich spöttisch. »Es wäre ein Gräuel.« Ich hasste mich dafür, dass ich noch immer so viele Bibelstellen auswendig konnte. Mum hatte sie mir ins Gehirn geprügelt, und egal, mit wie vielen Drogen ich versucht hatte, mein Gedächtnis auszulöschen, die Erinnerung blieb.

Reena warf ihren langen dunklen Zopf mit einem Grinsen über die Schulter und beugte sich zu Ash, drückte them einen Kuss auf die Wange. »Wie praktisch, dass Ash weder noch ist.«

»Mal im Ernst«, fauchte ich. »Wie kommt ihr damit klar? Religion ist der Grund für die ganze Scheiße, die Menschen wie euch und anderen Leuten angetan wird, die einfach nur in Frieden ihr Leben leben wollen.«

»Es gibt einen Unterschied zwischen organisierter Religion und Glaube, Echo«, sagte Ash behutsam.

»Meine ganze Familie ist gläubig«, fügte Reena ein bisschen kühler hinzu. In ihren Augen funkelte Missbilligung. »Und niemand von ihnen hat ein Problem mit *Menschen wie uns.*«

»Genauso wenig wie ich«, murmelte Soula neben mir. »Wie Echo weiß.«

Ich biss die Zähne zusammen. Unzählige Male hatte ich sie mit Fragen bombardiert, hatte versucht, sie zu provozieren, damit sie irgendwann eine Aussage von sich gab, die mich an Mum erinnerte und mich in meiner Überzeugung, dass Religion mit allem Übel der Welt zusammenging, bestätigte.

Erfolglos. *»Mein Gott ist ein liebender, Echo«*, hatte sie schließlich zu mir gesagt. *»Wenn Menschen in seinem Namen ausgrenzen, verfolgen, töten, hat das nichts mit Glaube zu tun. Nur mit Hass und mit Angst. Ich glaube an die Liebe und die Gnade Gottes. Deine Mutter war nicht nur gläubig. Sie war auch krank.«*

»Das sind Synonyme!«, hatte ich gebrüllt. Sie hatte mich nur voller Mitleid angeschaut, und ich war drauf und dran gewesen, ihr die Augen auszukratzen.

»Echo!«

Mein Herz setzte einen Schlag aus, nur um dann noch schneller loszupoltern. Wie in Trance drehte ich mich um und atmete erst wieder, als ich Darcy, Tori und Julian vor mir sah.

»Wir dachten, wir haben dich verloren«, rief Tori. »Alles gut bei dir?« Ihr Tonfall war fröhlich, ihr Blick besorgt.

Hastig setzte ich ein Lächeln auf. »Klar.«

»Was hast du in der Zwischenzeit gemacht?«, fragte sie betont locker.

»Ein bisschen frischen Wind hier reingebracht«, klinkte sich Ash hinter mir ein und winkte ihr, Julian und Tori zu. »Hi, ihr drei. Wollt ihr was trinken? Und du auch, Echo?«

Keiner von ihnen bestellte Alkohol, und obwohl ich dankbar sein sollte, fühlte ich mich nur noch schlechter.

»Für mich nur Wasser, bitte«, krächzte ich.

Ich schaute zu Darcy. Die erschien mir gerade am ungefährlichsten. »Was meinte deine Mum eben, als sie sich nach dieser Kiki erkundigt hat?«

Sie seufzte theatralisch. »Sorry, dass sie dich vollgetextet hat. Und danke für den Versuch, von mir abzulenken. Seit ich den Fehler gemacht habe, ihr zu erzählen, dass ich nicht nur auf Typen stehe, versucht sie ständig, mich mit jemandem aus ihrer queeren Kunstgruppe zu verkuppeln.«

»Klingt anstrengend.«

Es klang alles andere als anstrengend. Um ehrlich zu sein, wünschte ich mir, ihre Probleme statt meiner zu haben.

»Ist es. Sie macht ein Riesending draus, und ich weiß, sie meint es nur gut, aber es nervt. Ich habe das Gefühl, wenn ich nicht bald vor ihren Augen mit einer Frau rummache, wird sie mir einen Vortrag über internalisierte Homophobie halten.«

»Soll ich mal mit ihr reden?«, bot Julian an.

»Danke, aber das wird nichts bringen. Du weißt, wie sie ist.« Darcy warf erst einen Blick zu mir, dann zu Tori. »Sorry, ich mach's schon wieder. Ich werde jetzt die Klappe halten.«

Tori runzelte die Stirn. »Was meinst du? Was machst du schon wieder?«

»Von meinen Luxusproblemen erzählen.«

Wut durchfuhr mich. Keine Ahnung, wieso. Ich hatte eben etwas Ähnliches über sie gedacht.

Bevor ich etwas erwidern konnte, ertönte Toris Stimme. »Du meinst, weil meine Mutter so 'ne Katastrophe ist, darfst du dich nicht über deine beschweren, oder was?« Sie schaute zu mir. »Ich hab meine Mum seit Jahren nicht mehr gesehen«, fügte sie erklärend hinzu. »Sie hat meinen Vater und mich verlassen, als ich elf war, um Chefköchin im Prisma zu werden. Inzwischen lebt sie in San Francisco.« Dann schaute sie wieder zu Darcy. »Du darfst trotzdem gerne immer ...«

»Ich gewinne«, fiel ich ihr mit einem freudlosen Lachen ins Wort. »Meine Mutter ist in meinen Armen verreckt, als ich siebzehn war.«

Eine grauenhafte Stille breitete sich zwischen uns aus. Der Einzige, der mich nicht schockiert ansah, war Julian. Sein Blick war voller Mitgefühl. Was alles nur noch schlimmer machte.

Ash und Reena stellten wortlos unsere Getränke auf die Holzablage des Standes, auch sie wirkten wie vom Donner gerührt.

Warum guckten sie alle so? Weil ich es gewagt hatte, diese Worte auszusprechen? Ich war mir sicher, es war keine neue Information für sie. Ganz Goldbridge wusste von der *Tragödie*.

»Ich ...«, begann Tori mit brüchiger Stimme, doch erneut ließ ich sie nicht zu Wort kommen.

»Sorry, ich bin müde«, murmelte ich. »Ich glaube, ich werde nach Hause gehen.«

Ich hätte nie ihr Angebot annehmen und mitkommen sollen. Es war lächerlich, so zu tun, als könnte ich ein Teil von ihnen sein. Ich hatte es von Anfang an gewusst. Es ging nicht nur darum, wer die abgefucktere Familiengeschichte hatte. Es ging darum, dass sie mich niemals verstehen würden.

Bevor die anderen Gelegenheit hatten zu reagieren, drehte ich mich zu Soula um, die mich besorgt ansah.

»Luke kommt gleich«, sagte sie leise. »Möchtest du nicht wenigstens noch kurz bleiben? Dann können wir dich gemeinsam nach Hause bringen.«

»Ach, deshalb hast du dich so aufgebrezelt«, erwiderte ich mit einem kalten Lächeln, obwohl ich mich bereits dafür hasste, während ich die Worte aussprach. »Nein, danke, aber genießt euren Abend.« Ich wandte mich ab. »Und ihr auch«, sagte ich zu Darcy, Tori und Julian.

Ohne noch einen einzigen Blick zurückzuwerfen, verschwand ich.

22. KAPITEL

Alexis

Is this the comedown?

Nachdem die Katze rollig geworden war, hatten wir sie kastrieren lassen. Danach war sie tagelang mit einer Halskrause herumgelaufen, damit sie die Wunde nicht aufleckte. Das hatte sie auch davon abgehalten, sich zu putzen, woraufhin sich ihre Augen entzündet hatten. Eitrige Flüssigkeit war hervorgetreten und hatte alles verkrustet. Vasile und ich hatten vom Tierarzt eine Salbe bekommen, die wir ihr dreimal täglich in die Augen schmieren mussten. Sie hatte gefaucht und gekratzt, bis ich sie schließlich in ein Handtuch eingerollt und zwischen meine Beine gesteckt hatte, damit sie sich nicht mehr wehren konnte. Dabei gab sie ein Geräusch von sich, das mich bis heute noch verfolgte. Ein kleines Schnaufen, dann ein leises Jaulen, bevor sie aufhörte, sich zu wehren. Anschließend hielt sie ganz still, und auch nachdem ich fertig war und sie wieder freigab, verharrte sie sekundenlang apathisch zwischen meinen Beinen.

Die ganze Woche lang dachte ich an dieses Jaulen. Daran, wie sie mir vollkommen ausgeliefert gewesen war und es letztendlich akzeptiert hatte. Wenn ich im Prisma stand und schreien wollte, während Echo sich mit Dani oder den anderen unterhielt. Wenn Julian mich fragte, ob ich etwas mit ihm unternehmen wollte, und ich ihm am liebsten die Hoffnung aus dem Gesicht geschlagen hätte. Wenn Mum lachte und ich sie anbrüllen wollte, wie sie es wagen konnte, Glück zu empfinden.

Auch ich hatte mich in jener Nacht in meinem Wohnheimzimmer mit Dad zu wehren aufgehört. Genau wie Mic hatte ich verstanden, dass jeder Widerstand zwecklos war. Nicht nur mein Vater oder Großvater trugen das Monster in sich. Es schlummerte auch in mir, bereit auszubrechen, wenn ich für einen Moment nicht aufpasste. Ich hatte es seit letztem Sommer unter Verschluss gehalten, hatte es immer tiefer in mir vergraben, hatte mich selbst dabei verloren, aber der Preis schien mir angemessen, denn immerhin hatte ich es geschafft, nie wieder gewalttätig zu werden.

Heute war Snack Night gewesen, und meine Mutter hatte gekocht. Julian hatte mir unzählige Nachrichten hinterlassen, die ich alle ignoriert hatte. Ich konnte mir denken, was meine Mutter heute erzählt hatte. Ich kannte Details aus ihrer Vergangenheit, die meine Brüder nie erfahren würden. Mum hatte nie ein Geheimnis daraus gemacht, wie schlimm ihre Kindheit und Jugend gewesen war, auch wenn sie nie gern ausschweifend darüber gesprochen hatte.

Dank Dad wusste ich *alles*. Was ich erlebt hatte, war nicht mal ein Bruchteil von dem, was ihr widerfahren war, und ich hatte kein Recht darauf, mich so zu fühlen. Denn im Gegensatz zu Mum hatte ich mich wehren können. Das war der wahre Grund für meine Angst. Ich hatte keine Angst vor meinem Vater. Nicht auf diese Weise. Das Schlimmste, was Dad mir je angetan hatte, war, mir zu zeigen, was in mir steckte.

Meine Atemzüge wurden hektischer, mein Keuchen erfüllte den Raum, während ich immer schneller auf und ab ging. Die letzten Tage waren der absolute Horror gewesen. Vasile hatte das Auto gebraucht, ich hatte keine einzige Nacht zum Club fahren können, um mir Erlösung zu verschaffen. Wenn ich es überhaupt schaffte einzuschlafen, schreckte ich Stunden später wieder schweißnass und mit Herzrasen auf, den Kopf voll verstörender Bilder, Echos Stimme im Ohr. *»Du hast keine Ahnung, was du angerichtet hast.«*

Echo hatte mir am Strand glaubhaft versichert, dass ich ihr nichts Böses angetan hatte, doch mein Unterbewusstsein scherte sich nicht darum. Ich war nicht stark genug, um dagegen anzukämpfen. Mit jedem weiteren Tag ohne Ablenkung bröckelte meine Selbstbeherrschung, bis jeder Atemzug zur Qual wurde. Ich hätte Julians Angebot annehmen und mit ihnen zum Festival gehen sollen. Mein Hass auf ihn war nichts als Neid, wenn ich ehrlich war. Sollte ich nicht langsam darüber hinwegsehen können?

Nicht mehr lange und ich würde anfangen, meinen Kopf gegen die Wand zu schlagen, und erst aufhören, wenn der Schmerz mir alle Sinne nahm.

Ich brauchte die Katze. Ich würde sie suchen gehen. Es war weit nach Mitternacht, sie musste von ihrem Beutezug zurück sein. Und selbst wenn ich sie nicht fand – ich musste hier raus. Die letzten Stunden hatte ich erfolglos versucht, mich mit Serien und Hörbüchern abzulenken. Das Zimmer tat mir nicht gut. Es war Ewigkeiten her, dass ich so viel Zeit an diesem Ort verbracht hatte, der die schlimmsten Erinnerungen in mir hervorrief. Wenn nötig, würde ich zum Club laufen. Das würde über zwei Stunden dauern, aber an Schlaf war ohnehin nicht zu denken, und außerdem hatte ich morgen frei.

Ich schnappte mir meine Lederjacke, die über der Stuhllehne hing, und wollte gerade in meine Sneaker schlüpfen, als ein Klopfen an meiner Tür ertönte. Ein paar Sekunden verharrte ich in Schockstarre, bis es erneut erklang.

Wie in Trance lief ich darauf zu, drehte den Schlüssel um und riss sie auf.

Ich presste die Augen zu. Atmete tief durch. Öffnete sie wieder.

Halluzinierte ich?

»Na endlich«, stieß Echo hervor. Sie sah ungefähr so fertig aus, wie ich mich fühlte. Ihre Augen wirkten verheult, Schweißperlen standen auf ihrer Stirn. Sie trug einen weiten Pullover und eine zerrissene Jeans. Und ihr Blick war so flehend, dass mein Magen sich umdrehte.

»Ich hoffe, ich störe nicht«, fuhr sie fort, ehe sie sich an mir vorbei ins Innere drückte. Ihre Stimme passte nicht zu der Aussage. Sie klang wütend. Nach einer Weile dämmerte mir, dass es die Worte waren, die auch ich zu ihr gesagt hatte, als ich unangekündigt vor ihrem Zimmer aufgetaucht war.

Ich ließ die Tür hinter ihr zufallen, drehte mich um und lehnte mich von innen dagegen. Vor lauter Erleichterung, nicht mehr allein mit der Scheiße in meinem Kopf zu sein, war ich kurz davor, in Tränen auszubrechen.

Mitten im Raum blieb sie stehen und verschränkte die Arme vor der Brust, während sie mich von oben bis unten musterte und schließlich an meinem Gesicht hängen blieb. »Sag mir, was mit dir los ist.«

»Was?«, krächzte ich.

Ein lautes Stöhnen entfuhr ihr. »Ja, ja, ich weiß, du willst nicht mit mir reden, du willst mit niemandem reden, aber es geht mir am Arsch vorbei. Wir sind beide abgefuckt, also spielt es keine Rolle. Ich fange an, okay? Ich fange an, und danach bist du dran.«

Sie war mindestens so atemlos wie ich. War sie gerannt? Was tat sie hier?

Schwindel überfiel mich. Es fühlte sich nicht schlecht an.

»Ich dachte, du willst nichts mehr mit mir zu tun haben.«

»Das habe ich nie gesagt«, fauchte sie. »Ich habe gesagt, ich kann so was gerade nicht gebrauchen. Von Wollen war nie die Rede.«

Am liebsten hätte ich gelacht. Oder geschrien. Und den Abstand zwischen uns überwunden und sie an mich gerissen. Denn mal ehrlich, es war mir gerade egal, dass ihr Verhalten widersprüchlich war. Alles war besser, als noch eine weitere Sekunde in Erinnerungen zu ertrinken.

Bevor ich etwas erwidern konnte, fuhr sie fort. »Ich passe nicht in die Prisma-Welt. Ich habe noch nie bei den normalen Leuten reingepasst, das war in der Schule schon so, das hast du miterlebt, und ich dachte, ich komme damit klar, aber das stimmt nicht. Weil es bedeutet, dass ich wie *sie* bin.« Ihr Blick zuckte hektisch durch den Raum. »Wie … wie meine Mutter. Ich hasse sie. Sie hat immer noch diese Macht über mich, obwohl sie seit Jahren tot ist. Ich will nicht wie sie sein. Ich will frei sein. Deshalb muss ich die Verbindung zu ihr zerstören.«

Unsere Blicke trafen sich, und ihre Verzweiflung umhüllte uns beide.

»Verstehst du?« Ihre Stimme zitterte, ihre Augen wurden glasig. Da war Angst in ihrer Miene. Nicht mal in unserer gemeinsamen Nacht war sie so nervös gewesen.

Ich hatte ihr gesagt, dass ich ihr nichts geben konnte, ihre Gefühle nicht ertragen würde, ich hatte es wirklich ernst gemeint, doch in diesem Moment war es nicht mehr von Bedeutung.

»Ich will nicht wie sie sein. Ich will frei sein.« Das waren nicht nur ihre Gefühle. Es waren auch meine.

Fuck.

»Ich will die Verbindung zu meinem Vater zerstören«, hörte ich mich sagen.

Ein Blitzen in ihren Augen.

»Wieso?«, fragte sie schroff, als ich nicht fortfuhr.

»Wir sind beide abgefuckt, also spielt es keine Rolle.«

»Weil er mir gezeigt hat, wer ich wirklich bin.«

Sekundenlang starrte sie mich an. Dann nickte sie langsam. »Ich kann dir helfen.«

Ich brauche deine Hilfe nicht. Das sollte ich sagen. *Verschwinde. Du kannst mir nicht helfen. Niemand kann mir helfen.*

Etwas in ihrem Blick hielt mich davon ab, die Worte auszusprechen. Ihre Augen glühten förmlich. Sie hatte eine Entscheidung getroffen.

»Hilf mir, die Verbindung zu meiner Mutter zu zerstören, und ich helfe dir, den Scheiß mit deinem Vater zu vergessen.«

»Wie soll das gehen?«

Unsicherheit kroch in ihre Stimme. »Du hast gesagt, nichts hilft besser als Sex.«

Ich schüttelte den Kopf, obwohl ich sie jetzt erst recht an mich ziehen wollte. »Nein.«

»Wieso nicht?«, zischte sie.

»Weil das eine impulsive Handlung ist, die du vermutlich morgen wieder bereuen wirst.«

Halt den Mund!, brüllte die Verzweiflung in mir. *Das ist deine Rettung. Es ist genau das, was du jetzt brauchst.*

»Alter, wie oft noch, ich habe beim letzten Mal nichts bereut!«, rief sie und klang jetzt ernsthaft angepisst. »Hör auf mit dieser Selbsthassnummer. Du bist kein Täter, und ich bin nicht dein Opfer. Es interessiert mich einen feuchten Dreck, was in deiner Vergangenheit war. Es geht um hier und jetzt. Ich *will* das. Ich bin mir sicher.«

Mein Herz raste. Meine Beherrschung bröckelte. Lange würde ich nicht mehr dagegen ankämpfen können. Sie hatte mich in einem schwachen Moment erwischt.

»Ich brauche es«, flüsterte sie verzweifelt. »So wie du es brauchst.«

Scheiße, diese Stimmlage.

»Warum?«

Der Abstand zwischen uns war viel zu gering. Mit zwei großen Schritten könnte ich bei ihr sein.

Sie biss die Zähne zusammen. »Weil meine Mutter es hassen würde. Und weil ich beim letzten Mal gemerkt habe, dass ich nicht mehr ich bin, wenn du … wenn du so was mit mir machst. Ich habe nicht nachgedacht. Ich bin geflogen.« Sie räusperte sich. Ihre Wangen färbten sich dunkler.

Mein Herz klopfte noch schneller. »Was hat sich seit letztem Mal geändert?«

»Ich dachte, dass ich es auch ohne Vergessen schaffe, aber ich habe heute gemerkt, dass ich nicht stark genug bin. Ich dachte, ich kann normal sein. Das ist eine Lüge. Ich werde nie normal sein. Ich will einfach aufhören zu denken.«

Mit jedem weiteren Wort war unsere Umgebung verblasst, bis ich nichts mehr als sie sah. Alles, was sie sagte, war ein Widerhall meines Innenlebens.

Es war zu spät. Die Vernunft hatte sich verabschiedet. Jetzt ging es nur noch ums Überleben.

Mein letztes bisschen Selbstbeherrschung kämpfte sich an die Oberfläche. »Hast du was getrunken?«, fragte ich.

Sie schluckte hart und schüttelte den Kopf. »Stocknüchtern.«

Das war's. Ich ergab mich. Warf meine Jacke beiseite, stieß mich von der Tür ab und war in Sekundenschnelle bei ihr. Grob nahm ich ihr Gesicht zwischen die Hände. »So wie letztes Mal?«

»Nein.« Pure Entschlossenheit. Sie stellte sich auf die Zehenspitzen und hielt sich an meinen Schultern fest. »Diesmal alles.«

»Bist du sicher?« Ich zog ihr Gesicht an meines, bis sich unsere Nasenspitzen berührten.

»Wenn du das noch mal fragst, raste ich komplett aus.«

Wäre mein Herz nicht kurz davor gewesen, mir aus der Brust zu springen, hätte ich vielleicht gelacht. Mit beiden Daumen fuhr ich ihr über die Wangen, während sie ihre Finger fester in meine Schultern krallte.

»Das ist eine schlechte Idee«, raunte ich.

»Ich weiß«, gab sie zurück.

Und dann küsste sie mich.

23. KAPITEL

Echo

Relapse

Man könnte meinen, die Verzweiflung wäre so groß, dass sie jegliche Selbstzweifel erstickte, doch als unsere Lippen aufeinandertrafen, bestand ich nur noch aus Zweifeln.

Alexis rührte sich nicht. Wieso, verflucht noch mal, rührte er sich nicht? Wieso küsste er mich nicht zurück? Konnte man beim Küssen ernsthaft schon versagen, wenn man noch nicht mal richtig angefangen hatte?

Da wanderte seine Hand an meinen Hinterkopf, während er mit der anderen den Griff an meinem Gesicht verstärkte und mich näher zog. Behutsam bewegte er seinen heißen Mund an meinem. Die raue Haut seines Kinns fühlte sich ungewohnt an meiner an. Er schmeckte gut. Ich wollte alles auf einmal. Leider hatte ich keinen Plan, was ich zuerst tun sollte.

Er wich ein Stück zurück. »Langsam«, murmelte er an meinen Lippen. »Mach langsam. So.«

Die Scham drohte mich mitzureißen, aber ich schob sie weit von mir. Das hier war neu, ich war neu, auch bei meiner ersten Kippe hatte ich nicht gewusst, wie ich es ohne Husten schaffen sollte. Es war okay, ich hatte Zeit, niemand lachte mich aus. Ich versuchte, mich seinen Bewegungen anzupassen, versuchte, genau das zu spiegeln, was er tat, wurde wieder zu schnell, geriet aus dem Takt, unser Tempo passte nicht zueinander. Scheiße, es war so schwer, sich darauf zu konzentrieren, wie gut es sich anfühlte, wenn mein Kopf voll davon war, wie viele Fehler ich machte.

Erneut wich er zurück, stolperte ein paar Schritte rückwärts, ließ sich auf sein Bett sinken, zog mich mit, sodass ich rittlings auf ihm saß. Er ließ mir keine Zeit, noch nervöser zu werden, sondern schob mich in Position, senkte seine Lippen auf meinen Hals, küsste mich dort, bis ich schauderte und die Leidenschaft in den Vordergrund rückte. Seine Hände an meinem Rücken stützten mich, als ich mich ein Stück nach hinten fallen ließ, damit er freie Bahn hatte.

»Das ist gut, oder?« Er leckte über meine erhitzte Haut, saugte leicht daran.

O mein Gott.

»Ich hatte fast vergessen, wie unglaublich gut du schmeckst.«

Ein Stöhnten entwich mir, und ich spürte, wie ich feucht wurde.

Er lachte leise. »Überlass mir die Führung.«

Ruckartig zog er mich an sich und presste seinen Mund wieder auf meinen. Sekundenlang verharrte er so, fest und hart, bis er ganz langsam, wie in Zeitlupe, begann, seine Lippen weich zu machen und auf meinen zu bewegen. Dann hielt er wieder still, wartete, damit ich die Bewegung imitierte. Ein-, zwei-, dreimal wiederholten wir das Ganze. Er küsste mich, wartete, ich küsste ihn, wartete, er küsste mich. Es hätte seltsam sein können, doch er tat es mit so einer Selbstsicherheit, dass es sich wie das Natürlichste auf der Welt anfühlte, und ich war viel zu konzentriert, um mir Gedanken darüber zu machen, wie bescheuert es war. Beim vierten Mal bewegte er seinen Mund zeitgleich mit meinem, und plötzlich machte es Klick. Plötzlich war es ein Tanz. Ich umfasste sein Gesicht wie er meines zuvor, strich ihm über die kurz rasierten Haare. Als er genießerisch seufzte, begann etwas in mir zu brennen. Wir wichen zurück, um nach Luft zu schnappen, und er fuhr mit dem Daumen über meine Unterlippe, zeichnete sie nach, während er mir mit gläsernem Blick in die Augen schaute.

Einen hektischen Herzschlag lang starrten wir uns an, dann beugten wir uns zeitgleich vor und pressten unsere Lippen aufeinander. Diesmal waren wir sofort im Einklang. Als er den Mund leicht öffnete, tat ich es ihm nach, und schon spürte ich seine Zunge. Prickeln. Lodern. Schmelzen. Er packte mich härter, drückte mich auf seinen Schoß, auf seine Härte, und mir wurde immer heißer. Von einem Moment auf den anderen war mein Kopf wie ausgeschaltet. Ich brauchte keine Anweisungen mehr, ich musste mich nicht bremsen, mein Körper reagierte auf seinen, wir rieben uns aneinander. Wandernde Hände, weiche Haut, sein unverfälschter Geschmack.

Ich hatte viele Menschen beim Küssen beobachtet, hatte nicht wirklich verstanden, was den Reiz ausmachte, hatte sogar Ekel verspürt, hatte mich gefragt, was meine Mutter so gefährlich daran gefunden hatte, und mir gleichzeitig gewünscht, es endlich verstehen zu können. Es war kein bisschen, wie ich es mir vorgestellt hatte. Es fühlte sich an wie ein freier Fall in bodenlose Finsternis, wie Verbrennen und Verglühen. Es war erschreckend und alles verzehrend und schlimm und wunderschön. Ich wollte weinen und schreien und lachen, alles gleichzeitig. Und ich wollte unsere Kleidung zerreißen, wollte mich nackt und schutzlos gegen ihn pressen, wollte in seinen Körper kriechen und in ihm zerrinnen, wollte durch ihn neu werden, wirklich neu, rein und vollkommen.

Schwer atmend lösten wir uns voneinander. Ich tastete nach seinem Shirt und zog es ihm über den Kopf, schmiss es hinter mich. Mehrere kleine Tattoos zierten seine Haut, ineinander verschlungene Linien, Blumen, Sterne, geometrische

Formen, Wolken, darüber pechschwarzes Haar, das sich in Richtung seines Hosenbunds verdichtete.

Er umklammerte mich, rutschte von der Wand weg, ließ sich mit dem Rücken nach hinten fallen und zog mich auf sich.

Nachdem ich mir die Sneaker von den Füßen gekickt hatte, befreite ich mich mit seiner Hilfe auch von meinem Pullover. Ich trug nichts darunter, es war bequemer und jetzt deutlich praktischer. Mit den Ellenbogen stützte er sich ab und richtete sich auf, plötzlich waren seine Lippen überall. Heiße Küsse auf meinen Schultern, auf meinen Nippeln, auf meinen Rippen, auf meinem Bauch.

Ich stieß ihn zurück, presste mich auf ihn, Haut auf Haut, mein Gesicht über seinem, seine Hände an meinem nackten Rücken. Ich wollte seine Zunge erneut an meiner spüren, wollte zurück zum Zerfließen, doch da war noch etwas anderes.

»Was?« Mit leuchtenden Augen biss er sich auf die Lippen und musterte mich, als wollte er mich verschlingen. »Was denkst du?«

»Wann wolltest du Sex mit mir haben?«, murmelte ich und wich ein Stück zurück, um ihn richtig betrachten zu können. »Damals in der Schule. Erinnerst du dich daran, wann das erste Mal war? Oder hast du das nur so dahingesagt?«

Seine Lippen verzogen sich zu einem unwiderstehlichen Lächeln, seine Augen waren zwei glühende Kohlestücke.

Es war immer noch ein Schock, ihn so gelöst zu sehen.

»Du solltest etwas vorrechnen. Bei MacClery.«

Ich verzog das Gesicht. An den Mathekurs dachte ich besonders ungern zurück. Ich war eine Katastrophe in dem Fach gewesen und hatte die einfachsten Rechnungen nicht hinbekommen, zum Vergnügen unserer Arschloch-Mitschüler.

Alexis ging nicht auf meinen Gesichtsausdruck ein. »Das Kreidestück ist dir runtergefallen, und du hast dich danach gebückt. Dein Pullover ist hochgerutscht und hat ein paar

Zentimeter deines Rückens entblößt. Deine Haut sah so weich aus. Und du hattest dort ganz viele kleine Leberflecke. Genau hier.« Federzart fuhr er mit den Fingern über die Stelle. Ich bekam augenblicklich eine Gänsehaut. »Das hat mich wahnsinnig gemacht. Ich habe ständig daran gedacht, wie es sich anfühlen würde, dich dort zu küssen.«

Mein Magen zog sich zusammen. »Du bist seltsam«, brachte ich trocken hervor.

Es war absolut unvorstellbar, wie er mich damals so betrachtet haben konnte. Natürlich hatte ich ihn auch heiß gefunden. Doch das war kein gutes Gefühl gewesen. Er war unerreichbar für mich gewesen – und gefährlich, da ich sofort Mums Warnungen im Ohr gehabt hatte, sobald unsere Blicke sich kreuzten.

Er kicherte. »Nach diesem Moment sind mir immer mehr Kleinigkeiten aufgefallen. Deinen Mund fand ich besonders krass. Diese ausgeprägte Herzform. Und von deinen Augen müssen wir erst gar nicht anfangen ... Außerdem mochte ich deine Stimme immer. Dieses Tiefe und ...«

Ich beugte mich vor und erstickte den Rest mit meinen Lippen. Je länger ich ihm zuhörte, desto lauter wurde die Stimme in meinem Hinterkopf, die mir sagte, dass er mich verarschte. Dass kein Mensch so über mich reden und es ernst meinen könnte.

Bereitwillig ließ er sich ablenken, und Sekunden später knutschten wir wieder heftig rum, während ich begann, meinen Unterleib rhythmisch gegen seinen zu bewegen. Eine seiner Hände lag jetzt an meinem Hintern und drückte mich näher und näher.

»So gut«, stöhnte er in meinen Mund, und ich konnte nur zurückstöhnen.

Ich wollte seine Finger in meinem Slip, sein Gesicht zwischen meinen Beinen, doch die Neugier war stärker als mein

Verlangen. Also löste ich mich von ihm, setzte mich auf und begann, seinen Gürtel zu öffnen. Ich kämpfte so lang damit, bis er mir zu Hilfe kam und es selbst erledigte. Sein Blick war plötzlich wieder ernst. Vorsichtig.

»Halt den Mund«, sagte ich, bevor er sich mal wieder doppelt und dreifach absichern konnte, ob das für mich auch *wirklich* in Ordnung war. »Spar's dir einfach.«

Für einen Moment zuckte etwas über sein Gesicht, das mich an Wut erinnerte, doch dann entspannte er sich wieder.

»Du bist der erste Mensch, der möchte, dass ich weniger rede.«

Ich grinste. »Findest du das geil?«

»Ich finde es nicht ungeil.«

»Du bist *wirklich* seltsam.«

Auch er grinste wieder. Scheiße, das hatte immer noch so eine nervige Wirkung auf mich. Würde sie abschwächen, wenn ich ihn vögelte? Einen Versuch war es wert.

Mit hastigen Bewegungen knöpfte ich seine Jeans auf und zog den Reißverschluss runter. »Zeigst du mir, wie das geht?« Ohne ihn anzusehen, setzte ich mich neben ihn und befreite ihn vollständig von der Hose.

»Wie was geht?« Er grinste noch immer, es war nicht zu überhören.

Ich machte mit den Socken weiter. Pinke Flamingos auf gelbem Hintergrund. Sie halfen. Sie waren albern, machten ihn weniger einschüchternd und die Situation weniger krass. Aber dann war es unausweichlich. Mein Blick blieb an der Beule in seinen dunkelgrauen Boxershorts hängen. Es turnte mich genauso an, wie es mir Furcht einflößte. Das bedeutete nicht, dass ich es nicht wollte. Ich hatte Angst, weil mir beigebracht worden war, Angst zu haben. Mit den Drogen war es nicht anders gewesen. Wenn man einmal drin war, vergaß man die Bedeutung von Angst.

»Handjob«, erwiderte ich und schaute ihm wieder in die Augen. »Blowjob. Und so weiter.«

Sein Blick verdunkelte sich, und das Grinsen verschwand. »Ich zeig dir alles.« Dann fuhr er mit den Händen über meine Schultern. »Aber erst will ich dich nackt haben. Zieh dich ganz aus.«

Langsam richtete ich mich auf und erwiderte trotzig seinen Blick, auch wenn es in mir ekelhaft zu kribbeln begann, weil ich so schutzlos vor ihm stand und er jeden Zentimeter meines mageren Oberkörpers betrachten konnte. »Wieso?«

»Weil mich das mehr als alles andere anmacht.«

Plötzlich war von der Hitze in meinem Inneren nichts mehr zu spüren. Meine Nackenhaare richteten sich auf, doch es lag nicht an der Leidenschaft. Mechanisch begann ich, auch meine Jeans inklusive Slip auszuziehen. Er wollte meine Gefühle nicht. Es ging hier nur um Sex. Um Vergessen. Auch ich wollte meine Gefühle nicht, und trotzdem konnte ich sie nicht einfach abschalten. Nicht ohne chemische Hilfe.

Erst als ich vollkommen nackt war, erwiderte ich wieder seinen Blick. Die Gänsehaut breitete sich nun über meinen gesamten Körper aus. Mir war kalt. Ich wollte weg. Oder ihn anbrüllen. Warum war alles so verflucht schwer?

Alexis griff nach meiner Hand und zog mich wieder aufs Bett. Als ich halb auf ihm, halb seitlich an ihn gepresst lag, begann er, die Innenseite meines Arms zu küssen. »Wieso mache ich dich an?«, flüsterte er dazwischen.

Zitternd atmete ich aus. »Was?«

»Warum du mich geil findest. Liegt es an meinem Körper? Daran, wie er aussieht?«

»Hä?« Wollte er wieder Komplimente hören, oder was?

Er ließ von meinem Arm ab und schaute mir in die Augen. »Es ist vollkommen egal, wie unsere Körper aussehen. Darum geht es hier nicht.«

Ich verdrehte die Augen; der verzweifelte Versuch, lässig zu tun. »Worum geht's dann?«

Statt einer Antwort drückte er seinen Mund auf meinen und küsste mich so stürmisch, dass ich für eine Weile mitgerissen wurde.

»Wie wir uns gerade fühlen«, sagte er atemlos. Grob fuhr er über meinen Rücken, über meinen Hintern, über meine Oberschenkel, kratzte leicht über meine Haut, bis ich erbebte. »Ich will dich nackt sehen, weil dann so was mit mir passiert.« Mit der freien Hand griff er nach meiner und führte sie zu seinen Boxershorts, unter den Bund, tiefer, bis meine Finger seine Härte umschlossen.

»Das fühlt sich richtig gut an, verstehst du?«

»Nein.« Ein verzweifeltes Lachen entwich mir. »Ich verstehe nicht, wie du so auf mich reagieren kannst.«

Er ließ von meinen Oberschenkeln ab und legte seine Hand auf meine pulsierende Mitte. »Verstehst du das?«

In Zeitlupe bewegte er seinen Zeigefinger gegen die richtige Stelle. Wie unfair, dass er genau wusste, was er tun musste, während ich ohne Anweisungen aufgeschmissen war.

»Gott, ja.«

Nun lachte er auch, aber es war nicht von Dauer. Im nächsten Moment war sein Finger verschwunden, und er zeigte mir, wie er angefasst werden wollte. Er führte meine Hand, bewegte sie erst langsam, dann immer schneller hoch und runter, drückte sie fester, bis ich seine Erektion härter umschloss, während ich die Bewegung ausführte. Es fühlte sich ungewohnt und verboten an. Doch je mehr die Lust seinen Blick verschleierte, desto weniger konnte ich darüber nachdenken. Seine Atemzüge wurden abgehackter, und im Gegenzug wurde auch mir immer heißer. Irgendwann zog er seine Hand weg und ließ mich allein weitermachen. Stattdessen packte er mein Gesicht und zog es ganz nah an seines.

»Genau so«, flüsterte er an meinem Mund. Sein heißer Atem umhüllte mich. »Das ist göttlich.« Er küsste mich sanfter, konzentrierter, und mein Kopf füllte sich mit dichtem weißem Nebel.

Als er mich wieder berühren wollte, schüttelte ich den Kopf. Lieber kein Risiko eingehen. Ich würde mich auf nichts mehr konzentrieren können. Außerdem war es auf eine ganz andere Art berauschend, ihm diese Gefühle zu bescheren und den Moment hinauszuzögern, in dem ich an der Reihe war. Ihm dabei zuzuschauen, wie er Stück für Stück die Kontrolle verlor. Meinetwegen.

»Langsamer«, murmelte er gequält, als wir eine Weile rumgemacht hatten und ich das Tempo beibehalten hatte.

Ich ließ ihn los, bekam seine Boxershorts zu fassen und zog sie ihm runter. Mein Mund war trocken, mein Herz hämmerte laut und schmerzhaft in meiner Brust. Es war eine Sache, ihn anzufassen, und eine vollkommen andere, ihn in jedem Detail vor mir zu sehen.

Da war keine Spur von Nervosität in seinem Gesicht. Es schien ihm wirklich nichts auszumachen, so schutzlos vor mir zu liegen. Wie oft musste man das tun, um derart entspannt darauf zu reagieren?

Ich atmete tief durch. »Okay«, entfuhr es mir. »Hab's mir anders überlegt.«

Ohne zu zögern, richtete er sich auf und griff nach seiner Unterwäsche. »Kein Problem. Wir können uns wieder anziehen und …«

Ich schüttelte den Kopf. Lachte. Hörte, wie angespannt es klang. Hasste mich. Schüttelte erneut den Kopf. Riss ihm die Boxershorts aus der Hand und warf sie hinter mich auf den Boden. »Das meine ich nicht.« Mit dem Kinn deutete ich zwischen seine Beine. »Das da passt nur niemals in mich rein.«

Für den Bruchteil einer Sekunde starrte er mich an, dann prustete er los. »Okay.«

Obwohl ich vor Scham im Boden versinken sollte, fiel ich in sein Lachen ein. »Sorry, aber nie im Leben funktioniert das.«

»Ich bin absolut durchschnittlich gebaut«, brachte er hervor. »Hab's mal gegoogelt.«

»Danke für die Info, aber ich scheiß auf Google, Alter. Guck dir das mal an.« Ich deutete auf seinen Intimbereich. »Und dann guck dir *das* hier an.« Nun deutete ich auf meinen. »Nie. Im. Leben.«

Er lachte lauter und steckte mich damit an. Die Leidenschaft rückte in den Hintergrund, die Anspannung fiel von mir ab, und schon bald bekam ich Bauchschmerzen, weil ich so heftig lachen musste. Was seltsam war, denn wenn ich überhaupt mal an Sex gedacht hatte, dann hatte ich ihn mir immer als eine ernste Angelegenheit vorgestellt.

»Jetzt mal ganz ohne Witz.« Mit tränennassen Augen schaute er zu mir auf. »Wir machen nichts, was du nicht willst. Mir ist alles recht.«

»Ich weiß«, erwiderte ich und beugte mich über ihn, begann, Küsse auf den Innenseiten seiner Oberschenkel zu verteilen, während ich mit der Hand die Bewegung wiederholte, die er mir zuvor gezeigt hatte. Er war nicht mehr ganz hart, doch innerhalb von Sekunden hatte ich ihn wieder so weit. Scharf sog er die Luft ein. Das Geräusch brachte auch die Hitze in mir zurück.

In der Theorie kannte ich das Prinzip, aber ich wusste nicht, wie ich anfangen sollte. Wie tief sollte ich ihn in den Mund nehmen? Was sollte ich mit der Zunge machen? Mit meinen Händen?

Alexis fixierte mich mit glühendem Blick. »Gib mir deine Hand.«

Der raue Befehlston machte mich an. Ich gehorchte, ohne zu zögern.

Er führte meine Hand an seine Lippen, leckte über meinen Zeige- und Mittelfinger, umspielte sie mit der Zunge, erst sanft, dann mit mehr Druck, und schließlich führte er sie tief in seinen Mund und saugte daran.

Alles in mir zog sich zusammen. Wieso fühlte sich das so verdammt geil an?

Er hielt mich mit seinem Blick gefangen und wiederholte jede neue Bewegung, bis mir ein Stöhnen entwich. Der Augenkontakt machte alles nur noch heißer. Schließlich hielt ich es nicht mehr aus und entzog ihm meine Finger, rutschte nach unten und wandte mein neues Wissen an.

Kurz fühlte es sich seltsam an, dann verlor ich mich in den Empfindungen, ließ mich treiben, angefeuert von seinem Keuchen. Plötzlich war es ganz einfach. Plötzlich fühlte es sich an, als hätte ich nie etwas anderes getan. Er schmeckte salzig und intensiv. Ich wiederholte genau das, was er mir gezeigt hatte, und wurde mit jeder Sekunde mutiger. Nahm meine Hände hinzu, begann, ihn überall zu küssen, fand einen neuen Rhythmus, fiel in sein Stöhnen ein. Es war genauso gut, wie von ihm geleckt oder berührt zu werden. Der perfekte Rausch. Es hatte nichts mehr mit Sex zu tun. Es war Fliegen.

Ich begann zu verstehen, was er beim letzten Mal gemeint hatte. Wieso es ihm gereicht hatte, mich zu berühren.

Flehend flüsterte er meinen Namen.

Ich ließ von ihm ab, um zu ihm aufzuschauen.

»Komm her«, raunte er. »Ich will dich küssen. Und anfassen. Ich will es gleichzeitig. Komm.«

»Okay.« Doch dann senkte ich meinen Mund wieder auf ihn nieder und wiederholte die Bewegungen schneller, gröber.

Diesmal schrie er meinen Namen fast. Ich erzitterte vor Verlangen, fuhr ein paar Sekunden fort, dann rutschte ich hoch zu ihm, fiel in seine Arme. Er packte mich, drehte mich in die richtige Position, und schon lag seine Hand auf meiner Vulva, während ich mit meiner zwischen seinen Beinen weitermachte.

Wir sahen uns an, und einen irrsinnigen Moment lang fürchtete ich, in Tränen auszubrechen. Als hätte ich mein Leben lang darauf gewartet, endlich wieder von ihm berührt zu werden.

»Fuck, Echo.«

Er küsste mich, und ich konnte mich nicht mehr zurückhalten. Unkontrolliert stöhnte ich. In diesem Augenblick war ich mir sicher, den Sinn des Lebens entdeckt zu haben.

»Sag mir, wenn du kurz davor bist zu kommen«, flüsterte er außer Atem.

»Wieso?«, gab ich benommen zurück, doch statt einer Antwort küsste er mich heftiger. Seine Finger trieben mich in den Wahnsinn, meine brachten ihn um den Verstand. Ich sah es in seinen Augen, in diesen dunklen tiefen Augen, er fühlte genau wie ich. Wie war das möglich, und wieso hatte ich so lang damit gewartet, verdammt?

Es wurde heißer, ich flüssiger, und schließlich wich ich keuchend zurück. »Ich … bin gleich so … weit.«

Schlagartig hörte er auf, mich zu berühren.

Ich stieß einen Frustlaut aus. »Was machst du?«

Ein teuflisches Grinsen erschien auf seinen Lippen.

Ich starrte ihn an, hörte ebenfalls auf, ihn zu berühren. »Willst du mich verarschen?«

Er kicherte.

Was zur *Hölle*?

»Vertrau mir.«

»Wieso sollte ich dir …«

Ich kam nicht dazu, den Satz zu beenden. Denn im nächsten Moment presste er nicht nur seinen Mund auf meinen, sondern auch seine Finger zwischen meine Beine. Er machte genau dort weiter, wo er aufgehört hatte, eine Sekunde lang, zwei, drei, vier, fünf, sechs, ich versteifte mich, da entfernte er seine Hand wieder.

Japsend krallte ich mich an seinen Schultern fest. »*Alexis.*«

»Vertrau mir«, wiederholte er, diesmal bestimmter. »Das wird es so viel besser machen.«

Ich wollte schreien, seine Hand packen und ihn zwingen, es zu Ende zu bringen. Stattdessen küsste ich ihn, legte all meinen Frust in den Kuss, kämpfte mit seiner Zunge, stöhnte, ließ mich fallen.

Währenddessen zog er mich näher, beugte sich über mich, nahm meine Unterlippe zwischen die Zähne, biss leicht hinein und seufzte zufrieden, als ich ein ersticktes Geräusch von mir gab. Dann begann er wieder, meine Klitoris zu massieren. Diesmal wich er dabei zurück, legte seine Stirn an meine, sah mir tief in die Augen. »Das könntest du immer haben«, wisperte er. »Immer und immer wieder.«

Ich drängte mich seiner Hand entgegen, krallte mich mit der anderen an seinem Oberarm fest, kniff die Augen zusammen, schwamm auf der Welle, kam wieder näher, näher und näher.

»Schau mich an.« Kaum mehr als ein Hauchen.

Ich schlug die Augen auf. »Bitte … nicht … Bitte … nicht aufhören.«

»Ich hör nicht auf, Echo. Wenn du willst, hör ich nie wieder auf.«

Das gab mir den Rest.

Er lächelte, und ich explodierte.

Es war kein Vergleich zum letzten Mal. Es war so viel heftiger. Ich keuchte und bebte, er wurde langsamer, doch seine Finger fuhren immer noch hart über die richtige Stelle, es war nicht unangenehm, nicht zu viel, es war genau richtig. Ich flog und flog und flog und flehte stumm, nie wieder zu landen.

24. KAPITEL

Echo

Are my feet on the ground because my head's in the sky?

Alexis grinste so selbstzufrieden, dass ich ihn von mir stieß.

»Du bist so …«

Ich kam nicht dazu, den Satz zu beenden, als er meine Hüften packte und mich halb auf sich zog, bis mein Bein zwischen seinen Beinen lag und mein Oberkörper seitlich an seinen gepresst wurde.

»Ich bin was? Hm?«

Mein Körper glühte, mein Herz raste. Wäre ich nicht so mit Glückshormonen vollgepumpt gewesen, hätte ich mich vielleicht gewehrt. Es war zu viel. Zu vertraut und verspielt und … Ach, Scheiße.

»Was zur Hölle war das?«, stöhnte ich stattdessen.

»Edging nennt sich das.« Sein Grinsen wurde breiter. »Hab doch gesagt, du sollst mir vertrauen.«

Ich verdrehte die Augen, obwohl ich heulen wollte. Warum wollte ich heulen? »Ja, ja, du bist der Allertollste.«

Mit Unschuldsmiene kam er näher, bis unsere Nasenspitzen sich berührten. »Hat's sich nicht gut angefühlt?«

Ich schnaubte. *Gut* war die Untertreibung des Jahrtausends.

»War ganz nett«, presste ich hervor, und dann mussten wir

beide wieder lachen. Es tat weh zu lachen. Er hatte Grübchen. Ich hasste ihn. Es war ganz schlecht, was hier geschah. Ganz, ganz schlecht. Ablenkung!

»Jetzt bin ich wieder dran«, murmelte ich und wollte zurückweichen, doch sein Griff verstärkte sich.

Mit dem Daumen fuhr er über meine Wange. »Entspann dich mal. Genieß es. Wir haben Zeit. Die ganze Nacht, um genau zu sein.«

Er klang so fucking zärtlich. Die Entspannung konnte ich mir echt abschminken. Wie sollte ich es genießen, wenn diese andere Gefühlsscheiße sich in den Vordergrund schob? Und wieso behandelte er mich plötzlich auf diese Weise? War das normales Sex-Verhalten?

»Das könntest du immer haben.«

»Wenn du willst, hör ich nie wieder auf.«

Wie konnte er so was sagen? Wie konnte er das vom Rest trennen? Wie sollte *ich*? Wollte ich das überhaupt? Oder wollte ich voll und ganz in ihm ertrinken, so wie ich die letzten Jahre ertrunken war?

Ich zwang mich, seinem Blick standzuhalten. Diesmal würde ich mir nichts vormachen. Ich würde sehenden Auges ins Verderben laufen. Einsicht war der erste Schritt zur Besserung, nicht wahr?

Hi, ich bin Echo, und ich bin süchtig.

»Hast du Kondome da?«

Er wurde ganz still. Runzelte die Stirn.

»Hast du, oder nicht?«

»Du hast gesagt, du hast es dir anders über...«

»Ich weiß, was ich gesagt habe. Jetzt habe ich meine Meinung geändert. Lass es uns wenigstens probieren. Ich bin gerade wirklich entspannt. Entspannter geht's wahrscheinlich nicht. Das ist doch eine gute Voraussetzung, oder?«

Zögerlich nickte er.

»Na also.« Es kostete mich einiges an Überwindung, die nächsten Worte auszusprechen. Solange ich mir vorstellte, dass es um eine andere Person ging, war es erträglich. »Und du bist doch immer noch scharf auf mich.«

Ein weiteres Grinsen zupfte an seinen Mundwinkeln. Er schien sich dagegen zu wehren. »Echo …«

»Alexis …«, äffte ich seinen Tonfall nach und war stolz darauf. Es tat gut, die Kontrolle an mich zu reißen. Es war deutlich besser, als wehrlos in seinen Armen zu liegen und seine verdammten Grübchen anzustarren.

»Okay.« Er setzte sich auf und fuhr sich übers Gesicht. »Aber du sagst mir sofort, wenn es zu viel ist oder wehtut oder dir die Lust vergeht.«

»Sollte es nicht wehtun?«, höhnte ich. »Damit es funktioniert?«

»Ich glaube, das ist ein Mythos, der auf Frauenfeindlichkeit beruht.«

Mir kam wieder in den Sinn, was ich im Club zu Dimi gesagt hatte, als dieser mir erzählt hatte, dass Alexis nur mit nüchternen Personen schlief. *»Also ein ganz Korrekter.«* Ich hatte mich darüber lustig gemacht. Jetzt fragte ich mich, wieso das nicht als absolutes Minimum galt. Wieso man sich jemals mit weniger zufriedengeben sollte.

»Hol die Kondome«, sagte ich. »Bitte, danke.«

Er seufzte, stand dann aber doch vom Bett auf, lief zum Schrank und öffnete die untere Schublade.

Ich konnte den Blick nicht von ihm abwenden. Wie selbstbewusst er hier rumlief, obwohl er nackt war. Selbst wenn ich nicht hautnah miterlebt gehabt hätte, wie er jemanden vögelte, hätte ich mir vorstellen können, dass es massenweise Leute gab, die ihn heiß fanden. Ich liebte die Adern, die an seinen Armen und seinem Hals zu sehen waren. Ich liebte seinen kleinen Arsch. Seine Waden. Seine Körperbehaarung.

Seine knochigen Füße. Und die Tattoos taten natürlich ihr Übriges.

Plötzlich musste ich an früher denken, daran, wie ich ihn angeschaut und darüber fantasiert hatte, ihn zu berühren.

Tja, liebes Vergangenheits-Ich, wenn du wüsstest …

Mit einer Dreierpackung Kondome und einer kleinen Pumpflasche kam er zurück. Er schmiss beides neben mich aufs Bett. »Gleitgel«, beantwortete er meine unausgesprochene Frage. Dann ging er in die Knie, packte mich am Hintern und zog mich zu sich. Im nächsten Moment verschwand sein Gesicht zwischen meinen Beinen, und ich spürte seine Zunge. Ich wollte protestieren – sollte ich mich nicht langsam um ihn kümmern? Als ob er noch hart war? Doch obwohl er mich eben zum Kommen gebracht hatte, fühlte es sich so gut an, dass mein Protest schnell durch Stöhnen ersetzt wurde.

Ich krallte meine Finger in seine Bettdecke und ließ mich in den Wahnsinn treiben. Als er wieder auftauchte, glühte ich von oben bis unten und konnte mal wieder nicht gescheit atmen. Seine Hand lag an seiner Erektion. Er war wieder genauso hart wie vorhin, als ich ihn im Mund gehabt hatte. So langsam gewöhnte ich mich an den Anblick.

Er hörte auf zu masturbieren, griff nach dem Gleitgel und pumpte eine Menge von dem Zeug auf zwei Finger, verrieb es eine Weile, bevor er mich damit sanft zu streicheln begann. Es war kühl, aber angenehm, und es machte mich an, wie viel nasser es zwischen meinen Beinen wurde.

»Gut?« Er beugte sich über mich und küsste meinen Bauch.

Ich nickte. Die Sexgefühle halfen gegen den ganzen Gefühlsmist.

Dann schmiss er sich wieder neben mich aufs Bett und küsste mich eine Weile. Wie konnte ich wieder Lust haben, obwohl der letzte Orgasmus kaum abgeklungen war?

»Ich probier erst mal einen Finger, okay?«, fragte er, als er zurückwich.

Erneut nickte ich. Irgendwie beruhigend, dass wenigstens einer von uns wusste, was er tat. Ich wäre an seiner Stelle sofort aufs Ganze gegangen. Und aus irgendeinem Grund hatte ich angenommen, dass Gleitgel nur für Analsex verwendet wurde.

Alexis ließ sich Zeit. Mit der trockenen Hand strich er sanft über meinen Körper. Er küsste mich unaufhörlich, während sein Finger ganz langsam in mich eindrang.

Ich stöhnte leise, es war nur kurz seltsam, unangenehm war es überhaupt nicht, und dann wurde es plötzlich aufregend. Ich hatte ja keine Ahnung gehabt, wozu mein Körper in der Lage war.

»Nimm noch einen«, flüsterte ich an seinem Mund und spürte sein Lächeln.

Im nächsten Moment gehorchte er. Wieder quälend langsam, doch diesmal war ich dankbar dafür. Ein überraschtes Keuchen entfuhr mir. Mein Inneres dehnte sich und brauchte eine Weile, um sich daran gewöhnen. Wieder war es nicht unangenehm, dafür war alles zu weich und warm und nass. Es war einfach neu.

Behutsam begann er, beide Finger aus mir herauszuziehen, nur um sie Augenblicke später wieder hineingleiten zu lassen.

Mein Atem stockte. Krass. Das war krass.

Sekunden vergingen, es fühlte sich immer besser an, jetzt fing er auch an, mich parallel vorne mit dem Daumen zu massieren. Ich hätte Stunden so weitermachen können, er auch, so wie er mich ansah, aber wieder war die Neugier größer als alles.

»Ich … ich will …«

Mit der Zungenspitze fuhr er über meine Lippe, ohne aufzuhören, mich mit den Fingern zu bearbeiten. »Was? Was willst du, Baby? Sag's mir.«

Ich wünschte, ich könnte diese Version von ihm festhalten. Ich wünschte, die Welt könnte sehen, wie selbstsicher und gelassen er hier mit mir war. In diesem Moment konnte ich nicht fassen, dass ich denselben Alexis wie die ganze Woche im Prisma vor mir hatte.

»Dich«, keuchte ich. »In mir.«

Ein letzter Kuss, ein letztes Stöhnen, dann verschwanden seine Finger. Er griff nach den Kondomen, riss eins davon ab und öffnete die Packung mit geübten Bewegungen, ehe er es sich überrollte, während er das vordere Stück mit Daumen und Zeigefinger zuhielt.

Keine Ahnung, wohin sich meine Angst verpisst hatte. Ich zitterte in freudiger Erregung und starrte ihn völlig fasziniert an.

Als Nächstes gab er mehr Gleitgel auf seine Hand, fuhr damit über seine Erektion. Dann rutschte er zurück, lehnte sich gegen die Wand, bis er halb lag, halb saß.

»Komm auf mich.«

Benommen richtete ich mich auf, setzte mich auf ihn und hob das Becken an. Ich hielt mich an seinen Schultern fest, während er sich mit einer Hand an meinem Eingang positionierte, mit der anderen nach meiner Hüfte griff.

»Du entscheidest«, wisperte er. Sein Blick war so liebevoll, dass ich am liebsten wieder in Tränen ausgebrochen wäre. »Wie schnell es geht, wie fest du es willst. Du entscheidest alles.«

In diesem Moment wurde mir bewusst, dass es keine Rolle spielte, was wir ausgemacht hatten. Es war egal, dass er mich vorgewarnt hatte und es für ihn nur um Sex ging. Denn für mich tat es das längst nicht mehr.

Ich ließ mir keine Zeit. Ich war noch nie besonders zimperlich mit mir selbst umgegangen. In einer Sekunde starrte ich ihn an, spürte seine Spitze an mir, heiß und nass und weich, in der nächsten setzte ich mich auf ihn, drückte ihn in mich, tiefer und tiefer, bis mein Schreien die Luft erfüllte und Tränen in meine Augen schossen. Es waren die guten Tränen. Aus den richtigen Gründen.

»Echo«, keuchte er. »Was zum ...«

»Warte«, zischte ich, als er drauf und dran war, sich mir wieder zu entziehen. Schock verzerrte seine Züge. Ich stützte mich mit den Händen rechts und links neben unseren Körpern ab und lehnte mich leicht zurück, bog den Rücken durch, atmete tief durch, zählte bis drei, atmete wieder aus, lächelte, als der Schmerz abklang. Er dauerte kürzer an als das Brennen im Hals bei der ersten Zigarette, deutlich kürzer als die Schärfe der ersten Spritze in meinem Arm.

»Echo ...« Er klang, als würde er jeden Moment die Nerven verlieren.

Ich lehnte mich wieder vor, umfasste sein Gesicht, schaute ihm in die Augen. »Ich entscheide.«

Es dauerte, bis seine Sorge abnahm. Als ich ihn küsste, küsste er mich nur vorsichtig zurück. Seine Finger strichen immer wieder über meinen Rücken.

Probeweise bewegte ich mich auf und ab, wieder war es ungewohnt, wieder dauerte es nur Sekunden, bis ich mich daran gewöhnte.

»Zeigst du mir, wie du es sonst machst?«, flüsterte ich an seinem Ohr und verteilte Küsse auf seinem Hals. Er roch so verdammt gut. »Ich sag dir, wenn's zu viel wird. Ich schwöre.«

Stille. Die Sekunden vergingen, während ich ihn immer weiter küsste und er eine Gänsehaut bekam. Dann plötzlich umschlossen seine Finger meinen Hintern, er wich zurück, starrte mich an, die Dunkelheit in seinen Augen riss mich mit, und er begann mich ruckartig von sich zu stoßen, nur um mich im nächsten Moment wieder ganz nah zu ziehen. Zeitgleich stöhnten wir auf. Das war gut. Das war so, so gut. Es lag nicht nur daran, dass alles in mir vibrierte, es lag an der Gewissheit, dass er sich in mir befand, dass wir verbunden waren, dass wir dieses Gefühl zusammen erschufen.

»Halt still«, murmelte er, als ich begann, mein Becken wieder zu bewegen, und ich gehorchte sofort.

Er hielt mich in Position, rutschte etwas tiefer, und seine Bewegungen wurden schneller, härter. Schon bald erfüllte mein unkontrolliertes Stöhnen die Luft. Ich hatte nicht gewusst, dass ich in der Lage war, solche Geräusche von mir zu geben. Bevor ich darauf klarkommen, richtig verstehen konnte, was hier geschah, umklammerte er mich, rutschte nach vorn, drehte sich zusammen mit mir um, bis er sich über mir befand. Er verschränkte unsere Finger miteinander, nagelte meine Hände über meinem Kopf auf der Matratze fest.

Ein Fluchen entwich mir, als er hart und rhythmisch die Bewegungen wiederholte.

»Gut?«, brachte er zwischen zusammengebissenen Zähnen hervor.

Nicken, Stöhnen und noch mehr Nicken.

»Ich will, dass du dich immer so fühlst. Ich will dich immer so haben.«

Es ging nicht um mich. Es ging darum, dass ich ihn vergessen ließ. Es war egal. In diesem Moment war *ich* der Grund dafür.

Wir küssten uns, er wurde langsamer, seine Finger gaben meine frei. Ich schlang ihm die Arme um den Hals und die Beine um die Mitte, während seine Lippen mein Gesicht liebkosten, meinen Hals, mein Ohr. Während er meinen Kopf festhielt, immer wieder darüberstrich.

Es war zu viel Zärtlichkeit. Niemals hätte ich sie unter anderen Umständen zugelassen. Wie konnten Menschen so etwas erleben und dann aufstehen, sich verabschieden und getrennte Wege gehen?

»Ich …« Meine Stimme versagte. »Ich will das auch«, keuchte ich. »Immer.«

Es war ein Geständnis, ich meinte nicht nur unsere Körper, ich meinte ihn. Ich wollte *ihn*, immer, immer, immer, damit ich nie mehr daran denken musste, wer ich war.

»Immer«, gab er keuchend zurück und wurde wieder schneller.

Ich konnte nicht sagen, wie lang es dauerte. Irgendwann veränderte sich etwas in seinem Blick, da war etwas Wildes, Zügelloses, er kam näher und näher, wie ich zuvor, er schloss die Augen, und ich flüsterte die Worte, die er vorhin zu mir gesagt hat. »Schau mich an.«

Schau mich an, ich will dich sehen, ich will zuschauen, wie du die Kontrolle verlierst, und wissen, dass es an mir liegt.

Er schlug die Augen auf. Schwarze Abgründe. »Ich … ich kann nicht …«

Ein lang gezogenes Keuchen, ein Erzittern, ein letzter Stoß, dann die Erlösung. Ich umklammerte ihn fester, drückte ihn an mich, nasse Haut auf nasser Haut.

Er vergrub sein Gesicht in meiner Halsbeuge und stöhnte laut. »So viel zu Edging«, nuschelte er an meiner überhitzten Haut. »Ich bin so ein Heuchler.«

Ich lachte, obwohl ich schreien wollte.

Immer, hallte seine Stimme in meinem Kopf wider. *Immer.*

Sein Gewicht auf mir. Seine Wärme. Sein Duft. Sein Herzschlag an meinem.

Immerimmerimmer.

Wie hatte ich auch nur für eine Sekunde glauben können, dass ich stark genug sein würde?

25. KAPITEL

Alexis

Holy sick divine nights

»Ich ertrage dieses Zimmer nicht.«

Ich lag auf dem Rücken, sie auf mir, weil das Bett so schmal war, meine Arme fest um sie geschlungen, weil ich sie noch nicht gehen lassen wollte. Mein Herz raste noch immer, mein Körper war heiß und schwer. Nachdem ich mich von ihr runtergerollt und das Kondom entsorgt hatte, hatte ich sie erneut befriedigen wollen, doch sie hatte mich weggeschoben und so entsetzt »Finger weg! Willst du mich umbringen?« gerufen, dass wir beide lachen mussten.

»Wieso nicht?«, flüsterte sie jetzt.

Solange wir miteinander beschäftigt gewesen waren, war alles gut gewesen, doch jetzt kehrte die Panik zurück. »Weil mich hier alles an ihn erinnert.«

Ich musste nicht ausführen, wen ich meinte.

»Hilf mir, die Verbindung zu meiner Mutter zu zerstören, und ich helfe dir, den Scheiß mit deinem Vater zu vergessen.«

Normalerweise redete ich nach dem Sex nicht. Ich stellte sicher, dass meine Partnerin sich gut fühlte, und dann verabschiedete ich mich so schnell wie möglich. Ich war mir nicht sicher, warum ich gerade gegen meine Regeln verstieß. Vermutlich, weil wir uns nicht in einer Clubtoilette oder auf einer Autorückbank, sondern in meinem Bett befanden.

Echo räusperte sich. »Er hat dich nicht missbraucht, oder so 'nen Scheiß, oder?«

Ich musste lachen. Es klang hohl und kalt. Sie zuckte zusammen.

»Nein.«

»Wieso ist das lustig?«

»Es ist nicht lustig.«

Der Therapeut hatte schließlich etwas Ähnliches angedeutet. Es bestätigte mich nur darin, was für ein Versager ich war. Was ich erlebt hatte, war nicht halb so schlimm wie das, was sie annahmen, was wiederum bedeutete, dass es keinen Grund für mich gab, so am Arsch zu sein.

Eine Weile herrschte Stille.

Was war los mit mir? Ich hatte keine Lust auf weitere Fragen. Wieso hatte ich überhaupt davon angefangen?

Vielleicht, weil die letzten Tage wirklich schlimm gewesen waren und mir im Kontrast zur letzten Stunde nur noch heftiger vorkamen. Ich würde es nicht ertragen, zu diesem Zustand zurückzukehren. Ich war nicht stark genug.

»Wir können Zimmer tauschen«, sagte sie schroff.

»Was?«

»Mein Zimmer ist zwar genauso wie deins geschnitten, aber vielleicht ist die Erinnerung in meinem nicht so schlimm. Ich hab noch nicht mal alles ausgepackt, und ich besitze sowieso nicht viel Zeug. Wir müssten es nur putzen, damit deine Allergie dich nicht killt. Die Katze ist echt 'ne Klette. Sie hat jede Nacht in meinem Bett gepennt.«

Erneut lachte ich. »Das mit der Allergie war gelogen.«

Blitzartig hob sie den Kopf von meiner Brust. Ihre Wangen färbten sich rot. »Du mieser kleiner …«

Mein Lachen wurde lauter. »Sorry. Es war das Erstbeste,

was mir eingefallen ist, um nachts bei dir aufzukreuzen, ohne wie der größte Creep rüberzukommen. Ich vermisse Mic.«

»Ich glaub's nicht.« Sie befreite sich von meinem Klammergriff und rollte von mir runter. Das Bett war so schmal, dass sie trotzdem noch dicht an mich gepresst war. »Doch, weißt du was, natürlich glaube ich es. Du bist wirklich krass. Und das alles nur für Sex?«

»Ja, schon.«

Da war etwas in ihrem Blick. Etwas Gefährliches. Enttäuschung? Ich durfte es nicht versauen. Es war so verdammt gut gewesen. Dank ihr konnte ich wieder klar denken. Aber ich musste sichergehen, dass alles in Ordnung war. Sonst würde ich ausrasten. Schon wieder.

»Ich habe dir letztes Mal gesagt, was das hier für mich ist.«

Wut zuckte über ihr Gesicht. »Und?«

»Hat sich für dich etwas geändert?«

Ein höhnisches Grinsen erschien auf ihren Lippen. »Ach, du denkst, ich bin die hilflose kleine Jungfrau, die sich in den erstbesten Typen verknallt, der sie berührt?«

Ich erwiderte nichts.

»So geil war's auch wieder nicht«, murmelte sie augenrollend.

»Gut.«

Dabei sollte ich es belassen. Doch irgendetwas an ihrem Abwehrmechanismus löste das Bedürfnis in mir aus, sie zu provozieren. Ich drehte mich zur Seite, stützte mich neben ihrem Kopf ab und beugte mich über sie, bis mein nackter Oberkörper dicht gegen ihren gedrückt war.

»Bereust du es?«, hauchte ich, nur Millimeter von ihrem Mund entfernt.

Energisch schob sie mich weg. »Halt die Klappe, Alexis.«

Es sollte eine witzige Situation sein. Ich hatte sie nur aufziehen wollen. Wir wussten beide, dass sie es nicht bereute.

Und trotzdem kehrte das tiefe schwarze Loch in mir zurück und nahm mir den Atem. Nur der Hauch dieser Möglichkeit, dass sie mich morgen wieder ignorieren würde, weil ich etwas Falsches getan hatte, reichte aus.

Ich wurde ganz starr, versuchte, regelmäßig zu atmen, mir nichts anmerken zu lassen.

Sekunden später war sie diejenige, die sich mit einem Seufzen über mich beugte. »Wird das jetzt jedes Mal so ablaufen? Wir haben den Spaß unseres Lebens, und danach muss ich dich beruhigen, weil du denkst, du hast mir was Böses angetan?«

Den Spaß unseres Lebens.

»Nein«, brachte ich hervor. »Alles gut.«

»Das seh ich«, flüsterte sie, dann streckte sie eine Hand aus und fuhr mir vorsichtig über die Brust, legte sie auf meinem rasenden Herzen ab.

Ich tastete danach und umklammerte sie mit meinen Fingern. »Können wir wirklich Zimmer tauschen?«

Darüber hatte ich oft nachgedacht. Nicht nur das Zimmer zu wechseln, sondern sogar ganz aus dem Wohnheim auszuziehen und mir eine eigene Wohnung in der Stadt zu suchen. Aber erstens wäre das zu teuer, wenn ich allein leben wollte – eine WG stand außer Frage –, und zweitens wusste ich nicht, wie ich das meiner Familie erklären sollte, ohne überdramatisch rüberzukommen.

»Klar.« Sie zuckte mit den Schultern. »Aber die Katze kriegst du nicht.«

Erleichterung durchflutete mich. »Ich dachte, du interessiert dich nicht für Tiere?«

»Wir können sie teilen«, fuhr sie fort, ohne auf meine Worte einzugehen. »Das Klo kommt zu dir. Gar keinen Bock, mich darum zu kümmern.«

»Deal.« Grinsend ließ ich ihre Hand los. »Gibst du mir dein Handy?«

Einen Moment lang sah sie mir zweifelnd in die Augen, dann wandte sie sich ab und beugte sich über den Bettrand, um in ihrer Jeanstasche danach zu kramen. Sekunden später hielt sie es hoch. »Und jetzt?«

Ich nahm es ihr aus der Hand, klickte aufs Display – es war nicht passwortgesperrt –, dann auf ihre Kontakte und schließlich auf »Neu«. Dann gab ich meine Nummer und meinen Namen ein, speicherte den Eintrag und drückte ihr das Telefon wieder in die Hand.

»Von nun an schreibst du mir, wenn du mich willst. Egal wann. Ich werde Zeit haben.«

»Du bist also wirklich so verzweifelt?«, gab sie zurück, doch sie schien mit einem Lächeln zu kämpfen.

»So verzweifelt wie du.«

Darauf schien sie keine Antwort zu haben.

Ich richtete mich auf. »Meinst du, wir schaffen es, schon heute zu tauschen? Oder bist du zu müde?«

Sie schüttelte den Kopf. »Lass uns umziehen.«

Eine halbe Stunde später lag ich in ihrem Bett und sie in meinem. Ich hatte nur das Nötigste rübergebracht, den Rest würde ich morgen erledigen. Alles hier roch nach ihr. Eine Mischung aus Pfirsich und etwas Erdigem.

Mein Körper war völlig ruhig, und die Erschöpfung zerrte an mir. In meinem Kopf lief ein Film ab, der nichts mit Panik, Schmerz und Verzweiflung zu tun hatte. Immer wieder rief ich mir in Erinnerung, wie sie gestöhnt hatte, wie sich ihr Gesicht vor Leidenschaft verzogen hatte, wie sich ihre Lippen auf meinen angefühlt hatten. Ich hatte bereits Sex mit Menschen gehabt, für die es das erste Mal gewesen war, aber ich konnte mich an niemanden erinnern, der so heftig auf mich reagiert hatte. Es ging nicht nur um Sex. Jede kleine Berührung schien sie schier umzubringen. Wenn ich sie küsste, schmolz sie. Wenn ich über ihren Rücken strich, bekam sie sogar auf den Oberschenkeln eine Gänsehaut. Die Erinnerung trieb mich in den Wahnsinn. Auf die gute Weise.

Mein Handy vibrierte. Eine Nachricht von einer unbekannten Nummer.

hat es funktioniert

Ich starrte auf die Worte, bis die nächste Nachricht eintrudelte:

das vergessen?

Sie hatte kein Profilbild. Ich tippte auf »Kontakt speichern« und gab ihren Namen ein, ehe ich eine Antwort schrieb.

Alexis: *Besser, als ich zu hoffen gewagt habe. Und bei dir?*

Echo: *erinnerst du dich daran was ich beim letzten mal gesagt hab?*

Ich biss mir auf die Lippe. Vom letzten Mal war vor allem die eine Aussage hängen geblieben, die mich in Verzweiflung gestürzt hatte: *»Du hast keine Ahnung, was du angerichtet hast.«*

Alexis: *Ich erinnere mich an alles, aber du hast einiges gesagt.*

Echo: *ich will nicht aufhören*

Echo: *egal was das ist*

Echo: *lass uns nicht aufhören*

Echo: *ok?*

Egal, was das ist … Scheiße, das klang nicht gut. Es klang nach Erwartungen.

Echo: *verlier nicht die nerven*

Echo: *ich weiß was das hier ist*

Ein Lachen entwich mir. In dem Fall …

Alexis: *Ich will auch nicht aufhören.*

Echo: *gut*

Alexis: *Danke für alles.*

Sie hatte keine Ahnung, was es für mich bedeutete.
Ihre Antwort ließ nicht lange auf sich warten.

Echo: *nerv mich nicht*

Echo: *muss jetzt pennen*

Echo: *bye*

Schon wieder musste ich lachen. Wann hatte ich zuletzt so viel gelacht?

Ich legte das Handy neben mein Bett, zog die Decke bis unters Kinn und schloss die Augen.

Es war das erste Mal seit Tagen, dass ich keine fremde Stimme brauchte, um einzuschlafen.

26. KAPITEL

Echo

One, two, three, I'm caught in the middle

Ich traf Tori am nächsten Morgen in der Wohnheimküche, in der Pfanne vor ihr brutzelte duftender French Toast. »Hey, war gestern alles okay bei dir? Ich habe mir Sorgen gemacht.«

»Gestern? Was war gestern?«

Oh. Das Festival. Mein abrupter Abgang. Mir kam es wie ein entfernter Traum vor, dass ich vom Strand zum Wohnheim gerannt war, meinen Herzschlag in den Ohren, der sich mit Mums Stimme vermischt hatte.

Als ich mich an den Tisch setzte, tat es weh. Es war ein guter Schmerz. Der beste, den ich je gehabt hatte, um genau zu sein.

»Ah, ja, alles super, ich war nur müde. Hattet ihr noch Spaß?«

Ihre blauen Augen hinter der Brille glänzten besorgt. »Tut mir wirklich leid, was mit deiner Mutter passiert ist. Ich hatte keine Ahnung, sonst wäre ich nicht so taktlos gewesen und hätte mich über meine ausgelassen.«

»Haben wir nicht über das ständige Entschuldigen gesprochen?« Meine Stimme klang freundlich und entspannt.

Julian kam ebenfalls in die Küche geschlurft, in karierten Boxershorts, Arcade-Fire-Bandshirt und mit ganz kleinen

Augen. »Morgen. Hi, Echo. Gut geschlafen?« Er küsste Tori auf den Scheitel, worauf sie ihm zärtlich eine Hand an die Wange legte, ohne den Blick von mir zu lösen.

Ich grinste. »Wie ein Baby.«

Als er nach einer Kaffeetasse griff, entdeckte ich das Tattoo auf seinem Handrücken. Im ähnlichen Stil wie das von Alexis. Bei Julian schien es eine Art Seil zu sein.

»Hey, was hat es mit dem Tattoo auf sich?«

Schicksalsgöttinnen aus der griechischen Mythologie, erfuhr ich. Es gab drei davon, und er und seine Brüder hatten sich je eine Göttin ausgesucht, für die das jeweilige Symbol stand. Bei ihm war es Lachesis, bei seinem großen Bruder Nic – an dieser Stelle klang er angepisst – Atropos und bei Alexis Klotho.

Noch während er redete, tippte ich unterm Tisch eine Nachricht an Soula.

Echo: *was kannst du mir über die schicksalsgöttin klotho erzählen?*

Ihre Antwort folgte sofort, es war eine Sprachnachricht, fünf Sekunden lang. Nachrichten schreiben fand sie anstrengend.

Ich stand auf, nahm den Kaffee in die Hand, den Tori mir hingestellt hatte, bedankte mich, wünschte ihnen einen schönen Morgen, ignorierte Toris Blick und schlurfte raus in den Flur, während ich mir mein Handy ans Ohr presste, um die Audionachricht abzuhören.

»Echo, weißt du, was für Sorgen wir uns gemacht haben? Luke hat die ganze Nacht nicht geschlafen. Ruf ihn an, oder mich, wie du willst, aber um Gottes willen, *melde dich*!«

Mist. Die verpassten Anrufe auf meinem Handy hatte ich ganz verdrängt. Doch statt in Panik zu verfallen, zuckte ich die Schultern und wählte Lukes Nummer.

Er nahm nach dem ersten Klingeln ab. Sagte nichts. Atmete einfach. Es war nicht das vorwurfsvolle Atmen. Es war das »Ich mache mir gleich in die Hose vor Schiss«-Atmen.

»Hi, sorry, dass ich mich gestern nicht mehr gemeldet habe, ich war todmüde.«

Er sagte immer noch nichts.

»Soll ich zum Frühstück vorbeikommen?«

Mein Blick fiel auf die Wanduhr, die im Flur zwischen Eventplakaten und einem Kalender, in den Geburtstage mit einem roten Marker eingetragen waren, hing.

Ich lachte. »Oder eher zum Mittagessen? Wir könnten es mit einem Strandspaziergang verbinden?« Fröhlicher! »Naaa, was sagst du? Lust, meinen ersten freien Tag mit mir zu verbringen?«

Während ich sprach, ging ich auf den Kalender zu und suchte die Spalten nach einem einzigen Namen ab.

Bingo. 17. Mai.

»Echo, bist du clean?«

Normalerweise hätte ich das Handy vom Ohr genommen, es gegen die Wand gepfeffert und die Tasse mit dem heißen Kaffee hinterhergeschmissen.

Jetzt konnte ich nur lächeln. 17. Mai. Ein Frühlingsgeburtstag.

»Bin ich«, sagte ich ruhig, während ich die Treppen nach unten nahm, mich in Richtung meines Zimmer bewegte, meinen Fehler bemerkte und ans andere Ende des Flurs lief. »Du kannst dich gleich selbst davon überzeugen. Tut mir leid, dass du dir Sorgen gemacht hast. Ehrlich. Es ist alles okay.«

Eine Weile sagte er wieder nichts. Ich verdrehte die Augen. Musste ich noch dicker auftragen?

»Ich schätze, es ist einfach ungewohnt«, fuhr ich fort, während ich das Telefon zwischen Ohr und Schulter klemmte, aufschloss, das Zimmer betrat und die Tür hinter mir schloss. *Dieser Geruch*. Tief inhalierte ich ihn und lehnte mich grinsend gegen die geschlossene Tür. »Mit so vielen verschiedenen Leuten abzuhängen. Ich war gestern ein bisschen scheiße zu Soula, weil ich von der Situation überfordert war. Sie sind alle so nett zu mir, weißt du? Und so normal. Da fühlt man sich schnell unnormal. Aber ich hab's unter Kontrolle. Ich werde es langsam angehen lassen.«

Ich nahm einen großen Schluck Kaffee.

»Echo ...«

Er glaubte mir immer noch nicht. Wir hatten die Kacke jetzt zum dritten Mal hinter uns. Natürlich glaubte er mir nicht. Außerdem sprach ich zu schnell, das hörte ich ja selbst. Zu aufgekratzt.

»Weißt du was, wie wär's, wenn ich einen Test mache? Du hast bei dir doch noch welche?«

Wie gut, dass ein Pinkeltest nicht offenbaren würde, was ich gestern Nacht getrieben hatte. Ich hatte nicht mal geblutet, als ich aufs Klo gegangen war. Fast war ich ein bisschen enttäuscht gewesen. Deshalb freute ich mich umso mehr über die Schmerzen.

Diesmal zögerte er nicht ganz so lang. »Okay.« Er klang müde. »Okay. Soll ich dich in einer Stunde abholen?«

»Jep. Das ist perfekt.«

»Gut.« Er seufzte. »Danke, Echo.«

»Ich hab dich lieb.«

Die Worte gingen mir so leicht über die Lippen. Es fühlte sich nicht ekelhaft an, sie auszusprechen. Und trotzdem nahm ich das Handy vom Ohr und beendete das Gespräch. Heulen wollte ich ihn nicht hören. Das würde ich nicht mal in *diesem* Zustand ertragen.

Ich stellte den Kaffee auf dem Kratzbaum ab, direkt neben der Katze, die mal wieder tief und fest schlief, und rief den

Chat mit Alexis auf. Auf seinem Profilbild war er in einer Großraumküche zu sehen. Nicht im Prisma. Das Umfeld war mir unbekannt, deutlich geräumiger, schicker, um ihn herum standen mir unbekannte Leute. Er trug eine weiße Schürze mit rotem Logo, das ich nicht entziffern konnte, seine Haare waren etwas länger als jetzt, und er grinste breit. In den mehlbestäubten Händen hielt er einen riesigen Laib Brot, in dessen Kruste Buchstaben gestanzt waren: *Artisan Bread Champion.* Sein Grinsen brachte die Grübchen hervor, die mir gestern zum ersten Mal aufgefallen waren, und mein Magen schlug Saltos. Ich hatte mir dieses Bild gestern angeschaut, bis mir das Handy aus der Hand gerutscht und ich in einen unruhigen Schlaf gefallen war.

Ich klickte auf das Nachrichtenfeld und begann zu tippen.

Echo: *bin in einer stunde mit meinem grandpa unterwegs*

Echo: *wenn du den schlüssel willst komm rüber*

Echo: *kann dir abends aber auch helfen das restliche zeug rüberzubringen wenn du tagsüber keine lust hast*

Ein nervöses Flattern in mir. Das klang doch lässig, oder? Ich schüttelte den Kopf und warf das Handy aufs Bett, bevor ich mich auszog und ins Bad ging. Wen interessierte es, ob es lässig klang?

Das Duschwasser war zu heiß, die Seife noch von ihm. Der Duft von Koriander und Mandarine erfüllte den Raum. Ich betrachtete meine Füße zwischen den Dampfschwaden, durch das Wasser wurden sie in Sekundenschnelle krebsrot.

Oder könnte jemand auf Kohlen gehen, ohne dass seine Füße verbrannt würden?

Beim Einseifen ließ ich mir Zeit. Ich berührte jede Stelle,

die er gestern berührt hatte, bohrte meine Nägel in meine Haut, bis sie kleine Halbmonde hinterließen.

Reinige mich von meiner Schuld, dann bin ich wirklich rein; wasche meine Sünde ab, dann bin ich weißer als Schnee.

Ich lachte. Sie war immer noch da. Natürlich. Ich lachte, bis ich verstand, dass ich schluchzte. Das Duschwasser spülte meine Tränen gemeinsam mit ihrer Stimme fort. Dann musste ich mir eben noch ein bisschen mehr Mühe geben, ein bisschen mehr Geduld haben. Jahrelang Gehirnwäsche würde nicht durch zwei Nächte verschwinden.

Ich ließ das Wasser über mein Gesicht fließen, bekam eine Gänsehaut, weil es so heiß war, zitterte, lachte erneut. Erst als von draußen ein lautstarkes Klopfen ertönte, stellte ich das Wasser ab und stieg aus der Dusche. Ich wickelte ein Handtuch um mich und tapste triefend aus dem Bad. Mein Handy zeigte blinkend neue Nachrichten an, doch ich ignorierte es und riss die Tür auf.

Bevor ich auf sein verpenntes Gesicht oder den freien Oberkörper klarkommen konnte, hatte er mich ins Innere gedrückt und die Tür hinter uns geschlossen. Für ein paar Sekunden starrte er mir ausdruckslos in die Augen, dann schlang er die Arme um mich und hob mich leicht vom Boden, bis unsere Gesichter auf einer Höhe waren. Seine nackte Haut fühlte sich kühl an meiner heißen an. Schlaf hing in seinen Wimpern, und seine Lippen waren leicht geschwollen.

»Ich werde dich jetzt küssen«, sagte Alexis, wartete einen Herzschlag lang, vermutlich um mir Zeit zu lassen, Widerspruch einzulegen – ha, er hatte wirklich keine Ahnung, wie schlimm es bereits um mich stand –, und endlich lag sein Mund auf meinem.

Er schmeckte nach Schlaf und Sex. Ich hatte noch nie etwas Köstlicheres probiert.

Viel zu schnell wich er zurück. »Wie geht's dir?«

Statt einer Antwort küsste ich ihn wieder, fester, drängender.

Mum hat gesagt, wenn ich so schnell mit einem Typen schlafe, lässt er mich anschließend links liegen, aber du legst jetzt erst richtig los, was?

Erneut unterbrach er unseren Kuss. »Hast du Schmerzen?«

»Würde dir das gefallen?«

Vielleicht war das so ein allgemeines Ding. Den Körper eines anderen zu brandmarken, zu wissen, dass man dafür verantwortlich war. Wollte ich nicht auch Spuren auf seinem hinterlassen? Etwas Permanentes, etwas, das sich nicht mit Wasser wegwaschen ließ?

»Was?« Er runzelte die Stirn. »Warum sollte mir das gefallen? Ich wollte mich, wenn dann, bei dir dafür entschuldigen.«

»Oh, ja!«, rief ich. »Bitte mehr Entschuldigungen!«

Seine Mundwinkel zuckten. Fast ein Lächeln.

Mein Puls schoss in die Höhe. Ich wünschte, er würde nie wieder lächeln. Ich wünschte, er würde nie wieder etwas anderes tun.

»Mir geht's gut«, ergab ich mich.

»Mir auch. Deine Nachrichten haben mich geweckt. Ich weiß nicht, wann ich das letzte Mal so lange und gut geschlafen habe.«

Hitze durchflutete mich.

Hi, ich bin Echo, und ich bin der Grund dafür, dass Alexis schlafen kann.

»Cool«, entgegnete ich trocken. »Lässt du mich jetzt runter? Ich sollte mich fertig machen.«

»Okay.« Er machte ein paar Schritte, ohne mich loszulassen, und schmiss mich aufs Bett, bevor er über mich kletterte, sich mit den Händen rechts und links neben meinem Kopf abstützte und seine Nase sanft an meiner rieb. »Das ist meine Duschseife«, murmelte er, nachdem er einmal tief eingeatmet hatte.

»Sie gehört jetzt mir. So wie die Katze.«

Ich schlang ihm die Beine um die Taille, wodurch sich mein Handtuchkleid löste. Da er nur eine dünne Jogginghose trug, konnte ich alles darunter spüren.

Ein Grinsen breitete sich auf seinen Lippen aus.

Konnte man vor Glück zerspringen?

Dann ruinierte er es wieder. »Geht's dir wirklich gut?«

Ich küsste ihn. »Hör.« Und küsste ihn. »Auf.« Und küsste ihn. »Damit.«

Unsere Zungen berührten sich. Für ein paar Sekunden hielt er die Klappe und gab mir, was ich brauchte. Für ein paar perfekte Sekunden vergaß ich die Stimme in meinem Kopf, die nach meiner toten Mutter klang.

»Ich will dich heute Abend sehen«, murmelte er und leckte über meinen Hals.

Es war eine Herausforderung, nicht zu stöhnen. »Schauen wir mal, ob ich Lust habe.«

Er biss mich, und ein peinliches Quietschen entwich mir. »Ich will dich jeden Abend sehen, wenn ich ehrlich bin.«

Konnte er nicht einfach mit mir rummachen, ohne diesen Dreck von sich zu geben, der mich weich und erbärmlich und schwach machte?

Ich legte beide Hände an seine Wangen und zwang ihn, mich anzuschauen. Hob betont gelangweilt eine Augenbraue. »Vögelst du andere Leute, wenn ich keine Lust habe?«

Sein Gesichtsausdruck fror wie erwartet ein.

»Hast du Leute, die du regelmäßig triffst?«, probierte ich eine ungefährlichere Variante aus, gelassen, emotionslos.

Er schüttelte den Kopf. »Nicht im Moment. Meistens war ich in einem Club außerhalb von Goldbridge, und es hat sich spontan was ergeben.«

»Okay. Ich frage nur, weil ich mir Gedanken um meine Gesundheit mache. Wenn du parallel mit anderen ins Bett gehst, will ich's wissen. Das ist alles.«

Hahaha. Meine Gesundheit. Ja, genau.

Die Erleichterung, die in seinen Augen aufflackerte, bereitete mir Übelkeit.

»Natürlich.« Er nickte ernst. »Andersrum geht's mir genauso. Ich würde dich niemals einem Risiko aussetzen.«

»Nice.« Ich hauchte ihm einen Kuss auf die Lippen, dann stieß ich ihn von mir runter und stand auf, ohne mich um das Handtuch zu kümmern. Es spielte keine Rolle, wie mein Körper aussah. Er wollte mich heute Abend sehen. Er wollte mich jeden Abend sehen. Nichts spielte mehr eine Rolle.

Ich holte den Schlüssel vom Schreibtisch und warf ihn neben ihn aufs Bett. »Bitte schön. Und jetzt hau ab. Wir sehen uns heute Abend.«

Ohne seine Antwort abzuwarten, steuerte ich das Bad an. Dabei begegnete ich dem Blick der Katze. Sie musste in den letzten Minuten wach geworden sein. Aus riesigen runden Augen starrte sie mich vorwurfsvoll an.

Weißt du, was du da tust?, schien sie mich zu fragen.

Nein, gab ich in Gedanken zurück. *Aber das wusste ich noch nie.*

Wie wild geworden putzte ich meine Zähne und betrachtete währenddessen meinen Oberkörper im kleinen Spiegel über dem Waschbecken, als sähe ich ihn zum ersten Mal. Er schien zu einer Fremden zu gehören.

Als ich hörte, wie die Tür im Nebenraum zufiel, zuckte ich zusammen. Ich spuckte aus. Spülte mir den Mund aus, trocknete mich ab. Und dann ließ ich mich auf den Boden sinken, zog meine Knie an die Brust und begann vor lauter Überforderung zu heulen.

27. KAPITEL

Echo

The terror and the horror

Ich schwebte durch die nächsten Wochen. Wenn ich nicht mit Alexis zusammen war, nahm ich nichts richtig wahr, war wie in Watte gepackt, doch gleichzeitig fiel es mir so leicht wie seit Ewigkeiten nicht mehr, nach außen hin normal zu erscheinen. Luke war misstrauisch, Soula noch viel mehr, aber sie konnten mir nichts anhängen. Ich schlug mehrmals von mir aus vor, in einen Becher zu pinkeln, und je öfter die Tests *Negativ* anzeigten, desto mehr waren sie gezwungen, mir zu vertrauen. Ich lächelte, ich nickte, ich führte Gespräche.

Darcy und Tori suchten immer wieder Kontakt zu mir. Mit jedem Tag wurde es einfacher, mit ihnen zu reden, denn anders als am Abend auf dem Festival gab ich mir jetzt keine Mühe mehr, ihnen zu gefallen. Es war mir egal, weil mir alles außer Alexis egal war.

Die schönsten Tage waren die, an denen Ginevra freihatte und Dani in einem anderen Bereich als in der Patisserie gebraucht wurde. Seine Hände auf meinen Hüften, sobald wir für ein paar Sekunden allein waren. Seine Worte, geflüstert, nur für mich bestimmt. Die ersten Worte, die er im Prisma zu mir sagte: »Ich muss die ganze Zeit an dich denken.«

Ich war mir nicht sicher, ob ich den Sex mehr mochte oder

die Zweisamkeit in der Küche, wenn er mir zeigte, wie man Macarons machte, Sorbet zubereitete, Schokomousse, verschiedene Torten oder Brotteige herstellte. Am liebsten waren mir die Verzierungen. Blumen und Ornamente aus Buttercreme, in allen erdenklichen Farben und Formen. Das Beste daran war, egal, wie viele Fehler man machte, man konnte die Creme wieder abschaben und neu beginnen, bis das Ergebnis zufriedenstellend war. Ich machte mir nichts vor. Es bereitete mir Freude, ich war gut darin, weil ich mit ihm zusammenarbeitete. Weil ich die Leidenschaft in seinen Augen sah, wenn er etwas Perfektes mit seinen Händen erschuf, wenn eine neue Kreation besonders gut gelang. Weil ich wollte, dass er mich mit derselben Leidenschaft ansah. Später, unter der Bettdecke, flüsterte er mir zu, wie gut ich mich angestellt hatte, während er sich meinen Körper hinabküsste, was ihn besonders beeindruckt, bei welchem Schritt ich ihn überrascht hatte.

Mums Stimme in meinem Kopf wurde immer leiser. Ich hatte eine neue Religion gefunden, und sie hatte nichts mit Verboten, Zwängen oder Regeln zu tun. Nur mit seinem Körper, seinem Geruch, seiner Stimme.

Der Sex wurde noch besser. Nachts erlaubte ich mir, alles rauszulassen, was ich tagsüber unterdrückte. Ich krallte mich an ihm fest, kratzte über seinen Rücken, zog ihn an mich, schrie, keuchte, stöhnte seinen Namen. Es war ein Wunder, dass sich noch niemand auf dem Flur wegen der Lautstärke beschwert hatte. Je krasser ich auf ihn reagierte, desto mehr belohnte er mich. Während er in mir drin war, sagte er mir, wie heiß ich war, wie verrückt ihn der Gedanke an mich machte, wie er nichts mehr tun konnte, ohne an mich zu denken. Wenn es mir zu viele Komplimente wurden, erstickte ich seine Worte mit meinem Mund, aber später, wenn ich allein war, holte ich sie wieder hervor und spielte sie in Dauerschleife ab, bis ich so sehr schluchzte, dass meine

Zähne aufeinanderschlugen. Danach fühlte ich mich nicht beschmutzt oder beschädigt, sondern wie neu.

Wir schliefen nie zusammen ein, auch wenn er mich nach dem Sex so fest umklammert hielt, dass ich beinahe wegpennte, weil es sich verdammt gemütlich anfühlte. Er sorgte jede Nacht dafür, dass wir uns verabschiedeten, egal wie müde wir waren. Jedes Mal, wenn er ging oder mich rauswarf, drohte der Abgrund mich zu verschlingen, und die Gedanken an Drogen kehrten zurück. Dann half es nur, die Katze zu kuscheln und mich daran zu erinnern, dass ich bald mehr bekommen würde.

Die Tatsache, dass Alexis nicht mal Alkohol trank, machte es noch einfacher, stark zu bleiben. Die Momente der Versuchung wurden weniger und weniger. Wenn ich nicht bei der Arbeit oder mit ihm zusammen war, war ich bei Soula oder Luke. Es machte mir nicht mal mehr etwas aus, wenn mich Dani fragte, ob ich eine Kippe mit ihr rauchen wollte, auch wenn ich noch so oft verneinte.

Doch dann kam eine Situation, die meine neue Gelassenheit auf die Probe stellte. An einem verregneten Freitagabend im Oktober während eines NA-Treffens in der Kirche. Außer Soula, Linda und mir war nur noch die junge Frau mit dem schwarzen Bob und den abgekauten Nägeln da. Am Anfang hatten Soula und ich uns erleichtert angegrinst und mit unseren Teebechern zugeprostet, weil Isaac nicht anwesend war, aber dann begann die Schwarzhaarige zu erzählen, und meine Erleichterung verabschiedete sich.

»Hallo, ich bin Betty, und ich bin süchtig.«

Sie trug ein schwarzes Oberteil mit transparenten Ärmeln, sodass mir die Ritzspuren auf ihren Unterarmen ins Auge sprangen. Ihre Stimme klang brüchig und gehetzt zugleich.

»Hallo, Betty«, sagten Soula, ich und Linda wie aus einem Mund. Letztere nickte ihr mit einem strahlenden Lächeln zu, und ich unterdrückte das Bedürfnis, meinen Tee nach ihr zu werfen. Ihr grellroter Lippenstift klebte an den Zähnen.

»Ich weiß nicht, wieso er mich nicht liebt«, fuhr Betty fort, den Blick auf ihre Gummistiefel gerichtet. »Ich habe alles gemacht, was er von mir wollte. Ich stehe jeden Morgen auf, wenn der Wecker klingelt, gehe zur Arbeit, versuche, dort niemanden umzubringen oder was aus dem Medikamentenschrank zu klauen. Ich trinke nicht mal Kaffee oder Zuckerzeug, nur stilles Wasser. Ich rede mit meinen Kollegen, als würde ich sie nicht hassen, lächle sogar die Patienten an. Und dann komme ich nach Hause, esse sein widerliches Essen, spiele mit der Kleinen und schaffe es sogar manchmal, ihm einen zu blasen, nachdem ich sie ins Bett gebracht habe. Und dann sagt er heute Morgen … Er sagt allen Ernstes zu mir, er weiß nicht, ob es so weitergeht?« Mit gierigen Atemzügen holte sie Luft, schüttelte den Kopf. »Er ist der einzige Grund, wieso ich die Scheiße hier überhaupt mache. Alle sagen, ich soll an meine Tochter denken.« Sie lachte hohl. »Meine Tochter kann mich mal. Ihr könnt mich verurteilen, soviel ihr wollt, aber ihr habt keine Ahnung, wie beschissen nervig Kinder sind. Das sind kleine Narzissten. Denen ist alles egal, was nichts mit Essen oder Spielen zu tun hat. Von Dankbarkeit haben die noch nie was gehört. Nein, nein, scheiß auf Jenna, für sie mache ich es garantiert nicht, ich mache es nur für *ihn*. Wenn er nicht mehr will, wenn er mich nicht mehr liebt …«

Ihr Schluchzen zerriss die plötzliche Totenstille. Das hielt sie dummerweise nicht lang vom Weitersprechen ab.

»Er schaut mich nicht mehr so an wie früher. Egal, wie schlimm es wurde, da war immer dieser Blick. Wenn er mich jetzt anschaut, ist da nichts als Leere. Was muss ich noch tun? Was erwartet er von mir? Ich liebe ihn, wie ich noch nie jemanden geliebt habe. Ich liebe ihn mehr als mein bescheuertes

Leben. Wenn er mich verlässt … Ich …« Sie brach ab, ihr Schluchzen wurde zu heftig.

Linda beugte sich behutsam zu ihr rüber, tätschelte ihr den Rücken und drückte ihr die geblümte Tempobox in die Hände. Eins musste man ihr zugutehalten – sie sah kein bisschen schockiert aus.

Übelkeit machte sich in mir breit. Betty widerte mich an. Alles an ihr. Ihre Stimme, die Worte, ihr Äußeres. Während sie gesprochen hatte, war eine unbändige Wut in mir hochgekocht. Ich presste die Lippen zusammen, um der Versuchung zu widerstehen, etwas Dummes zu sagen. Leider wusste ich, was meine Gefühle zu bedeuten hatten. Je heftiger ich auf einen anderen Junkie reagierte, je mehr ich die Person verachtete, desto mehr sah ich mich in ihr.

»Ich weiß genau, wie beschissen nervig Kinder sind.« Mein Kopf ruckte zu Soula. Ihr Blick war auf Betty gerichtet, und eine wilde Entschlossenheit lag in ihrer Stimme. »Und ich würde dich niemals dafür verurteilen. Ich selbst habe deutlich Schlimmeres über meine Tochter gesagt. Nicht nur über, sondern auch zu ihr.«

Betty putzte sich geräuschvoll die Nase, bevor sie Soulas Blick erwiderte. Ich hatte Wut erwartet – damit reagierte ich meistens, wenn einer der anderen Vollpfosten mit mir zu sympathisieren versuchte –, doch ihre mit schwarzem Kajal umrandeten Augen leuchteten plötzlich geradezu auf. »W-wirklich?«

Aus dem Augenwinkel sah ich Soula nicken. »Unter anderem habe ich ihr gesagt, dass ich wünschte, sie wäre nie geboren worden. Ich habe ihr die Schuld für meine Sucht gegeben. Ich habe gesagt, hätte ich sie nie bekommen, wäre nicht nur ich ein besserer Mensch, sondern die Welt ein besserer Ort.«

Bitte was?

Für einen Moment vergaß ich zu atmen. *Was* hatte sie da gesagt?

Seit wir uns kannten, hatte ich nur Bruchstückhaftes aus ihrer Vergangenheit erfahren. Um ehrlich zu sein, hatte ich mich nie besonders dafür interessiert, denn der Fokus unserer Gespräche hatte auf meinem Hass auf meine Mutter und auf diese Dreckswelt gelegen. Wenn sie während NA-Meetings etwas aus ihrem Leben erzählte, war es meistens religiöses Gelaber, die Herrlichkeit des Herrn, bla, bla, und ich schaltete ab. Ich wusste, dass sie nach Goldbridge gekommen war, weil sie Familie in der Nähe hatte, das Verhältnis zu dieser jedoch schwierig war. Aber *das*?

Ein ungläubiges Lachen entwich Betty. »Das ist furchtbar.«

Soula schlug ihre Beine übereinander. »Ja, nicht wahr?«

»Hast du noch Kontakt zu ihr?«

»Nein, sie hat mir nie verziehen. Damals bin ich ihr in der Hoffnung, sie würde eines Tages wieder mit mir sprechen, nach England hinterhergezogen, doch bis heute kam der Tag nicht. Dafür meldet sich meine Enkelin manchmal bei mir. Ich bin mir sicher, wenn sie das herausfindet, verbietet sie ihr den Kontakt. Ich würde sie verstehen.«

Betty lachte erneut. »Okay, danke. Jetzt geht's mir besser.«

Ein hohes Piepsen erklang in meinen Ohren, und mein Herz donnerte gegen meine Rippen.

Linda schaute stirnrunzelnd zwischen den beiden hin und her. »Danke für den Beitrag, Soula. Betty, danke dir für den ehrlichen Gefühlsbericht. Wir wissen dein Vertrauen alle sehr zu schätzen. Was haben wir aus dieser Interaktion gelernt?« Selig lächelnd schaute sie in die Runde.

Dass wirklich auf keinen einzigen Menschen Verlass war?

Es fühlte sich an, als hätte mich Soula mit ihrer Offenbarung geschlagen. Hatte sie deshalb meine Sponsorin sein wollen? Weil sie genau wie Luke ihr Trauma auf mich übertrug und sich eine Art Absolution erhoffte, wenn sie es schaffte, mir zu helfen? Wollten mich eigentlich alle verarschen?

»Richtig!«, beantwortete sich Linda die Frage auch schon selbst. »Niemand von uns ist vollkommen, doch das bedeutet nicht, dass wir verloren sind. Im Gegenteil, das macht uns menschlich. Betty, ich würde mich gerne auf etwas konzentrieren, was du erwähnt hast – die Liebe zu einem anderen Menschen, die während unserer Heilung eine Unterstützung, aber manchmal auch eine zusätzliche Belastung sein kann, weil wir unseren ganzen Selbstwert und unser Glück von dieser einen Person abhängig machen.«

Ich sollte mir die Ohren zuhalten. Das konnte nicht gut enden.

»Du hast erwähnt, dass du den Entzug nur für deinen Partner machst.«

Eine Weile sagte niemand was. Dann verdrehte Betty die Augen und wischte sich mit einem neuen Taschentuch die Mascaraspuren weg. »Man wird ja mal Dinge überspitzt formulieren dürfen. Natürlich mache ich es nicht nur für ihn. Ich mache es auch für mich.«

An ihrer unnatürlich hohen Stimmlage war zu erkennen, dass sie das nur sagte, weil sie sich ertappt fühlte. Das wusste ich, weil auch ich sie verwendete, wenn ich in der Klemme saß. *Nein, nein, alles okay. Natürlich hab ich nichts genommen. Reagier doch nicht über, ich habe das im Eifer des Gefechts gesagt! Natürlich liegt mir was an meinem Leben. Natürlich glaube ich, dass es mir besser gehen wird, nachdem ich den Entzug gemacht habe. Natürlich habe ich Hoffnung, obwohl die Wahrscheinlichkeit, dass man innerhalb eines Jahres rückfällig wird, bei fünfundachtzig Prozent liegt.*

Lindas Lächeln war nach wie vor warm und einladend, doch ihr Blick verriet mir, dass sie Betty den Bullshit ebenfalls nicht abkaufte. »Die Liebe eines Menschen kann sich wie die ultimative Erlösung anfühlen, besonders in der Phase unmittelbar nach einem Entzug«, sagte sie sanft. »Aber wir können die eine Sucht nicht durch die andere ersetzen. Denn wenn dieser Mensch sich dazu entscheidet, uns zu verlassen, bricht das ganze System in sich zusammen.«

Lalala, hör nicht hin, lalala, es geht nicht um dich, sie redet von Liebe, was du mit Alexis hast, ist so weit entfernt von Liebe wie Betty von Heilung.

»Das umfasst auch die körperliche Liebe. Betty, Darling, es klingt nicht so, als hättest du Spaß daran, sondern eher, als würdest du es nur tun, um deinen Partner an dich zu binden. Du weißt …«

Weißes Rauschen in meinen Ohren. Ihre Stimme war nichts als ein weit entferntes Hintergrundgeräusch.

Mein Blick glitt an Bettys Gesicht vorbei und fixierte das bunte Mosaikfenster. Ich spürte, wie Soula mich ansah. Die Verräterin konnte mich mal. Ich würde ihr garantiert nicht die Genugtuung gönnen und Emotionen zeigen. Das hatte sie nicht verdient.

Es war alles in Ordnung. Ich hatte es unter Kontrolle. Das mit Alexis war nicht mit der toxischen Scheiße zu vergleichen, von der Betty erzählt hatte. Ich konnte nicht von ihm verlassen werden, weil ich nämlich nicht mit ihm zusammen war. Ich liebte ihn nicht, weil das lächerlich gewesen wäre.

Es war alles in Ordnung.

Nicht wahr?

28. KAPITEL

Alexis

The glamour and the trauma

Nic: *Wie geht's dir?* 😉

Es war kurz vor Feierabend an einem Samstag, und ich war gerade dabei, ein neues Rezept zu probieren, das Tori und Julian kreiert hatten – scharfe Auberginen-Bruschetta zu cremigem Kartoffelgratin mit einer Kokoskruste –, als mein Handy die neue Nachricht anzeigte.

Ein Grinsen lag auf meinen Lippen, während ich die Antwort tippte.

Alexis: *Verdammt gut. Und dir?*

Es war das erste Mal seit Monaten, dass ich die Worte zu hundert Prozent ernst meinte. Weil ich so gute Laune hatte, machte ich ein Foto von dem halb leer gegessenen Teller und meinem ausgestreckten Daumen davor und schickte es ihm.

Tori gab einen Laut von sich, halb Empörung, halb Lachen. »An wen hast du das geschickt? Ich hätte dich ein NDA unterschreiben lassen sollen. Das ist topsecret!«

Mein Grinsen wurde breiter, während ich das Display in ihre Richtung drehte.

Sie erwiderte mein Lächeln vorsichtig, dann schaute sie sich blitzschnell um. Wir standen im Entremetier-Bereich, und mit großer Sicherheit machte sie sich Sorgen, dass Julian gleich wieder vom Klo zurückkehren und es mitbekommen würde. Er reagierte allergisch auf unseren großen Bruder. Noch allergischer als ich die letzten Wochen auf Julian reagiert hatte. Was daran lag, dass meine Wut mit jedem weiteren Tag, der mit Echo endete, in den Hintergrund rückte.

An Tagen wie diesen vergaß ich auch, dass ich Tori gegenüber nicht so offen sein sollte, weil sie jedes Detail an Julian weitergeben würde. Im Moment war es mir schlichtweg egal. Ich hatte über sechs Stunden am Stück geschlafen, nachdem Echo und ich mal wieder das ganze Stockwerk unterhalten hatten. Sie hatte erst später Zeit gehabt, weil ihr Großvater sie gebraucht hatte. Luke und sie schienen ein enges Verhältnis zu haben. Soweit ich wusste, verbrachte sie die Freizeit, in der sie nicht mit mir zusammen war, mit ihm. Oder mit Soula, die ungefähr so alt wie Luke war und die ich nur vom Sehen kannte.

Als Echo gestern in mein Zimmer gekommen war, hatte sie sich den Pullover über den Kopf gezogen, noch bevor die Tür hinter ihr zugefallen war. Der Sex war erst aggressiv und hart und zum Schluss genau das Gegenteil gewesen. Danach war ich friedlich eingeschlafen. Das war keine Seltenheit. Weder der Sex noch die durchgeschlafenen Nächte. In den letzten Wochen hatten wir jeden Abend so verbracht, und langsam wirkte es sich nachhaltig auf meine Gesundheit aus. Nach wie vor bekam ich den Mund im Prisma nicht auf – nur wenn Echo und ich zu zweit waren, gelang es mir, ein paar geflüsterte Worte hervorzubringen, was bereits an ein Wunder grenzte –, doch die Panikattacken blieben aus. Ich hatte schlichtweg keine Zeit mehr, denn jede Sekunde war entweder mit Arbeit, mit Sex oder mit Vorfreude auf Sex gefüllt. Wenn Echo erst später Zeit hatte, schrieben wir so lange miteinander, bis sie bei mir war. Mal ging es darum, auf welche Weise wir uns später vögeln wollten, mal schrieb ich ihr, welche Bestellung wir erhalten hatten und was ich ihr am nächsten Tag bei der Arbeit zeigen wollte. Ich liebte es, wie emotionskalt sie mir schrieb, nur um später unter der kleinsten Berührung von mir zu zerfließen. Die Sorge, dass ich ihr schaden könnte oder sie unsere Nächte nicht ebenso genoss wie ich, war verschwunden.

Auch im Prisma machte es mir wieder mehr Spaß. Wenn ich ihr zeigte, wie man eine Süßspeise herstellte, hatte ich ihre ungeteilte Aufmerksamkeit. Ihre Kein-Bock-Einstellung vom Anfang hatte sich in Begeisterungsfähigkeit verwandelt, und sie lernte schnell. Ihr meine Leidenschaft für die Konditorei näherzubringen, erinnerte mich daran, dass es eine Zeit gegeben hatte, in der ich jeden Tag voller Tatendrang aus dem Bett gesprungen war, weil ich es nicht erwarten konnte, etwas Neues in der Küche auszuprobieren.

Heute war der erste Tag, an dem sie freihatte und ich nicht. Zuerst hatte ich mir Sorgen gemacht, ob ohne sie meine Panik hervorkriechen würde, aber dann war die Zeit erstaunlich schnell und ohne Zwischenfall vergangen. Im Restaurant war nicht viel Betrieb gewesen, aber ich hatte Kardamom-Donuts mit Rosenglasur und Pistaziencremefüllung für einen Geburtstag hergestellt, was Dani, Ginevra und mich auf Trab gehalten hatte. Immer, wenn ich zwischendurch Zeit gehabt hatte, hatte ich Echo Updates geschickt.

Mein Handy vibrierte.

Nic: *Das freut mich! Gibt's einen besonderen Anlass dafür? Bei mir läuft es gerade irgendwie nicht so gut.*

Ich starrte auf die Nachricht. Erst gestern hatte er mir Auszüge aus seiner neuen Fotostrecke und dann ein Bild aus seinem schicken Airbnb geschickt. Meinte er etwa, es ging ihm *psychisch* nicht so gut? War meine Ehrlichkeit der Grund für seine?

Alexis: *Was ist los? Willst du reden?*

Nach kurzem Überlegen löschte ich die zweite Frage wieder, bevor ich die Nachricht abschickte.

Er war online. Begann zu tippen. Hörte auf. Begann wieder. Sekundenlang ging das so weiter, bis ich eine Antwort bekam. Ein Selfie. Er befand sich in einem Whirlpool und grinste in die Kamera. Die etwas längeren dunkelblonden Haare waren nass und nach hinten gekämmt, was seine markanten Gesichtszüge betonte. Seine blauen Augen strahlten.

Manchmal betrachtete ich sein Gesicht und fragte mich, wieso er im Gegensatz zu Julian und mir kein bisschen wie Mum, sondern nur wie Dad aussah. Und wieso ich keine Wut verspürte, wenn ich ihn anschaute, obwohl er einfach abgehauen war. Da war nur Wehmut.

Nic: *Ach, nur Stress bei der Arbeit. Das wird schon wieder!*

Sollte ich erleichtert sein? Oder mir jetzt erst recht Sorgen machen?

»Hey, alles gut?«

Ich schaute auf. Tori. Ich hatte sie ganz vergessen – und auch nicht mitbekommen, wie Julian zurückgekommen war.

Behutsam lächelte er mich an. »Bleibst du heute für die Snack Night? Rico hat gekocht. Massenweise Caldo verde und Gazpacho.«

Ich schüttelte den Kopf, bemühte mich aber, dabei nicht angepisst auszusehen. Ich hatte Besseres als die Snack Night zu tun, auch wenn es verdammt lecker duftete.

Rico stand ein paar Meter von uns entfernt am Herd und drehte sich jetzt zu uns um. »Ich pack dir was ein, wenn du gleich losmusst, Alex. Ist so gut wie fertig.«

Dankbar lächelte ich ihm zu.

Julians Blick brannte nach wie vor auf mir. In den letzten Wochen hatte er nicht lockergelassen. Fast jeden Tag fragte er mich, ob ich was mit ihm unternehmen wollte, obwohl ich ihn jedes Mal abblitzen ließ.

»Okay«, sagte er leise. »Mum will kurz mit uns reden. Kommst du mit hoch?«

Automatisch versteifte ich mich. Nein, ich wollte nicht mit hochkommen. Ich wollte auch nicht mit unserer Mutter reden. Weder kurz noch lang. Die Interaktionen mit ihr waren in letzter Zeit ähnlich wie mit Julian abgelaufen, nur dass sie mir deutlich mehr Freiraum ließ.

Ich atmete tief durch. Es wären nur ein paar Minuten, dann war es geschafft. Anschließend konnte ich zurück ins Wohnheim und den ganzen Scheiß vergessen. Echo war gerade bei Luke zum Abendessen, danach würde sie auf direktem Weg zu mir kommen. *Vielleicht zieh ich unterwegs auch schon die Unterwäsche aus*, hatte sie mir geschrieben und damit Vorfreude durch meinen Körper pulsieren lassen.

Also zwang ich mich, Julian in die Augen zu schauen und zu nicken. Ich würde es schaffen.

Nachdem ich mich mit einem Lächeln bei Tori für die Kostprobe bedankt hatte, setzte ich mich in Bewegung. Julian folgte mir.

Mit großen Schritten lief ich durch den Flur und ignorierte die neugierigen Blicke unserer Mitarbeiter, die gerade aus der Umkleide kamen. Am Ende des Flurs befand sich eine Treppe, die wir nach oben ins Büro nahmen, wo Julian die Tür hinter uns schloss.

Es war unaufgeräumt wie immer. Mehrere Tassen standen

herum, Ordner, alte Michelin-Guides, Notizblöcke. In der Küche war Mum die ordentlichste Person, die ich kannte, kaum hatte sie ein Utensil verwendet, war es schon abgewaschen und befand sich wieder am richtigen Platz, doch hier und in ihrer und Dads Wohnung herrschte das pure Chaos – wenn er nicht aufräumte. Ich wollte mir nicht ausmalen, was für einen Saustall sie in den letzten Wochen ohne ihn dort veranstaltet hatte.

Mum saß, eine randlose Lesebrille auf der Nase, über den Laptop gebeugt am Tisch. Als sie uns erblickte, stand sie sofort auf und lächelte.

Zurücklächeln konnte ich nicht, aber dafür gab ich mir Mühe, ihren Blick zu erwidern. Sie trug einen olivfarbenen Hosenanzug, ihr Haar war nach hinten gebunden, und sie wirkte gut gelaunt. In den wenigen Momenten, in denen ich mir erlaubt hatte, sie in den letzten Wochen näher zu betrachten, war mir aufgefallen, dass sie nicht mehr so müde aussah.

Vielleicht ist ihr endlich aufgefallen, dass ihr Leben deutlich besser ist, wenn Dad weg ist.

Der Gedanke war erleichternd und erschreckend zugleich.

»Hi, ihr zwei«, rief sie. »Danke fürs Hochkommen. Alles gut?« Dabei sah sie ausschließlich mich an.

Ach, jetzt plötzlich zählte mein Befinden.

Kurz nachdem sie Dad in die Entzugsklinik gebracht hatte, war die Wahrheit eines Tages aus mir herausgebrochen. *»Von mir aus kann er für immer wegbleiben«*, hatte ich erwidert, als sie irgendwas davon geredet hatte, dass nun alles wieder gut werden würde, und mich selbst damit überrumpelt. Julian war ebenfalls dabei gewesen. Danach hatte er mich tagelang mit Fragen bombardiert, die ich ihm weder beantworten wollte noch konnte.

Ich nickte. Was sollte ich auch sonst tun? Versuchen, erneut das Schweigen zu brechen und ihr zu sagen, dass sie sich ihr geheucheltes Interesse sonst wohin stecken konnte und mit der Sprache rausrücken sollte, damit ich schnellstmöglich hier wegkam?

Sie holte tief Luft. »Euer Vater wurde heute entlassen.«

Ihr Gesicht verschwamm vor meinen Augen. Mein Herz polterte zu schnell in meiner Brust.

Es sollte keine Überraschung sein. Am Anfang hatte Mum uns mitgeteilt, dass es nur für einen Monat sein würde, doch dann war Woche für Woche vergangen, ohne dass er zurückgekehrt war, und ein Teil von mir hatte eine irrationale Hoffnung empfunden. Was, wenn er nie wieder zurückkam? Was, wenn er für immer in dieser Klink blieb?

Ich war so ein Vollidiot.

Was auch immer Mum in meinem Gesicht entdeckte, es schien zu viel für sie zu sein, denn sie schaute endlich weg und nahm Julian ins Visier. »Ihr wisst, es war nicht geplant, dass er überhaupt so lang weg ist, aber wir haben in den letzten Wochen immer wieder telefoniert, und ich habe gespürt, wie wichtig diese Auszeit für ihn ist, deshalb habe ich ihn ermutigt, sich Zeit zu nehmen. Dank Tori in der Küche und eurer tollen Arbeit hat es ja auch ganz gut hier geklappt. Aber jetzt ist er bereit.« Ihr Lächeln wurde breiter, Freudentränen glänzten in ihren Augen. »Er ist endlich bereit. Er vermisst euch so. Und er freut sich darauf, euch wiederzusehen. Wie wär's, wenn wir heute alle zusammen bei uns zu Hause essen, statt an der Snack Night teilzunehmen?«

Wie sehr ich sie darum beneidete, dass sie einfach alles ausblenden konnte, was nicht in ihre Weltanschauung passte. Ich ballte die Hände zu Fäusten. Vielleicht war Neid das falsche Wort.

Wenn ich ehrlich zu mir war, wusste ich, dass meine Reaktion unfair war. Sie hatte genug eigene Sorgen. In den letzten Monaten hatte sie eigenständig ein Restaurant leiten müssen. Damals, als die Panikattacken angefangen hatten und ich immer weniger gesprochen hatte, hatte sie fast täglich versucht, unter vier Augen mit mir zu reden; sie war diejenige gewesen, die den Therapeuten ausgesucht hatte. Sie hatte erst aufgehört zu kämpfen, als klar geworden war, dass ihre Hilfe alles verschlimmerte. Es hatte eine Phase gegeben, da hatte ich jedes Mal zu heulen und zu zittern begonnen, wenn sie den Raum betrat. Ich hatte Angst davor gehabt, was ich ihr antun würde, wenn sie weiter auf mich einredete. Diese Angst spürte ich immer noch, inzwischen hatte ich mich nur besser unter Kontrolle und hielt sie zusammen mit den Worten unter Verschluss, wenn Mum in Reichweite war.

Vermutete sie, dass etwas zwischen Dad und mir vorgefallen war? Hatte sie ihn darauf angesprochen? Hatte er ihr erzählt, wie erbärmlich ich war?

Mein Herz raste. Blut schoss in mein Gesicht. Ich war nicht stark genug. Ich war nicht halb so stark wie Mum. Sie war durch die Hölle gegangen und hatte es trotzdem geschafft, sich ein neues Leben aufzubauen. Sie war nicht im Selbstmitleid versunken wie ich. Sie half anderen Menschen. Sie war nicht das Problem. Und trotzdem wollte ich sie packen und schütteln. Sie anbrüllen, wieso sie mich nicht beschützt hatte, wenn sie doch ganz genau wusste, wie es sich anfühlte. Wieso sie die Anzeichen nicht erkannt hatte. Sie war meine Mutter, verfluchte Scheiße. Wo war ihre Intuition?

Das Bedürfnis zu schreien nahm alles ein. Ich musste mich zusammenreißen. Wenn ich nicht aufpasste, würde ich explodieren und anfangen, das Büro zu zerstören.

»Klar«, sagte Julian. »Ich komme gern.« Seine Stimme klang nicht halb so fröhlich wie ihre. Ich konnte mich nicht damit auseinandersetzen, was das zu bedeuten hatte.

Ich musste weg hier. Nicht mehr lange, und ich konnte für nichts mehr garantieren. Ein weiteres Wort, und es wäre zu spät.

Mit letzter Willenskraft drehte ich mich um, griff nach der Türklinke und floh.

Meine Knie drohten einzuknicken, aber ich klammerte mich am Geländer fest und kämpfte mich weiter. Unten angekommen, stürmte ich in die Umkleiden, ignorierte alle um mich herum, blendete ihre Stimmen aus, ihre Gesichter, griff nach meiner Jacke und meinem Rucksack. Dann rannte ich durch die Küche, vorbei an Darcy, an Tori, Dani, Rico, an den gedeckten Tischen, in den Felsgang und raus. Die kühle Oktoberluft trieb mir Tränen in die Augen.

Für den Bruchteil einer Sekunde stellte ich mir vor, auf die Straße zu treten, ohne nach rechts oder links zu schauen. Stehen zu bleiben und einfach ...

»Alexis!« Julians atemlose Stimme hinter mir.

Nein. Ich würde weiterlaufen, die Straße hoch zum Wohnheim, scheiß auf die Übelkeit, scheiß auf meinen Herzschlag, ich war gleich wieder in Sicherheit. Bald würde Echo kommen, sie würde mich retten, ich würde mich in ihrem Körper verlieren, und alles würde gut werden.

Er ist zurück. Dad ist zurück.

»Alexis, bitte bleib stehen!«

Ich blieb nicht stehen. Stattdessen beschleunigte ich meine Schritte, während Tränen mir übers Gesicht liefen.

Er stellte sich mir in den Weg. Als ich um ihn herumlaufen wollte, schnellten seine Hände vor, um mich festzuhalten, doch ich zuckte so heftig zurück, dass er sie augenblicklich wieder sinken ließ. Julian kapierte es am allerwenigsten. Er verstand nicht, wie kurz davor ich war, ihn zu Boden zu drücken und auf sein Gesicht einzuschlagen, bis nur noch blutiger Brei zu sehen war.

Der Gedanke ließ meinen Herzschlag aussetzen. Ich konnte nicht richtig atmen. Ich musste weg. Ich brauchte Echo. Jetzt.

»Alex, sag mir, was er getan hat.«

Ich erstarrte.

»Sag mir, was er dir angetan hat, und ich schwöre dir, ich stehe auf deiner Seite.«

Er hatte noch nie so etwas zu mir gesagt. Es war immer eine Variation derselben Fragen gewesen: Was ist passiert? Was macht dir Angst? Wie kann ich dir helfen? Er hatte nie Dad ins Spiel gebracht. Nie. Ich war davon ausgegangen, dass er genauso die Augen vor der Wahrheit verschloss wie Mum. Julian vergötterte unsere Eltern.

Aber nein. Auch das war nicht die ganze Wahrheit. Als Dad ein einziges Mal im Prisma ausgerastet und drauf und dran gewesen war, mich zu beleidigen, war Julian auf ihn losgegangen. *»Wag es nicht, so mit ihm zu reden!«*, hatte er völlig außer sich gebrüllt. Ich war aus dem Restaurant gerannt und hatte unten am Strand eine Panikattacke erlitten. Und immer und immer wieder war ein einziger Gedanke aufgetaucht: Was, wenn wir alle Monster waren? Was, wenn das unser Schicksal war?

Plötzlich vernebelte mir die Hoffnung das Hirn. Für den Bruchteil einer Sekunde sah ich es vor mir. Wie ich den Mund öffnete, wie die Worte Stück für Stück aus mir hervorbrachen, wie er mich in den Arm nahm, wie er verstand.

Ich schüttelte den Kopf, hin und her, bis meine Tränen flogen.

»Ich weiß nicht, wieso du aufgehört hast, mir zu vertrauen.« Julians Stimme brach, auch seine Augen glänzten. »Es macht mich fertig. Ich weiß, dass es was mit Dad zu tun hat und damit, dass ich ihn dazu gebracht habe, den Entzug zu machen. Aber es geht jetzt nicht um mich. Es geht darum, was mit dir passiert ist. Sag es mir, und ich schwöre, ich werde alles tun, um dir zu helfen.«

Das war der Grund. Ich hatte aufgehört, ihm zu vertrauen, weil ich ihn dafür hasste, dass Dad auf ihn gehört hatte, aber nie auf mich. Dass er mal wieder unsere gesamte Familie rettete und ich im Hintergrund verschwand. Nur mich, mich hatte er nie retten können. Und das zerstörte ihn.

»Ich weiß, was du von mir denkst. Ich weiß, dass du mir nicht glaubst. Aber ich bin nicht mehr der alte Julian. Ich habe dazugelernt. Ich weiß, dass unsere Eltern nicht perfekt sind. Ich werde sie nicht mehr auf Teufel komm raus in Schutz nehmen. Alex, bitte …« Die Tränen liefen ihm inzwischen ebenfalls übers Gesicht.

Ich hasste ihn dafür. Und gleichzeitig wollte ich den Abstand zwischen uns überwinden und ihn in den Arm nehmen. Ich wollte doch nur meinen großen Bruder.

»Bitte, lass mich dir helfen«, brachte er schniefend hervor. »Wenn du Dad nicht sehen willst, dann wirst du einen guten Grund dafür haben. Ich tue alles, was du willst. Bitte, sag mir die Wahrheit. Ich kann sie ertragen.«

Nein, kannst du nicht! Gar nichts kannst du ertragen! Dein Leben ist viel zu perfekt!

Auch diese Gedanken waren nicht fair. Julian litt, tief in mir wusste ich das. Er war in eine Rolle gedrängt worden, die er zwar akzeptiert, aber nie gewollt hatte. In der Theorie war mir das klar. Aber ich konnte nicht mehr. Ich hatte keine Kapazitäten für die Gefühle anderer Menschen, wenn meine mich zu ersticken drohten.

Also wischte ich mir übers Gesicht, schüttelte den Kopf, diesmal nachdrücklicher, damit er verstand, dass es zwecklos war, und dann schob ich mich an ihm vorbei und setzte einen Fuß vor den anderen.

Nachdem ich mich vergewissert hatte, dass er mir nicht folgte, zog ich mein Handy hervor und tippte eine Nachricht an Echo.

Alexis: *Ich brauche dich.*

29. KAPITEL

Echo

It could be hell or paradise

Der neongrüne Toyota parkte vor Lukes Haus. Es war ein gelbes dreistöckiges Reihenhaus mit einem kleinen Garten auf der Rückseite. Er war hier geboren und aufgewachsen und hatte das Haus schließlich von seinen Eltern übernommen. Die schlimmsten Momente meines Lebens hatten an diesem Ort stattgefunden, trotzdem empfand ich es nicht als unangenehm, hier zu sein. Alexis hasste sein Wohnheimzimmer, weil er dieses mit einer einzigen negativen Erinnerung verband, doch dieses Haus quoll so mit Erinnerungen über, positiver wie negativer, dass ich gar nicht wusste, woran ich zuerst denken sollte.

Es war das erste Mal seit Wochen, dass ich es im Hellen sah. Ich hatte heute freigehabt, und trotz des katastrophalen NA-Meetings gestern ging es mir gut. Zum einen lag das daran, dass ich die halbe Nacht mit Alexis verbracht hatte, zum anderen daran, dass ich heute mein erstes Gehalt bekommen und die letzten Stunden wie ein normaler Mensch genutzt hatte.

Der Himmel war violett-blau, die Sonne kurz davor zu verschwinden. Es roch nach frischer Erde, und die orangefarbenen Blätter der Bäume raschelten im Wind. Von hier aus wirkte die Altstadt von Goldbridge, wo sich das Prisma und das Wohnheim befanden, wie eine Spielzeugstadt und das Meer wie gemalt.

Ich lief um das Auto herum und durch das Holztor, das offen stand. Vor der Tür blieb ich stehen und betätigte mit meinem Ellenbogen die Klingel.

Ein Lächeln breitete sich auf meinen Lippen aus, als Lukes vertrautes Schlurfen hinter der Tür erklang. Okay, es war nicht zu leugnen. Ich hatte gute Laune. Ich durfte es nicht übertreiben, sonst würde er wieder misstrauisch werden, aber mir ging es wirklich verdammt gut.

Er öffnete die Tür und legte den Kopf schief. »Schlüssel vergessen?«

Seine grauen Haare waren nach hinten gebunden, er war frisch rasiert und trug einen braun-weiß karierten Pullover.

»Nope.« Ich hob die Box in meinen Händen hoch. »Hatte nur keine Lust, ihn hervorzukramen.«

Sein Blick zuckte über mein Gesicht, verharrte dort ein paar Sekunden, wanderte dann zu der Box in meiner Hand.

»Nachtisch«, klärte ich ihn auf. Selbst gemachte Himbeer-Vanille-Cupcakes, um genau zu sein. Nein, auch ich konnte kaum glauben, dass sie mir gelungen waren. Ich drückte sie ihm in die Hand, bevor ich mich vorbeugte, ihm einen Kuss auf die Wange gab und ins Innere lief.

Es roch nach Ofenkartoffeln und Gemüse. Keine große Überraschung, Luke kochte nicht gern, und wenn doch, in der Regel irgendwas, das er schnell schneiden und in den Ofen werfen konnte. Der Kräuter- und Olivenölduft ließ meinen Magen knurren.

Im Flur schlüpfte ich aus meinen Plateau-Stiefeln und meiner Bomberjacke und hängte sie an die Garderobe. Statt wie sonst an dem Spiegel im Meerjungfrauenform, der direkt links vom Eingang hing, vorbeizulaufen, blieb ich davor stehen. Ich hatte mir ein neues Kleid gekauft. Heute Morgen, auf dem Weg zum Supermarkt, war mein Blick an Cressidas Vintage-Boutique hängen geblieben. Vor dem Laden hatte ein rotes handbeschriebenes Schild über einem Kleiderständer mit bunten Stücken gehangen: *Heute alles für je 5 Pfund*. Keine Ahnung, woher ich den Mut genommen hatte, stehen zu bleiben. Vielleicht lag es an der Tatsache, dass ich normal ausgesehen, mich ausgeschlafen gefühlt, zum ersten Mal seit Langem mein eigenes Geld verdient hatte. Jedenfalls war mir dieses Kleid ins Auge gesprungen. Es war indigoblau, kastenförmig geschnitten und aus einem festen Stoff, der aussah, als müsste man ihn nie bügeln. Außerdem hatte es Schulterpads und vorn einen Reißverschluss. Es sah unaufdringlich besonders aus. Ich hatte es nicht anprobiert, dafür reichte mein Mut dann doch nicht. Der Laden war leer gewesen, aber wer wusste, wer vorbeikommen würde, wenn ich Zeit in der Umkleidekabine verbrachte. Auf gar keinen Fall wollte ich alten Schulkameraden oder anderen Leuten begegnen, die mich verurteilen würden. Mit gesenktem Kopf war ich damit zur Kasse gegangen und gottfroh gewesen, dass nicht Cressida selbst, sondern ihr Teenager-Sohn dort stand, der ebenso wenig Lust auf Small Talk hatte wie ich. Nachdem ich im Supermarkt Zutaten für die Cupcakes eingekauft hatte, war ich ins Wohnheim zurückgekehrt und hatte mit klopfendem Herzen das Kleid angezogen. Es passte perfekt. Und es ließ mich erwachsener aussehen. Bevor ich zu Luke gekommen war, hatte ich Wimperntusche, grauen Lidschatten und sogar ein bisschen Rouge aufgetragen. Ich fühlte mich wie ein neuer Mensch.

»Hübsch siehst du aus«, erklang Lukes raue Stimme neben mir.

Hastig verdrehte ich die Augen, wandte mich vom Spiegel ab und lief ins Wohnzimmer, wo der gedeckte Esstisch stand, in der Mitte eine rote Auflaufform mit gebackenen

Süßkartoffeln, Pastinaken, Karotten, Blumenkohl- und Brokkoliröschen. Bevor ich mich setzte, kramte ich in meinem Rucksack nach dem Bargeld, das ich vorhin abgehoben hatte, und legte die Scheine neben Lukes Platz auf den Tisch.

Er schlurfte unterdessen in die Küche, die direkt ans Wohnzimmer grenzte, und stellte die Box auf die Theke. »Sag bloß, die hast du selbst gemacht«, murmelte er, nachdem er den Deckel abgenommen hatte.

»Ich hatte Anweisungen von Alexis«, rief ich betont locker. Der Stolz in meiner Stimme war trotzdem nicht zu überhören. Die Hälfte des Tages hatte ich in der Wohnheimküche damit zugebracht, und Alexis, der heute arbeitete, Fotos von allen Zwischenschritten geschickt, damit ich auch ja nichts falsch machte. Es hatte viel länger als bei ihm gedauert, denn ich hatte mich gezwungen, jede Rezeptzeile doppelt und dreifach zu lesen, um ein perfektes Ergebnis zu erzielen. Es war das erste Mal in meinem Leben, dass ich eigenständig etwas gebacken hatte.

»Unfassbar!« Ein Schmatzen ertönte, dann stand Luke in der Türschwelle, in der Hand einen Cupcake – nur noch die Hälfte war übrig, der Rest befand sich in seinem Mund. Ein Klecks Himbeercreme hatte sich auf seine Nasenspitze gestohlen.

Wärme durchflutete mich, und ich hatte plötzlich einen Kloß im Hals.

»Das hat *meine* Echo gemacht!«

Ich musste lachen. »Ey, das ist der Nachtisch!«

»Erzähl's den Erwachsenen nicht«, brachte er schmatzend hervor, dann schob er sich den Rest in den Mund und stöhnte genussvoll auf. Nachdem er das Papierförmchen entsorgt hatte, setzte er sich zu mir an den Tisch und goss naturtrüben Birnensaft in unsere Gläser. Gerade wollte er nach seinem greifen, da fiel sein Blick auf das Geld. »Was ist das?«

»Die dreißig Pfund, die ich dir noch geschuldet habe. Mein erstes Gehalt kam heute.«

Einen Moment lang fürchtete ich, er würde in Tränen ausbrechen, aber dann brummte er nur etwas Unverständliches, steckte das Geld in die Jeanstasche und schnappte sich sein Glas, um es in die Höhe zu halten.

»Auf dein erstes Gehalt, Kleines. Ich bin ...«

»Danke! Cheers!« Schnell anstoßen. Ohne ihm in die Augen zu schauen, trank ich und fixierte dabei die Wand hinter ihm. Gerahmte Lokalkunst – Klippen, Ruinen, Meer, Möwen –, dazwischen Bilder von mir und von Mum. Eine Girlande aus Muscheln. Ein Regal mit Büchern, hauptsächlich Bildbände über Goldbridge und die Umgebung.

»Ich bin so stolz auf dich.«

»Ja, danke.« Ich stellte das Glas ab und begann, uns beiden Ofengemüse auf die Teller zu häufen.

»Was du in den letzten Wochen geleistet hast, ist nicht selbstverständlich. Und ich weiß, dass ich nicht mit überschwänglicher Freude reagiert habe, aber das bedeutet nicht, dass ich nicht jeden Tag überglücklich und stolz bin.«

»Danke, Grandpa.«

O mein Gott, konnte er bitte aufhören zu reden? Er hatte keine Ahnung, was wirklich abging. Ja, ich hatte keine Drogen angerührt, aber war ich wirklich clean? Hatte ich Stolz verdient? Wie würde er reagieren, wenn er den wahren Grund für mein vorbildliches Verhalten erfuhr?

Ich ließ den Löffel zurück in die Auflaufform fallen und beugte mich über meinen Teller.

»Hey. Ich meine es ernst. Es tut mir leid, wie misstrauisch ich dir gegenüber war. Ich vertraue dir, Echo.«

Mein Kopf ruckte hoch. »Du solltest mir nicht vertrauen«, platzte es aus mir heraus.

Er runzelte die Stirn.

Scheiße.

»Ich meine, ich verstehe, wieso du misstrauisch bist«, ruderte ich zurück. »Das ist mehr als verständlich nach allem, was wir durchgemacht haben.«

Was du meinetwegen durchmachen musstest.

Seine Augen glänzten. »Danke, dass du mich verstehst.« Er holte tief Luft. »Soula hat mir von eurem Treffen gestern erzählt.«

Na super.

Ich hatte Luke heute Morgen angerufen und mich vergewissert, dass Soula nicht kommen würde, bevor ich für das Abendessen zugesagt hatte. Dank Alexis war es mir nach dem Treffen hervorragend gelungen, die Gedanken an sie zu verdrängen, doch im Laufe des Tages war mir immer wieder ihr Geständnis durch den Kopf gegangen.

»Möchtest du darüber sprechen?«, erklang Lukes sanfte Stimme.

Ich spießte ein geröstetes Stück Brokkoli auf und schob es mir in den Mund. Ließ mir Zeit beim Kauen. Nachdem ich es heruntergeschluckt hatte, seufzte ich tief. »Was bringt das?«

Luke erwiderte nichts. Er begann ebenfalls zu essen. Eine Weile herrschte Stille zwischen uns, doch ich hielt sie nicht lange aus.

»Wusstest du es?«

»Hm?«

»Was mit ihrer Tochter war?«

»Ja.«

Wut stieg in mir auf. Dabei wollte ich heute wirklich nicht wütend sein. Es war ein guter Tag. Ich wollte einfach nur wie ein normaler Mensch einen schönen Abend mit meinem Großvater verbringen. Und dennoch …

»Weißt du, was ich nicht verstehe?«, rief ich und ließ Messer und Gabel los. Klappernd fielen sie auf den Teller. »Wieso bekommt man Kinder, wenn man nicht bereit ist, sie zu lieben? Wieso ist es so schwer zu verhüten, wenn man keinen Bock drauf hat? Wieso bringt man sie stattdessen auf die Welt und bestraft sie dann für ihre bloße Existenz, obwohl man selbst dafür verantwortlich ist?«

Schmerz flackerte über sein Gesicht. »Menschen machen Fehler, Echo.«

»Fehler.« Ich schnaubte. »Das sind keine Fehler. Dass du Mum rausgeworfen hast, als sie schwanger geworden ist, *das* war ein Fehler. Den hast du gutgemacht, indem du uns wieder bei dir aufgenommen hast. Aber seinem eigenen Kind zu sagen, dass man es bereut? Das ist, als würde man jemanden umbringen. Oder sich selbst.« Ein hohles Lachen entfuhr mir. Es ging hier nicht um Soula. Ich sollte einfach die Klappe halten, doch die Worte kämpften sich erbarmungslos an die Oberfläche. »Weißt du, ich denke manchmal über meinen Vater nach. Und ob er mir nicht einen riesengroßen Gefallen getan hat. Immerhin kannte ich ihn nicht. Das hat keinen besonders großen Schaden angerichtet, denn ich wusste nicht, was mir entgeht. Der hatte ja eindeutig auch keine Lust auf Kinder, also ist er abgehauen. Damit komme ich irgendwie klar. Aber Mum? Sie füllt mich erst mit Hoffnung und Wärme, und dann denkt sie sich so, hey, nee, doch nicht, das reicht nicht, ich will *mehr*, mehr als dieses dumme kleine Kind, das Bedürfnisse hat. Warum diesen niederen irdischen Quatsch ertragen, wenn man stattdessen ewiges Leben im Paradies haben kann?« Mit jedem Wort wurde ich lauter, höhnischer. Und mit jedem Wort war Luke den Tränen näher. Aus irgendeinem Grund half mir das dabei, meine zurückzuhalten. Ich schüttelte den Kopf und aß weiter, obwohl ich kaum etwas schmeckte.

Nach einer gefühlten Ewigkeit ergriff er das Wort. »Ich verstehe deinen Schmerz, und ich verstehe deine Wut. In meinen

Augen unterscheiden sich meine Fehler aber nicht von Soulas oder denen deiner Mutter. Meine Taten hatten Konsequenzen, so wie die Taten deiner Mum Konsequenzen hatten, so wie deine Taten Konsequenzen haben. Wenn ich könnte, würde ich die Zeit zurückdrehen und alles anders machen. Wer weiß, was dann aus ihr geworden wäre. Oder aus dir.«

Ich stöhnte. Damit schaffte er es immer, mich abzulenken. Wenn er sich selbst sämtliche Schuld gab. Das machte mich wahnsinniger als alles andere. »Du kannst nicht die Verantwortung für alles Übel der Welt übernehmen.«

»Das tue ich nicht.« Sein Blick verriet mir, dass er das doch tat. »Ich meine nur, wir alle haben Gründe für unser Verhalten und werden von den Entscheidungen unserer Eltern beeinflusst. Warum habe ich deine Mum rausgeschmissen? Sicherlich war es nicht aus einer Laune heraus. Meine Eltern haben mich mit ihrem konservativen Erziehungsstil beeinflusst. Warum hat Soula diese Dinge zu ihrer Tochter gesagt? Sie war überfordert. Als alleinerziehende Mutter hatte sie es nicht leicht. Und deine Mutter?«

»Nein!«

Ich hatte das Wort gebrüllt. Es reichte. Ich ertrug dieses Gespräch nicht. Schön und gut, wenn er Soulas oder seine Handlungen rationalisieren wollte, mit Abstand konnte ich ihm vielleicht sogar recht geben, aber nicht, wenn es um Mum ging. Ja, Menschen machten Fehler. Doch manche Fehler waren unverzeihlich.

Ich atmete tief durch. »Sorry, ist es okay, wenn wir aufhören, darüber zu sprechen?«, presste ich hervor. »Ich würde einfach gern Zeit mit dir verbringen, ohne dass wir die ganze Scheiße auspacken.«

Er wischte sich über die Augen. »Natürlich ist das okay«, wisperte er. »Möchtest du mir erzählen, wie deine Arbeitswoche lief?«

Dankbar nickte ich. Ungefährliches Terrain. Damit kam ich klar.

Die nächsten Stunden vergingen wie im Flug. Ich redete und redete, und als es nichts mehr zu reden gab, fragte ich ihn nach seiner Woche, bei welchem städtischen Notfall er mal wieder ausgeholfen hatte, welchen neuen Klatsch und Tratsch es gab. Als wir fertig mit Essen waren, räumten wir ab, holten uns die Cupcakes und machten es uns mit einer Kanne Tee vor dem Fernseher gemütlich. Es lief eine Wiederholung von einer alten Staffel *The Great British Bake Off*, und Luke bestand darauf, dass wir sie schauten. Alle paar Sekunden drehte er sich zu mir und fragte, ob ich dies oder jenes auch schon gelernt hatte, bis ich ihn als Antwort einfach nur noch mit Kissen bewarf. Er fing sie in der Luft auf und schleuderte sie zurück, und bald brach eine Schlacht aus. Erst als alle Kissen auf dem Wohnzimmerboden verteilt waren, hörte ich auf.

»Mein Herz bleibt gleich stehen.« Ächzend griff er nach seiner Teetasse und ließ sich gegen die Sofalehne fallen. »Ich bin vierzig Jahre älter als du, Fräulein, in welcher Welt ist das ein fairer Kampf?«

»Ja, ja, heul nicht«, gab ich atemlos zurück. »Ich hab die Ausdauer einer Drogensüchtigen, das ist also mehr als fair.«

Er musste so sehr lachen, dass ihm der Tee aus den Nasenlöchern spritzte, was mich wiederum zum Wiehern brachte.

Momente wie diese. Sie waren der Grund dafür, dass ich noch hier war.

Tori hatte ich erzählt, dass ich erneut einen Entzug gemacht hatte, weil ich drei Sternschnuppen hintereinander in einer Nacht gesehen hatte. Das war nichts als eine Märchengeschichte. Luke war der Grund gewesen. Der Mensch, der all die Jahre für mich gekämpft hatte; der mir genau die Liebe gab, die meine Eltern mir nicht hatten geben können, diese bedingungslose Liebe, die nie weniger wurde, egal, wie viel

Scheiße ich baute. Wenn ich ihn so sah, das Gesicht verzerrt vor Lachen, die Wangen tränennass, die Brust vibrierend, wusste ich, dass ich stark genug war. Ich würde immer stark genug sein, solange er bei mir war. Die Zeit vor meinem letzten Entzug hatte ich damit verbracht, mich vor ihm zu verstecken, denn ich hatte gewusst, sobald ich ihn sah, sobald er mit mir redete, würde ich mich daran erinnern, was ich verloren hatte. Ich hatte recht behalten. Zwei Stunden hatten ausgereicht, nachdem er mich schließlich gefunden hatte. Eine zweistündige Autofahrt durch Goldbridge mit ihm und ich hatte mich dazu bereit erklärt, den Entzug zum dritten Mal zu machen. So viel Macht hatte er über mich.

»Du bist heute gefragt, Kleines«, holte mich seine Stimme aus meinen Gedanken.

»Was?«

Mit belustigter Miene deutete er auf mein Handy, das vor uns auf dem gläsernen Couchtisch lag. Erst jetzt fiel mir auf, dass es vibrierte.

Während ich danach griff, schaute ich auf die Wanduhr in Sonnenform, die über dem Fernseher hing. Schon nach zehn. Krass, die Zeit war schnell vergangen.

Es waren vier Nachrichten, die letzte war eben angekommen, die davor hatte er mit einem Abstand von jeweils fünf Minuten versendet.

Alexis: *Ich brauche dich.*

Alexis: *Bist du im Wohnheim?*

Alexis: *Sorry für die Störung.*

Alexis: *Echo, wo bist du? Ich drehe durch.*

Augenblicklich schoss mein Puls in die Höhe. Meine Finger flogen über die Displaytastatur.

Echo: *bei luke*

Echo: was ist los

Kaum dass ich die Nachrichten abgeschickt hatte, tippte er wieder.

Alexis: *Kann ich dich abholen?*

Ich brauche dich, hallten die Worte in mir wider. *Ich drehe durch.*

Lukes Blick brannte auf mir, während ich auf den Handybildschirm starrte. Wie auffällig wäre es, wenn ich mich jetzt abrupt verabschieden würde? Das würde ihn misstrauisch machen, oder? Sollte ich einfach sagen, dass ich mich mit Alexis traf? Was war schon dabei? Niemand hielt Alexis für einen schlechten Einfluss. Trotzdem ... Irgendwas in mir wehrte sich dagegen, Luke an meinem Geheimnis teilhaben zu lassen. Alexis gehörte mir. Er gehörte nicht in *diese* Welt. Ich wollte mich nicht mit irgendwelchen Fragen auseinandersetzen. Sondern weitermachen wie bisher.

Aber Alexis' Verzweiflung schrie mir förmlich aus seinen Nachrichten entgegen. Ich konnte ihn nicht hängen lassen.

Echo: *ok*

Ich würde ihm einfach schreiben, dass er nicht direkt vor Lukes Haus warten sollte. Und dann würde ich Müdigkeit vortäuschen und ...

»Alles in Ordnung, Echo?«

»Ja, alles gut.« Lächelnd schaute ich auf. »Ist nur was wegen der Arbeit.«

Die Sorge in seinen graublauen Augen war nicht zu übersehen. »Echo …«

»Wirklich.« *Weniger abweisend, das ist auffällig!* »Versprochen.«

Bevor er etwas erwidern konnte, ertönte die Klingel, und zeitgleich vibrierte wieder mein Handy.

Alexis: *Stehe vor der Tür. Hoffe, das ist okay.*

Mist! Planänderung.

Ich sprang vom Sofa auf. »Das ist für mich«, rief ich und stürzte zur Tür.

Wäre ich eine normale Enkelin gewesen, hätte Luke das vielleicht einfach so geschluckt und wäre sitzen geblieben. Doch eine Sekunde später hörte ich, wie er ebenfalls aufstand und mir folgte. Natürlich. Vermutlich rechnete er inzwischen damit, dass ich meinen Dealer gleich zu ihm bestellte.

Da musste ich jetzt durch.

Ich riss die Tür auf.

Wie jedes Mal durchfuhren mich tausend kleine Stromschläge, wenn ich Alexis sah. Egal ob abends im Wohnheim oder tagsüber im Prisma – ich hatte mich noch immer nicht an seinen Anblick gewöhnt. Er trug eine schwarze Jeans und seinen dunklen Kochschule-Pullover, dazu eine graue Strickmütze. Maskenhafte Höflichkeit zierte sein Gesicht. Seine Augen verrieten mir, dass er in den Nachrichten nicht übertrieben hatte. Sie ähnelten zwei tiefen Abgründen, die mich zu verschlingen drohten, wenn ich zu lang hineinsah.

»Hi.« Ich atmete tief durch und drehte mich zu Luke. »Ihr kennt euch ja.«

»Alexis!« Er trat neben mich. Eine Mischung aus Überraschung und Vorsicht lag in seiner Stimme. »Was machst du denn hier?«

Alexis zog die Mundwinkel hoch. Es wirkte wie eine Grimasse, aber ich war stolz auf ihn, dass er es versuchte.

»Grandpa, Alexis wollte noch was wegen morgen mit mir durchsprechen, weil wir eine große Bestellung haben«, beeilte ich mich zu sagen, bevor eine unangenehme Stille entstand, weil Alexis nicht antwortete. »Er wohnt ja auch im Wohnheim, also dachte er, er holt mich schnell ab.«

Wieso hatte ich gesagt, dass er etwas mit mir durchsprechen wollte? War das okay für ihn? Verriet das nicht, wie viel wir inzwischen miteinander zu tun hatten? Wollte Alexis, dass andere Leute wussten, dass er in der Lage war, mit mir zu sprechen?

Jetzt wirkte Luke eher verwirrt als misstrauisch. »Klar, in Ordnung«, murmelte er, und dann zu Alexis: »Hast du gegessen, mein Junge? Wir haben noch einiges übrig.«

Alexis nickte, dann schüttelte er den Kopf, während er mir einen flehenden Blick zuwarf.

»Er hat schon gegessen«, sagte ich eine Spur zu laut.

Lukes Schultern waren angespannt, er schaute zwischen uns beiden hin und her.

Ich musste schnell handeln.

»Wir sehen uns dann morgen, ja?« So freundlich wie möglich lächelte ich meinem Grandpa zu. »Es war heute echt schön mit dir.«

»Wollt ihr nicht noch ein bisschen bleiben?« Mit einem Mal klang er tieftraurig. »Ich könnte uns neuen Tee kochen ...«

»Nein, danke, es ist spät. Ich möchte auch bald ins Bett, weißt du? Damit ich morgen fit bin. Sonst kann ich mich bei der Arbeit nicht konzentrieren.«

Seine Enttäuschung war schlimmer als alles andere. Wenn

ich noch länger hier stehen blieb, würde einer von uns beiden in Tränen ausbrechen.

»Natürlich, natürlich«, flüsterte er heiser.

Hastig wandte ich mich ab, um mir meine Schuhe und meine Jacke anzuziehen.

»Die Cupcakes sind wirklich großartig geworden«, sagte Luke zu Alexis. »Du darfst ihr gern mehr Rezepte beibringen, ich profitiere davon!« Er lachte etwas gezwungen, bemüht darum, seine Enttäuschung zu überspielen.

»Die hat sie ganz allein gemacht.«

Ich war gerade dabei gewesen, meine Arme in die Ärmel zu stecken, und hielt geschockt in der Bewegung inne. Alexis hatte die Worte leise ausgesprochen, wie zu sich selbst. Er schaute Luke nicht an, sondern fixierte die Fußmatte.

»Sie hat richtig viel Fingerspitzengefühl.«

Luke und ich starrten ihn an. Für meinen Großvater war es genauso ungewohnt wie für mich zu hören, dass ich in etwas gut war. Doch das war nicht der Grund, aus dem ich so überrascht war. Wieso sprach Alexis vor Luke?

»Hörst du das, Kleines? Dein Kollege findet, du hast Fingerspitzengefühl!« Luke legte einen Arm um mich und drückte mich kurz an sich.

Drei Sekunden ließ ich es zu, dann befreite ich mich, zog mir die Jacke an und verdrehte die Augen, obwohl mein Herz wie verrückt schlug. Schnell gab ich ihm einen Kuss auf die faltige Wange. »Schlaf gut.«

Bevor ich mich an ihm vorbeischieben konnte, umfasste er sanft mein Handgelenk. »Schreib mir, wenn du im Bett bist.«

»Mach ich.«

»Versprochen?«

Ich unterdrückte ein Stöhnen. »Versprochen.«

Schnell weg hier, bevor Alexis sich darüber wundern konnte, wieso mein Grandpa mich wie ein Kind behandelte.

»Grüß deine Eltern von mir«, verabschiedete sich Luke bei ihm, und Alexis nickte, doch sein Blick wurde kalt.

Seite an Seite wandten wir uns ab und liefen auf die Straße. Ich wollte nach rechts, den Hang hinab, so kam man zum Wohnheim, doch Alexis legte mir eine Hand auf den Rücken und nickte in die entgegengesetzte Richtung. »Hab oben geparkt.«

Ich wartete, bis das Geräusch der sich schließenden Haustür hinter uns ertönte.

»Was ist los mit dir?«, zischte ich ihm zu. »Hättest du nicht kurz warten können, bis ich rauskomme?«

Für ein paar Momente schmolz das Eis in seinen Augen. »Wieso? Bin ich dir peinlich?«

Ein verblüfftes Lachen entwich mir. »Ich hätte nicht gedacht, dass du möchtest, dass irgendjemand von uns erfährt.«

In dem Moment, in dem ich die Worte aussprach, wurde mir mein Fehler bewusst. *Uns!* Es gab kein *uns*, verdammt.

»Ich meine, die Leute könnten reden«, fügte ich hastig hinzu. »Du weißt, wie Goldbridge drauf ist. Das willst du bestimmt nicht.«

»Die Leute sind mir scheißegal.«

Mein Herz setzte einen Schlag aus. Ich musste von dem Thema ablenken. Es war viel zu gefährlich.

»Also? Wieso bist du hier?«

Aus der Vordertasche seines Hoodies holte er den Autoschlüssel und betätigte den Knopf. Zwischen zwei Wagen und einem Baum blinkte es. Wir waren am Ende der Reihenhäuser angekommen, weiter oben gab es nur viel Gestrüpp, bis die Straße in einen Fußweg mündete, der in ein Waldstück führte.

»Weil ich keine weitere Sekunde warten wollte.« Sein Adamsapfel hüpfte.

Mir kam ein seltsamer Gedanke. »Wie lange hast du gewartet?«

»Zu lang.« Er seufzte. »Es tut mir leid, dass ich hier einfach so auftauche. Ich wollte dich nicht in Verlegenheit bringen.«

Vor einem unscheinbaren grauen Auto blieben wir stehen. Es war nicht das, in dem wir die Torte ausgeliefert hatten.

Alexis öffnete die Beifahrertür und hielt sie mir auf. Wie romantisch.

Augenrollend stieg ich ein. Es roch nach Tabak und Pfefferminz.

Als er neben mir auf der Fahrerseite saß, machte er keine Anstalten loszufahren, sondern starrte geradeaus in die Nacht.

»Rauchst du?«, entfuhr es mir.

Eine Weile erwiderte er nichts. Hatte er mich überhaupt gehört?

Dann wandte er mir mit einem Seufzen sein Gesicht zu. »Das ist nicht mein Auto.«

»Okay.« Ich legte den Kopf schief. »Wieso fährst du nicht los? Willst du hier vögeln? Bisschen auffällig mitten im Wohngebiet, meinst du nicht?«

Schon wieder schwieg er. Ich sollte genervt sein, weil er bei Luke aufgetaucht war und mich in eine schwierige Situation gebracht hatte, nur um mich jetzt so seltsam zu behandeln. Stattdessen bekam ich es mit der Angst zu tun.

»Wieso brauchst du mich?«

Er streckte die Hände aus, umfasste mein Gesicht, klammerte sich regelrecht daran fest.

Mein Herz. Mein scheiß verräterisches Herz.

»Weil du alles besser machst.«

Tränen stiegen mir in die Augen. Ich hasste ihn dafür. Er durfte so etwas nicht zu mir sagen.

Als die Spannung unerträglich wurde, beugte ich mich vor und presste meinen Mund auf seinen. Es war mir egal, dass jeden Moment jemand vorbeilaufen könnte. Luke, Soula, einer der anderen Nachbarn. Ich musste irgendetwas tun.

Seine Lippen waren weich und warm, der gewohnte Geschmack benebelte mich wie immer, doch Alexis war nicht bei der Sache.

Ich wich zurück und erschrak. Diese Dunkelheit in seinen Augen.

»Das wird heute nichts bringen«, brachte er tonlos hervor.

Für ein paar Sekunden fühlte es sich an, als hätte er mir in den Bauch geboxt.

Reiß dich zusammen! Es geht jetzt nicht um deine beschissenen Gefühle!

»Können wir …« Er sah aus, als würde er jeden Augenblick zu heulen anfangen. »Können wir einfach nur fahren? Ist das okay?«

Er war zu mir gekommen. Er wollte keinen Sex. Er wollte mich.

Ein Lächeln breitete sich auf meinen Lippen aus. Widerstand war zwecklos. »Klar ist das okay.«

30. KAPITEL

Alexis

Just tonight

»Ich habe eine Idee.«

Es war die pure Verzweiflung.

Ich trat stärker aufs Gaspedal, obwohl ich die Höchstgeschwindigkeit bereits überschritten hatte. Außer uns war niemand auf der Straße zu sehen. Wir fuhren den East Hill hinab in Richtung Altstadt. Meine Finger zitterten, mein Sichtfeld franste an den Rändern aus.

»Was für eine Idee?«, drang Echos Stimme wie aus weiter Ferne an mein Ohr.

Verstand sie, wie dankbar ich ihr war? Verstand sie, dass sie mich mit ihrer bloßen Anwesenheit vor mir selbst rettete?

»Was, wenn wir reden?« Es wäre in Ordnung, wenn sie ablehnen würde. Natürlich wäre es das. Ich war wie ein Wahnsinniger vor dem Haus ihres Großvaters aufgetaucht und hatte eine halbe Stunde im Auto gewartet, bis sie endlich auf meine Nachrichten antwortete. Und sie war trotzdem mitgekommen. »Über alles, meine ich.«

»Was laberst du?«

Wie schaffte sie das? Inmitten dieser Hoffnungslosigkeit wollte ich lächeln.

»Heute Nacht«, sagte ich. »Was, wenn wir unsere Regel

brechen und nur für heute Nacht über alles reden, worüber wir sonst mit niemandem reden?«

Stille. Ich konnte sie nicht ansehen, ich musste mich auf die Straße konzentrieren. Sie verschwamm jetzt zu undeutlichen Lichtpunkten.

»*Deine* Regel«, hauchte sie.

»Was?«

»Nichts.« Scharf sog sie die Luft ein. »Alter, was ist los mit dir? Fahr langsamer!«

Lichter, Farben. Nichts als ein Strudel. Abrupt trat ich aufs Bremspedal. Wir wurden beide nach vorn geschleudert, der Gurt schnitt mir in die Haut. Mein Atem kam stoßweise. Was *war* los mit mir?

»Euer Vater wurde heute entlassen.«

»Shit!« Echos Stimme überschlug sich. Sie löste ihren Gurt, stieß die Tür auf, lief um das Auto herum und öffnete meine. »Raus«, fauchte sie. »Ich fahre.«

Ich blinzelte zu ihr hoch, ohne mich zu rühren.

Sie beugte sich runter, löste meinen Gurt. »Raus. Sofort. Sonst trennen sich unsere Wege hier.«

Mein Umfeld war immer noch unscharf, ihr Gesicht dafür umso schärfer. Sie trug Make-up. Das fiel mir jetzt erst auf. Ihre Wimpern wirkten dunkler und länger. Die Farbe auf ihren Lidern betonte ihre Augen und ließ sie strahlen.

Ich bekam ihren Arm zu fassen und stieg mit ihrer Hilfe aus dem Auto. Als ich vor ihr stand, griff ich auch nach ihrem anderen Arm und hielt sie für einen Augenblick fest. Ich zwang mich, jedes Detail unter die Lupe zu nehmen. Goldfarbene Jacke, dunkelblaues Kleid, schwarze Stiefel, die sie um einige Zentimeter größer machten und ihre Beine länger.

»Das steht dir. Du siehst anders aus. Aber so schön wie immer.«

Unbändige Wut blitzte in ihren Augen auf. »Halt die Fresse.«

Inzwischen sollte ich das von ihr gewohnt sein, doch ihre Worte trafen mich nach wie vor. Vielleicht war es jetzt sogar schlimmer als am Anfang, weil mir bewusst war, wie viel davon abhing, ob sie gut oder schlecht auf mich zu sprechen war.

Sie machte sich von mir los, schob mich beiseite und stieg ins Auto. Mir blieb nichts anderes übrig, als zum Beifahrersitz zu wanken.

Ein älteres Paar mit vier Dackeln an der Leine lief an uns vorbei. Ich war mir sicher, dass ich sie vom Sehen kannte. Hastig drehte ich mich weg und schnallte mich an. Echo tat es mir gleich, und dann fuhr sie schon los. Ich zitterte noch immer. Und auch Echos Finger bebten, doch sie umklammerte das Lenkrad und zwang sie so zur Ruhe.

»Tut mir leid für den Vorschlag«, flüsterte ich nach minutenlanger Stille, als die Straße sich ebnete und die Hafenlichter in Sicht kamen. Sie fragte nicht, wohin ich wollte. So zielsicher, wie sie fuhr, kam es mir eher vor, als wüsste sie genau, wohin *sie* wollte.

Ein paarmal atmete sie tief durch. »Es ist zu spät für Rückzieher. Fang an zu reden.«

»Was?«

»Ich nehme deinen Vorschlag an!«, rief sie. »Rede! Ich bin ganz Ohr.«

»Du bist wütend auf mich.«

Sie schnaubte. »Du warst drauf und dran, uns umzubringen. Natürlich bin ich wütend.«

Das war es nicht.

»Warum macht es dich wütend, wenn ich dir Komplimente mache?«

Stille. Ihr Blick war auf die Straße gerichtet. Sie war eine vorsichtige Fahrerin, ihre Bewegungen waren gewissenhaft, beinahe ehrfürchtig. Es passte gar nicht zu ihrem restlichen Auftreten.

»Du musst mir keinen Honig ums Maul schmieren, wenn du einen Gefallen willst. Es reicht, wenn du mich fragst.«

Noch immer klang sie angepisst, doch jetzt schwang zusätzlich Verletzlichkeit mit.

»Denkst du, ich verfolge irgendeine Strategie?«

»Wenn du keine Strategie verfolgst, wieso gibst du immer so einen Schwachsinn von dir?«

Immer?

»Was für einen Schwachsinn?«

Sie schüttelte den Kopf. »Vergiss es.«

»Echo, ich war von Anfang an ehrlich zu dir. Ich habe keinen großen Masterplan. Alles, was ich zu dir sage, meine ich zu hundert Prozent ernst.«

»Ist mir eh egal. Jetzt erzähl endlich, warum du so am Durchdrehen bist.«

Wo sollte ich anfangen? Bei dem Gespräch heute mit meiner Mutter? Wie weit musste ich ausholen, damit sie verstand? Nein, es ging nicht nur darum. Ich wollte reden, damit es mir besser ging. Sex würde meine Probleme nicht lösen. Und ihre auch nicht. Die Neuigkeit, dass mein Vater zurück war, hatte mich daran erinnert, dass ich mich nicht ewig vor der Realität verstecken konnte. Ich musste endlich reden, also wieso nicht mit dem Menschen, mit dem es mir die letzten Wochen am leichtesten gefallen war?

»Kannst … Kannst du zuerst?«

Es war zu viel verlangt. Vor allem, nachdem ich sie so auf die Palme gebracht hatte, standen meine Chancen schlecht. Auch wenn ich keine Ahnung hatte, was der wahre Ursprung ihres Zorns war.

»Ist das dein Ernst?«, zischte sie. »*Du* wolltest reden.«

»Es fällt mir nicht so leicht wie dir.« Ich krallte die Finger ineinander, starrte auf die dreckige Autoscheibe, um Echo nicht ansehen zu müssen. Unsere Umgebung flog an uns vorbei. »Wenn du anfängst, traue ich mich vielleicht auch.«

»Woher weißt du, dass es mir leichtfällt?«, blaffte sie mich an.

»Von Anfang an hast du mich deine Wut spüren lassen. Es war dir egal, was du damit anrichtest. Du hast keine Angst davor, sie rauszulassen. Darum beneide ich dich. Du bist so viel besser darin als ich, deine Bedürfnisse zu äußern.«

Weitere Sekunden vergingen. Dann lachte sie plötzlich. Ich schaute wieder zu ihr. Sie starrte kopfschüttelnd geradeaus. »Du kannst es einfach nicht lassen, was?«

Keine Ahnung, was sie meinte. Bevor ich nachfragen konnte, bog sie scharf rechts in eine schmale Gasse ab und beschleunigte.

»Okay, selbst schuld. Aber bitte erinner dich später daran, dass du es so wolltest. Ich hab mich nicht aufgedrängt. Du hast explizit danach gefragt.«

Was wollte sie damit sagen?

»Ich weiß nicht, ob es bei dir funktioniert hat«, fuhr sie fort, und wieder versäumte ich die Gelegenheit nachzuhaken. »Aber meine Mutter ist immer noch in meinem Kopf. Ihre Stimme ist leiser geworden, weil ich dank dir abgelenkt bin, aber sie ist trotzdem da.«

Ich nickte. Bei mir war es nicht anders. »Was sagt ihre Stimme?«

Echo warf mir einen ironischen Blick zu. »Meistens zitiert sie irgendwelche Bibelverse.«

Die Straße wurde schmaler und schmaler und endete schließlich an einem kleinen verlassenen Parkplatz. Ich kniff die Augen zusammen, versuchte, in der Dunkelheit etwas zu erkennen. Da war eine Goldplakette. Ein altes Gemäuer. Bäume.

Echo parkte, zog den Schlüssel und stieg aus.

Ich brauchte eine Weile, um ihr zu folgen. Leichter Regen hatte eingesetzt. Es roch nach feuchter Erde und Tannennadeln.

Während wir gefahren waren, hatte ich vollständig die Orientierung verloren, doch jetzt sah ich das Tor vor uns, und es dämmerte mir.

Wir befanden uns auf dem Friedhof hinter der St. Paul's Kirche. In der Ferne waren vorbeifahrende Autos und das Rauschen des Meeres zu hören, hier und da raschelte es im Gebüsch.

»Hat der noch offen?«, murmelte ich.

»Nee, aber wir müssen auch nicht das Eingangstor benutzen.« Echo deutete auf die Mauer, die hinter einer großen Tanne sichtbar wurde und den Friedhof begrenzte.

Sie lief voraus, und ich folge ihr wortlos. Meine Füße versanken leicht im matschigen Untergrund, doch ich störte mich nicht daran. Mein Zittern war verschwunden. Ich nahm alles wieder genau so wahr, wie es sein sollte. Keine Panikattacke. Es war alles gut. Dank ihr.

Wir kletterten über die niedrigste Stelle der Mauer und kamen hinter einem Mausoleum raus. Friedhöfe bei Nacht sollten unheimlich sein, aber ich empfand die Atmosphäre eher als friedlich. Das Rascheln der Herbstblätter unter unseren Schritten war beruhigend.

»Wie war es für dich, dass sie so religiös war?«, traute ich mich, das Gespräch wieder aufzunehmen, als wir uns auf einem kleinen Pfad befanden und nebeneinanderher liefen.

Wir hatten so viel Zeit miteinander verbracht, und trotzdem wusste ich so wenig von ihr. Plötzlich kehrte meine Angst zurück, nur dass sie einen neuen Nährboden fand. Echo ging es nicht gut. Von Anfang an hatte ich es gewusst. Mir ging es auch nicht gut, aber war das eine Entschuldigung? Hatte sie nicht jemanden verdient, der ihr Fragen stellte und versuchte, ihr zu helfen?

»Beschissen.« Ich konnte ihr Gesicht nicht richtig sehen, es war zu dunkel hier. Ihre Stimme war frei von Sarkasmus oder Hohn. Sie klang traurig. »Es macht mich jetzt noch aggressiv. Erinnerst du dich daran, wie in der Schule alle darüber geredet haben, was für eine Irre sie ist?«

Ich presste die Lippen zusammen und nickte, doch sie schien keine Antwort zu erwarten. Natürlich erinnerte ich mich daran. Einige Male war ich ihrer Mutter im Supermarkt begegnet, aber sie hatte einen ganz normalen Eindruck auf mich gemacht.

»Sie hatten recht«, sagte Echo. »Meine Mutter war wirklich irre. Hat mir ständig mit ihrer seltsam verklärten Predigerstimme Reden darüber gehalten, wie ich mein Leben leben soll, mir Angst gemacht, indem sie mir erzählte, was mit mir passieren würde, wenn ich mich nicht danach richte. Sie ist nie damit klargekommen, dass sie sich als Jugendliche schwängern lassen hat. Die restlichen Jahre bis zu ihrem Tod hat sie damit verbracht, nach Erlösung zu suchen. Als wäre ich die krasseste Sünde, die man sich vorstellen kann. Ich weiß schon, dass ich nicht die geilste Tochter bin, aber bin ich ernsthaft so schlimm, dass man sich lieber umbringen will, als meine Mutter zu sein?«

Meine Hand schnellte vor, und ich umfasste ihre. Es war nicht geplant. Ich wusste nur, dass ich es nicht ertrug. Da war noch immer keine Wut in ihrer Stimme. Sie ließ mich ihren ganzen Schmerz hören, und es machte mich fertig.

Da sie nicht versuchte, sich loszureißen, verschränkte ich unsere Finger miteinander.

Ich drückte ihre Hand. Sie drückte zurück. Am liebsten wäre ich stehen geblieben und hätte sie in den Arm genommen, doch dafür fehlte mir der Mut. Und außerdem sprach sie schon weiter.

»Aber manchmal, wenn ich nicht aggressiv bin, sondern

verzweifelt, dann stelle ich mir vor, wie es für sie war. Dann frage ich mich, was bei mir passieren müsste, damit ich gläubig werde. Vor meiner Geburt hatte sie mit dem Scheiß auch nichts am Hut. Finden viele Menschen nicht zur Religion, wenn irgendwas Krasses in ihrem Leben passiert? Ich schätze, sie hat einfach keinen anderen Ausweg gesehen.« Eine kleine Pause entstand. Echo umklammerte meine Hand fester. »Okay, und jetzt verrate ich dir was, was ich noch niemandem verraten habe.« Sie lachte auf. »Manchmal wünschte ich mir, gläubig zu sein. So richtig kompromisslos und unwiderruflich. Stell dir vor, du glaubst, nur weil du dich hinkniest und ein paar Worte aufsagst, kannst du inneren Frieden finden – und dann findest du ihn. Stell dir vor, du nimmst dir das Leben, weil du wirklich felsenfest davon überzeugt bist, danach wartet etwas Besseres auf dich. Stell dir vor, du hast so viel Hoffnung in dir, dass du es tatsächlich schaffst, dich von diesem Wahnsinn zu überzeugen. Ist das nicht fucking poetisch? Ist das nicht beneidenswert?«

Ich musste ihr Gesicht nicht sehen, um zu wissen, dass sie weinte. Mein Magen krampfte sich zusammen.

»Ich glaube an gar nichts, Alexis. Weder an mich noch an andere Menschen oder eine höhere Macht. Da ist einfach nichts. Ein riesiges klaffendes Loch. Weißt du, wie einsam das macht?«

Sie wollte keine Antwort darauf. Ich spürte es.

Vor einem unscheinbaren kleinen schmalen Grabstein blieb sie stehen und ließ meine Hand los.

Dahlia Thorpe. Die Daten darunter konnte ich in der Finsternis nicht entziffern.

»Hi, Mum«, brachte sie schniefend hervor. »Ich hasse dich noch immer. Wie kann ich dich so sehr hassen, obwohl du nicht mehr da bist?«

Ich kannte diesen Hass, der einen von innen heraus auffraß,

bis man bröckelte und bröckelte, bis nichts als Dunkelheit übrig war. Das Schlimmste an diesem Gefühl war natürlich, dass es überhaupt kein Hass war.

Echo fuhr sich mit den Fingern über die Wangen und wandte mir schließlich ihr Gesicht zu. »Eine Freundin hat mir gesagt, bevor ich meiner Mutter nicht verziehen habe, wird der Hass nicht weggehen, aber wie soll ich ihr je verzeihen?«

Darauf hatte ich keine Antwort. »Was müsstest du ihr alles verzeihen?«, wisperte ich stattdessen.

»Es gibt so viele Dinge. Aber im Grunde führen sie auf eine Sache zurück – dass sie mich auf die Welt gebracht und dann allein gelassen hat. Dafür hasse ich sie am meisten.«

Sie wurde von ihrem nächsten Heulkrampf geschüttelt, und diesmal konnte ich mich nicht zurückhalten. Ich schloss sie in meine Arme. Sekundenlang wehrte sie sich, doch dann bröckelte ihr Widerstand, und sie ließ sich gegen mich sinken, schlang ihre Arme um meine Mitte und weinte noch heftiger.

Auch mir kamen die Tränen, aber ich drängte sie zurück. Was war mein Schmerz im Vergleich zu ihrem? Seit über einem Jahr drehte ich durch, hatte eine Panikattacke nach der anderen, und weswegen? Echo hatte ihre Mutter verloren, sie hatte ihren Vater nie kennengelernt. Und sie war trotzdem hier und stand für sich selbst ein. Sie war laut und ließ sich nicht einschüchtern. Sie machte, was ihr gefiel.

Als sie sich beruhigt hatte, wich sie zurück. Meine Augen hatten sich inzwischen so weit an die Dunkelheit gewöhnt, dass ich die Konturen ihres Gesichts ausmachen konnte.

»Ist das genug?«, flüsterte sie. »Bereust du es, mich gefragt zu haben?«

Ich bereue eher, dass ich dich erst jetzt gefragt habe.

Kopfschüttelnd sah ich sie an. »Weißt du, wie stark du bist?« Ich verstärkte meinen Griff, damit sie sich nicht losreißen konnte. Sie wollte keine Komplimente, doch das war mir egal. Vielleicht war es mit ihrer Reaktion auf Komplimente genau wie mit der auf ihre Mutter – etwas anderes steckte dahinter. Etwas Mächtiges. »Natürlich hasst du sie noch immer«, fuhr ich fort. »Ich hasse meine Eltern auch, obwohl sie mir nicht mal einen Bruchteil von dem angetan haben, was deine Mutter dir angetan hat. Aber du lässt dich davon nicht unterkriegen. Du könntest einfach aufgeben, stattdessen kämpfst du weiter. Was du während der Schulzeit erlebt hast, würde reichen, um aufgeben zu wollen. Wie dir die anderen das Gefühl gegeben haben, Abschaum zu sein, nur weil du ein bisschen anders warst. Und dann hat dich deine eigene Mutter im Stich gelassen. Wie soll man damit klarkommen? Du hast es trotzdem geschafft.«

Ihre Zähne blitzten auf, und ein grausames Lächeln erschien auf ihren Lippen. »Ich *bin* Abschaum, Alexis. Deshalb hat sie mich auch im Stich gelassen.«

Es klang nicht wütend. Es klang auch nicht traurig. Sie sprach es wie einen unumstößlichen Fakt aus.

Ich dachte an ihre Reaktion, als ich zum ersten Mal in ihrem Zimmer aufgetaucht war und sie begriffen hatte, dass ich mit ihr schlafen wollte. *»Bist du echt so verzweifelt?«*

»Was du über dich selbst denkst, ist dein Ding«, hatte ich geantwortet. Zu diesem Zeitpunkt hatte ich weder die Energie noch das Bedürfnis gehabt, mit ihr darüber zu diskutieren. Jetzt kam ich mir wie das größte Arschloch vor.

»Das stimmt nicht«, wisperte ich.

Selbsthass war mir nicht fremd, doch ihr Hass bezog sich nicht auf eine bestimmte Seite von sich, so wie bei mir, er bezog sich auf alles. Auf alles, was sie ausmachte.

»Woher willst du das wissen?«, zischte sie. »Du hast doch keine Ahnung.«

»Ich sehe dich. Ich habe dich die letzten Wochen erlebt. *Du* hast überhaupt keine Ahnung, wie krass du bist. Wie gut du mir tust und …«

Sie riss sich so ruckartig los, dass ich nichts dagegen unternehmen konnte.

»Hör auf damit!«, schrie sie.

»Womit?«

»Ich ertrage das nicht!«

»Was?«, rief ich zurück. »Was erträgst du nicht?«

Für ein paar Herzschläge lang war ich mir sicher, dass sie erneut zu weinen anfangen oder auf mich einschlagen würde, doch dann schüttelte sie den Kopf. »Komm mit.«

Sie drehte sich um und stürmte los.

Ich rannte ihr hinterher, um sie nicht aus den Augen zu verlieren. Wir liefen an weiteren Grabsteinen vorbei, an Bänken und Tannen, an Engelsstatuen aus Marmor und Rosenbüschen, bis wir an der Hinterseite der Kirche angekommen waren. Es war hier heller, silbriges Mondlicht ergoss sich über die Kirche.

Echo lehnte sich gegen die Steinwand und schaute schwer atmend zu mir. Ihr Blick war nicht wütend, sondern verzweifelt. »Küss mich«, flüsterte sie. »Bitte küss mich.«

Mein Herz klopfte wild in meiner Brust, als ich den Abstand zwischen uns schloss, ihr Gesicht zu fassen bekam und meinen Mund auf ihren presste. Vorhin im Auto hatte ich mich nicht darauf konzentrieren können, wie gut es sich anfühlte, weil meine Gedanken Amok gelaufen waren, aber jetzt ließ ich mich treiben. Verlor mich in ihrem süßlichen Duft, in ihrer köstlichen Wärme. Sie stellte sich auf die Zehenspitzen, krallte sich an meinen Schultern fest, schob ihre Zunge in meinen Mund, küsste mich mit einer Leidenschaft, die alles in mir in Brand setzte.

Als ich begann, das Zeitgefühl zu verlieren, wich sie zurück.

»Sag's noch mal«, keuchte sie.

»W-was?«

»Was du über mich gesagt hast. Ich versuche, es zu ertragen.«

Ich schloss die Augen. Ließ meine Stirn gegen ihre sinken. Und genau wie ich mich in den Kuss fallen lassen hatte, ließ ich den Worten jetzt freien Lauf.

»Deinetwegen ging es mir in den letzten Wochen so gut wie seit einem Jahr nicht mehr. Ich hatte Spaß bei der Arbeit, ich hab mich fast wie ein normaler Mensch gefühlt, wenn wir nebeneinander in der Küche standen. Und jedes Mal, wenn der Schmerz zurückkam, die Wut und all dieser Scheiß, hab ich daran gedacht, dass ich dich abends sehen darf, dich fühlen darf, dass wir die Zeit zum Stillstand zwingen werden und nichts mehr eine Rolle spielen wird. Du bist das Gegenteil von mir, du bist so dreist und ehrlich und hältst nichts zurück. Meine Familie besteht aus lauter Heuchlern, und ich bin genauso, ich habe es perfektioniert, ich habe monatelang die Wahrheit in mir weggesperrt, aber du ... Fuck, du bist so *echt*. Ich bewundere deine Art, auch wenn sie mich in den Wahnsinn treibt. Egal, wie schlimm meine Verzweiflung ist, wenn du da bist, kann ich klar denken. In Momenten, in denen ich schreien will, bringst du mich zum Lachen, und ich hab keine Ahnung, wie du das tust, aber ich bin dir so dankbar. Du ahnst nicht, was für einen Unterschied es macht. Du ahnst nicht, wie es mir davor ging.«

Ich holte tief Luft. Es ging jetzt nur darum, dass ich die Wahrheit sagte. Und dass sie bereit war, sie zu hören.

»Der Sex ... diese Nächte im Club, sie haben mir geholfen«, fuhr ich fort, wartete auf den Widerstand, auf die Stimme, die mir sagte, dass es kein Zurück gab, wenn ich so weitermachte, doch da war nichts. Ich wollte nicht zurück. »Aber das ist kein Vergleich zu jetzt. *Du* bist der Grund, nicht nur das, was du mir gibst. Du bist kein Abschaum, Echo. Du bist ein verdammtes Geschenk.«

31. KAPITEL

Echo

When you look at me like that, what did you expect?

Ich hatte zwei Möglichkeiten.

Möglichkeit eins: die Wahrheit sagen. Die ganze. Die hässliche. Es wäre nicht leicht, aber ich hatte inzwischen Übung darin. Ich musste nicht die ganze Schuld auf mich nehmen. Es war schließlich nicht allein meine. Die Worte lagen mir schon auf der Zunge.

Alexis, könnte ich antworten, *Alexis, was du machst, ist nicht fair. Du denkst allen Ernstes, du kannst deine Regel für eine Nacht außer Kraft setzen und morgen wird alles so sein wie zuvor? Du denkst wirklich, ich halte das aus? Ausgerechnet ich?*

Das würde ausreichen. Wenn er zu Erklärungen ausholte, mich vom Gegenteil überzeugen wollte, wüsste ich, wie ich ihnen ein Ende bereiten könnte.

Hör auf, würde ich sagen. *Du weißt nicht, wovon du sprichst. Ich bin nicht der Mensch, für den du mich hältst. Ich habe gerade einen Entzug hinter mir. Nicht wie dein Vater, nein, schlimmer. Drogen. Das harte Zeug. Ja, genau. Ich bin süchtig. Ich werde immer süchtig sein, denn so was geht nie vorbei. Verstehst du? Ich bin das, was du vermutlich am allermeisten verabscheust. Und ich bin nicht nur süchtig nach Drogen, ich bin auch süchtig nach dir. Deshalb geht es dir so gut, wenn du bei mir bist. Weil ich alles dafür tun würde, um dich glücklich zu machen. So funktioniert Sucht. Ein Junkie würde alles für den nächsten Kick tun. Dein Glück ist mein Mittel zum Zweck.*

»Echo?«

Seine Augen wurden feucht. Er schaute mich an, wie er mich noch nie angeschaut hatte. Es war ihm wirklich ernst. Er glaubte tatsächlich, das hier wäre real.

Ich stieß mich von der Wand ab und holte mein Handy aus der Jackentasche, öffnete den Chat mit Luke und tippte zwei Nachrichten.

Echo: *ich geh jetzt schlafen*

Echo: *gute nacht*

Nachdem ich sie abgeschickt hatte, drückte ich so lang auf den Ausschaltknopf, bis der Bildschirm schwarz wurde.

»Eigentlich wollte ich schauen, ob die Kirche offen ist, und dann dort Sex haben, um meiner Mum eins auszuwischen«, sagte ich. »Aber ich glaube, das ist nicht die richtige Atmosphäre dafür.«

Seltsam, wie ruhig ich plötzlich war, obwohl die Tränenspuren auf meinen Wangen noch nicht mal richtig getrocknet waren. Ich hatte keine Panik mehr davor, ihn anzusehen. Und auch seine Worte konnten mir nichts anhaben. Ich hatte eine Entscheidung getroffen.

Alexis starrte mich perplex an.

»Lass uns hier weg«, murmelte ich und nahm seine Hand, verschränkte seine Finger mit meinen, als hätte es vorhin nicht mein Herz zerrissen, wie selbstverständlich er das Gleiche bei mir gemacht hatte. »Friedhöfe sind deprimierend.«

Widerstrebend ließ er sich mitziehen. Es war eindeutig, dass er nicht mit meinem Stimmungsumschwung klarkam.

»Echo ...«

Dieser Ton machte mich sonst immer fertig. Er klang so zärtlich.

Statt ihn anzuschreien, lächelte ich. »Ich hab auch eine Idee. Willst du sie hören?«

Sein Schweigen deutete ich als Zustimmung.

»Was, wenn wir heute Nacht nicht nur reden, sondern auch alles andere zulassen?«

»Wie ... wie meinst du das?«

Wir waren beim Mausoleum angekommen, ich ließ ihn los, kletterte über die Mauer und wartete, bis er mir folgte.

Vor dem Auto blieb ich stehen. »Lass uns so tun, als seien wir normal. Nicht abgefuckt, sondern einfach nur zwei Menschen, die sich nach all den Jahren wiedergesehen und zueinander gefunden haben.«

Sein alarmierter Blick traf mich. Natürlich. Meine Wortwahl irritierte ihn. Er hatte Angst davor, dass ich ihn falsch verstanden hatte, mir etwas auf das einbildete, was er gesagt hatte. Dass ich jetzt *mehr* wollte. Beinahe hätte ich laut gelacht.

Als hätte ich je weniger gewollt.

»Nur für heute Nacht«, versicherte ich ihm. »Morgen wird alles so sein wie davor. Wir müssen nie wieder darüber reden.«

Statt seine Antwort abzuwarten, schloss ich das Auto auf und setzte mich.

Es dauerte eine Weile, bis die Tür neben mir sich öffnete.

Sein Gesichtsausdruck war unergründlich. »Okay«, flüsterte er. »Nur für heute Nacht.«

Ich startete den Wagen.

Möglichkeit zwei: zerfallen, zerbröckeln, mich in Stücke auflösen.

32. KAPITEL

Echo

I'd probably still adore you with your hands around my neck

Ich fuhr auf die Hauptstraße, die die Klippen entlang verlief, und gab Gas, bis wir Goldbridge hinter uns ließen und kein anderes Auto mehr weit und breit zu sehen war. Wir sprachen kein Wort, und anders als sonst hatte ich nicht das Bedürfnis, die Stille zu füllen. Eine tiefe Ruhe erfüllte mich. Sie erinnerte mich an mein altes Ich, das mir so weit weg vorkam. An den Moment, wenn ich wusste, es konnte sich nur noch um wenige Minuten handeln, bis die Wirkung der Drogen einsetzte.

Als links von uns ein Spielplatz in Sicht kam, verringerte ich das Tempo und kam auf der kleinen Grünfläche daneben zum Stehen. Ein Glück, dass es ein Automatik-Auto war, so wie Lukes, womit er mir das Fahren beigebracht hatte. Und noch ein größeres Glück, dass weit und breit keine Polizei in Sicht war. Ich hatte keinen Führerschein, weil ich durch die Prüfung gerasselt war. Aber wem auch immer dieses Auto gehörte, der Person war es bestimmt lieber, wenn ich fuhr und nicht Alexis. Was für eine Ironie, dass ausgerechnet ich die Zurechnungsfähigere von uns beiden war.

Wir stiegen aus und betraten den Spielplatz. Er befand sich direkt am Klippenrand, rechts davon führte eine Treppe runter an den Strand. Seltsamer Ort für einen Spielplatz. So nah am Abgrund. Eine Doppelschaukel, eine Rutsche, ein überquellender Mülleimer und eine Bank, das war's.

Ich setzte mich auf eine Schaukel und Alexis auf die neben mir. Die rostigen Ketten ächzten und quietschten.

»Jetzt du«, sagte ich, nahm Anlauf und stieß mich vom sandigen Boden ab.

Der dunkelblaue Himmel ging nahtlos ins schwarze Meer über. Wenn ich kräftiger schaukelte und mich dann am höchsten Punkt fallen ließ, würde ich ins Wasser fallen?

Wenige Sekunden später befand sich Alexis neben mir in der Luft. Er hatte den richtigen Moment abgepasst, wir waren im gleichen Takt.

»Ich möchte kein Mitleid oder sonst was«, sagte er.

»Kriegst du nicht.«

»Ich möchte es auch nicht wissen, wenn du mich armselig findest.«

Egal, was du mir erzählen wirst, es wird niemals an die Armseligkeit meines Lebens rankommen.

»Du wirst kein Wort von mir hören.«

»Und du sollst mich nicht dabei anschauen.«

»Mach ich nicht.«

Ich schaukelte und schaukelte und hoffte, ich könnte mich in Luft auflösen. Nur für ein paar Minuten, bis es vorbei war.

Vielleicht verschaffte es keine Erlösung, die Wahrheit zu sagen, aber es brachte Menschen zusammen. So baute man Nähe auf. Ich hatte von Mum erzählt und ihm erlaubt, mich zu halten, während ich auseinandergefallen war. Schon vor dieser Nacht war ich verloren gewesen, und mit jedem Wort, mit jeder weiteren Enthüllung würde es schlimmer werden.

Hi, ich bin Echo, und ich mache keine halben Sachen. Wenn ich auf die Fresse fliege, dann so richtig.

»Mein Vater wurde aus der Entzugsklinik entlassen«,

erklang seine Stimme, scharf und kalt und hart. Jedes Wort schien ihm Schmerzen zu bereiten.

Sein Glück, meines. Sein Schmerz, meiner. So war das nun mal mit der Sucht. Ich war untrennbar mit ihm verbunden. Wenn er zerfiel, zerfiel ich mit ihm.

»Meine Mutter hat es meinem Bruder und mir vorhin gesagt. Deshalb bin ich durchgedreht. Er war so lang weg, und ich hatte gehofft, er würde nie wiederkommen. Was er mir angetan hat, ist nicht halb so schlimm wie das, was dir widerfahren ist, aber offenbar ist es trotzdem zu schlimm für mich, sonst hätte ich meine Stimme damals nicht verloren.«

Wie oft hatte ich mein Schicksal mit dem anderer verglichen? Wie oft hatte ich mir selbst versichert, dass ich entweder schlimmer oder besser dran war (je nachdem, was mir in dem Augenblick mehr dabei half, mit mir selbst klarzukommen)? Ich tat es noch immer. Ich verglich mich mit Darcy, mit Tori, beneidete sie um ihr normales Leben oder ihre Willenskraft. Noch nie war mir so bewusst gewesen, wie scheißunnötig das war. Wie wenig das über irgendwas aussagte. Vielleicht konnte ich es so klar sehen, weil ich gerade nicht diejenige war, die sich verglich. Weil mir seine Scham aus jedem Wort entgegensprang und ich ahnte, ein Teil seines Schmerzes hing damit zusammen, dass er sich für seine Gefühle verurteilte.

»Es ist nichts Bahnbrechendes, weißt du?«, fuhr er fort. »Kein großes Geheimnis, kein krasser Skandal. Er hat mich nicht missbraucht. Er hat mich auch nicht geschlagen. Nur einmal ist er ausgetickt, aber das lag am Alkohol. Und überhaupt, das ist nicht das Problem. Es geht um alles, was davor kam. Monatelang ist er zu mir ins Wohnheim gekommen, hat getrunken und geredet. Am Anfang habe ich ihn getröstet, aber als ich kapiert habe, dass er mich nicht mal wahrnimmt, habe ich nichts mehr gesagt. Ich saß einfach da und habe es über mich ergehen lassen. Er hat über meine Mutter geredet und darüber, wieso sie eine Affäre hatte. Das mit der Affäre ist eine lange Geschichte, sie ist der Grund, wieso er ursprünglich zu mir kam; viel wichtiger ist allerdings, dass Mum eine beschissene Kindheit hatte und Dad ihr deshalb nie böse sein konnte. Mein Großvater war Alkoholiker. Und Dad hat sich ständig mit ihm verglichen. ›*Ich bin nicht wie er, Alexis, ich schwöre, ich bin nicht wie er*‹, das hat er wieder und wieder gesagt, und ich habe ihn darin bekräftigt. Jedes Mal hat er ein bisschen mehr getrunken. Meistens hat er danach neben meinem Bett auf dem Boden geschlafen. Und weißt du, was ich am nächsten Morgen gemacht habe, während er geschlafen hat?« Als er lachte, schauderte ich. »Ich habe die Spuren beseitigt, ihm Kaffee und Frühstück besorgt, mir eine Ausrede für ihn überlegt. Jeden Morgen habe ich mich um ihn gekümmert und ihn vor Mum oder Julian oder den anderen Mitarbeitern gedeckt. Habe mir irgendwelche Geschichten ausgedacht, damit sie nichts kapieren. Und Dad hat mitgemacht. Er war so dankbar. ›*Das wird nie wieder vorkommen*‹, hat er gesagt. ›*Es tut mir so leid. Wie soll ich dir je danken?*‹ Und dann kam der nächste Abend, und das Spiel ging von vorne los.«

Ich hatte aufgehört zu schaukeln. Mein ganzer Körper war zu Eis erstarrt. Ein einziges Wort lief in Dauerschleife durch meine Gedanken. *Enabler. Enabler. Enabler.*

Alexis war der Enabler seines Vaters gewesen. Das, was Luke jahrelang für mich gewesen war. Enabler fühlten sich nicht nur verantwortlich für den Süchtigen, sie dachten oftmals auch, es wäre ihre Schuld, dass die Person überhaupt süchtig war, weil sie es nicht verhindert, sondern ihr dabei geholfen hatten, es zu verstecken.

»Ich habe am Anfang so oft versucht, mit ihm über seinen Alkoholkonsum zu reden. Als das nichts gebracht hat, habe ich mir eingeredet, es sei bloß eine Phase. Immerhin habe ich ihn auch davor ständig trinken sehen und mir nichts dabei gedacht. Hinzu kam, dass er während dieser Nächte im Wohnheim nicht wirklich betrunken auf mich wirkte. Nur sein Redefluss war besorgniserregend. Und die intimen Details, die er mit mir geteilt hat. Aber je länger das Ganze lief, desto mehr trank er und desto weniger hatte er es unter Kontrolle. Und je weniger er es unter Kontrolle hatte, desto weniger trank ich, bis ich das Zeug überhaupt nicht mehr anrührte. Schließlich gingen seine Filmrisse los. Morgens hat er sich immer entschuldigt und gefragt, was passiert war. Ich habe gelogen. Egal, wie schlimm es wurde, wie sehr er rumgebrüllt oder geheult hat, ich hab so getan, als wäre es ein netter Abend gewesen. Tja, und dann kam diese eine Nacht. Die letzte Nacht. Ich habe ihn provoziert. All die Monate hatte sich meine Wut angestaut, und dann bin ich einfach explodiert. Ich habe ihn angeschrien, was für ein Versager er sei, wie er mir das antun könnte, ob er wüsste, wie ich mich fühlte. Er war so aufgewühlt, dass er eine Flasche gegen die Wand geschmissen und mich dabei erwischt hat. Er hat nicht mal auf mich gezielt. Ich war einfach im Weg. Der Schmerz war nicht besonders schlimm, aber ich habe mich erschrocken. Ich bin zu Boden gegangen und habe ein bisschen geblutet. Er hat vor mir gekauert und geheult wie immer. Dann hat er mich gefragt, wieso ich ihm nie gesagt habe, wie schlimm es für mich ist. Da ist eine Sicherung in mir durchgebrannt.« Zittrig atmete er aus. Inzwischen schaukelten wir beide nicht mehr. Seine Stimme verlor sich im Tosen des Windes. »Ich habe auf ihn eingeschlagen. Keine Ahnung, wie lang. Als ich fertig war, war überall Blut. Dann bin ich aufgestanden und habe ihn dort liegen lassen.«

Meine Handflächen waren schweißnass. Alles in mir schrie

danach, den Blick vom Nachthimmel zu nehmen und ihn anzuschauen. Ich kämpfte dagegen an und begann stattdessen wieder zu schaukeln. Was er brauchte, war ein Auffangbecken für all die Worte, die er weggesperrt hatte. Keine Anteilnahme. Keine Wut. Und auch nicht den nett gemeinten Hinweis, dass er offensichtlich die Schuld seines Vater auf sich nahm.

»Ich weiß bis heute nicht, was mit mir passiert ist, als ich über ihm gekniet und meine Faust in sein Gesicht gerammt habe. Es war, als hätte etwas in mir die Kontrolle an sich gerissen. Ich war kaum mehr richtig da. Nach dieser Nacht ist er nie wieder zu mir ins Wohnheim gekommen. Ein paar Tage lang ist er untergetaucht, wir haben nichts von ihm gehört. Zu Mum hat er gesagt, es gäbe einen Familiennotfall und er müsste ein paar Tage nach Suffolk, wo seine Eltern herkommen. In dieser Zeit bin ich fast gestorben vor Angst. Da fingen auch die Panikattacken an. Ich hatte keine Ahnung, wie schlimm seine Verletzungen waren, aber ich habe mich auch nicht getraut, ihn anzurufen und zu fragen. Als er zurückgekommen ist, sah er aus wie immer. Man hätte meinen können, dass diese Nacht in meinem Zimmer nie passiert ist. Er war freundlich zu mir, hat kein Wort darüber verloren. Doch von diesem Moment an konnte ich nicht mehr mit ihm sprechen. Weder mit ihm noch mit Mum, Julian oder sonst jemandem im Prisma. Ich hatte Angst davor, was passieren würde. Was ich ihnen antun würde. Was ich jedem antun würde, der zufällig vor mir stünde.«

Alexis stockte. Ich wollte abhauen. Ich wollte ihn umarmen. Aber vor allen Dingen wollte ich ihn fragen, ob er auch nur die leiseste Ahnung hatte, zu wem er das alles sagte. Wem er sich da anvertraute.

Schaukel einfach weiter. Lass ihn reden.

»Dad erschien immer seltener zur Arbeit, und ich konnte

ihn nicht mehr decken. Dadurch ging es mir seltsamerweise schlimmer. Ich habe ihn dafür gehasst. Tja, und dann, vor ein paar Monaten, ist er durchgedreht und besoffen im Prisma aufgetaucht. Da kam alles ans Tageslicht. Und natürlich hat Julian die Lage gerettet. Er hat ein einziges Gespräch mit unserem Vater geführt, und der hat sich daraufhin bereit erklärt, einen Entzug zu machen. Ist das nicht lustig?«

Alexis schwieg. Sekunden, Minuten. Der Regen hatte wieder eingesetzt, diesmal stärker.

Irgendwann hielt ich es nicht mehr aus. »Das ist so ziemlich das Unlustigste, was ich je gehört habe.« Wie durch ein Wunder klang meine Stimme normal. Ein Glück, dass ich geübt darin war, meine Emotionen zurückzudrängen.

Am höchsten Punkt sprang ich von der Schaukel, flog durch die Luft und kam hart ein paar Meter entfernt im Sand auf. Der Aufprall schüttelte meinen ganzen Körper durch. Ich wirbelte herum. »Lass uns was zerstören«, brüllte ich gegen den Wind an. Er peitschte mir den Regen ins Gesicht, wo er sich mit meinen Tränen vermischte. Ich hatte nicht mitbekommen, wann ich wieder zu weinen begonnen hatte.

Alexis sah mich an, als wüsste er nicht, ob ich den Verstand verloren hatte oder ob er gerade dabei war, ihn zu verlieren.

Ich gab ihm keine Chance zu widersprechen. Im nächsten Moment rannte ich los zur Treppe. Hielt mich rechts und links am Geländer fest, damit ich auf den nassen Stufen nicht ausrutschte, während ich nach unten hastete. Die Brandung und der Wind waren zu laut, sodass ich nicht hörte, ob er mir folgte. Doch ich spürte ihn. Ich war mir sicher, er befand sich nur wenige Meter hinter mir. Er brauchte mich. Er war zu mir gekommen. Vielleicht war nicht nur ich abhängig von ihm. Noch nie in meinem erbärmlichen Leben hatte ich etwas für einen anderen Menschen besser gemacht, ich war immer zu viel gewesen oder nicht genug. Egal, was ich anfasste, ich zerstörte es, doch für Alexis … für Alexis machte ich alles besser.

Unten angekommen, drehte ich mich um. Er stand direkt vor mir. Die Schwärze der Nacht umhüllte uns. Ein ersticktes Geräusch brach durch die Lärmkulisse. Ich war mir nicht sicher, ob er weinte oder lachte.

Ich rannte zum Meer, bückte mich, ließ meine Finger über die Steine gleiten, glatt und kalt, scharf und nass, bis ich einen besonders großen zu fassen bekam. Sein Gewicht ließ mich keuchen, doch das brachte mich nicht von meinem Vorhaben ab. Ich hievte ihn in die Höhe und eilte zu den Klippen, hob ihn mit beiden Händen über den Kopf und warf ihn gegen die Felsen.

Ein ohrenbetäubendes Krachen erklang. Mein ganzer Körper vibrierte. Er kam auf dem Boden auf, nur Zentimeter vor meinen Schuhspitzen. Und dann donnerte es über uns, ein Blitz erhellte die Nacht, und die unversehrten Klippen flackerten vor mir auf. Ein einziger Stein hatte nicht die Macht, sie zu beschädigen.

»Bist du … Bist du verrückt?«

Ich drehte mich nach Alexis um. Nun musste ich sein Gesicht nicht erkennen, um zu wissen, dass er lachte.

»Was soll das bringen?«

»Probier's aus!«, rief ich zurück.

»Ich dachte, wir zerstören was!«

»Es gab eine Zeit, da habe ich Kirchenfenster zerschlagen«, murmelte ich, so leise, dass er mich hoffentlich nicht verstand. »Aber das hatte leider Konsequenzen.« Ich drehte mich um und lief wieder zum Meer. »Probier's aus«, wiederholte ich lauter. »Es fühlt sich fantastisch an. Du kannst dabei auch schreien. Das macht es noch besser.«

Diesmal lachte er nicht. Kopfschüttelnd sah er mich an, doch dann gehorchte er.

Sekunden später standen wir Seite an Seite vor der Klippenwand und schmissen Steine dagegen. Unsere eigene kleine Apokalypse, während die Welt dort oben nur das Gewitter hörte.

»Ich war damals verknallt in dich, wusstest du das?«, brüllte ich und schmetterte noch einen Stein gegen die Felsen.

»Nein, aber ich habe es gehofft!«, brüllte er zurück und warf den nächsten hinterher.

Nach jedem Stein eine neue Offenbarung. Mal er, mal ich.

»Ich will doch nur glücklich sein!«

»Ich auch, verdammt!«

»Ich habe Angst davor, nie ohne Angst zu sein!«

»Ich will aufhören zu kämpfen!«

»Ich will endlich damit anfangen!«

»Ich will ihr verzeihen!«

»Ich will mir selbst verzeihen!«

Als wir völlig außer Atem waren, fielen wir uns in die Arme, klammerten uns aneinander fest. So verharrten wir, während der Regen sich erbarmungslos über uns ergoss.

Ich vergrub mein Gesicht an seinem Hals. Atmete ihn ein. »Was du mir erzählt hast …« Meine Stimme versagte.

»Sag nichts«, flüsterte er mir ins Ohr, seine Finger fuhren über meinen Hinterkopf, meinen Nacken, meinen Rücken. »Bitte, sag nichts.«

Meine Tränen kamen zurück. »Okay. Ich sag nichts.«

Aber wenn ich etwas hätte sagen dürfen, dann hätte ich es herausgeschrien.

Es war nicht deine Schuld.

Du hast diesen Schmerz nicht verdient.

Es war nicht deine Schuld.

Deine Dunkelheit macht mir keine Angst.

Es war nicht deine Schuld.

Ich fange an zu glauben, dass es nicht nur die Sucht ist.

Es war nicht deine Schuld.

Wenn ich zerfalle, zerfällst du mit mir?

Es war nicht deine Schuld.

Ich will nicht nur diese Nacht, Alexis. Ich will ein ganzes Drecksleben.

33. KAPITEL

Alexis

Did you ever want it?

»Wo warst du die letzten Jahre?«, flüsterte ich.

Wir lagen eingepfercht auf der Rückbank von Vasiles Auto, Echo auf mir, der Motor lief, die Heizung war auf die höchste Stufe gedreht. Der Regen hämmerte unvermindert heftig gegen die Fenster. Die Lichter der vorbeifahrenden Autos zuckten immer wieder hinter uns, ansonsten war es dunkel.

Da war keine Angst in mir. Es fühlte sich an, als hätte sie nie existiert. Als gäbe es nichts mehr, wovor ich mich fürchten musste. Ich war völlig erschöpft, aber mein Herz schlug regelmäßig. Dafür raste ihres. Ich spürte es an meiner Brust. Unwillkürlich verstärkte ich meinen Griff und drückte sie an mich, bevor ich den Kopf leicht zurücklehnte und meine Lippen auf ihre Stirn presste. Wir waren völlig durchnässt. Es war egal. Ich hatte es getan. Ich hatte mich ihr geöffnet, und es war nicht ansatzweise so schwer gewesen, wie ich mir ausgemalt hatte. Ich hatte sie auch nicht angebrüllt oder ihr wehgetan. Und am wichtigsten: Sie war nicht weggerannt.

»Du hast gesagt, du lebst in zwei Welten«, wisperte sie an meiner Haut. »Das habe ich auch getan.«

Etwas in ihrer Stimme hielt mich davon ab nachzuhaken.

»Ich bin froh, dass sich unsere Welten getroffen haben«, murmelte ich.

Sie schniefte, und ihr Oberkörper erbebte.

»Hey.« Ich streichelte sie erneut. »Hey. Schau mich an.«

Wie in Trance hob sie den Kopf von meiner Brust.

Ich legte ihr eine Hand an die Wange und fuhr mit dem Daumen über ihre nasse Haut. Wieso weinte sie?

»Sag mir, was du brauchst.«

»Kannst du …« Sie brach ab. »Kannst du …«

»Hey. Echo. Alles, was du willst. Alles. Okay?«

»Kannst du mich küssen?«

Erleichterung durchflutete mich, doch sie war nicht von Dauer.

»Nicht so wie vorhin. Kannst du mich küssen, als ob du es ernst meinst?«

In der Finsternis starrte ich sie an. Gelbes Licht flackerte über ihr Gesicht. Ihre Augen waren weit aufgerissen. Sie sah aus wie jemand, der sich mitten auf eine Schnellstraße stellte und auf das Ende wartete, während die Scheinwerfer näher kamen.

Sekundenlang sprachen wir beide kein Wort mehr. Es gab vieles, was ich ihr hätte sagen können. *Ich meine es immer ernst, wenn ich dich küsse. Ich weiß nicht, was du von mir erwartest. Ich habe dir von Anfang an gesagt, dass ich dir nicht mehr geben kann.*

Ich dachte an die Stille, die sie mir geschenkt hatte, während die Worte aus mir herausgebrochen waren. Ich dachte an alles, was sie mir seit dem ersten Abend, als ich vor ihrem Wohnheimzimmer aufgetaucht war, gegeben hatte. Ihre Nähe. Ihre Wärme. Ihr Vertrauen. Wie ich mich in ihrer Anwesenheit so frei und normal fühlte.

Nur für heute Nacht. Nur für sie. Nur für die fehlende Angst.

Plötzlich musste ich mich nicht mehr überzeugen. Plötzlich ging es wie von selbst.

Ich zog ihr Gesicht an meines und presste meinen Mund auf ihren.

Ein Stöhnen entwich ihr, halb Dankbarkeit, halb Schmerz. Sie küsste mich wie ausgehungert. Als wäre es das erste Mal. Als wollte sie nie wieder etwas anderes tun.

Unser Kuss schmeckte nach Verzweiflung und Notwendigkeit. Ich war noch nie so geküsst worden. Und für einen Moment, für einen beschissen hoffnungsvollen Moment, waren wir nur zwei Menschen in einem Auto am Rande der Stadt inmitten eines tobenden Gewitters. Und für diesen einen Moment wollte ich ihr nicht bloß mehr, sondern alles geben.

34. KAPITEL

Echo

Did you want it bad?

Eine Berührung an meinem Rücken. Federzart. Fingerspitzen, die Kreise auf meiner Haut zeichneten. Es war heiß, die Sonne schien mir direkt ins Gesicht, und bis auf meinen Slip war ich nackt.

Die Panik kam in Wellen, und mit ihnen kamen die altbekannten Fragen. Wo war ich? Was hatte ich genommen? Wie lange war ich bewusstlos gewesen?

»Guten Morgen.«

Mit einer Hand fuhr ich mir übers Gesicht, rieb mir die Augen, dann schlug ich sie auf und hob den Kopf.

Ein dunkelbraunes Augenpaar beobachtete mich.

Alexis. Der Sturm. Das Auto. Oh, Gott sei Dank.

Ich stöhnte auf. »Sind wir hier eingepennt?«

Er lachte heiser. »Sieht ganz danach aus.«

Seufzend ließ ich mich wieder auf seine nackte Brust sinken. Atmete den Duft seiner Haut ein. Seufzte erneut. Warum roch er immer so gut?

»Hey, Echo?«

Seine Stimme klang seltsam. Nicht nur schlafbelegt. Irgendwie nervös. Bereute er es, dass wir zusammen eingeschlafen waren? Bereute er alles, was gestern geschehen war?

Ich weigerte mich aufzuschauen. Ich wollte es nicht wissen, sondern einfach so lang wie möglich auf ihm liegen bleiben und mich der Illusion hingeben, dass alles in Ordnung war.

»Du wirst gesucht.«

Mit einem Ruck fuhr ich wieder hoch. »Was?«

»Meine Mum hat mir zig Nachrichten hinterlassen.« Er hatte die Stirn gerunzelt. »Luke hat sich gestern Nacht noch bei ihr gemeldet.«

Mein Herz begann so schnell zu rasen, dass mir übel wurde.

Oh, nein.

Was war mit Luke los? Ich hatte ihm doch gestern geschrieben, dass ich im Bett war.

»Okay …« Ich klang glücklicherweise verwirrt, nicht panisch. »Ist was passiert?«

»Keine Ahnung.« Eine seltsame Emotion zuckte über sein Gesicht. »Vielleicht vertraut er mir auch nicht und hat sich Sorgen gemacht, weil du mit mir abgehauen bist?«

Mir wurde ganz schwindelig vor Erleichterung. Er kannte die Wahrheit nicht.

»Ach, Quatsch. Wie viel Uhr ist es?«

»Kurz vor sieben.«

Alles in Ordnung. Kein Grund zur Panik. Ich würde es wieder geradebiegen.

»Dann schreib ich ihm gleich mal, und wir können direkt bei ihm vorbeifahren, wenn das okay ist?«

»Natürlich.«

Fünf Minuten später waren wir beide angezogen und streckten uns vor dem Auto. Ich war völlig verspannt, aber das war mir egal. Für so eine Nacht hätte ich jede Verspannung der Welt in Kauf genommen.

Unter uns funkelte das Meer in der Sonne, die Möwen flogen ihre Runden und kreischten, was das Zeug hielt. Nur die Regentropfen auf den Schaukeln und der dunkle Sand verrieten, was für ein heftiges Gewitter hier gestern getobt hatte.

»Willst du wieder fahren?« Alexis' Grübchen kamen zum Vorschein.

Wieso sah er morgens genauso gut wie abends aus? Nein, falsch, sogar deutlich besser. Als er mich gestern abgeholt hatte, war er völlig fertig gewesen. Jetzt strahlte er mit der Sonne um die Wette.

Mein Magen zog sich zusammen. Gestern war viel zu krass gewesen. Würde er es totschweigen? War jetzt alles wie zuvor?

Mit einem Kopfschütteln lief ich zum Beifahrersitz. »Hab keinen Führerschein.«

Sein entgeisterter Blick hätte mich beinahe zum Lachen gebracht. Meine Übelkeit hielt mich davon ab. Scheiße, wie sollte ich ihn normal behandeln?

»Du steckst wirklich voller Überraschungen.« Nach sekundenlanger Schockstarre öffnete er die Fahrertür und stieg ein. »Sieht ganz so aus, als wärst du nicht nur in der Patisserie ein Naturtalent.«

Während wir losfuhren, schaltete ich mein Handy an. Ich bemühte mich um eine teilnahmslose Miene, während die Benachrichtigungen auf mich eindroschen. Ein Dutzend verpasste Anrufe. Von Luke und Soula. Noch mehr Nachrichten.

Luke: *Ich habe im Wohnheim angerufen, Echo.*

Luke: *Wo bist du?*

Luke: *Bitte melde dich.*

Luke: *Ich bin nicht böse, ich will einfach nur wissen, ob es dir gut geht.*

Luke: *Wir bekommen das hin.*

Luke: *Es ist okay, wenn du was genommen hast. Wir schaffen das.*

Der Bildschirm verschwamm vor meinen Augen. Ich konnte nicht weiterlesen. Mit Mühe drängte ich die Tränen zurück, bevor ich zu tippen begann.

Echo: *ich hab nichts genommen ich schwöre*

Echo: *es tut mir leid*

Echo: *bin gleich bei dir*

»Alles okay?«, erklang Alexis' besorgte Stimme.

Ich steckte das Handy weg und lächelte ihn an. »Ja.«

Goldbridge kam in Sicht. Wir fuhren am Farmer's Market vorbei, wo Gemüse- und Obst- sowie Fischverkäufer ihre Stände aufbauten. Dann durch die Altstadt mit ihren verwaschenen Pastellhäusern und vorbei am Prisma. Als wir den East Hill hochfuhren und an einer roten Ampel hielten, drehte sich Alexis zu mir und nahm meine Hand.

»Hey.«

Hör auf mit dieser Stimmlage, oder ich hau dir eine rein.

Ich versuchte, meine Hand wegzuziehen. Zwecklos. Er umklammerte sie fester.

»Echo.«

»Was?«, zischte ich.

»Danke für gestern.«

Ich verdrehte die Augen. »Gern geschehen.«

»Du hast mich gerettet«, fuhr er leiser fort. »Und es war verdammt schön mit dir.«

Halt einfach die Klappe, ich bitte dich, halt die Klappe oder ich flenne gleich.

»Ich könnte mich daran gewöhnen.«

Die Worte pumpten sämtlichen Sauerstoff aus meinen Lungen. Was zur Hölle wollte er damit sagen?

Seine Wangen verfärbten sich leicht. »Nicht nur daran, von dir gerettet werden, meine ich. Auch andersrum.« Er schloss für einen Moment die Augen, verzog das Gesicht. Als er sie wieder aufschlug, glänzten sie voller Entschlossenheit. »Ich meine, ich könnte mich daran gewöhnen, nicht nur Sex mit dir zu haben.«

Der Wunsch, mir das Herz aus der Brust zu reißen, flammte in mir auf. Vielleicht konnte ich es so vor ihm retten.

»Was ist mit deiner Regel?« Es sollte lässig klingen, höhnisch, wie ein Witz. Es klang erbärmlich und nackt.

»Scheiß auf die Regel.«

Lautstarkes Hupen ertönte hinter uns.

Ich riss mich von ihm los. Diesmal mit Erfolg. Die Ampel war grün. Keine Ahnung, wie lang schon.

»Fahr«, presste ich hervor und richtete den Blick nach vorn, während ich meine zitternden Finger ineinanderkrallte.

Er drehte den Schlüssel, würgte ab, fluchte, versuchte es noch mal und fuhr dann weiter.

»Ich meine es ernst, Echo«, wisperte er nach ein paar Sekunden. »Ich dachte, ich kann das mit den Gefühlen nicht, aber ich war auch davon überzeugt, ich würde es nie schaffen, mit jemandem über die ganze Scheiße zu reden. Mit dir kommt mir alles nicht so schwer vor.«

Ich schloss die Augen. Rote und orangefarbene Punkte flackerten vor mir auf.

»Ich würde gern für dich da sein, wie du für mich da warst. Ich möchte dich richtig kennenlernen.« Er holte tief Luft. »Ich will nicht so weitermachen wie bisher. Das will ich alles auch, aber nicht nur.«

Das bekannte Lied erklang in mir. *Bitte hör endlich auf zu reden. Bitte hör niemals damit auf. Bitte hör auf. Bitte hör nie auf.*

»Mir ist klar, dass ich dich nicht behandelt habe, wie du es verdient hast. Ich habe nie Fragen gestellt oder versucht, dir näherzukommen. Als das mit uns angefangen hat, konnte ich es nicht, es war alles zu viel für mich, aber ich ...« Er stockte, und ich schlug die Augen auf.

Passierte das gerade wirklich? Träumte ich?

»Ich kann mir gerade nichts vorstellen, was zu viel für mich sein könnte«, sagte er, und dann gab er mir den Todesstoß. »Ich will dich. Ich will alles.«

Wütend fuhr ich mir übers Gesicht, versuchte, die Tränen wegzuwischen.

»Wenn das für dich keine Option ist, verstehe ich es vollkommen«, sprach er weiter.

Ich zog die Nase hoch, nahm unsere Umgebung wieder wahr. Nur noch wenige Meter bis zu Lukes Haus.

Unsere Blicke trafen sich, seiner war sofort bestürzt. »Fuck, ich wollte nicht ...«

»O mein Gott, halt den Mund!« Ich schaute nach vorn und nickte, obwohl alles in mir schrie, die Autotür aufzustoßen und rauszuhechten. Es war absolut wahnsinnig. Das würde niemals funktionieren. Mein vernünftiges Ich wusste das.

Andererseits war ich noch nie besonders vernünftig gewesen.

»Okay«, sagte ich.

Stille.

»O-okay?«, wiederholte er.

Es war eine Herausforderung, ihn nicht wieder anzuschauen.

Lächelte er? Machte ihn meine Antwort glücklich? Machte *ich* ihn glücklich?

Vielleicht musste ich mir mein Herz gar nicht rausreißen. Vielleicht würde es ganz von selbst aus mir rausspringen, wenn das so weiterging.

»Okay.« Ich zuckte mit den Schultern. »Lass uns auf ein Date oder so 'nen Scheiß gehen. Du zahlst. Bin pleite und hab echt keine Lust, mein erstes Gehalt dafür auszugeben.«

Im nächsten Moment platzte es aus ihm heraus, das freie, laute, echte Lachen, und ich konnte mich nicht mehr dagegen wehren. Ich sah ihn an. Und bereute es in derselben Sekunde. Sein Anblick raubte mir alle Sinne. Ich wollte mir jedes Detail einprägen, die Lachfalten, das funkelnde Braun seiner Iriden, die Grübchen. Ich wollte es mit der Welt teilen. Ich wollte allen, die mir je das Gefühl gegeben hatten, falsch zu sein, entgegenbrüllen, dass ich der Grund für sein Glück war. Ich. Echo.

»Ich zahle«, stieß er, immer noch lachend, hervor.

Und dann bog er ohne Vorwarnung in eine schmale Gasse, fuhr an den nächstbesten Gehsteig, zog die Handbremse an, beugte sich zu mir, umfasste mein Kinn und drückte seine Lippen kurz und fest auf meine.

Wir befanden uns mitten im Wohngebiet, nur noch zwei Parallelstraßen von Lukes Wohnung entfernt. Scheiß drauf. Ich schlang ihm meine Arme um den Hals.

Kurz bevor sich unsere Lippen erneut berührten, hielt er inne. »Was, wenn abgefuckt und abgefuckt die beste Kombination ist?«

»Bitte was?«

»Was, wenn wir beide so am Arsch sind, dass es sich gegenseitig aufhebt?«

Du solltest jetzt lachen. Wenn du nicht lachst, schreist du.

»Hast du dir den Kopf angeschlagen?« Ich lachte. »Ist dir nicht gut?«

»Mir ging's noch nie besser.«

Diesmal küsste er mich richtig. Lang und heiß und alles verzehrend.

Die Hoffnung schlug erbarmungslos in mich ein, diese hinterlistige Verführerin, der ich eigentlich nie wieder hatte vertrauen wollen.

Was, wenn du dich nicht verstecken müsstest?, flüsterte sie.

Was, wenn er verstehen würde?

Was, wenn das hier real wäre?

35. KAPITEL

Echo

If I just try

Luke wartete auf der Straße vor seinem Haus.

Ich hatte versäumt, Alexis darum zu bitten, mich vorher rauszulassen, so sehr hatte unser Kuss meine Gedanken vernebelt.

»Fuck«, entfuhr es Alexis und mir zeitgleich.

Mein Grandpa wirkte nicht besorgt. Er wirkte außer sich vor Wut. Seine grauen Haare hingen strähnig von seinem Kopf herunter, die Schatten unter seinen blutunterlaufenen Augen ließen ihn älter aussehen, und sein Blick brannte. Er starrte zwischen Alexis und mir hin und her, machte allerdings keine Anstalten, näher zu kommen.

»Ist er so besorgt um dich wegen dem, was mit deiner Mum passiert ist?«, wisperte Alexis.

Die Übelkeit war zurück. Das war's dann mit der Hoffnung. So schnell holte mich die Realität wieder ein.

»So ungefähr«, erwiderte ich und löste den Gurt. »Wir sehen uns heute Abend, wenn ich Feierabend habe, ja?«

Alexis hatte heute frei. Ich vermisste ihn jetzt schon.

Ohne mich von ihm zu verabschieden, stieß ich die Tür auf, kletterte ins Freie und schlug sie ein bisschen zu fest hinter mir zu.

»Es tut mir leid«, sagte ich, während ich auf meinen Großvater zulief. »Es tut mir wirklich leid, dass du dir Sorgen gemacht hast. Ich wollte nicht …«

Hinter mir öffnete sich die Autotür.

»Luke, es ist meine Schuld.« Alexis' Stimme war laut und klar und zitterte nicht wie meine.

Mir drehte sich der Magen um. Obwohl mir die Angst die Kehle zuschnürte, konnte ich mich nicht gegen den Stolz wehren, der mich gleichzeitig durchflutete.

»Wir haben die Zeit vergessen.«

Mit erstarrter Miene schaute Luke zu ihm, dann zuckte sein Blick wieder zu mir. »Weiß er Bescheid?«, wisperte er.

Oh, nein. Hatte er das gerade wirklich laut ausgesprochen?

»Nein«, formte ich mit den Lippen und war mir sicher, er konnte die nackte Angst und somit auch den Rest der beschissenen Wahrheit in meinen Augen lesen.

»Bitte geh ins Haus«, brachte er hervor und sagte dann zu Alexis: »Du solltest jetzt gehen.«

Ich wagte es nicht, ihm zu widersprechen oder einen Blick über die Schulter zu werfen. Wie ferngesteuert lief ich zur Haustür. Bevor ich meinen Schlüssel hervorkramen konnte, öffnete sie sich.

Soula stand vor mir. Sie trug einen beigefarbenen Trainingsanzug, ihre Haare waren zu einem Knoten nach hinten gebunden, und der Müdigkeit in ihrem Gesicht zufolge war sie die ganze Nacht lang mit Luke wach geblieben.

Ich drückte mich an ihr vorbei ins Innere.

»Bist du clean?«, flüsterte sie verschwörerisch, als wären wir Verbündete.

»Ja, bin ich«, brachte ich zwischen zusammengebissenen Zähnen hervor.

»Gut.« Die Erleichterung in ihrer Stimme machte mich

aggressiv. »Das ist gut. Wenn du willst, kann ich bleiben und dir dabei helfen, ihn zu beruhigen.«

Normalerweise hätte ich das Angebot angenommen. Ich wusste, dass sie Luke besänftigen konnte wie sonst niemand. Doch das letzte NA-Meeting war mir noch viel zu gut in Erinnerung.

»Ich brauch deine Hilfe nicht!«, zischte ich und drehte mich zu ihr um.

»In Ordnung.« Meine Worte schienen sie nicht sonderlich zu treffen. »Wenn du bereit bist, über alles zu sprechen, bin ich hier. Ich verstehe, dass du gerade nicht mit mir reden möchtest. Aber du brauchst eine Sponsorin, Echo.«

Einen Scheißdreck brauche ich!

Im letzten Moment hielt ich mich davon ab, ihr die Worte ins Gesicht zu brüllen. Atmen. Ich musste atmen. Und dann musste ich mich verdammt noch mal zusammenreißen und Schadensbegrenzung betreiben.

Denk an Alexis. An eure kleine perfekte Blase. Denk daran, dass er nicht nur Sex will.

»Du bist meine Sponsorin«, sagte ich. »Egal, was zwischen uns ist, ich werde mich bei dir melden, wenn ich es nötig habe. Ich kann es vom Rest trennen.«

Sie nickte. »Du hast es gerade nicht nötig?«

Die Frage klang nicht provokant, doch sie bescherte mir trotzdem eine Gänsehaut.

»Nein, hab ich nicht«, brachte ich hervor.

Und dann blieb mein Blick am Spiegel hängen. Gestern hatte ich mich darin gesehen und mich wie ein neuer Mensch gefühlt. Wenn ich gestern schon neu gewesen war, was war ich jetzt? Eine andere Spezies? Der Lidschatten war zombiehaft verschmiert, die Wimperntusche mit all den Tränen weggeflossen und auf meinen Wangen getrocknet. Ich sah aus wie nach einer wilden Feiernacht. Egal, ob ich mir die Kante gab oder mit Alexis unterwegs war – die Wirkung schien dieselbe zu sein.

Soula sagte etwas, doch ich achtete nicht drauf, denn zeitgleich kam Luke ins Haus und schlug die Tür hinter sich zu.

Sie schenkte ihm ein trauriges Lächeln. »Ich bin drüben, wenn ihr mich braucht.«

Luke griff nach ihrer Hand und drückte sie leicht.

Das schlechte Gewissen riss mich mit sich. Hastig schlüpfte ich aus meinen Stiefeln und verschwand in Richtung Wohnzimmer, wo ich mich auf die Couch fallen ließ und mein Gesicht in den Händen vergrub. »*Weiß er Bescheid?*« Würde Alexis wissen wollen, was Luke mit seiner Frage gemeint hatte?

Die Haustür öffnete und schloss sich, und dann ertönten Schritte.

»Hat er dir was gegeben?«

Lukes Stimme war immer noch heiser, als hätte er geheult oder geschrien.

Ich richtete mich auf. »Hab dir doch geschrieben, dass ich clean bin.«

Es war eine Herausforderung, nicht angepisst zu klingen.

»Ja.« Er begann, vor mir auf und ab zu gehen. »Du hast mir auch geschrieben, dass du im Bett bist, obwohl du weiß Gott wo unterwegs warst.«

Ein tiefes Seufzen entglitt mir. »Nur eine Nacht lang wollte ich normal sein.«

»Du bist aber nicht normal!« Wir zuckten beide zusammen. Er hatte die Worte geschrien. Seine Brust hob und senkte sich hektisch. Er nahm ein paar tiefe Atemzüge. Seine Augen glänzten verräterisch. »Du bist süchtig, Echo. Du kannst nicht einfach abhauen und mir nicht Bescheid sagen.«

Das Schlucken tat weh. Ich wollte nicht wieder heulen.

Du bist aber nicht normal. Nicht normal. Noch nie gewesen.

»Ich bin clean«, wiederholte ich so nachdrücklich, wie es meine zitternde Stimme zuließ.

»Was hast du mit ihm gemacht? Wo wart ihr die ganze Nacht?«

Mit einem Satz war ich auf den Beinen. »Ich bin kein kleines Kind mehr!«, schrie ich. Es half nicht, das wusste ich. Aber verdammt noch mal, es machte mich wahnsinnig, wie er mich behandelte. »Du musst nicht alles über mein Leben wissen!«

Ich verhielt mich wie ein kleines Kind.

»Weißt du, was mit Elliot Bithersea los ist, Echo? Weißt du, dass Alexis nicht mehr spricht, weil etwas in dieser Familie vorgefallen ist?«

Mein Herz setzte einen Schlag aus. »Er spricht aber mit mir. Und mit dir auch.«

»Weißt du es, Echo?!«

»Ja, verdammt!«, rief ich. »Na und? Er hat sich seine Eltern genauso wenig ausgesucht wie ich mir meine!«

»Na und?« Er fuhr sich mit beiden Händen übers Gesicht. Seine Schultern bebten. »Na und? Echo, wieso weiß er nicht, was mit *dir* ist?«

Ich hasste ihn. Doch am meisten hasste ich mich.

»Warum wohl?« Ich brüllte wieder. Und auch die Tränen liefen. Scheiß drauf. Scheiß auf alles. »Glaubst du, ich will, dass er mich so behandelt, wie du mich behandelst? Glaubst du, ich will, dass die ganze Welt mich anglotzt und nur einen Junkie sieht, der jeden Augenblick wieder rückfällig werden könnte? Glaubst du wirklich, ich hab Bock auf so ein Leben?«

Luke ließ die Hände sinken. Er weinte. »Jedes Mal, wenn du gehst, habe ich Angst, dass du nie mehr zurückkommst.«

Es zerriss mir das Herz, ihn so zu sehen und zu wissen, dass ich der Grund dafür war.

Nein. Nicht nur ich.

»Ich bin nicht sie!« In zwei großen Schritten war ich bei ihm und packte ihn an den Schultern. »Sie ist tot! Und egal, wie viel Energie du in mich steckst, du wirst sie nicht zurückbekommen!«

Er griff nach meinen Fingern, hielt sie in seinen riesigen Händen fest. »Ich weiß, dass du nicht sie bist, Echo. Ich weiß, dass ich sie verloren habe. Aber ich kann nicht auch noch dich verlieren.«

»Du wirst mich nicht verlieren.«

Das Versprechen konnte ich ihm nicht geben. Das Versprechen konnte niemand jemals irgendwem geben. Es war genauso eine große Lüge wie »für immer«. Und trotzdem fuhr ich fort, fieberhaft, wie im Wahn. »Ich bin hier. Ich geh nicht weg. Bitte, vertrau mir.«

Sobald ich die letzten Worte ausgesprochen hatte, wusste ich, dass sie verschwendet waren. Vertrauen. *Mir?* Wen wollte ich hier verarschen?

»Wie soll ich dir vertrauen?«, brachte er schniefend hervor. »Wie?«

Ich trat noch einen weiteren Schritt auf ihn zu und vergrub mein Gesicht an seinem Hals. Im nächsten Augenblick ließ er mich los, nur um mich in eine Umarmung zu ziehen.

»Es tut mir leid.« Ich schluchzte in seinen Pullover, der vertraute Geruch machte alles schlimmer. »Ich weiß. Es tut mir leid. Es tut mir leid.«

Mit sanfter Bestimmtheit zog er mich zum Sofa. Unaufhörlich strich er mir über den Kopf, während ich alles rausließ, was ich zurückgehalten hatte. Ich weinte, weil ich ihm wehgetan hatte, weil ich ihm wieder und wieder wehtun würde, ob ich wollte oder nicht, weil das in meiner Natur lag, ich weinte, weil ich Angst davor hatte, was passieren würde, wenn Alexis die Wahrheit erfuhr, und ich weinte, weil ich wünschte, Mum wäre noch hier, um mir mit dieser Last zu helfen. Es dauerte eine halbe Ewigkeit, bis die Tränen versiegten. Und dann kam mir ein Gedanke, der mir in all den Jahren noch nie gekommen war.

»War sie verliebt in ihn?«

Luke wich zurück und zog die Brauen zusammen.

»Mum«, wisperte ich. »In meinen Vater.«

Eine Weile herrschte Stille. Schließlich räusperte er sich. »Sie war so jung, Echo.«

Ich bin auch jung.

»Aber dachte sie, das mit ihm wäre echt?«

»Ja.« Bitterkeit mischte sich in seine Stimme. »Sie hat gesagt, sie liebt ihn. Und er sie auch. Wir wissen, wohin das geführt hat.«

Es tat weh, den Gedanken an meine Mutter als Teenager zuzulassen. Es tat weh, weil mein Verständnis für sie so groß wurde, dass ich für ein paar Sekunden vergaß, sie zu hassen.

Selbst schuld, hätte ich vor ein paar Wochen vielleicht noch gedacht. Selbst schuld, wenn sie wirklich so dumm gewesen war, sich in irgendeinen Typen zu verknallen und ihre Hoffnung in ihn zu setzen. Auf Menschen war kein Verlass, das hätte sie besser wissen sollen. Jetzt schnürte mir diese Vorstellung die Kehle zu. War ich nicht genauso dumm, und das, obwohl ich deutlich älter war, als sie es damals gewesen war?

»Wieso hast du ihn nicht auch verflucht? Immerhin ist er abgehauen. Wieso hast du all die Schuld auf dich genommen?«

»Ach, Kleines. Er war gerade mal achtzehn Jahre alt. Genau wie Dahlia fast noch ein Kind.«

Was sollte ich darauf erwidern? Dieses Gespräch führte zu nichts.

»Du magst ihn, oder?«

Ich konnte Luke nicht ansehen. Er sprach nicht mehr von meinem Vater.

Mögen war eine interessante Umschreibung von diesem Ekeljucken in mir.

»Es ist richtig dumm, ich weiß.«

»Ich finde es nicht dumm«, antwortete er sanft.

Nun zuckte mein Blick doch zu ihm. Ein trauriges Lächeln lag auf seinen Lippen. »Du brauchst Menschen. Das ist nicht dumm. Es ist das Gegenteil von dumm. Aber …«

Ich hatte gewusst, dass ein Aber folgen würde.

»Aber ich muss ihm die Wahrheit sagen«, vervollständigte ich den Satz.

36. KAPITEL

Alexis

Cold little heart

Alexis: *Ist alles okay?*

Alexis: *Tut mir leid, dass ich dich in Schwierigkeiten gebracht habe.*

Ihre Antwort kam, als ich das Auto geparkt hatte und gerade dabei war, aufs Wohnheim zuzulaufen. Bevor ich hergefahren war, hatte ich es noch in die Waschanlage gebracht.

Echo: *ja genau war wie iiiiiimmer alles deine schuld!!!*

Unwillkürlich musste ich grinsen. Die Herbstsonne schien mir direkt ins Gesicht, der Himmel war strahlend blau. Was für ein Tag.

Echo: *haben geredet alles gut bei uns*

Alexis: *Also hasst er mich nicht?*

Echo: *nee aber er will dass du mich heiratest weil du mich nackt gesehen hast*

Echo: *du weißt schon ehre bewahren und so*

Echo: *geht klar oder?*

Ein paar Sekunden starrte ich auf den Bildschirm, dann lachte ich los.

Alexis: *Lass uns erst mal mit ein paar Dates beginnen, und dann weitersehen, aber wenn's ihm damit besser geht, sag ihm, ich wäre einer Heirat nicht abgeneigt.*

Echo: *warte mal*

Echo: *war vorhin nicht nur die rede von einem date*

Alexis: *Ich glaube, die Chancen, dass es bei dem einen bleibt, stehen ziemlich schlecht.*

Echo: *ok*

Ich steckte das Handy weg. Vom vielen Grinsen taten mir die Mundwinkel weh.

Es verging mir erst, als ich das Innere des Wohnheims betrat und Vasile erblickte. Shit, hatte er das Auto gebraucht? Es war noch nie vorgekommen, dass ich die ganze Nacht lang damit unterwegs gewesen war.

Er stand sofort von seinem Stuhl auf, als er mich erblickte. Da war etwas Seltsames in seinem Blick.

»Alexis!«

So entschuldigend wie möglich lächelte ich ihn an.

»Ist alles okay bei dir?«, fuhr er fort.

Hastig nickte ich. Mehr als okay, um genau zu sein. Ich würde ihm eine lebensgroße Torte backen müssen. Echo und ich hatten sichergestellt, dass wir keine Spuren auf der Rückbank hinterlassen hatten. Aber ich war ihm so verflucht dankbar für dieses Auto. Gestern Nacht mehr denn je.

»Ich wusste nicht …« Er verstummte, verzog das Gesicht. »Ich wusste nicht, was ich ihm sagen soll.«

Was redete er? Wieso wirkte er so nervös?

»Dein Vater«, flüsterte er, als hätte er Angst davor, dass uns jemand belauschen könnte. »Er ist vor einer halben Stunde hier aufgetaucht. Er sieht gut aus. Viel besser als früher. Ich … Also, ich wollte ihn eigentlich nicht hoch lassen, aber er hat darauf beharrt. Er wartet vor deinem Zimmer. Das solltest du wissen. Wenn du nicht mit ihm reden willst, kannst du immer noch …«

Der Rest seines Satzes wurde vom Rauschen in meinen Ohren verschluckt.

Mein Vater war hier. Natürlich war er das. Natürlich akzeptierte er nicht, dass ich ihn nicht sehen wollte.

Mein Puls schoss in die Höhe, das Atmen fiel mir schwer. Wie immer.

Echo.

Ich rief mir ihr Gesicht in Erinnerung. Die geraden dunklen Brauen, die silbergrauen Augen, dieser unwiderstehliche Mund. Wie sie klang, wenn sie lachte. Wie sie klang, wenn sie erregt war. Wie sie schmeckte. Wie sie roch.

Ich straffte die Schultern, zählte meine Atemzüge, und dann schaffte ich es zu lächeln.

Vasile sagte noch etwas, doch ich hörte ihn nicht. Ich drückte kurz seine Schulter, nickte, hoffte, er verstand, wie dankbar ich ihm für die Warnung war, auch wenn ich mir wünschte, dass er ihn niemals durchgelassen hätte. Nicht heute, nicht damals.

Ich lief durch die Sicherheitskontrolle, ließ meinen Rucksack scannen, und dann befand ich mich auf der anderen

Seite und stieg in den Aufzug. Die Türen schlossen sich, ich drückte auf den richtigen Knopf, und mit einem *Pling* setzte er sich in Bewegung.

Adrenalin peitschte durch meine Adern. Keine Angst. Nicht, solange ich an Echo dachte. Ihre Stimme in meinem Ohr, das Gefühl ihres Körper auf meinem.

Viel zu schnell glitten die Türen wieder auseinander. Noch war es nicht zu spät. Ich könnte wieder runterfahren, das Wohnheim verlassen, mich verstecken.

Echo. Ich musste einfach mehr wie Echo sein, und alles würde gut werden.

Ein Schritt vor den anderen. Einatmen. Echo. Ausatmen. Echo. Einatmen. Echo. Echo. Echo.

Er wartete vor der falschen Tür. Gegen die Wand gelehnt, die Augen geschlossen, die Hände gefaltet wie im Gebet.

Natürlich wartete er vor der falschen Tür. Ich hatte mich in den letzten Wochen daran gewöhnt, in Echos Zimmer zu schlafen. Es war nur ein kleines Detail, doch es würde helfen. In einem anderen Raum mit ihm zu sein, nicht an dem Ort, an dem alles den Bach runtergegangen war. Wie viel Zeit war vergangen, seit ich ihn zum letzten Mal gesehen hatte? Ich hatte aufgehört, die Tage zu zählen, als Echo in mein Leben getreten war.

Er kannte mich nicht mehr. Ich war nicht mehr der Alexis von damals. In den letzten Wochen hatte ich mehr gesprochen als im gesamten letzten Jahr. Ich hatte ganze Nächte durchgeschlafen und nicht halb so viele Panikattacken gehabt. Ich hatte jemanden in meinem Leben, der die Wahrheit kannte, die ganze verfluchte Wahrheit, und trotzdem auf ein Date mit mir gehen wollte.

Mir blieben nur noch wenige Sekunden, bis er auf mich aufmerksam wurde.

Vasile hatte recht. Mein Vater sah so viel besser aus. Er

trug Bluejeans, ein rot-blau kariertes Flanellhemd und weiße Sneaker. Seine grauen Haaren waren zu einem Zopf nach hinten gebunden, er war frisch rasiert, und seine Haut wirkte gebräunt.

Als ich nur noch einen Meter von ihm entfernt war, schlug er die Augen auf. Ich hatte den Emotionsstrudel erwartet, ich kannte ihn von den unzähligen Morgen nach durchgesoffenen Nächten, und deshalb ließ er mich kalt.

Schmerz. Angst. Glück. Reue. Liebe. So viel Liebe. Und noch mehr Schmerz.

»Alexis.«

Wie lang es wohl dauerte, bis er zu heulen anfangen würde? Immerhin versuchte er nicht, mich zu umarmen.

Ich kramte den Zimmerschlüssel aus meiner Hosentasche, nickte mit dem Kinn den Flur runter und setzte mich in Bewegung. Seine Schritte hinter mir klangen panisch. Konnten Schritte panisch klingen? Wollte ich, dass er Angst vor mir hatte? So viel Angst, wie ich vor mir selbst hatte, damit er am eigenen Leib spürte, was er mir angetan hatte?

Ich schloss auf und hielt ihm die Tür auf.

Mit gesenktem Kopf trat er ein und ließ den Blick durchs Zimmer schweifen. Erst als ich hinter ihm ins Innere geschlüpft und die Tür hinter uns geschlossen hatte, ergriff er wieder das Wort.

»Wann hast du das Zimmer gewechselt?«

Small Talk. Nein, danke.

Ich presste die Lippen aufeinander. *Wieso bist du hier? Wieso, verflucht noch mal, bist du hier?*

Seine Gesichtszüge entglitten ihm. Es brauchte genau eine Sekunde, bis ich begriff, dass ich die Worte laut ausgesprochen hatte.

»Ich …« Völlig entgeistert starrte er mich an. »Ich … ich wollte …« Erneut brach er ab. »Alexis, seit wann …«

»Sag mir, was du willst, oder hau ab.«

Meine Stimme zitterte nicht. Sie war völlig ruhig.

Was für ein Rausch das war. Ironischerweise erinnerte es mich an das erste Mal, als ich betrunken gewesen war. Nic und Jules hatten eine Flasche Metaxa-Weinbrand aus dem Vorratsschrank meiner Eltern geklaut und mir ein Glas eingeschenkt – nachdem sie eine halbe Stunde darüber diskutiert hatten, ob ich zu jung dafür war (was ich dachte, war natürlich irrelevant für sie). Julian war der Meinung gewesen, ich wäre bereit, Nic hatte dagegen argumentiert, doch dann hatte er klein beigegeben, unter der Voraussetzung, dass sie mich genau beobachten würden. Ich war dreizehn gewesen. In dieser Nacht waren wir auf die Idee mit den Tattoos gekommen. Es war eine meiner glücklichsten Erinnerungen. Drei Schlucke hatte es gebraucht, bis der Alkohol seine Wirkung entfaltet hatte, und das, obwohl sie mich davor gezwungen hatten, mich mit Pommes und einer halben Avocado vollzustopfen. Das Gefühl war unbeschreiblich gewesen. Ich war mir unbesiegbar vorgekommen. Plötzlich war ich genauso cool wie meine Brüder gewesen, ich hatte dazugehört.

Dad öffnete den Mund, klappte ihn zu. Es hatte ihm also die Sprache verschlagen, nachdem ich meine wiedergefunden hatte?

»Wenn du dich entschuldigen willst, kannst du auch gleich abhauen«, sagte ich, als klar wurde, dass er in absehbarer Zeit nichts hervorbringen würde. »Ich habe genug Entschuldigungen für ein ganzes Leben von dir bekommen, und sie interessieren mich einen Scheiß.«

Wer bin ich? Echo, was hast du mit mir gemacht?

Für den Bruchteil einer Sekunde wünschte ich mir, sie würde neben mir stehen und bezeugen, wie ich mit ihm redete. Wie stark ich war.

Das habe ich dir zu verdanken, Echo. Du hast mir beigebracht, mich nicht mehr zu verstecken.

Er sagte immer noch nichts. Und dann machte es plötzlich Klick. Wozu warten, bis er irgendeinen Müll von sich gab? Hier war meine Gelegenheit.

Ich verschränkte die Arme vor der Brust, musterte ihn abfällig von oben bis unten. Ein Blick, unter dem er in sich zusammenzuschrumpfen schien. Ein Gefühl von Macht durchfuhr mich, von kontrollierter Macht, nicht der, zu der er mich in jener letzten Nacht getrieben hatte. Beinahe hätte ich gelacht, weil es sich so verdammt gut anfühlte.

Wie oft hatte ich mir im vergangenen Jahr ausgemalt, ihn zu konfrontieren, ihm all die Worte entgegenzuschleudern, die ich in mir vergraben hatte, wo sie mich vergiftet hatten? Meine Wut. Mein Hass. Meine Ohnmacht. *Du hast mich ausgenutzt*, hatte ich schreien wollen. *Ich bin dein Sohn, und du hast mich wie einen Fußabtreter behandelt. Und nicht nur das, du hast mir auch noch das Monster in mir gezeigt, sodass jeder Tag mit Angst beginnt und endet, weil ich nie weiß, wann es erneut aus mir ausbricht.*

Nichts davon war nun von Bedeutung. Es ging nicht mehr um meine Angst. Es ging um meine Freiheit.

»Lass uns so tun, als seien wir normal«, hallte Echos Stimme von gestern Nacht in mir wider.

Ich wollte nicht nur so tun. Ich wollte normal sein. Ich wollte eine Chance auf dieses Leben. Ich wollte kein großes Familiendrama, sondern einfach nur meine Ruhe.

»Es interessiert mich nicht, wie dein Entzug war«, sagte ich. »Ich will etwas anderes. Erstens will ich dich nie wieder hier im Wohnheim sehen. Zweitens will ich, dass du das vorbildlichste Verhalten der Welt an den Tag legst und deinen Job im Prisma anständig erledigst. Drittens, dass du der beste Ehemann für Mum bist, den man sich vorstellen kann.

Und viertens: Wenn du noch ein einziges Mal einen Drink anrührst, werde ich ihr alles erzählen.« Ich machte eine Pause. Stellte sicher, dass er meinen Blick erwiderte und den Ernst darin sah. »Alles, was du mir angetan hast.«

Er reagierte nicht schockiert. Er ging nicht auf die Knie, flehte und bettelte nicht. Er nickte lediglich, während ihm Tränen übers Gesicht liefen.

Und dann verließ er das Zimmer ganz von allein. Ich musste ihn nicht darum bitten. Er hatte mich gehört. Mehr noch, zum ersten Mal seit langer, langer Zeit hatte er mich verstanden.

37. KAPITEL

Alexis

I caught it bad yesterday

Das Gefühl von Unbesiegbarkeit hielt an. Nachdem mein Vater gegangen war, ging ich zu Morrison's. Die Filiale war winzig, dafür nur drei Minuten vom Wohnheim entfernt. Ich fand alle Zutaten, außer den richtigen Teig, aber damit hatte ich gerechnet, Blätterteig würde auch funktionieren.

Auf dem Rückweg begegnete ich Vasile, der mich besorgt musterte. Ich schenkte ihm ein breites Lächeln, was ihn völlig aus dem Konzept brachte. Danach machte ich mich auf die Suche nach der Katze, fand sie im ersten Stock, gab ihr Snacks, woraufhin sie mir nicht mehr von der Seite wich.

Die Wohnheimküche war leer. Ich verband mein Handy mit Kopfhörern, wählte ein Album, dass mir Nic vor einem Jahr empfohlen hatte, als ich noch gerne Musik gehört hatte – »MONTERO« von Lil Nas X –, und drehte die Lautstärke aufs Maximum. Und dann machte ich mich an die Arbeit.

Mir blieben gut dreieinhalb Stunden. Es gab Pudding-Grieß-Kuchen auf die griechische Art – Galaktoboureko. Das Rezept stammte von meiner Großmutter, die schwor, dass sie es einer der drei historischen Konditoreien in Athen entlockt hatte, weil sie mit der Großcousine der damaligen Besitzerin immer Backgammon gespielt hatte. Dazu passte eine Kugel

Schafsmilcheis, aber heute würde Bourbon-Vanille ausreichen müssen. Ich heizte den Ofen vor und begann mit der Zubereitung des Sirups, mischte Wasser mit Zucker, Zitronenschale und einer Zimtstange und brachte die Mischung zum Köcheln. Währenddessen sang ich den Text mit. Erst leise, dann immer lauter.

Call me when you want, call me when you need
Call me in the morning, I'll be on the way
Call me when you want, call me when you need
Call me out by your name, I'll be on the way like

Die Flashbacks von gestern Nacht rissen mich mit, als ich Eier für die Creme trennte. Echo auf mir, ihre Stirn an meiner, ihre Hände, die mein Gesicht umfassten. Unser Keuchen. Diese Hitze. Ihre geteilten Lippen. Das sichelförmige Muttermal an ihrem Hals. Die dunkle Schminke, die um ihre Augen herum verwischt war.

Als Nächstes war der Eischnee dran. Zucker und Eiweiß auf höchster Stufe mit dem Handmixer schlagen, bis eine dicke glänzende Masse entstand. Dann das Eigelb mit dem Zucker. Dazwischen wieder Echo. Dieses Geräusch, das sie von sich gab, wenn ich meine Nägel in ihre Haut grub und sie härter auf mich presste. Wenn meine Zunge ihre Brüste umspielte, wenn ich mit einer Hand ihren Hals umfasste, sanft, ganz sanft zudrückte, und sie stöhnend den Kopf nach hinten warf. Die Lichter der vorbeifahrenden Autos, die über ihre nackte Haut geflackert waren.

Die Musik drang in mich, ließ mein Herz schneller schlagen, kräftig, lebendig, nicht aus Angst, sondern aus freudiger Erregung. Meine Hände führten die Schritte wie von allein aus, und als ich schließlich in der Mitte des Albums angekommen war, war ich fertig mit der Pudding-Grieß-Mischung, strich eine Auflaufform mit Butter aus, legte sie mit Blätterteig aus, verteilte die Creme darauf und bedeckte sie mit mehr Blätterteig. Zum Schluss schnitt ich ein rautenförmiges Muster in den Teig. Wenn es fertig gebacken war, würde ich es mit dem Sirup übergießen, und dann könnte ich mich auf den Weg machen. Ich lag perfekt in der Zeit.

In dem Moment, in dem ich die Auflaufform in den Ofen schob, flog die Tür auf. Es war Dani – und genau wie ich hatte sie Kopfhörer drin. Sie war noch im Pyjama, und ihre Füße steckten in pinken Adiletten; ihre weißblond gefärbten Haare waren zu mehreren Zöpfchen geflochten. Eine selbst gedrehte Zigarette steckte hinter ihrem Ohr.

Zeitgleich nahmen wir die Kopfhörer raus.

»Morgen«, rief sie und rieb sich den Schlaf aus den Augen. »Boah, riecht's hier gut!«

Ich grinste sie an. Sie schien zu müde zu sein, um es seltsam zu finden. Vielleicht hatte sie sich in den letzten Wochen aber auch daran gewöhnt, mich nicht ständig völlig am Boden zerstört vorzufinden.

»Ist das für mich?« Sie legte sich eine Hand aufs Herz. »Das wäre doch nicht nötig gewesen!«

Immer noch grinsend schüttelte ich den Kopf.

Sie lief zum Ofen und ging in die Hocke. »Ich vergesse den Namen immer, aber ist das nicht Julians Lieblingsdessert?«

38. KAPITEL

Alexis

Are you a stranger? But you feel so familiar

Die oberste Tür in dem pastellblauen Haus war mit Wolken in verschiedenen Blautönen und goldenen Linien bemalt. Das ging auf Darcys Kappe. Alle paar Wochen nahm sie sich ein großes Kreativprojekt vor, wobei Collagen ihre große Leidenschaft waren.

»*Wir ziehen in den Himmel*«, hatte sie beim Einzug gesagt. »*Und jeder, der uns besucht, soll sich genauso fühlen. Dafür sorge ich.*«

Zuletzt war ich vor ein paar Wochen mit Mum hier gewesen, wir hatten Julian Süßkram vorbeigebracht, den ihre Mutter aus Griechenland geschickt hatte. Es war nicht nur mein letztes Mal in Julians Wohnung gewesen, sondern auch das letzte Mal, dass ich vor ihnen gesprochen hatte. Keine besonders himmlische Erinnerung.

Ich drückte auf die Klingel. Einmal, zweimal, dreimal. Sowohl Darcy als auch Julian hatten einen sehr tiefen Schlaf. Ich hatte extra im Schichtplan nachgeschaut – Darcy hatte heute frei, Julian arbeitete erst um zwölf, also in etwas über einer Stunde.

Nachdem ich mit dem Kuchen fertig geworden war, hatte

ich geduscht und war den Berg zu ihnen hochgelaufen. Nicht mal fünf Minuten dauerte das. Darüber hatten Julian und ich uns oft gefreut. Wie verdammt praktisch, so nah bei seinem Bruder zu wohnen. Es war viel zu lang her, dass mir das praktisch vorgekommen war.

Vielleicht war er gar nicht hier, weil er bei Tori im Wohnheim übernachtet hatte. Hätte ich nicht zuerst an ihrer Zimmertür klopfen sollen?

Ich klingelte erneut. Und da endlich ertönten Schritte. Im nächsten Moment klappte die Tür auf.

»Oh, hi Alexis!«

Okay. Er war also nicht bei Tori. Sie wirkte hellwach, wenn auch ein bisschen aus der Puste. Ihre Wangen waren gerötet, ihre schulterlangen Haare nass, und sie trug Julians Shirt, das er seit mindestens fünf Jahren besaß. Verwaschen, löchrig, man konnte gerade noch so den Segelboot-Aufdruck erahnen. Auch die Jogginghose war seine, wenn mich nicht alles täuschte.

Ich lächelte, gleichzeitig schoss mein Puls in die Höhe. So. Und jetzt würde ich den Mund öffnen und etwas von mir geben. Es musste nicht viel sein. *Ist Julian da?* Drei Worte.

»Du willst bestimmt zu Julian, oder?«, fragte sie fröhlich. »Ich hole ihn, er liegt noch im Bett. Komm doch rein.« Ein nervöses Lachen. »Du warst hier bestimmt viel öfter als ich, also werde ich jetzt aufhören, so zu tun, als sei ich die Gastgeberin.« Sie deutete auf die Auflaufform, die ich wie einen Schutzschild vor mich hielt. »Soll ich das mal in die Küche stellen? Sieht super aus.«

Ich nickte. Sie war einer dieser Menschen, die es verdammt schnell beherrschten, mir nur noch Ja-Nein-Fragen zu stellen. Als wir uns das erste Mal auf einer Party hier miteinander unterhalten hatten, war sie noch unsicher im Umgang mit mir gewesen, doch seitdem redete sie ganz unbeschwert mit mir. Als fände sie es nicht absolut seltsam, dass ich außer eines Nickens oder eines Kopfschüttelns keine Antwort für sie hatte.

Während sie mit dem Kuchen in Richtung Küche verschwand, schlüpfte ich aus meinen Sneakern und ließ den Blick über die Inneneinrichtung gleiten. Hollywoodschaukel zu meiner Rechten, bunte Collagen und Spiegel zu meiner Linken. Von der Decke hingen getrocknete Wildblumensträuße. Nichts passte zueinander, und doch wirkte alles harmonisch. Es roch immer ein bisschen nach Räucherstäbchen, wenn man eintrat. Es war ein richtiges Zuhause, kein Vergleich zu den kahlen Wänden in Echos und meinem Wohnheimzimmer.

»Guten Morgen«, riss mich Darcys schlafbelegte Stimme aus meinen Gedanken. Sie kam aus ihrem Zimmer geschlurft, in der Hand hielt sie eine Kaffeetasse. Ihre schwarzen Haare waren zerzaust, und ihr Körper steckte in einem violettfarbenen Onesie. Sie blinzelte mehrmals hintereinander, dann breitete sich ein verblüfftes Grinsen auf ihren Lippen aus, was ihre Zahnlücke zum Vorschein brachte. »Alex, megaschön, dass du hier bist!«

Ich war mir sicher, sie wusste, dass ich gestern aus Mums Büro gestürmt war. Es gab keine Geheimnisse zwischen Julian und ihr. Sie war seine Seelenverwandte seit dem Kindergarten. In unserer Kindheit hatte ich sie nicht gemocht, weil sie mir Julian weggenommen hatte. Aber als ich über meine Eifersucht hinweggekommen war, hatte ich kapiert, wieso sie seine beste Freundin war. Genau wie Julian nahm sie alle Menschen in Reichweite für sich ein. Sie war umgänglich, witzig und interessant, man wollte in ihrer Nähe sein. Wenn man mit ihr sprach, gab sie einem das Gefühl, der einzige Mensch auf der Welt zu sein. Auch ich war nicht immun gegen ihre Wirkung. Ich mochte sie, und gleichzeitig beneidete ich sie.

»Er hat was Süßes mitgebracht!«, erklang Toris Stimme. Sie teilte die bunten Perlschüre, die als Tür zur Küche dienten. »Das ist doch süß, oder?«, fragte sie mit einem Blick zu mir.

Ich nickte erneut.

Darcy leckte sich die Lippen und schob sich an Tori vorbei in die Küche.

»Galaktoboureko!«, rief sie im nächsten Moment. Die holprige Aussprache entlockte mir beinahe ein Lachen, aber wer war ich schon, darüber zu urteilen? Mein Akzent im Griechischen klang alles andere als authentisch, woran mich meine Jiajià bei unseren Besuchen in Griechenland erinnert hatte – ein Seitenhieb für Mum, nicht für mich bestimmt –, aber dank der unzähligen griechischen Hörbücher, die ich mir reingezogen hatte, erkannte ich es immerhin, wenn jemand wie ein Muttersprachler klang.

»Wo ist Jules?«, fuhr Darcy lautstark fort. »Der wird sich freuen!«

Tori machte einen Schritt auf seine Zimmertür zu, bevor sie sie erreichte, öffnete sie sich, und heraus trat mein Bruder, die Haare nass wie Toris, in Jeans und weißem Shirt. Respekt. Er musste bereits eine Weile wach sein. Bestimmt lag das an Tori.

»Was ist denn hier …«

Sein Blick blieb an mir hängen, und seine Stimme verlor sich im Nichts. Dröhnend laute Stille breitete sich zwischen uns aus. Der Schock in seinen Zügen war zu erwarten gewesen, und trotzdem zerriss er mich.

Was gäbe ich dafür, die Zeit zurückzudrehen und ganz normal mit ihm umgehen zu können. Ich wusste, es war meine Schuld, wie sich das zwischen uns entwickelt hatte, aber …

Nein. Stopp. Denk an Echo.

Sie würde die Schuld garantiert nicht auf sich nehmen. Es war Dads Schuld. Nicht meine. Wäre das mit ihm nicht passiert, wäre ich nie in diese Lage geraten.

Darcy streckte den Kopf aus der Küche, scannte den Raum in Sekundenschnelle und schaute dann zu Tori. »Hey, ich wollte dir doch noch meine Yogamatte zeigen. Kommst du?«

Diese brauchte keine zwei Sekunden, um zu schalten.

Ich war mir nicht sicher, ob ich ihnen dankbar sein oder die Augen verdrehen sollte.

Als sie in Darcys Zimmer verschwunden waren, setzte Jules eine lockere Miene auf. Mich konnte er natürlich nicht verarschen.

Er machte ein paar Schritte auf mich zu, blieb einen Meter vor mir stehen. »Alles gut?«

Wenn ich mich nur auf seine Augen konzentrierte, war es, als würde ich in den Spiegel schauen.

Sekunden vergingen. Ich wollte lächeln, aber plötzlich hatte ich einen Kloß im Hals. In diesem Moment war er nicht Julian, der die Familie rettete. Julian, der gestern höchstwahrscheinlich mit Dad zu Abend gegessen hatte. Julian, der einfach der bessere Sohn war. Er war mein Bruder. Der Mensch, der all die Jahre an meiner Seite verbracht hatte. Der mich wieder und wieder rausgezogen hatte, wenn ich Panikattacken erlitten hatte. Er wusste nichts mehr von mir, aber was wusste ich über ihn?

Wie geht es dir?, wollte ich fragen. *Wie geht es dir wirklich? Du hast gesagt, du bist nicht mehr der alte Julian, aber wie sieht der neue aus? Was ist mit dir passiert, wie kamst du an den Punkt? Hängt es mit Tori zusammen? Wie ist das zwischen euch entstanden? Liebst du sie auf diese Hollywood-Weise, auf die du dir immer gewünscht hast, jemanden zu lieben? Bist du glücklich? Glaubst du, ich kann auch irgendwann glücklich sein?*

Ich öffnete den Mund. Mit Dad hatte es auch geklappt. Verdammt, wieso nicht mit Julian? Ihn hasste ich doch nicht halb so sehr wie Dad. Um genau zu sein, hasste ich ihn überhaupt nicht mehr. Vielleicht hatte ich ihn nie gehasst. Vielleicht hatte ich nur mich gehasst, weil ich nicht mehr wie er sein konnte.

»Alex …« Seine Augen glänzten, seine Unterlippe bebte.

Es war zwecklos. Kein Wort kam mir über die Lippen. Also tat ich das Einzige, was mir übrig blieb. Ich trat auf ihn zu, schlang die Arme um ihn und drückte ihn an mich.

Sekundenlang rührte er sich nicht, dann erwiderte er die Umarmung so heftig, dass wir ins Schwanken gerieten.

Scheiß auf die Worte. Wenn ich mir Mühe gab, wenn ich mir wirklich, wirklich Mühe gab, dann würde er auch so verstehen.

Seine Schultern zitterten. Auch er gab keinen Laut von sich, aber ich musste ihn nicht hören. Er weinte genauso lautlos, wie ich innerlich schrie.

39. KAPITEL

Echo

Just like me

Kyle lungerte vor dem Prisma-Eingang auf der Straße herum, als hätte er seit Stunden auf mich gewartet.

Der Schock, ihn hier in *meiner* Welt zu sehen, drohte mich zu lähmen, doch ich kämpfte dagegen an, straffte die Schultern und bereitete mich innerlich darauf vor, an ihm vorbeizulaufen.

Er hatte sich Mühe gegeben. Seine Jeans wirkte fast sauber, und er trug eine dunkelrote Hemdjacke, die so neu aussah, dass sie nur geklaut sein konnte. Außerdem hatte er das verfilzte Haar an seinem Hinterkopf zusammengebunden. Irgendwie wirkte sein Anblick noch erbärmlicher, wenn er versuchte, präsentabel auszusehen. Gegen meinen Willen schaute ich an mir herab. Wirkte ich auf andere auch so? Schmutzig, egal, wie oft ich mich wusch? Verbraucht, egal, wie neu meine Kleidung war?

»Echo.« Er versperrte mir den Weg zum Eingang. Damit war zu rechnen gewesen. »Na?«

Ich schaute nach rechts und links. Keine anderen Mitarbeiter zu sehen. Immerhin das. Ein Publikum hatte mir gerade noch gefehlt.

»Lass mich durch«, erwiderte ich gelangweilt. »Ich komme zu spät.«

Ein grausames Lachen entwich ihm. »Meinst du, du kannst ein gutes Wort für mich einlegen und mir auch einen Job besorgen?«

Nun lachte ich. »Du würdest nicht mal eine Stunde da drin überleben.«

Wut zuckte über sein ausgemergeltes Gesicht. Eine unbändige, wilde Wut, die mir sagte, dass er viel zu lang auf Entzug war.

»Du hältst dich für was Besseres«, zischte er. »Nur weil du für ein paar Wochen ...«

Gut, das Vorspiel war vorüber.

»Verpiss dich, Kyle. Oder ich rufe die Bullen.«

»Larissa ist gestorben, wusstest du das?«

Ich erstarrte. Vor ein paar Monaten hatte ich Larissas Bekanntschaft auf der Straße gemacht. Sie war von der erträglicheren Sorte und älter als ich, mindestens fünf Jahre. Mit Abstand betrachtet, konnte man uns nicht wirklich als Freundinnen bezeichnen, wie alles andere war es eine Zweckgemeinschaft gewesen, doch sie hatte mich mehr als einmal vor Gewalt bewahrt, wenn ich völlig neben der Spur gewesen war. Und einmal hatte sie sogar ihr Koks mit mir geteilt. Verrückt, wie lang ich nicht mehr an sie gedacht hatte. Aus den Augen, aus dem Sinn. Als wäre ich nie Teil dieser Welt gewesen.

»Wir halten heute Abend vor dem Seascape Inn eine Gedenkfeier für sie ab, willst du kommen? Danach gehen wir feiern. Isla ist mit am Start und spielt Chauffeurin.«

Wollte er mich verarschen?

Er lachte. »Wir könnten ein bisschen Kohle vertragen.« Er kam näher. Hatte er etwa *geduscht*? Unter seinen Schweißgeruch mischte sich etwas Frisches. »Ein bisschen Unterstützung, weißt du. Damit wir uns was Großes gönnen können. Ihr zu Ehren.«

»Ist sie wirklich tot?«, fragte ich schroff.

Ganz egal, ob es stimmte oder nicht, ich würde mich nicht in irgendwas verwickeln lassen. Junkies starben ständig an einer Überdosis.

»Wenn du heute Abend zum Seascape Inn kommst, kannst du's selbst rausfinden.« Kyle streckte eine Hand nach mir aus, die ich reflexartig wegschlug. »Zehn Pfund. Mehr verlange ich nicht. Gib mir zehn Pfund, und du siehst mich nie wieder. Für dich muss das doch jetzt gar nichts mehr sein, oder? Wie viel Gehalt bekommst du?«

Es war nicht das erste Mal, dass er mich wegen Geld bedrängte. Auch als ich noch im Hinterhof des Seascape Inn gelebt hatte, war ich immer wieder verschwunden und bei Luke untergetaucht. *»Es muss doch so einfach sein, ihm was zu klauen«*, hatte Kyle gesagt. *»Meine Alten haben die Schlösser ausgetauscht, und Bargeld haben sie sowieso keins rumliegen.«*

»Ich sag's noch ein letztes Mal.« Meine Stimme war eiskalt. »Lass mich durch, oder wir haben gleich ein großes Problem.«

Bevor er etwas erwidern konnte, erklang eine Stimme hinter uns. »Echo? Alles in Ordnung?«

Verdammt!

Thea.

Kyle schaute zu ihr, Erkennen blitzte in seinem Blick auf, und wie auf Knopfdruck wich er zurück. Er begann zu rennen, den Hang hinab.

Ich holte tief Luft. »Alles in Ordnung«, flüsterte ich in Richtung meiner Fußspitzen.

Thea legte mir einen Arm um die Schultern und wies die Treppe zum Prisma hoch. »Lass uns reingehen. Würdest du kurz in mein Büro mitkommen?«

Mein Herz schlug so schnell, dass ich kaum was von

unserer Umgebung wahrnahm. Erst als wir den Restaurantbereich, die Küche, in der alle mit Vorbereitungen beschäftigt waren, und die Wendeltreppe nach oben genommen hatten, wagte ich es, meine Chefin anzuschauen.

»Schließt du bitte die Tür hinter dir?« Ihr Ton war freundlich wie immer, aber das änderte nichts daran, dass mir kotzübel war.

Ich tat wie geheißen und wirbelte herum. »Ich habe nichts mehr mit diesen Leuten zu tun«, platzte es aus mir heraus. »Das schwöre ich. Er wollte Geld von mir. Keine Ahnung, woher er weiß, dass ich hier arbeite. In dieser Stadt spricht sich so was einfach viel zu schnell rum, aber ich …«

»Echo.« Sie lächelte. Ihre Lippen schimmerten hellrot, ansonsten war sie nicht geschminkt. Ihr roséfarbenes Maxikleid bildete den perfekten Kontrast zu ihrer dunklen Haarpracht. Wie konnte man so aussehen, wenn man einen Alki-Mann und einen halb stummen Sohn hatte, ein Sternerestaurant führte und die schlimmste Kindheit hinter sich hatte?

»Schuldest du ihm was?«, riss sie mich aus meinen Gedanken.

Ich zuckte zusammen. Die Drogensüchtige, die ihren alten Kumpanen Geld schuldete. Der Klassiker.

»Nein«, erwiderte ich leise, damit sie die Wut in meiner Stimme nicht hörte. »Er hat mich vor ein paar Wochen auf dem SeaLytical gesehen und dachte, er kann was von mir schnorren, weil ich jetzt hier arbeite. Ich habe ihm klargemacht, dass er sich ver…« Ich räusperte mich. »Dass er nicht wiederkommen soll.«

Thea nickte ernst. »Brauchst du Hilfe dabei, ihn loszuwerden? Machst du dir Sorgen, er könnte dir sonst irgendwo auflauern?«

Hastig schüttelte ich den Kopf. Kyle war nicht ungefährlich, wenn man Teil seiner Crew war, aber ich hatte mir damals zu helfen gewusst. Und jetzt, da ich wieder in der Normalo-Welt lebte, würde er es nicht wagen, mich erneut zu belästigen.

»Ich habe es unter Kontrolle«, fügte ich hinzu. »Ehrlich. Das wird nicht wieder vorkommen.«

Eine Weile fixierte sie mich mit ihrem Röntgenblick. Dann nickte sie. »Gut.«

»War's das?« Okay, das klang scheißunfreundlich. Neuer Versuch. Diesmal lächeln! »Brauchst du noch etwas von mir?«

»Das ist nicht der Grund, aus dem ich dich hergerufen habe.«

»O-okay?«

Thea seufzte. »Dein Großvater hat sich gestern große Sorgen um dich gemacht.«

Darüber wollte sie mit mir reden?

»Auch das wird nicht wieder vorkommen«, brachte ich hervor.

»Und ich mache mir ebenfalls Sorgen.«

»Ich bin seit Wochen clean!« Das hatte ich einen Tick zu laut gesagt.

Thea schien sich nicht daran zu stören. Ihr Blick veränderte sich, doch sie wirkte nicht aufgebracht. Eher mitleidig. Was zur Hölle wollte sie von mir?

»Das glaube ich dir, und es freut mich aufrichtig. Ich bin mir sicher, du kämpfst jeden Tag hart. Du kannst sehr stolz auf dich sein.«

Je mehr sie von sich gab, desto weniger kapierte ich, worauf sie hinauswollte.

»Alexis ist momentan sehr verletzlich.«

Ich starrte sie an. Mit allem hatte ich gerechnet, nur nicht damit.

»Ich bin mir sicher, du hast mitbekommen, dass mein

Mann gestern aus der Entzugsklinik entlassen wurde. Im vergangenen Jahr hatten wir ein paar Familienprobleme, die sich negativ auf uns alle ausgewirkt haben, aber besonders Alexis hat es schwer getroffen.«

Am liebsten hätte ich ihr ins Gesicht gelacht. Das war nicht ihr Ernst, oder?

Ich weiß viel besser als du, wie schwer es Alexis getroffen hat.

Thea wirkte unangenehm berührt. Schlagartig wusste ich, in welche Richtung dieses Gespräch gehen würde, und ich wünschte mir meine Unwissenheit zurück.

»Es hat mich überrascht, von Luke zu hören, dass Alexis und du gestern zusammen unterwegs gewesen seid«, fuhr sie fort. »Versteh mich nicht falsch, ich finde es schön, dass ihr euch angefreundet habt ...«

Wir haben uns nicht angefreundet. Wir vögeln seit Wochen.

»Aber er braucht nicht noch eine zusätzliche Komplikation, nicht wahr?«

Keinen Schimmer, wieso ich diese Worte aussprach, aber jetzt gab es kein Zurück mehr. Denn sie leugnete es nicht. Sie sah mich einfach an. Wie konnte sie so ruhig sein, während in mir eine Explosion nach der anderen stattfand? Jede Wette, sie wollte, dass ich mich von ihrem Sohn fernhielt, weil ich ein schlechter Einfluss war. Mich hier arbeiten lassen, kein Problem. Jeder hatte eine zweite Chance verdient. Aber ihren Sohn zerstören? Das ging zu weit.

Plötzlich hatte ich Alexis' Worte im Kopf. *»Meine Familie besteht aus lauter Heuchlern.«* Ihr eigener Ehemann hatte ihrem Sohn monatelang das Leben zur Hölle gemacht, und sie dachte, *ich* wäre ein Problem?

Doch die Wut hielt nicht lange an. Noch vor ein paar Wochen hätte ich angefangen, sie zu beleidigen. Jetzt schnürte es mir die Kehle zu. Denn sie hatte recht, oder etwa nicht? Vielleicht war sie eine Heuchlerin, vielleicht hatte sie keine Ahnung, was wirklich in ihrer Familie abging, aber das änderte nichts an der Tatsache, dass ich tatsächlich schlecht für Alexis war. Hätte ich ihm von Anfang an die Wahrheit gesagt, hätte er sich niemals freiwillig mit mir abgegeben. Vorhin hatte ich auch Panik gehabt, aber die Hoffnung hatte mir den Kopf verdreht. Lukes Worte, jetzt Theas – sie brachten mich zurück auf den Boden der Tatsachen. In keiner Welt würde das zwischen ihm und mir funktionieren.

»Echo, du bist keine Komplikation«, erklang Theas Stimme. »Du bist ein wunderbarer Mensch, der eine schwere Zeit hinter sich hat und versucht, es besser zu machen. Aber Alexis ist … Er ist so … zerbrechlich, verstehst du?« Tränen glänzten in ihren Augen.

Sofort drängte sich die Wut wieder in den Vordergrund. »Er ist nicht ansatzweise so zerbrechlich, wie ihn alle hier behandeln!«

Liebend gern hätte ich ihr entgegengeschleudert, dass Alexis von Anfang an mit mir gesprochen hatte, weil ich ihn wie einen normalen Menschen, nicht wie einen Problemfall behandelte, doch ich wusste, das war nicht die ganze Wahrheit. Was mit ihm geschehen war, hatte ihn derart abgefuckt, dass eine einzige Person nicht die Macht hatte, ihn zu heilen. Sein Schweigen war eine psychische Krankheit. Alles in mir wehrte sich gegen diesen Begriff, genau wie ich mich dagegen gewehrt hatte, meine Sucht als Krankheit zu akzeptieren. Wie leicht es mir gefallen war, den ganzen traumatischen Scheiß von Alexis wegzuschieben. Immerhin hatten wir problemlos miteinander kommuniziert. In diesem Moment verstand ich, was für einen riesengroßen Fehler ich gemacht hatte. Zu glauben, dass ich, ausgerechnet ich, ihm helfen könnte … Hatte ich vollkommen den Verstand verloren?

»Es tut mir leid«, brachte ich hervor. »Es tut mir leid, ich habe das nicht so gemeint.« Und dann holte ich tief Luft. »Du musst dir keine Sorgen machen. Ich werde sein Leben nicht verkomplizieren.«

Thea wollte etwas erwidern.

»Ich bin sehr dankbar für die Chance, die du mir gegeben hast«, sagte ich hastig, dann wirbelte ich herum und verließ das Büro. Mühsam kämpfte ich die Tränen zurück, während ich die Treppen nach unten lief.

»Oh, hallo, wir kennen uns noch nicht. Du musst Echo sein.«

Ich hob den Kopf. Vor mir stand ein Mann. Silbergraues Haar, kariertes Hemd, eisblaue Augen hinter einer auffälligen schwarzen Brille und ein warmes Lächeln. Ich kannte ihn von früher. Jetzt wirkte er nicht nur deutlich älter als zu meiner Schulzeit, sondern auch fertiger.

»Freut mich, dich kennenzulernen.« Er streckte mir eine Hand hin. »Elliot Bithersea.«

Mir war immer noch schlecht. Doch mit einem Mal hatte ich keine Angst mehr loszuheulen.

Du verdammtes Arschloch!

Ich war schlau genug, die Worte nicht laut auszusprechen, aber ich würde garantiert nicht freundlich sein. Ich starrte auf seine Hand, starrte zurück in seine Augen. Da war nicht nur Wut in mir. Es war etwas deutlich Schlimmeres.

Je länger ich hier stand, desto unausweichlicher wurde die Erkenntnis. Ich war genau wie er. Noch hatte ich seinen jüngsten Sohn nicht zerstört, aber wenn das so weiterging, dann würde ich sein Werk weiterführen.

Ohne ein Wort drückte ich mich an ihm vorbei und lief in die Umkleideräume.

Das würde ich nicht zulassen.

40. KAPITEL

Alexis

And aiming for the top we were, but falling from the roof I was

Bei Nacht wirkte das Prisma wie ein magischer Ort. Das Meeresrauschen, die kühle salzige Luft, die grünen Lämpchen, die ihr Licht an die Grottenwände warfen. Ich blieb für einen Moment stehen und atmete tief durch, während sich ein Lächeln auf meinen Lippen ausbreitete. Ich hatte das Restaurant mal so sehr geliebt. Nachdem sein Anblick mich eine ganze Weile zunehmend mit Grauen erfüllt hatte, konnte ich heute zum ersten Mal seit Langem seine Schönheit wieder wertschätzen.

Es war kurz nach zehn, ich hatte den Großteil des Tages in Julians WG verbracht und mit Darcy auf dem Sofa Serien auf ihrem Laptop geguckt, während sie mit einer neuen Collage beschäftigt gewesen war. Sie hatte nicht viel geredet, wofür ich ihr dankbar gewesen war, und mich so behandelt, als wäre es ganz normal, dass ich den Tag bei ihnen verbrachte. Immer wieder hatte ich mich bei Echo gemeldet, aber sie hatte nur knapp geantwortet, dass viel los war. Schließlich hatte sie mir vor einer halben Stunde geschrieben, dass ich sie abholen könne und dass mein Vater schon gegangen war. Das hatte ich mir nicht zweimal sagen lassen.

Als ich in Richtung Küche lief, kamen mir Tori und Julian Hand in Hand entgegen. Sie sahen schön zusammen aus. Gleich groß, er in seiner hellen Jeansjacke, sie in einem grauen Longblazer, beide in Bluejeans und bunten Sneakern. Ihre rotbraunen Haare harmonierten perfekt mit seinen schwarzen.

»Hi, Alexis«, rief Tori grinsend. »Was machst du denn hier?«

Ich lächelte und nickte in Richtung Küche.

Toris helle Augen hinter der Brille funkelten. »Ich glaub, du willst zu Echo, oder? Sie müsste in den Umkleiden sein.«

Also hatte Echo etwas erwähnt? Oder hatte Tori eins und eins zusammengezählt?

»Cool.« Julian hob eine Braue und erwiderte mein Lächeln. »Wenn ihr Lust habt: Wir gehen zu Ash. Kommt gern nach, Darcy wird auch da sein und noch ein paar andere aus dem Prisma. Überlegt's euch einfach.«

Mein Lächeln wurde breiter. Er sollte das Gefühl bekommen, dass ich es ernsthaft in Erwägung zog. Und wenn Echo Lust drauf hatte, wieso nicht? Ich fühlte mich gerade so gut wie seit Monaten nicht mehr. Vielleicht wäre das Recipe for disaster genau das Richtige. Ein Stück Normalität. Dad hatte sich dort nie die Kante gegeben, also verband ich es auch nicht mit negativen Erinnerungen.

Julian und Tori verabschiedeten sich von mir, und ich lief durch die Metalltür ins Innere der Küche, durch den vorderen Bereich und vorbei an der Patisserie, die genauso blitzblank poliert war wie der Entremetier- und Saucier-Bereich. Die Tür zur Umkleide war nur angelehnt. Ich klopfte behutsam, wartete ein paar Sekunden – nichts – und trat dann ein.

Echo stand vor einem verspiegelten Spind, den Blick starr auf ihr Spiegelbild gerichtet, damit beschäftigt, die Schürze an ihrem Rücken zu entknoten. Mit jeder Sekunde wurden ihre Bewegungen aggressiver.

Ich ging auf sie zu und stellte mich hinter sie, bis sich unsere Blicke im Spiegel trafen. Sofort sah sie weg, als hätte sie sich verbrannt. Mein Herz setzte einen Schlag aus, doch ich ließ mich nicht davon abbringen, nach den Bändern zu greifen und den Knoten zu lösen.

Äußerlich wirkte alles normal. Ihre dunkelblonden kurzen Haare, ihre grauen Augen, nun ungeschminkt, nicht so wie gestern Nacht, aber genauso müde wie meine. Immerhin hatten wir auf der Rückbank eines Autos übernachtet. Ihre Züge waren hart, aber das war nicht besorgniserregend. Am Anfang war das immer so, wenn wir uns sahen.

Als ich fertig war, beugte ich mich runter und drückte meine Lippen auf die Stelle zwischen ihrem Hals und ihrer Schulter. Prompt bekam sie eine Gänsehaut, und mein Lächeln kehrte zurück.

»Hi«, flüsterte ich.

»Hi«, gab sie zurück und erwiderte endlich meinen Blick. In Sekundenschnelle bröckelte ihre Härte, und zum Vorschein kam pure Verletzlichkeit. Ihre Augen füllten sich mit Tränen. »Wir müssen reden.«

»Okay.«

Mein Lächeln schwand, mein Herzschlag beschleunigte sich. *Alles okay*. Ich musste nicht gleich vom Schlimmsten ausgehen. Leider war Letzteres inzwischen ein Teil meiner Persönlichkeit. *Alles okay*, versicherte ich mir erneut, während sie die Schürze in den Wäschekorb schmiss und ihre Jacke aus dem Spind holte. *Alles okay*, während wir das Prisma verließen, nicht nebeneinander wie Tori und Julian, sondern ich hinter ihr. *Alles okay*, als sie zu laufen begann, in Richtung Treppe, dann runter zum Strand. *Alles okay*, als ich ihr folgte und absichtlich langsamer lief, weil ich spürte, dass es anstrengend für sie war, mich anzusehen.

Sobald wir unten angekommen waren, stadteinwärts liefen

und der Wind uns ins Gesicht schlug, sagte sie endlich etwas. »Ich werde reden. Und es ist wichtig, dass du mich reden lässt. Wenn du etwas sagst, wenn du mich dabei anschaust, werde ich es nicht durchziehen können.«

»Okay«, wisperte ich, doch meine Stimme wurde vom ohrenbetäubenden Meeresrauschen verschluckt. »Okay«, sagte ich lauter. »Okay.«

Wir hatten gestern so viel Schlimmes miteinander geteilt, aber sie klang nicht wie gestern, bevor sie mir von ihrer Mutter erzählt hatte. Jetzt schien es nicht bloß schlimm zu sein, sondern das Schlimmste. Sie klang panisch. Wie ich, bevor ich ihr von Dad erzählt hatte.

Fuck.

Ich richtete den Blick nach vorn, fixierte die Lichter der Stadt, die in der Dunkelheit vor uns funkelten.

Alles okay. Alles okay. Alles okay.

»Das zwischen uns hat so gut funktioniert, weil wir über nichts von Bedeutung geredet haben«, sagte sie. Ihre Stimme versagte, doch sie kämpfte weiter. »Es hat funktioniert, weil ich dir nie erklären musste, was die letzten Jahre mit mir geschehen ist. Aber besonders hat es funktioniert, weil du mich genauso gebraucht hast wie ich dich. Hättest du auch nur einen Abend keine Zeit für mich gehabt, wäre alles in sich zusammengebrochen. Weil ich abhängig von dir bin.«

Ich bin auch abhängig von dir, wollte ich rufen. *Das ist nicht einseitig.*

»Ich weiß, dass du auch abhängig von mir bist«, fuhr sie fort, als hätte sie meine Gedanken gehört. »Jedenfalls von der Version, die ich dir gezeigt habe. Du bist abhängig von Sex, weil dir das beim Verdrängen hilft, aber bei mir geht es über Sex hinaus. Seit du mich das erste Mal berührt hast, will ich alles. Ich habe versucht, dagegen anzukämpfen, aber das hat nichts gebracht. Ich hatte schon immer eine Suchtpersönlichkeit.«

Ihre Worte machten mir Angst. Nicht, weil ich Echos Ehrlichkeit nicht ertrug, sondern weil ich spürte, dass ich bereit war. Auch ich wollte inzwischen alles. Es hatte gedauert, aber ich wollte es. Echo musste einen triftigen Grund haben, plötzlich die Fassade zu zerschlagen und die ganze Wahrheit zu sagen. Und so wie sie klang, ging es nicht nur darum, mir näherzukommen.

»Mal ganz davon abgesehen, dass diese Abhängigkeit ungesund für uns beide ist – sie ist bei dir etwas anderes als bei mir, Alexis. Weil du nicht weißt, von wem du abhängig bist. Ich habe dich nie angelogen, aber ich habe dir die Wahrheit verschwiegen. Ich wünschte, ich könnte sagen, dass ich es getan habe, um dich zu schützen, aber ich wollte nur mich schützen.«

Eine Weile sagte sie nichts mehr. Ich wagte es nicht, sie anzusehen. Wäre ich ein anderer Mensch gewesen, ein gesünderer, hätte ich einen Scheiß auf ihre Bitte gegeben, ihre Hände in meine genommen und versucht, sie zu beruhigen. Ich konnte nicht. Meine Gedanken liefen Amok. *Bitte nicht*, schrien sie. *Bitte nimm mir das nicht weg. Ich ertrage es nicht. Nicht, wenn ich mich gerade wieder normal fühle.*

»Nachdem du das erste Mal nachts in meinem Zimmer warst«, nahm sie den Faden wieder auf, »habe ich erfahren, was mit deinem Dad passiert ist, und versucht, dir aus dem Weg zu gehen. Damit ich nicht rückfällig werde. Verdammt, ich war noch nie stark genug für so was.«

Drei Worte wirbelten in meinem Kopf umher, während die Übelkeit immer schlimmer wurde und die Finsternis mich zu verschlingen drohte. Abhängigkeit. Suchtpersönlichkeit. Rückfällig. Sie musste kein Wort mehr sagen. Ich hatte verstanden. Das konnte kein Zufall sein.

»*Du hast gesagt, du lebst in zwei Welten*«, hatte sie erwidert, als ich sie gefragt hatte, wo sie die letzten Jahre gewesen war. »*Das habe ich auch getan.*«

Ich hatte angenommen, dass sie Goldbridge verlassen hatte. Dass sie von ihrem Ich vor dem Tod ihrer Mutter und ihrem Ich danach gesprochen hatte. Es hatten Gerüchte über sie kursiert, nachdem sie die Schule abgebrochen hatte. Gerüchte, denen ich damals keinen Glauben geschenkt hatte, weil unsere Mitschüler ständig irgendeinen Mist erzählten.

Schwindel überfiel mich. *Scheiße.* Wie hatte ich so dumm sein können?

»Ich bin drogensüchtig.«

Keine Ahnung, wann wir stehen geblieben waren. Keine Ahnung, wann sie sich mir zugewandt hatte. Keine Ahnung, wann die Welt zu beben begonnen hatte.

Tränen liefen ihr übers Gesicht. »Luke hat mir den Job im Prisma verschafft, nachdem ich meinen dritten Entzug hinter mir hatte.«

Ihren. Dritten. Entzug.

Nein. Das konnte nicht wahr sein. Das konnte nicht passieren.

»Ich hab das mit dir nicht geplant. Ich wollte wirklich keine Komplikationen. Aber du … du hast mich in dieser einen Nacht im Club vor mir selbst gerettet. Ich war gerade aus der Klinik gekommen, wollte in der Toilettenkabine was nehmen. Es hat mich so überrascht, dich dort zu sehen, dass ich das Zeug das Klo runtergespült habe. Und dann, später … hast du mir gezeigt, wie es sich ohne Drogen anfühlt zu vergessen. Ich wusste nie, dass so etwas möglich ist. Ich hätte mich von dir fernhalten sollen. Ich hätte dir die Wahrheit sagen sollen. Aber es ist mir noch nie so leichtgefallen, clean zu bleiben, wie in den letzten Monaten. Die Zeit mit dir war wie dauerhaft high sein. Ich habe das andere High fast nicht mehr vermisst.« Sie wischte sich übers Gesicht, doch immer mehr Tränen kamen nach. »Ich will immer noch alles mit dir. Keine Ahnung, ob es die Sucht ist oder real. Aber ich möchte es herausfinden. Und ich weiß, dass das niemals möglich sein wird, wenn du diesen Teil von mir nicht kennst.«

Während sie gesprochen hatte, war ich erstarrt. Ich wusste nicht mehr, wie ich atmen sollte.

Es gab vieles, was ich sie fragen konnte. *Wovon warst du abhängig? Wie kam es dazu? Hast du wegen deiner Mutter angefangen? Hast du jemandem das Leben zur Hölle gemacht, so wie Dad mir das Leben zur Hölle gemacht hat? Wie kann man drei Entzüge hinter sich haben und immer noch mehr wollen? Wirst du immer mehr wollen?*

Ich konnte nicht. Ich würde es nicht ertragen, denn ihre Antworten zu hören, würde bedeuten, die andere Seite zu verstehen. Die Seite, auf der Dad stand. Stattdessen wollte ich ihr wütende, vergiftete Worte entgegenschleudern. *Wie kannst du der Mensch sein, der alles besser gemacht hat, obwohl du genau wie der bist, der alles in mir zerstört hat? Du hattest recht, Echo.*

Nein. Nein, es war nicht ihre Schuld. Ich war vor ihrer Tür aufgetaucht. Ich hatte nie nachgehakt. Ich hatte mir mein eigenes Grab geschaufelt, so wie mit Dad, als ich mich nie gewehrt hatte, bis es zu spät gewesen war. Was würden Fragen jetzt noch bringen? Oder Anschuldigungen?

»Danke«, würgte ich hervor, als deutlich wurde, dass sie nicht weitersprechen würde. Es klang wie eine Beleidigung. »Danke, dass du es mir gesagt hast.«

Sie hielt die Luft an. Ihre Augen waren riesig. Panik. Schmerz. Reue. Das hier war die wahre Echo. Nackt und zerbrechlich. Sie hatte sich mir entblößt, wie ich mich ihr gestern entblößt hatte.

»Keine Ahnung, ob es die Sucht ist oder real.«

Scheiß auf alles.
Scheiß auf sie.
Kälte machte sich in mir breit.
»Es war nie real«, sagte ich.
Und dann drehte ich mich um und begann zu rennen.

41. KAPITEL

Echo

Night, midnight, lose my mind

Das Recipe for disaster befand sich auf einem Hügel, nur etwa zwanzig Minuten vom Prisma entfernt. Ich war den ganzen Weg gerannt, während ich erst Soula, dann Luke mit Nachrichten und Anrufen bombardiert hatte. Beide meldeten sich nicht. Wieso, verflucht noch mal, meldeten sie sich nicht? Ich brauchte meine Sponsorin. Ich brauchte *irgendjemanden*, der Bescheid wusste und mich davon abhielt, etwas richtig Dummes zu tun. Den ganzen Tag bei der Arbeit hatte ich meinen Mut zusammengenommen, hatte mich darauf vorbereitet, was passieren würde, doch es dann wirklich zu erleben, hatte meine schlimmsten Vorstellungen übertroffen. Mal wieder hatten wir gesehen, wie befreiend die Wahrheit war. Ich wollte kotzen.

»Es war nie real.«

Auf dem Weg war ich an einer Haltestelle vorbeigekommen, und ein Bus hatte vor mir gehalten. In Richtung Hauptbahnhof, also auch in Richtung Seascape Inn. Es hatte mich sämtliche Willenskraft gekostet, nicht einzusteigen. In letzter Sekunde war mir in den Sinn gekommen, was Tori vorhin zu mir gesagt hatte, bevor Alexis ins Prisma gekommen war. *»Wir sind heute bei Ash im Pub, komm doch mit, wenn du Lust hast.«*

Ich zitterte am ganzen Körper, als ich den Pub durch die

schweren Samtvorhänge betrat. Das Glöckchen über mir bimmelte. Fieberhaft scannte ich das Innere. An einem Tisch zwischen der Jukebox und der Bar saßen Julian, Darcy, Dani, zwei Kellnerinnen aus dem Prisma. Tori fehlte.

Scheiße.

Aus den Boxen dröhnte »Boyfriend« von Dove Cameron.

Ich quetschte mich an zwei breitschultrigen Typen mit Goldkettchen vorbei, die so heftig miteinander flirteten, dass sie nicht mitbekamen, wie sie im Weg standen, dann an einer jungen Frau mit Pixie-Haarschnitt, der im Gegensatz zu meinem modisch und künstlerisch, nicht einfach nur langweilig wirkte. Sie bestellte acht Shots für sich und ihre Freundinnen. Junggesellinnenabschied. Ich wollte jeden einzelnen kippen. Ash und Reena standen hinterm Tresen und nahmen die Bestellungen entgegen. Mein Puls schoss in die Höhe. Ich bahnte mir meinen Weg zu den Toiletten rechts von der Bar. Wenn alles schiefging, würde ich die beiden bitten, mich zu babysitten, bis Soula oder Luke sich meldeten. Auch wenn das vor den Prisma-Mitarbeitern mehr als seltsam wäre, aber das war jetzt egal. Wenn Tori nicht dabei war, konnte ich mich nicht zu ihnen an den Tisch setzen. Ich sah die Szene vor mir, sah mich das schwitzende Cocktailglas auf den Tisch knallen, sah mich lachen. Sie würden sich fragen, seit wann man so viel Spaß mit mir haben konnte.

Schnell weg hier.

Ich stieß die Tür zu den geschlechtsneutralen Toiletten auf und hätte vor lauter Erleichterung fast losgeheult. Tori stand am vordersten Waschbecken und war gerade dabei, sich die Hände zu waschen.

Ihr Blick zuckte zu mir. »Echo!« Sie strahlte mich an. »Du bist gekommen!«

Würde ich mich irgendwann daran gewöhnen, dass sie so glücklich auf meinen Anblick reagierte?

»Ich brauch deine Hilfe«, würgte ich hervor.

Sofort schwand ihr Lächeln.

»Können wir abhauen?«, schob ich hinterher und hätte mich am liebsten selbst geohrfeigt. Sie hatte bestimmt keine Lust, die anderen zu verlassen.

»Bist du nicht gerade erst gekommen?«

Sie klang nicht abweisend, eher verwirrt.

»Wenn niemand auf mich aufpasst, werde ich rückfällig.« Selbsthass durchfuhr mich. Ich war ein kleines, erbärmliches Kind.

Scheiß drauf. Ich musste diese Nacht überleben. Nein, diese Stunde. Schritt für Schritt.

»Mein Grandpa und meine Sponsorin melden sich nicht«, fuhr ich fort. »Es tut mir leid, du bist die einzige Person, die gerade infrage kommt. Ich will nicht, dass die anderen was mitbekommen, deshalb kann ich nicht hierbleiben. Ich ... Ich ...«

»Kein Problem.« Sie lächelte wenig überzeugend. Wahrscheinlich kickte ihr People-Pleasing-Ding. Egal. Es war egal, aus welchen Gründen sie mir half. Alles, was jetzt zählte, war, dass ich nicht mehr allein war. »Ich hole meine Sachen und verabschiede mich von den anderen. Wartest du draußen auf mich?« Sie biss sich auf die Lippe. »Oder ist das zu riskant? Willst du kurz mitkommen, damit du nicht alleine bist?«

Plötzlich hatte ich einen fetten Kloß im Hals. In jeder anderen Situation hätte ich sie dafür fertiggemacht, dass sie mich so behandelte. Jetzt war ich ihr dankbar.

»Ist okay«, piepste ich. »Das schaffe ich. Bis gleich.«

Sie trat auf mich zu, hob eine Hand, ließ sie wieder sinken. Dann nickte sie. »Wir kriegen das hin, Echo. Ich bin froh, dass du zu mir gekommen bist.«

Mit diesen Worten lief sie an mir vorbei. Ein paar Sekunden blieb ich stehen und kämpfte mit den Tränen. »Danke«, wisperte ich, sobald sie weg war. »Danke, danke, danke.«

Die nächste halbe Stunde verlief wie im Zeitraffer. Tori löcherte mich nicht mit Fragen, sie entsperrte ihr Fahrradschloss und wollte lediglich wissen, wo wir hinfahren sollten. Ich setzte mich auf den Gepäckträger und navigierte sie erst zu Lukes, dann zu Soulas Haus. Fehlanzeige. Bei beiden brannte kein Licht, und auch auf exzessives Klingeln reagierten sie nicht. Hatten sie etwa ausgerechnet heute beschlossen, auf ein Date zu gehen? Nein, das passte nicht. Luke war heute Morgen so besorgt um mich gewesen, nie im Leben würde er von der Bildfläche verschwinden, ohne mir Bescheid zu sagen. Eine dunkle, tiefe Angst drohte mich zu verschlingen. Ich zog das Handy zum gefühlt hundertsten Mal hervor und wollte erneut versuchen, sie zu erreichen, da sah ich die Nachrichtenanzeige in Alexis' und meinem Chat. Sie war mir zuvor nicht aufgefallen, weil ich so damit beschäftigt gewesen war, Soula und Luke zu terrorisieren.

Zwölf neue Nachrichten.

Mein Inneres explodierte.

Alexis: *Weißt du, was das Schlimmste ist?*

Alexis: *Wahrscheinlich hätte ich selbst drauf kommen können.*

Alexis: *Wie kann man so ein Vollidiot sein?*

Alexis: *Ich wollte die Anzeichen nicht sehen. Ich wollte nur ein bisschen Frieden.*

Alexis: *Das ist nicht das Schlimmste. Das Schlimmste ist, dass ich mir eingebildet habe, Gefühle für dich zu haben. Ich dachte wirklich, wir könnten zusammen normal sein.*

Alexis: *Ich weiß, ich bin ein Arschloch. Ich hätte dir nur eine richtige Frage stellen müssen.*

Alexis: *Glaubst du, ich habe mich zu dir hingezogen gefühlt, weil du genau wie mein Vater bist? Glaubst du, das ist mein Schicksal?*

Alexis: *Es tut mir leid. Ich will nicht so sein.*

Alexis: *Weißt du, was krank ist?*

Alexis: *Ich will dich noch immer.*

Die vorletzte Nachricht war ein Bild. Eine Toilettenkabine, die über und über mit Namen, Beleidigungen und Zeichnungen beschmiert war. Die Toilettenkabine, in der alles angefangen hatte.

Alexis: *Ich wünschte, wir könnten die Zeit zurückdrehen und du hättest die verdammten Drogen genommen und nie im Prisma angefangen. Und ich wünschte, ich hätte nie erfahren, wie es ist, von dir geküsst zu werden und akzeptiert und gewollt.*

»Echo?«

Wann war Tori näher gekommen? Sie stand nur eine Armlänge vor mir. Ihre Stimme klang schockiert, ihr Gesicht verschwamm vor meinen Augen.

»Was ist passiert? Hat dein Grandpa sich gemeldet? Ist alles okay?«

Ich schüttelte den Kopf. Die Tränen flogen.

»Hey.« Eine Hand auf meiner Schulter. »Hey, du kannst mit mir reden.«

Alexis war im Fever. Ich musste ins Fever.

»Kannst du …« Es war dumm. Es war das Dümmste, was ich tun konnte.

»Ich will dich noch immer.«

»Ich will dich noch immer.«

»Ich will dich noch immer.«

»Kannst du mich zum Seascape Inn fahren?«

Mit fahrigen Bewegungen wischte ich mir über die Wangen und blinzelte, bis ihr Gesicht schärfer wurde.

Angst schimmerte in ihren Augen. »Wieso?«, flüsterte sie.

Wir brauchen jemanden, der uns ins Fever fährt. Und wenn ich Glück habe, sind sie noch nicht losgezogen, weil sie damit beschäftigt sind, sich zuzudröhnen.

»Bitte, Tori.«

»Sind da nicht … Sind da nicht Leute, mit denen du früher …«

Beinahe hätte ich gelacht, weil sie die Worte nicht mal über die Lippen bekam.

»Ja, aber darum geht's nicht. Ich schwöre.«

Sie glaubte mir nicht. Natürlich nicht. »Dann sag mir, worum es geht.«

Am liebsten hätte ich sie gepackt und geschüttelt, aber ich brauchte sie. Wenn ich sie vergraulte, war es vorbei.

»Das ist eine lange Geschichte. Ich hab keine Zeit, sie dir zu erzählen. Fakt ist, ich muss irgendwie zu diesem Club außerhalb von Goldbridge kommen, und vor dem Seascape Inn sind Leute, die ein Auto haben und heute Nacht dort hinfahren.«

Eine Weile lang starrte sie mich fassungslos an. Schließlich räusperte sie sich. »Leute, die Drogen nehmen?«

Nun konnte ich das Lachen nicht mehr zurückhalten. »Ja, aber …«

»Nein.« Sie schüttelte den Kopf. »Du hast gesagt, du …«

»Hast du eine bessere Idee?«, schrie ich. »Oder ein Auto?«

Sie zuckte nicht mal zusammen. »Wir können ein Taxi nehmen.«

»Ich hab kein Geld für ein fucking Taxi.«

Ihre Augen wurden schmal. »Aber ich.«

War das ihr Ernst?

»Ich bezahle, wenn du mir sagst, was du in diesem Club willst.«

Mein Herz raste so schnell, dass mir übel wurde. Ich brachte ein einziges Wort hervor. »Alexis.«

42. KAPITEL

Echo

It's time we danced with the truth

Sobald wir auf der Rückbank des Taxis saßen, brach alles aus mir heraus. Es war nicht geplant gewesen, ich wollte Tori eigentlich bloß verdeutlichen, dass ich keine Drogen nehmen würde, aber nach wenigen Minuten wurde es zu etwas anderem. Ich musste reden, weil ich sonst explodieren würde.

Sie unterbrach mich nicht. Genau wie Alexis mich unten am Strand nicht unterbrochen hatte.

Ich redete und redete und ließ nicht mal den Sex-Teil aus, obwohl der Blick des Fahrers dabei im Spiegel immer wieder zu mir zuckte. Nur das, was Alexis mir über seinen Vater erzählt hatte, erwähnte ich nicht. Das war nicht meine Geschichte. Bis zu diesem Moment hatte ich nicht verstanden, wie sehr ich es nötig hatte, mit jemandem darüber zu reden, der nicht mit mir in der Scheiße steckte.

Als das Industriegebiet in Sicht kam und mein Blick auf das Taxameter fiel, wurde mir übel. Wir mussten schon über eine halbe Stunde gefahren sein.

»Und jetzt hat er mir das geschrieben«, schloss ich, kramte mein Handy hervor und ließ Tori seine letzten Nachrichten lesen. »Verstehst du?«

Mit bestürzter Miene las sie, ehe sie mir das Handy wieder zurückgab. »Das klingt nicht, als wäre es für ihn vorbei.«

Atmen wurde zur Herausforderung.

»Hast du mir nicht zugehört?«, explodierte ich. »Bist du bescheuert?«

»Ich habe dir zugehört.« Behutsam tastete sie nach meinen Fingern, strich mir sanft über den Handrücken. Die Zärtlichkeit machte alles nur noch schlimmer. »Echo, er hat seit Monaten mit niemandem in seiner Familie gesprochen. Weißt du, wie fertig das Julian macht? Wir reden ständig darüber. Alexis hat seit Monaten den Mund nicht aufgemacht, und dann kommst du und er spricht. Glaubst du, das lässt sich einfach so wegschieben, nur weil er jetzt die Wahrheit kennt? Du bist drogensüchtig. Das ist eine Wahrheit. Aber eine andere Wahrheit ist, dass er Vertrauen zu dir aufgebaut hat.«

»Vertrauen!« Ich zog meine Hand weg. »Mir zu vertrauen, ist das Dümmste, was man tun kann.«

»Ich kenne mich mit Selbsthass aus«, wisperte sie. »Ich weiß ganz genau, wie es sich anfühlt, sich selbst nicht über den Weg zu trauen. Bei dir zeigt sich das anders, weil du nach außen hart bist, aber innen drin sieht's genauso aus wie bei mir, oder?« Plötzlich war ihre Stimme belegt. »Das ist ein wirklich beschissenes Gefühl.«

Sie nahm die Brille ab, wischte sich über die Augen, setzte sie wieder auf. »Was willst du, Echo?«

Mein Mund war auf einen Schlag staubtrocken. »Was?«

»Nicht, wovor du Angst hast, was du befürchtest, wenn wir gleich in diesen Club laufen, was du glaubst, zu verdienen oder nicht zu verdienen. Ich möchte wissen, was du willst. Wirklich, wirklich willst.«

Ich lachte auf. Es zerriss meine Brust. »Drogen.«

»Okay.« Wie beim ersten Mal, als wir uns begegnet waren, sah ich die Angst in ihren Augen, weil sie in ihrem Leben nie mit Leuten wie mir in Berührung gekommen war. Und wie beim ersten Mal kämpfte sie die Furcht zurück. »Und danach?«

Es gibt kein Danach! Es gibt nur mich und meine Sucht! Das ist alles, was es je gab und je geben wird!

Die Lüge kam mir nicht über die Lippen. Denn ja, natürlich war das eine verdammte Lüge. Es war immer eine Lüge gewesen. Die Drogen waren so ein großer Bestandteil meines Lebens geworden, weil mein wahres Bedürfnis nie befriedigt worden war.

»Du weißt, was ich will«, krächzte ich. Ich konnte das Wort nicht aussprechen. Es war so lächerlich, so abgenutzt und ekelhaft. Und dennoch war die ganze Welt auf der Suche danach, mir inklusive. »Das, was wir alle wollen. Es geht nicht um den ganzen Romantik-Scheiß. Es ... es geht darum ... Es ...«

»Es geht darum, gesehen zu werden«, vervollständigte sie leise. »Für das, was man wirklich ist. Und dann akzeptiert und gehalten zu werden, trotz und wegen all der wirklich schlimmen Seiten.«

»Wie kann ich das von jemandem verlangen?« Es war mir egal, dass ich heulte und mir Rotze aus der Nase lief. Jetzt war eh alles zu spät. »Nicht mal meine Mum hat das hingekriegt. Die einzige Menschen, die das schaffen, sind die mit dem schlechten Gewissen, weil sie noch größere Scheiße als ich gebaut haben.«

Tori schüttelte den Kopf. »Ich weiß, du denkst, dein Leben ist schlimmer als meins, und vielleicht stimmt das auch, aber meine Mutter liebt mich auch nicht. Nicht so, wie ich es bräuchte. Mein ganzes Leben lang dachte ich, mit mir ist etwas falsch, weil mich niemand wirklich richtig geliebt hat.«

»Und dann hast du die Liebe deines Lebens getroffen und wurdest geheilt, herzlichen Glückwunsch«, zischte ich.

»Ich bin nicht geheilt.« Es war das erste Mal, dass sie wütend wirkte. »Heilung tritt nicht automatisch ein, weil man das Glück hat, den richtigen Menschen zu treffen. Aber ich habe kapiert, dass mein Selbsthass kleiner wird, wenn ich mich an diejenigen halte, die es gut mit mir meinen. Egal, aus welchem Grund. Und hey, wenn es Leute gibt, die mich für liebenswert halten, dann bist du es auch.«

O mein Gott, ich würde gleich zu schreien beginnen.

»Hast du schon mal versucht, 'nen Junkie zu lieben, Tori? Glaubst du wirklich, das ist so easy?«

Ein grimmiges Lächeln erschien auf ihren Lippen. »Bin seit Wochen dabei, es zu versuchen. Und nein, es ist so ziemlich das Gegenteil von einfach. Aber vor ein paar Monaten hat mir jemand beigebracht, dass man nicht aufgibt, nur weil es hart wird.«

Ich wollte ihr Dinge entgegenschleudern wie: *Bist du wirklich so verzweifelt? Wir kennen uns nicht mal! Laber mich nicht voll!* Meine Tränen machten es unmöglich.

Sekunden später hielt das Taxi. Der Fahrer drehte sich mit argwöhnischem Blick zu uns um.

Tori zückte ihre Kreditkarte, dann traten wir in die Nacht.

Sie griff nach meiner Hand und verschränkte unsere Finger miteinander. Stirnrunzelnd starrte sie nach vorn. Keine Schlange war zu sehen, der Türsteher wirkte maximal gelangweilt, doch aus der angelehnten Tür drang hämmernder Bass nach draußen.

»Ich war noch nie in einem Club.«

Ein Lachen bahnte sich seinen Weg durch meinen Schmerz. »Ach, sag bloß, dabei dachte ich, du bist 'ne richtige Partyqueen.«

Als wir Richtung Eingang liefen, wurde sie noch nervöser. »Sei mir nicht böse, ich hab Julian Bescheid gesagt. Er ist auf dem Weg.«

Ich hatte keine Energie, wütend zu sein. »Das wird Alexis bestimmt gefallen«, erwiderte ich ironisch.

»Er ist heute Morgen in Darcys und Julians WG gekommen – mit einem Kuchen.«

»Was?« Mir drehte sich der Magen um. Mein letzter Stand war, dass er wütend auf seinen Bruder war.

Nun ergab es auch Sinn, wieso Julian freudestrahlend und mit Kuchen für alle in der Arbeit erschienen war. Mir hätte klar sein müssen, dass er von Alexis stammte, so lecker, wie er geschmeckt hatte.

Tori nickte. »Julian war wirklich erleichtert.«

Gegen meinen Willen durchflutete mich Wärme. Das war gut, oder? War das nicht gut?

Das war heute Morgen, widersprach eine fiese Stimme in meinem Hinterkopf. *Seitdem hat sich eine Menge geändert.*

Fünf Minuten später befanden wir uns im Inneren des Clubs. Er war nicht mal zur Hälfte gefüllt, hauptsächlich sah es nach Touristen aus. Keine Ahnung, aus welchem Grund die sich im Herbst hierhin verirrt hatten.

»Lass mich erst allein, wenn wir Alexis finden«, brüllte ich Tori ins Ohr, während wir uns in Richtung Toiletten bewegten. »Es könnte sein, dass hier Leute sind, die ich kenne.«

»Deal«, rief sie zurück.

Als wir an der Bar vorbeikamen und ich die Hinterköpfe taxierte, fühlte es sich an, als würde sich der Boden zu meinen Füßen öffnen. Schon befand ich mich im freien Fall. Das war viel zu einfach gewesen.

Kurz rasierte schwarze Haare, Hoodie, zerrissene Jeans. Er saß auf einem Hocker direkt an der Theke und gestikulierte in Richtung des Barkeepers. Dieser griff nach einer Flasche und füllte das Kristallglas zwischen ihnen auf.

Fuck, das war eine Spirituosenflasche.

Tori und ich wechselten einen Blick. Sie nickte mir zu und

deutete dann ans Ende der Theke, einige Meter von uns entfernt. »Ich warte dort, okay? Wenn du mich brauchst, gib mir ein Zeichen.«

»Okay.«

Plötzlich wollte ich sie packen und sie anflehen, mich nicht allein zu lassen. Würde ich das überleben? Konnte es noch schlimmer als vorhin am Strand werden? Natürlich konnte es das. Er hatte ja kaum ein Wort von sich gegeben.

Trotzdem hielt ich Tori nicht auf, sondern setzte einen Schritt vor den anderen, bis ich neben ihm an der Bar stand. Gott sei Dank arbeitete Dimi nicht, zumindest sah ich ihn nirgendwo. Den konnte ich gerade am allerwenigsten gebrauchen.

Ich hievte mich auf den freien Hocker direkt neben Alexis.

Es dauerte genau drei Sekunden, bis er auf mich aufmerksam wurde. Drei Sekunden, in denen nicht nur mein Herz, sondern die ganze beschissene Welt stehen blieb.

Er war schon jenseits von Gut und Böse. Seine Finger zitterten, seine Bewegungen waren unkontrolliert, als er nach dem Glas vor sich griff, seine Augen wild.

Ein Lied von Animal Sun dröhnte aus den Boxen. Eine fröhliche Indie-Nummer, ein gutes Tanzlied. Bis man auf die Lyrics achtete.

She screams tonight I wanna be like you
Dancing in the light to forget the abuse
Lost in the crowd, no one will ever know
The girl in blue is all alone
She's all alone
She's all alone

»Echo«, formte er mit den Lippen. »Echo, Echo, Echo.« Und dann begann er zu lachen. Meine Nackenhaare richteten sich auf. Es war ein grausames, fremdes Geräusch, das nichts mit dem Menschen zu tun hatte, mit dem ich wochenlang

Zeit verbracht hatte. »Weißt du, wie sehr ich deinen Namen liebe? Ich habe ihn immer geliebt. Diese Idioten in der Schule waren bloß neidisch, weil sie irgendwelche langweiligen Namen abbekommen haben, die ein Abbild ihrer Persönlichkeiten waren. Aber du … du hast einen Namen, von dem man einen Ohrwurm bekommt. Ständig spukt er in meinem Kopf rum, ob ich will oder nicht.« Er schaffte es, sein Glas zu heben und mir zuzuprosten. Seine Zähne glänzten in den zuckenden Discokugellichtern. »Willst du auch was trinken? Ich lad dich ein.«

Kälte machte sich in mir breit. Ich schaute auf die bernsteinfarbene Flüssigkeit, schaute ihm wieder in die so vertrauten und jetzt so fremden Augen. »Lass den Scheiß.«

Er knallte das Glas auf den Tresen. »Ach, Scotch ist auch ein Problem? Ich dachte, es sind nur Drogen.«

»Du bist ein Arschloch.«

Wut zuckte über sein Gesicht. Doch mit einem Mal war es mir egal. Ja, ich hatte es verkackt. Ich hatte es richtig, richtig verkackt. Aber er war nicht nur das Opfer in diesem Szenario. Und außerdem hatte er es mir selbst geschrieben. Irgendwo hinter seinem Alkoholnebel lauerte die Wahrheit.

»Du bist ein Arschloch«, wiederholte ich lauter. »*Du* wolltest Sex von mir. *Nur* Sex. Du hast dich einen feuchten Dreck für mich interessiert, bis du gemerkt hast, dass ich auch zu was anderem als zum Vögeln zu gebrauchen bin. Aber weißt du was? Ich glaube, du wolltest nie wirklich nur Sex. Das war nur die bequemste Lösung für dich. Es gibt Tausende Typen wie dich, die irgendein dummes Trauma haben und das als Rechtfertigung benutzen, niemals für irgendwas Verantwortung zu übernehmen. Du wolltest nicht nur Sex, Alexis. Du wolltest jemanden, der dich im Arm hält und für dich da ist. Jemanden, der dir das Gefühl gibt, genug zu sein. Jemanden, der dich nicht verurteilt.«

Wie vom Donner gerührt starrte er mich an. »Ich …«

»Nein!«, schrie ich, kam jetzt erst in Fahrt. All die Wochen hatte ich es verdrängt. »›*Ich will, dass du dich immer so fühlst*‹«, zitierte ich. »›*Ich will dich immer so haben. Ich will dich jeden Abend sehen, wenn ich ehrlich bin.*‹ Das waren deine Worte, verdammt noch mal. So was sagt man nicht, wenn man nur Sex will. Wie du mich angeschaut und berührt hast. Von Anfang an war es so! Wir haben Tag und Nacht miteinander verbracht. Du glaubst, es hat irgendwas gebracht, dass wir nicht zusammen in einem Bett geschlafen haben? Dass wir erst viel zu spät über den ganzen Bullshit geredet haben? Du glaubst wirklich, das hält Gefühle fern? Du glaubst, du hast gestern Nacht plötzlich Gefühle bekommen, weil wir über die Vergangenheit gesprochen haben? Wie dumm bist du eigentlich?«

All seine Wut war verschwunden. Und plötzlich war er wieder mein Alexis. Weich, verletzlich, offen. Und kurz vor der Panikattacke. Seine Brust senkte und hob sich viel zu hektisch. »Ich wollte dich nie verarschen, ich …«

»Vergiss mal mich«, schnitt ich ihm erneut das Wort ab, aber auch ich konnte nicht mehr wütend sein. »Was ist mit dir? Du hast dich die ganze Zeit über selbst verarscht.«

Er schüttelte den Kopf, immer wieder, während seine Atemzüge abgehackter wurden. »Ich … ich konnte nicht. Ich konnte mir nicht erlauben, in diese Richtung zu denken. Ich war viel zu zerbrochen dafür.«

Ich wollte ihm eine Antwort entgegenschleudern, doch in diesem Augenblick veränderte sich sein Blick. Schwankend stützte er sich an der Theke ab, kletterte vom Hocker, verlor fast das Gleichgewicht.

Blitzschnell packte ich seinen Arm, um ihn zu stützen.

Was zum …

Eine Sekunde später wankte er in Richtung Toiletten.

Shit.

Ich sprang ebenfalls auf, warf einen Blick zu Tori, die am Ende der Bar auf einem Hocker saß, vor sich eine Colaflasche. Fragend schaute sie zu mir rüber. Ich schüttelte den Kopf, dann stürmte ich Alexis hinterher. Adrenalin peitschte durch meine Adern.

Ich kam nicht weit. Als ich durch den Eingang zu den Toiletten lief und um die Ecke bog, sah ich sie. Dunkle schmutzige Haare, perfekt frisierte hellblonde Locken und ein roter dünner Zopf. Kyle und Larissa, die zusammen mit Isla die Köpfe zusammensteckten. Alexis musste es schon aufs Klo geschafft haben.

Es sollte mir egal sein, Larissa hier zu sehen. Kyle redete viel, wenn der Tag lang war. Aber ihren Tod erfinden, um mich dazu zu bringen, mit ihnen abzustürzen? Das war ein neues Level.

Ich senkte den Blick. Ich würde jetzt einfach in den Toiletten verschwinden und ...

»Echo«, drang Kyles Stimme durch die Musik an mein Ohr. »Echo, du hast es geschafft!«

Drei Augenpaare richteten sich auf mich. Ich starrte nur Larissa an. Ihr Blick flackerte über meine Gestalt, während sie ihren Kiefer hektisch vor- und zurückschob. Sie sah scheiße aus. Keine Ahnung, ob schlimmer als das letzte Mal, dass ich sie gesehen hatte, oder ob ich ihren Anblick bloß nicht mehr gewohnt war. Abgemagertes Gesicht, zunehmender Haarausfall, Schweißperlen auf der Stirn und totgekaute Lippen.

»Fick dich«, zischte ich in Kyles Richtung.

Schnell weg hier.

»Ich hab gehört, du bist tatsächlich clean«, erklang Islas Stimme. Sie schenkte mir ein zuckersüßes Lächeln. Heute trug sie einen cremefarbenen Hosenanzug. »Gut für dich.«

»Fick dich auch, Isla.«

Ihr Lächeln verschwand, und sie wollte etwas erwidern, doch Larissa kam ihr zuvor.

»Ich vermisse dich«, brachte sie hervor. Ihre Unterlippe bebte. Egal, was sie bereits intus hatte, ich hörte die Wahrheit heraus. »Du warst die einzige Freundin, die ich je hatte.«

Ein Ziehen in meiner Brust.

Ich vermiss dich auch. Und ich bin scheißfroh, dass du nicht tot bist.

»Wir waren nie Freundinnen«, erwiderte ich leise, aber ohne die Härte, die bei den anderen notwendig war. »Wir haben uns nur gegenseitig in den Abgrund gezogen.«

Eine Weile starrte sie mich fassungslos an, dann zuckte ihr Blick zu Kyle. »Du hattest recht.«

Es sollte mir wehtun, dass sie sich auf die Seite dieses Widerlings schlug, den sie mal genauso sehr verachtet hatte wie ich. Aber es war nicht wirklich eine Überraschung. Auf Drogen spielte es keine Rolle, ob man versuchte, ein besserer Mensch zu sein. Auf Drogen waren wir alle gleich. Das hatte ich so sehr daran geliebt. Doch das bedeutete auch, dass man es niemals aus dem Sumpf schaffen würde, solange man mit Menschen abhing, die im Sumpf bleiben wollten.

»Wer mit Weisen wandelt, wird weise werden«, wisperte Mum in meinem Kopf. *»Wer sich aber mit den Unvernünftigen einlässt, dem wird es schlecht ergehen.«*

Ich starrte Larissa so lang an, bis sie meinen Blick erwiderte. »Wenn du irgendwann genug hast, werde ich dir helfen«, sagte ich. Und damit wandte ich mich ab und drückte die Tür zu den Toiletten auf. Ihre wütende Stimme verlor sich im wummernden Beat.

Tränen brannten in meinen Augen, doch ich hatte keine Zeit, mich damit zu beschäftigen. Aus der letzten Kabine drang ein lang gezogenes Stöhnen, dann ein Würgen – die unverkennbaren Geräusche von jemandem, der sich die Seele aus dem Leib kotzte. In drei Schritten war ich bei ihm, stieß die angelehnte Tür auf und sank neben ihm auf die schmutzigen Fliesen.

Er nahm erst Notiz von mir, als ich ihm eine Hand auf den Rücken legte. Keuchend schaute er auf. Die roten Äderchen in seinen Augen waren aufgeplatzt. Er schüttelte den Kopf, wollte mich abschütteln, aber dann überkam ihn die Übelkeit erneut. Er umklammerte die Kloschüssel mit beiden Händen und erbrach sich wieder. Und wieder. Und wieder. Dazwischen erklang sein leises Schluchzen.

Mit kreisenden Bewegungen strich ich ihm über den Rücken. »Du hättest mit Bier oder Wein anfangen können«, murmelte ich. »Aber nein, natürlich musste es was Hochprozentiges sein, obwohl du seit über ’nem Jahr nichts mehr getrunken hast.«

Er hob den Kopf, starrte mich an, wirkte, als sei er drauf und dran, mich zu beleidigen, doch dann brach ein verzweifeltes Lachen aus ihm hervor. »Du denkst wirklich, *du* bist in der Position, mir Tipps zu geben?«

Plötzlich musste ich auch lachen.

Alexis richtete sich auf, betätigte die Spüle und ließ sich mit angewinkelten Beinen gegen die Kabinenwand sinken. Seine Wangen waren tränennass. Er wischte sich über den Mund.

Ich setzte mich ihm gegenüber. Unsere Knie berührten sich.

»Warum bist du hier?« Plötzlich war er wieder ganz ernst.

Meine Augen brannten. »Das könnte ich dich auch fragen.« Ich konnte ihn nicht ansehen. Es brach mir das verfluchte Herz.

Er seufzte leise.

»Tut mir leid, dass ich dein Trauma als dumm bezeichnet habe«, flüsterte ich. »Es ist nicht dumm. Es ist absolut beschissen und mehr als verständlich, dass es dich abgefuckt hat. Du bist nicht das Problem. Was dir angetan wurde, ist das Problem.«

»Tut mir leid, dass ich dir einen Drink angeboten habe.« Er stöhnte auf. »Und tut mir leid, dass ich dich mit meinem Vater verglichen habe.«

Ich schüttelte den Kopf. Dafür sollte er sich wirklich nicht entschuldigen. Ich *war* wie sein Vater. Vermutlich sogar noch schlimmer.

»Du bist kein schlechter Mensch«, sagte ich, als er nicht weitersprach. »Du hast einfach eine Menge Scheiße erlebt.«

»Und du nicht, oder was?«

Plötzlich lag seine Hand auf meinem Knie. Ich zuckte zusammen.

»Doch«, brachte ich erstickt hervor. Das Wort bereitete mir Höllenqualen. »Ich auch.«

»Es tut mir so leid.«

Wieso, wieso, wieso klang er so zärtlich? Wo war die Wut?

»Es ist okay.«

»Nein, ist es nicht. Nichts ist okay.«

»Alexis?« Ich sah ihn an, obwohl es verdammt wehtat.

»Echo?«, flüsterte er.

»Es war nicht nur die Sucht.« Meine Tränen quollen über, liefen mir übers Gesicht, verbrannten mich. »Es war real für mich.«

Ein trauriges Lächeln erschien auf seinen Lippen. So zerstört. So schön. »Für mich auch.«

»Was, wenn abgefuckt und abgefuckt die beste Kombination ist?«, hatte er gefragt.

Ich legte meine Hand auf seine und hielt sie fest. All die Hoffnung der Welt reichte nicht aus, um der Wahrheit zu entkommen. Dies war kein Happy End. Es war ein Abschied.

»Wir sind nicht gut füreinander«, brachte ich unter Tränen hervor.

»Ich weiß.«
Wann hatte er wieder zu weinen begonnen?
»Wir können uns nicht helfen.«
Schniefen. Nicken. »Nicht, bevor wir uns selbst helfen.«
Hi, ich bin Echo, und ich bin verliebt.
Hi, ich bin Echo, und es ist zu spät.

43. KAPITEL

Alexis

Screws loose

Mir war so kalt. Mein Kopf hämmerte noch immer, doch jetzt lag es nicht mehr am Alkohol. Es lag daran, dass ich so viel geheult hatte wie seit Langem nicht mehr. Ich wollte nicht aufstehen. Ich wollte sie nicht gehen lassen, sondern für immer mit ihr in dieser ekelhaften Toilettenkabine bleiben. Ich wollte sie umklammern, bis wir eins wurden, und alles vergessen, was ich heute erfahren hatte.

Es ist mir egal, ob wir gut füreinander sind. Es ist mir egal. Es ist mir egal.

Es war mir nicht egal. Ich hatte nicht mal Zeit gehabt, mir darüber Gedanken zu machen, was die Wahrheit bedeutete. Auf direktem Weg war ich ins Fever gefahren. Aber wem machte ich etwas vor? Ich wusste jetzt schon, was die Wahrheit für mich bedeutete. Monatelang hatte ich an der Seite eines Süchtigen verbracht und mich selbst dabei vollständig verloren.

Echo stand auf und zog mich mit sich. Sie wich meinem Blick aus. Wir hatten alles gesagt.

Als ich mich über das Waschbecken beugte, den Geschmack nach Galle aus meinem Mund spülte und mir Wasser ins Gesicht spritzte, schwang die Tür auf.

»Alles okay?«

Die Stimme war mir nicht fremd. Ich hatte sie hier genauso wenig wie Echos erwartet. Und trotzdem ergab alles Sinn. Es ergab Sinn, dass sie für mich gekommen waren. Egal, wie oft man Julian wegstieß, er würde immer kommen.

Wie in Trance hob ich den Kopf. Nach und nach kamen sie rein. Julian, Tori, Darcy. Ihre Mienen waren identisch. So viel Sorge um mich. Die Toilette war viel zu eng für so viele Menschen, doch mit einem Mal war ich froh über ihre Anwesenheit. Vielleicht schafften wir es gemeinsam, die Kälte zu vertreiben.

»Alles okay«, sagte Echo. »Aber ich glaube, wir sollten ins Bett.«

Tori und sie verließen die Toilette zuerst. Ich trocknete mich ab, wankte auf Julian zu und drückte ihn fest an mich. Alles war am Arsch, doch immerhin hatte ich meinen Bruder. Immerhin das. Ich war noch nie so froh gewesen, ihn zu sehen.

Zehn Minuten später saßen wir zu fünft in Vasiles Auto. Darcy am Steuer, Echo neben ihr, ich eingequetscht zwischen Tori und Julian auf der Rückbank. Die Heizung lief auf Hochtouren, die Wärme ihrer Körper half, aber nicht gegen die innere Kälte.

Eine Weile kämpfte ich mit den Worten, doch ich brachte sie nicht über die Lippen. *Danke*, wollte ich sagen. *Danke, dass ihr hier seid. Danke, ich habe es nicht verdient. Danke, ich weiß es zu schätzen.*

Ich starrte auf Echos Hinterkopf, wünschte, sie würde sich umdrehen und mich ansehen. Was würde nach heute Nacht geschehen? Wie würden wir miteinander umgehen? Wie sollte ich es schaffen, mir selbst zu helfen?

Echo drehte sich nicht um. Sie zog ihr Handy aus ihrer Jackentasche. Es zitterte in ihrer Hand. Ein Anruf erleuchtete das Display.

Nachdem sie auf den grünen Hörer getippt hatte, hielt sie es sich ans Ohr. »J-Ja?«

Ich wollte mich nach vorn beugen, sie berühren, ihr sagen, dass alles gut werden würde. Sie klang so klein und verloren.

Sekundenlang fror ihr Körper ein, nur um dann noch heftiger zu erbeben. Ich konnte die Worte am anderen Ende der Leitung nicht verstehen, aber egal, was es war, es konnte nichts Gutes sein.

Eine halbe Ewigkeit verging, bis ihre Stimme wieder zu hören war. »Ich bin clean.« Es klang, als wäre etwas in ihr gestorben. Und dann, leiser, fast tonlos: »Ich komme.«

Nachdem sie den Anruf beendet hatte, drehte sie sich zu Darcy, die ihr besorgte Blicke zuwarf.

»Kannst du mich ins Krankenhaus fahren?«

Tori streckte eine Hand aus und berührte Echo leicht an der Schulter. »Echo?«

Diese wandte sich nicht um. Sie steckte das Handy weg und krallte die Hände auf ihrem Schoß ineinander.

»Luke hatte einen Unfall.«

44. KAPITEL

Echo

When I R.I.P.

Soula wartete vor dem verglasten Haupteingang. Sie lief auf und ab, hektisch, unkontrolliert, und raufte sich die Haare. Neben ihr standen noch drei weitere Menschen um eine Zigarettensäule herum, keiner so außer sich wie sie. Soula brachte sonst nie etwas aus der Ruhe.

Am liebsten hätte ich Darcy gesagt, dass sie weiterfahren sollte.

»Echo?« Das war Tori von hinten. »Wenn du willst, komme ich mit.«

Ohne sie anzusehen, schüttelte ich den Kopf. Sie hatte heute genug für mich getan. Dann stieg ich aus und schlug die Tür hinter mir zu. Das Geräusch ließ Soula innehalten.

Als unsere Blicke sich trafen, bröckelte etwas in mir. Ich rannte auf sie zu, warf mich in ihre Arme und umklammerte sie, so fest ich konnte.

»Alles okay«, wisperte sie, während sie mich fest an sich drückte. »Bei ihm ist alles okay, Echo.«

Sie schob mich von sich. »Was ist mit dir?« Tränen glänzten in ihren dunklen Augen, die Sorge ließ ihre Stimme beben. »Es tut mir so leid, dass ich mich vorhin nicht gemeldet habe.«

Kopfschüttelnd musterte ich sie. »Ist doch scheißegal, was mit mir ist!«

Die nächsten Minuten flogen wie im Zeitraffer an mir vorbei. An der Rezeption schrieb ich meinen Namen in eine Liste und fuhr mit Soula drei Stockwerke nach oben in einen verlassenen Wartebereich. Das Krankenhaus war kalt und steril, genauso wie ich es von meinem letzten Mal hier gewohnt war. Es war etwa zwei Jahre her. Sie hatten mir den Magen ausgepumpt, und ich war völlig orientierungslos aufgewacht, nichts als Lukes verheultes Gesicht vor mir. Es war unnatürlich, dass jetzt ich diejenige war, die seinetwegen hier war.

»Er ist die Treppe runtergefallen und unglücklich gelandet«, erzählte mir Soula in emotionslosem Ton, als spräche sie von einem Fremden, nicht vom wichtigsten Menschen in meinem Leben.

Wie schaffte sie es, von einer Sekunde auf die andere so ruhig zu sein? Es ging um Luke, verdammte Scheiße!

»Es hat eine Weile gedauert, bis er es geschafft hat, sich in die Nähe seines Telefons zu schleppen und den Notruf zu kontaktieren«, fuhr sie fort. »Er wird gerade operiert, aber sie haben mir mehrmals versichert, dass es nichts Ernstes ist. Echo, schau mich an.«

Meine Hände waren ineinandergekrallt, mein Blick auf die weißen Fliesen vor mir gerichtet, meine angewinkelten Beine zitterten.

»Echo.« Sie legte mir eine Hand auf die Schulter. »Er wird wieder ganz der Alte sein. Er ist okay. Dein Grandpa ist okay.«

Ich nickte. Luke war okay. Es war keine große Sache. Es sollte keine große Sache sein. Jeden Tag passierten solche Unfälle.

Aber nicht Luke. Luke darf so was nicht passieren.

Mit aller Macht versuchte ich stillzuhalten, ihre Hand nicht abzuschütteln, nicht aufzustehen und das ganze Stockwerk zusammenzuschreien.

»Möchtest du mir erzählen, wieso du mich vorhin angerufen hast?«, flüsterte sie. »Wir können gerade nichts anderes tun, als zu warten, vielleicht tut ein bisschen Ablenkung gut.«

Verzweifelt versuchte sie, gelassen zu klingen, doch da war eine Schärfe. Ein Beben. Ihre Sorge war zurück. Es ging nicht um Ablenkung. Ich hob den Kopf.

Und dann verstand ich. Sie hatte nicht wegen Luke die Beherrschung verloren. Im Gegensatz zu mir konnte sich Soula auf die Fakten konzentrieren – Luke war nicht mehr in Gefahr.

Aber ich.

»Ich bin clean«, wiederholte ich. »Es geht jetzt nicht um mich.«

»Es geht sehr wohl um dich«, widersprach sie. »Das ist eine Angst einflößende Situation. Für jeden Menschen, aber besonders für dich.«

Mit einem Satz war ich auf den Beinen. »Weil ich nicht stabil bin?«

Die letzten Stunden waren schlimm genug gewesen. Nur eine einzige Sache hätte gereicht, doch jetzt kam alles geballt auf mich zu. Das Gespräch mit Luke. Das Gespräch mit Thea. Das Gespräch mit Alexis. Und nun *das*.

»Du hast recht, ich hab eine Scheißangst. Und ich bin alles andere als stabil. Deshalb habe ich dich vorhin angerufen. Weißt du, wie kurz davor ich war, etwas zu nehmen?«

»Aus welchem Grund?«

»Brauche ich wirklich einen Grund?« Meine Stimme überschlug sich. »Reicht es nicht, dass ich keine Lust mehr habe, jede Sekunde zu kämpfen? Ich will es immer, Soula. Seit ich damit angefangen habe, gibt es keinen Tag, an dem ich nicht daran denke. Manchmal vergehen Stunden, in denen ich abgelenkt bin, aber es geht nie weg.«

»Ich weiß.« Sie erhob sich, stellte sich direkt vor mich, machte diesmal allerdings keine Anstalten, mich zu berühren. »Ich weiß, Echo.«

»Du … Du weißt *gar nichts*!« Ich lachte. Oder schluchzte ich? »Die letzten Wochen habe ich jede freie Sekunde mit Alexis Bithersea verbracht. Hab ihn gevögelt, hab mich schön abhängig von ihm gemacht, ohne dass er eine Ahnung hatte, auf wen er sich da eingelassen hat. Es hat geholfen. Ich war glücklich, wenigstens ein paar Momente lang, auch wenn ich wusste, dass das nicht echt ist. Vorhin habe ihm die Wahrheit gesagt. Hat mir Luke auch geraten. Die Wahrheit kann so befreiend sein, oder?« Erneut lachte ich, während die Tränen über meine Wangen liefen. »Das mit Alexis ist also seit heute offiziell vorbei, damit komme ich klar. Es ist anstrengend, und ich will alles zerstören, aber ich komme klar. Ich habe keine Scheiße gebaut. Ich war so vernünftig, Soula, obwohl es so hart war. Und dann …« Mein Schluchzen zerriss die Stille und mich mit dazu. »Und dann rufst du mich an und sagst mir, Luke hatte einen Unfall. Weißt du, was mein erster Gedanke war?«

Soula schüttelte den Kopf. Sie war nicht meine Freundin, sie hatte keine emotionale Bindung mehr zu mir – sie war jetzt nur dafür da, um mich aufzufangen.

»Endlich«, stieß ich hervor. »Endlich, dachte ich mir. Endlich ist es vorbei. Wenn Luke etwas zustößt, Soula, dann habe ich keinen Grund mehr weiterzukämpfen. Wenn er nicht mehr da ist, wozu das alles?«

»Ich verstehe dich.« Sie nickte ernst. »Ich verstehe, dass es sich so anfühlt, vor allem im Moment. Aber Echo, während deines ersten NA-Treffens nach der Klinik hast du gesagt, es geht auch um dich. Du wolltest auch für *dich* kämpfen. Nicht nur für andere Menschen.«

»Und das hast du mir geglaubt?«, schrie ich. »Wie bescheuert bist du? Ich dachte, du hast diesen Dreck selbst erlebt! Wieso sollten Leute wie wir für uns leben? Als hätten wir ein Leben verdient, nach allem, was wir getan haben!«

»Mrs. Thorpe?«

Schwer atmend hielt ich inne und schaute hinter mich. In der Tür zum Wartezimmer stand eine Frau in weißem Kittel. Ihr Blick zuckte zwischen Soula und mir hin und her, sie runzelte die Stirn.

Soula räusperte sich. »Ja, bitte?«

Die Ärztin trat näher, wirkte aber immer noch misstrauisch.

»Das ist meine Enkelin«, fügte Soula mit müdem Lächeln hinzu. »Wie geht es Lucas?«

»Gut.« Die Ärztin nickte. »Es ist alles gut gegangen.« Sie sprach weiter, doch ich hörte sie nicht mehr. In meinen Ohren klingelte es. Meine Beine bewegten sich wie von allein.

Ich sollte warten, vielleicht würden sie mich zu Luke bringen, ich könnte ihn sehen, sein faltiges, vertrautes Gesicht. Mich vergewissern, dass es ihm wirklich gut ging, dass ich mir keine Sorgen machen musste, dass alles wieder okay werden würde.

»Nichts ist okay«, hallte Alexis' Stimme in mir wider. *»Nichts.«*

Im nächsten Moment rannte ich. Zum Aufzug. Drückte auf den Knopf, einmal, zweimal, fünfzehnmal. Ich unterdrückte ein Schreien und stieß die Tür zum Treppenhaus auf. Ich musste schnellstmöglich weg hier. Keine Sekunde länger würde ich es in diesem Gebäude aushalten, wo mich alles an Tod und Endlichkeit erinnerte.

Luke ging es gut. Heute ging es ihm gut. Doch je älter er wurde, desto öfter würde so etwas passieren. Wir waren Menschen. So zerbrechlich. Es reichte aus, wenn wir einmal vergaßen, nach rechts und links zu schauen, bevor wir die Straße überquerten. So viele Möglichkeiten jeden Tag. Es gab keine Sicherheit. Es würde nie Sicherheit geben.

Unten angekommen, stürzte ich aus dem Krankenhaus und inhalierte die eisige Luft. Ich brauchte Hilfe. Soula hatte es verstanden. Es war zu viel. Aber Soula konnte mir heute Nacht nicht helfen. Nicht so, wie ich es brauchte.

»He, dich kenn ich doch.«

Mein Kopf zuckte zur Seite. Etliche Sekunden vergingen, bis ich sie erkannte. Schwarzer Bob, schwarz umrandete Augen, eine Daunenjacke über der blauen Krankenpfleger-Uniform. Zwischen Zeige- und Mittelfinger hielt sie eine halb abgebrannte Kippe.

Betty aus NA.

Mein Herz eskalierte.

Dreh dich um.

Dreh dich um, geh zurück zu Soula.

Verschwinde, Echo.

Jetzt sofort, sonst ist es zu spät.

Ich bemühte mich um eine lässige Miene und deutete auf die Zigarette. »Krieg ich auch eine?«

Betty zuckte nicht mal mit der Wimper, sondern zog das Päckchen hervor und reichte es mir kommentarlos. Es war halb voll, ein pinkes Feuerzeug befand sich neben den Stängeln.

Ich zog eine Zigarette hervor. Meine Hände zitterten, ich brauchte drei Anläufe, um sie anzuzünden, und dann saugte ich viel zu hektisch daran, sodass der Nikotinflash mich wie aus dem Nichts traf. Wie lange war es her, dass ich etwas gegessen hatte?

Der unangenehme Schwindel hielt nur für den Bruchteil einer Sekunde an. Dann schwebte ich. Die Tränen schossen mir in die Augen. Es fühlte sich so verdammt gut an, wie der

Rauch meine Lungen füllte, wie ich ihn langsam ausblies, wie meine Kehle brannte.

Betty schien nichts Ungewöhnliches an meinem Verhalten zu finden. Sie nahm das Päckchen, als ich es ihr wieder reichte, und wies hinter sich. »Scheiß Nacht?«

»Kann man so sagen«, krächzte ich und wischte mir mit dem Handrücken über die Wange, ehe ich den nächsten Zug nahm. Diesmal war es noch besser.

»Willst du was Stärkeres?«

»W-Was?«

»Ich stehe jeden Morgen auf, wenn der Wecker klingelt, gehe zur Arbeit, versuche, dort niemanden umzubringen oder was aus dem Medikamentenschrank zu klauen …«

Ihr ungeduldiger Blick traf mich.

Ich hatte sie richtig verstanden. Hektisch zog ich an der Kippe. Sie fiel mir aus der Hand, weil ich so heftig zitterte, und direkt in eine Regenpfütze. Mit einem leisen Zischen erlosch sie.

Betty zerdrückte ihre an der Zigarettensäule. »Ich habe noch zwanzig Minuten Pause. Kommst du oder nicht?«

Ohne meine Antwort abzuwarten, lief sie voraus, auf den Parkplatz vor dem Krankenhaus. Ich zögerte nicht. Nicht für eine Sekunde. Schon wieder reagierten meine Beine wie von allein. Da waren Stimmen in meinem Kopf, Gesichter, von Menschen, die mir wichtig waren. Luke. Mum. Luke. Soula. Alexis. Alexis. Alexis. Tori. Luke. Soula. Mum.

Wie sollten sie mir je helfen? Wie sollte es je genug sein?

Bettys Auto war ein klappriger VW-Käfer, der so aussah, als würde er es nicht mal von diesem Parkplatz runter schaffen. Sie setzte sich auf die Rückbank und ließ die Tür für mich offen.

Ich stieg ein und zog sie hinter mir zu. Es war dunkel und kalt, ein Baum direkt neben dem Parkplatz blockierte das

Licht der Straßenlaterne. Es roch nach Babypuder. Einen Herzschlag lang musste ich an ihre Tochter denken. Wie alt sie wohl war? Alt genug, um zu verstehen, dass sie ihre Mutter eines Tages verlieren würde?

»Geld?«, murmelte Betty, während sie etwas aus einer bedruckten Stofftasche kramte.

Ich hob mein Becken an und holte einen zerknitterten Zehnpfundschein aus der hinteren Hosentasche meiner Jeans, schmiss ihn ihr hin. »Mehr hab ich nicht.«

Sie stieß ein verächtliches Schnauben aus. »Mal vier. Den Rest bringst du mir beim nächsten NA-Treffen.«

»Okay.«

In diesem Moment würde ich alles tun, was sie von mir verlangte.

Inzwischen zitterte ich so sehr, dass meine Zähne aufeinanderschlugen. Vorfreude. Was sonst?

Es waren zerstampfte Tabletten, selbst in der Dunkelheit sah ich, dass es kein feines Pulver war, sondern noch gröbere Stückchen darin enthalten waren. Sie war in Eile gewesen.

Ich tippte auf Oxy. Immerhin saß sie direkt an der Quelle. Gott, ich hoffte auf Oxy.

Aus ihrer Jackentasche holte sie ein Röhrchen, eine Hardcover-Broschüre und eine Kreditkarte.

Public Health England. Drogenprävention bei Kindern und Jugendlichen, las ich, während sie das weiße Zeug auf dem Cover in zwei Linien teilte.

Um ein Haar hätte ich gelacht.

Sobald sie fertig war, hob sie den Kopf. »Das ist deine letzte Chance, deine Sponsorin anzurufen.«

Ich deutete auf das Röhrchen in ihrer Hand, als hätte sie nichts gesagt. »Ist das sauber?«

»Ich bin Krankenpflegerin.«

Gut genug für mich.

Dankbarkeit durchflutete mich, als ich mich über die Lines beugte. Ich war so lang clean geblieben. Egal, was es war – meine Toleranzgrenze war gleich null. Mit ein bisschen Glück würde es mich für die restliche Nacht weghauen.

Ich hielt mir ein Nasenloch zu. Und dann schloss ich die Augen.

Endlich.

45. KAPITEL

Echo

Godless

Ich hatte kein Glück. Natürlich hatte ich kein Glück. Als ich aufhörte zu schweben, war die Sonne noch nicht mal aufgegangen, und ich befand mich nicht im Himmel, sondern in einer Kirche.

Keine Ahnung, wie ich hier reingekommen war. Meine Hände und Arme waren voller blutiger Schrammen, meine Kehle ausgedörrt und mein Herz schlug, schlug, schlug von innen auf mich ein. Das Handy in meiner Tasche hörte nicht auf zu vibrieren. Anrufe, Nachrichten, noch mehr Anrufe. Ich schaltete es nicht aus. Das Vibrieren tat gut. Es gab mir das Gefühl, nicht allein zu sein.

Zwischen den Holzbänken lief ich nach vorn, direkt vor den Altar.

Eine grausame Leere breitete sich in mir aus. Es war so dunkel und kalt. Wieso war ich gestern Nacht nicht mit Alexis eingebrochen? Wir hätten es im Beichtstuhl dort vorne links treiben können.

Mein trockenes Lachen hallte von den Wänden wider. Es war mal wieder kein Lachen. Es war ein Schluchzen, das mich in viele kleine Stücke riss. In meiner Mitte begann es zu bröckeln, die Risse weiteten sich aus, mein verzweifeltes Herz versuchte, sie zusammenzuhalten, indem es schneller klopfte, aber nein, nein, das war zwecklos, die Risse konnten nicht verhindert werden, mit keiner Droge dieser Welt.

Meine Knie trafen auf den harten Steinboden. Die Zeit rann mir durch die Finger, ich war nicht bei Sinnen, war ich je mehr bei Sinnen gewesen?

Über mir die bunten Mosaikfenster, durch die silbriges Mondlicht fiel. Vor mir ein blutender Mann am Kreuz, auch er hatte mehr oder weniger den Freitod gewählt. Meine Mutter hatte Schlaftabletten mit Alkohol runtergespült, er war nicht geflohen, obwohl er gewusst hatte, dass er verraten worden war. Gestorben, um uns zu retten. Und dafür sollten wir dankbar sein. Was für ein kranker Bullshit.

»Bist du hier?«, stieß ich hervor und krümmte mich, weil die Risse kaum auszuhalten waren. Nicht Mum. Mum lag da draußen, nur wenige Meter von der Kirche entfernt unter der Erde. Das, was von ihr übrig geblieben war. Ich meinte ihren *Erlöser*. »Bist du hier, verdammte Scheiße?«, brüllte ich. Es war nicht ansatzweise laut genug, obwohl meine Stimme sich verzehnfachte und nun von allen Seiten zu mir zurückkroch.

Vielleicht war das der Grund, wieso Menschen in Kirchen beteten. Wenn sie laut genug waren, kam ihre eigene Stimme zu ihnen zurück, und sie hielten sie für Gott.

»Ich will kein Zeichen.« Schluchzend hob ich den Kopf. »Ich bin nicht so bescheuert zu denken, dass du mir wirklich ein Zeichen geben wirst. Ich will nur wissen, wieso du sie nicht gerettet hast. Ich hab sie gebraucht. Ich würde alles dafür machen, sie zurückzubekommen. Ich würde mir weitere Jahrzehnte ihres Gelabers antun, Scheiße, ich würde sogar versuchen, gläubig für sie zu werden. Ich würde nie wieder Drogen anfassen, nie wieder Sex haben, nie wieder irgendetwas gegen ihren Willen tun. Hätte sie das gerettet? Wenn ich mich nicht so gegen ihre Religion gewehrt hätte? Hätte sie dieses Leben als lebenswerter empfunden?«

Tränen, immer mehr Tränen, und mit ihnen noch mehr Risse.

»Ich hab sie nie gehasst, weißt du? Ich hab nur mich selbst gehasst, weil ich nicht gut genug für sie war. Ich hab sie so sehr geliebt, dass es mich zerstört hat. Aus diesem Grund bin ich süchtig. All die Liebe hat mich kaputtgemacht. Ich hab einen Ausweg gesucht. Niemand erträgt so viel Liebe, wenn sie unerwidert bleibt.«

Ich rollte mich auf dem Boden zusammen, umklammerte meine angewinkelten Knie, wippte langsam vor und zurück.

»Deshalb konnte ich die Liebe anderer Menschen nicht akzeptieren«, flüsterte ich ins dunkle Nichts. Hier war sie, die große Beichte. »Ich wollte gar nicht, dass es mir dadurch besser geht. Ich wollte nicht dieses Loch füllen, das sie in mir hinterlassen hat, denn es ist das Letzte, was mir von ihr geblieben ist. Die einzige Liebe, die ich akzeptieren konnte, war Grandpas, weil ein Teil von ihr auch in ihm ist, aber das geht nicht. Selbst er kann mir ihre Liebe nicht ersetzen. Und ich kann nicht nur für ihn weitermachen. Ich brauche mehr. Ich will mehr. Ich will endlich ...«

Das Handy in meiner Jackentasche lag zwischen meinem Körper und dem Boden eingequetscht. Als es vibrierte, zerfetzte das laute Geräusch meine Stimme. Ich rollte mich auf den Rücken, zog es hervor, kniff die Augen zusammen.

Ein Anruf.

Alexis.

Bevor ich wusste, was ich tat, hatte ich das Gespräch angenommen.

»Echo?« Ein Hauchen. »Bist du okay?«

»Luke geht's gut«, murmelte ich. Meine Stimme vibrierte in meinen Ohren. »Es war kein schlimmer Unfall.«

»Ich weiß.« Er klang kein bisschen wie vorhin an der Bartheke oder in der Toilettenkabine. Er klang so nüchtern wie noch nie. »Ich habe nach dir gefragt.«

»Nein, ich bin nicht okay.«

Pause.

»Wo bist du?«

»St. Paul's.« Ich atmete tief durch. »Ich will nicht, dass du kommst und mich rettest.«

Ich sah sein Gesicht vor mir. Zusammengezogene Augenbrauen, sorgenerfüllter Blick.

»Was willst du dann?«, flüsterte er.

Toris Stimme in meinem Kopf. *»Was willst du, Echo?«*

Die Wahrheit. Sie war so simpel.

»Ich will geliebt werden.«

Stille.

»Von dir. Und von anderen Menschen. Und ich will euch zurücklieben, ohne Angst davor zu haben. Aber vor allem will ich mich endlich selbst lieben. Ich will alles. Ich will leben. Ich will den Schmerz ertragen und durch ihn hindurchgehen, nicht ständig den immer gleichen Ausweg nehmen und auf andere Ergebnisse hoffen. Gestern habe ich gesagt, ich will endlich aufhören zu kämpfen, aber das stimmt nicht. Ich will endlich richtig damit anfangen.«

Ich wartete seine Antwort nicht ab. Stattdessen nahm ich das Handy vom Ohr, beendete das Telefonat, klickte auf »Verpasste Anrufe« und dann auf den obersten Kontakt.

Augenblicklich nahm sie das Gespräch an.

»Schönen guten Morgen, Soula. Ich hab's verkackt. Diesmal wirklich.« Meine Tränen liefen wieder. Ich tastete nach der Sitzbank neben mir und zog mich mit einem Ächzen hoch. »Und ich glaube vielleicht nicht an euren Gott, aber ich glaube sehr wohl an etwas. An die Zukunft. Und daran, dass ich sie besser machen kann.«

46. KAPITEL

Alexis

My best-kept secret

Es war vier Uhr morgens, und ich konnte nicht aufhören zu heulen. Julian, der die letzte halbe Stunde beruhigende Worte gemurmelt und mir über den Rücken gestrichen hatte, nachdem Echo das Telefonat beendet hatte, stand auf und verschwand in die Küche. Sekunden später war das Rauschen des Wasserkochers zu hören.

Wir waren in die WG gefahren. Nachdem er mir Trinken, Essen und eine Zahnbürste gegeben hatte, hatten wir uns in sein Bett gelegt, Tori war wie selbstverständlich in Darcys Zimmer gelaufen. Immer wieder, wenn ich zum Luftholen mit Weinen aufhörte, vernahm ich ihre leisen Stimmen durch die Wand.

Seit wir zurückgekehrt waren, hatte Julian so lange herumtelefoniert, bis er herausgefunden hatte, was mit Luke war, während ich versucht hatte, Echo zu erreichen.

Sie hatte am Telefon seltsam geklungen. Nicht seltsam wie im Fever. Schlimmer. Beängstigender. Nachdem sie aufgelegt hatte, hatte ich ihr mehrere Nachrichten geschickt. Ich wollte zur Kirche fahren. Vorhin war sie auch in den Club gekommen, obwohl ich sie nicht darum gebeten hatte. Mich in Julians Bett zu verkriechen und zu heulen, würde ihr nichts bringen.

Du kannst dich nicht um sie kümmern. Du musst dich um dich selbst kümmern.

Die Stimme der Vernunft. Ich wollte nicht vernünftig sein. Ich wollte Echo.

»Ich will geliebt werden. Von dir.«

Julian kam mit zwei dampfenden Teetassen ins Zimmer. Genau in diesem Moment vibrierte mein Handy.

Echo: *bin jetzt auf dem weg zurück ins krankenhaus*

Echo: *mach dir keine sorgen*

Mir wurde schwindelig vor Erleichterung.

Alexis: *Hast du was genommen?*

Echo: *ja aber ich hol mir jetzt hilfe*

Alexis: *Versprochen?*

Echo: *versprochen*

Julian setzte sich neben mich auf die Matratze und stellte die Tassen auf dem Boden ab. »Hat sie sich gemeldet?«

Ich nickte und heulte und nickte. So langsam kotzte ich mich selbst an.

»Ist es schlimm?«

Erneut nickte ich, dann schüttelte ich den Kopf. Ja, es war schlimm, nein, ich durfte es nicht zu meinem Problem machen. Ich hatte eigene Probleme.

Eine Weile war ich nur damit beschäftigt, wieder richtig zu Atem zu kommen. Als ich mich beruhigt hatte, erklang Julians Stimme.

»Ich bin so froh, dass du hier bist.«

Und ich bin so froh, dass du im Fever aufgetaucht bist.

Julian war im Zimmer gewesen, als Echo meinen Anruf angenommen hatte. Ich hatte seinen Gesichtsausdruck registriert, auch wenn ich viel zu abgelenkt gewesen war, um mich damit auseinanderzusetzen. Bestimmt machte es ihn fertig, dass ich problemlos mit ihr sprechen konnte, aber nicht mit ihm.

»Es gibt etwas, worüber ich nachgedacht habe«, fuhr er leise fort und senkte den Kopf. »Tori ist es auch nicht leichtgefallen, mit anderen Menschen über ihr ... über das zu sprechen, was in ihrer Vergangenheit passiert ist. Und ganz besonders schwer war es für sie, mit mir darüber zu reden. Ich weiß nicht, ob das irgendwas bringen würde oder ob du das überhaupt willst, aber sie hat mir erzählt, dass sie Audio-Memos aufgenommen hat, also quasi mit sich selbst über alles gesprochen hat. Und sie hat Mail-Entwürfe geschrieben, die sie lange nicht abgeschickt hat. Weil es weniger schlimm war, etwas aufzuschreiben, als darüber zu reden. Als sie dann darüber sprechen konnte, war es für sie auch leichter, es erst mit Darcy zu tun anstatt mit mir. Ich verstehe es also. Ich verstehe, dass es nicht einfach ist, mit mir zu reden. Ich reagiere manchmal zu krass, mein Beschützerinstinkt ist nervig, wenig hilfreich und ...« Er brach ab, fuhr sich mit beiden Händen durchs Haar. »Ich will nicht sagen, dass Tori und du gleich seid. Das kann man nicht vergleichen. Ich weiß, dass es bei dir was anderes ist, Alex. Ich kann mir nicht mal vorstellen, wie hart ...«

Meine Hand schnellte nach vorn, und ich umfasste sein Gelenk. Schüttelte den Kopf. Kein weiteres Wort. Ich hielt das schlechte Gewissen nicht aus. Julian war hier. Er war die ganze Zeit über hier gewesen, und er versuchte tagtäglich, für mich da zu sein. Nein, er war nicht perfekt. Aber verdammt noch mal, er war mein Bruder.

Seine Augen weiteten sich, als sich meine Lippen teilten.

Nichts. Nichts. Ich wollte alles sagen, aber da kam einfach nichts.

Ich ließ ihn los, atmete tief durch. So würden wir nicht weiterkommen. Mit Echo war es einfacher gewesen, weil Echo Echo war. Mit Dad … Vermutlich, weil er ohnehin über den Ursprung meines Traumas Bescheid wusste. Julian war anders. Er hatte recht. Es gab andere Optionen.

Hektisch schaute ich mich in seinem Zimmer um. Auf dem gelben Sofa wurde ich fündig. Einen Versuch war es wert.

Ich stand auf, holte mir seinen Laptop und setzte mich aufs Sofa. *Only Murders In The Building* war geöffnet. Julian liebte Krimi- und Thriller-Geschichten. Ein paar Sekunden starrte ich auf den Bildschirm. Ich wollte eine Welt, in der ich mich mit ihm über die aktuellen Serien und Bücher unterhielt, die wir entdeckt hatten. Ich wollte erfahren, was ihn begeisterte, stundenlang über nichts anderes reden. Ich wollte Gelächter und Spaß. Wir hatten so viel Zeit verloren. Ich wollte nicht in zwei Welten leben. Ich wollte genau diese hier, mit ihm.

Also schloss ich den offenen Tab, öffnete ein neues Worddokument und versuchte, alles auszublenden. Nur ich und die weiße Seite. Nur ich und die Worte in mir. Nur ich und die Wahrheit.

Es dauerte ewig, bis ich es schaffte, einen Satz zu tippen, ohne ihn gleich wieder zu löschen.

Denk nicht daran, dass es jemand lesen wird. Wenn du fertig bist, kannst du es immer noch löschen. Schreib einfach alles auf.

Ich dachte an Echo. Echo am Strand, die mir die Wahrheit gesagt hatte, ungeachtet dessen, wie ich darauf reagieren würde. Echo im Fever, meinetwegen, obwohl dieser Ort nicht gut für sie sein konnte. Echo am Telefon, ehrlicher als je zuvor. Wenn sie es geschafft hatte, dann würde ich es auch schaffen. Ich war die Stille so leid.

Plötzlich dachte ich nicht mehr nach. Die Worte brachen aus mir heraus, in großen scharfkantigen Stücken, hässlich, schmerzhaft, aber echt. Ich tippte und tippte und bekam nur am Rande mit, wie Julian den Raum verließ, mit gedämpfter Stimme mit Darcy und Tori redete und wieder reinkam. Ich schrieb alles auf, was ich zu Echo gesagt hatte, und noch mehr. Ich schrieb über meine Schuld, meine größte Angst, über Mum und was ihr widerfahren war. Ich schrieb darüber, wieso ich Julian dafür verflucht hatte, dass er Dad zum Entzug gebracht hatte. Ich schrieb sogar, was ich Dad im Wohnheim gesagt hatte. Und schließlich schrieb ich über Echo. Was mir die letzten Wochen bedeutet hatten, was mit ihr los war, warum sie zu so einem wichtigen Menschen für mich geworden war und wieso ich nicht glaubte, bereit für sie zu sein.

Als ich fertig war, war Julians Zimmer mit goldenem Licht durchflutet. Die Sonne ging auf, ein neuer Tag war angebrochen, und mein Herz war leer.

Er schnappte sich die Teetasse vom Boden und brachte sie mir. »Eiskalter Darjeeling. Wie du ihn liebst.«

Julian trank seinen Tee am liebsten halb kalt, ich brennend heiß.

Als ich grinste, starrte er mich erst unverwandt an, ehe seine Augen wässrig wurden. Ich nahm ihm die Tasse aus der Hand und reichte ihm den Laptop. Ich hatte gedacht, dass es eine größere Überwindung sein würde, doch jetzt gab es kein Hindernis mehr. In den letzten vierundzwanzig Stunden war alles anders geworden. Ich konnte nicht mehr zurück.

Mit der Tasse in der Hand stand ich auf und verließ den Raum, ohne mich noch einmal umzudrehen.

Darcy und Tori saßen in der Hollywoodschaukel, auf Darcys Schoß lag ein iPad. Sie schienen beide Kopfhörer zu tragen, denn es war nichts zu hören, und sie drehten sich auch nicht nach mir um. Mit großer Wahrscheinlichkeit konnten sie meinetwegen nicht schlafen. Da war es wieder, das schlechte Gewissen.

Das ist okay. Sie sind für dich da. Für Julian. Und sie machen sich Sorgen um Echo. Das ist normal, wenn man einander etwas bedeutet.

Ich wollte auch so ein Mensch sein. Für andere nachts in einen Club fahren, wach bleiben, bis ich wusste, dass es ihnen gut ging. Ich wollte Teil eines Ganzen sein, nicht als ewiger Beobachter am Rand verharren. Ich wollte nicht mehr in meinem Kopf sein. Die Einsamkeit war so viel schlimmer, wenn man daran erinnert wurde, wie es ohne sein konnte. Egal, was mit Echo und mir geschehen war, sie hatte mich daran erinnert, wie es sich anfühlte, nicht mehr allein zu sein.

Mein Herz raste nicht, als ich durch die bunten Perlenschnüre in die Küche trat, einen Schluck vom kalten Tee nahm und die Tasse neben der Spüle abstellte. Ich war vollkommen ruhig, während ich das Fenster aufstieß und trotz des eisigen Windes die Leiter nach oben aufs Dach kletterte und mich auf den Rücken zwischen alten Pflanzentöpfen und Laternen legte. Die Sonne strahlte mir direkt ins Gesicht und glich den Wind aus. Vögel zwitscherten, in der Ferne waren das Meer und das Kreischen der Möwen zu hören.

So wie gestern früh, als ich auf der Rückbank von Vasiles Auto aufgewacht war, Echos warmer Körper auf mir. Freiheit. Entspannung. Frieden.

Mein Kopf hämmerte, meine Kehle brannte vom ganzen Alkohol, den ich in mich geschüttet und dann wieder herausbefördert hatte, doch das alles spielte keine Rolle.

Ich hatte den Kreislauf durchbrochen, und egal, was jetzt kam, es konnte nicht schlimmer sein als das, was hinter mir lag.

Meine größte Angst: die Welt mit meiner Wut in Trümmer zu legen. Vielleicht würde das passieren. Vielleicht hatte der Prozess mit Echos Hilfe schon begonnen. Und vielleicht, vielleicht war es notwendig, dass ich meine Welt zerstörte, diese kleine, enge Welt, die mir Schutz geboten hatte, als alles, sogar ich selbst, zur Bedrohung geworden war, aber die nicht nur die größte Gefahr fernhielt, sondern auch das Glück, die Wärme, meine ganze Lebensfreude.

Ich hörte Julian erst, als er sich neben mich aufs Dach fallen ließ.

Meine Lider flatterten auf, und ich wandte ihm das Gesicht zu.

Seine Augen waren flüssiges Pech. Seine Nasenflügel blähten sich, und seine Lippen zitterten. Er ballte die Hände zu Fäusten, atmete tief ein, eins, zwei, drei, vier, fünf, und wieder aus, so wie er es mir beigebracht hatte, und dann stieß er vier Worte hervor.

»Ich bring ihn um.«

47. KAPITEL

Echo

Find a reason to carry on

Ein heftiges Déjà-vu überkam mich, sobald ich die Tür des Taxis aufstieß. Soula rannte mir entgegen, bezahlte die Fahrerin, zog mich nach draußen und in eine feste Umarmung. Ein paar Regentropfen fielen auf mein Gesicht. Sie fühlten sich warm an.

»Du bist okay«, murmelte Soula. »Du bist okay. Du bist okay.«

Normalerweise stellte ich sicher, dass Umarmungen so kurz wie möglich abliefen, doch jetzt schlang ich meine Arme um sie und drückte sie, so fest ich konnte. Das hatte ich von Alexis gelernt.

Wir hatten die ganze Fahrt über telefoniert, und ich hatte ihr in knappen Sätzen erzählt, was geschehen war. Sie hatte nur ein paar Nachfragen gestellt und mich ansonsten reden lassen.

Eine Weile standen wir regungslos da. Der Himmel war lachsrot und silbern, der Regen sanft und tröstend.

Soula wich zuerst zurück. »Willst du zu ihm?«, fragte sie mit einem Lächeln und wischte sich die Tränen mit den Fingern fort. »Er ist wach.«

Meine Kleidung war nass geschwitzt, mir war schlecht und

jeder Zentimeter meines Körper schmerzte. Ihre Tonlage sagte mir, dass mein Grandpa Bescheid wusste. Ihn zu enttäuschen, war eine meiner größten Ängste, doch trotzdem nickte ich. Aushalten. Aushalten. Aushalten. Es würde in Ordnung sein. Ich war nicht allein.

Wir betraten das Krankenhaus und liefen zu den Aufzügen. Mit jeder Sekunde, in der wir uns Luke näherten, wurde mein Körper schwerer. Und dann standen wir vor seinem Zimmer, ich drückte die Klinke runter, und da war er. Im linken Bett, aufgerichtet, in einem blau-weißen Krankenhauskittel, müde, mit geschwollenen Augen und Zottelhaaren. Rechts lag eine Frau in ungefähr seinem Alter auf dem Rücken, die Augen fest geschlossen, die Arme um ein herzförmiges Kissen geschlungen und leise schnarchend.

»Echo«, flüsterte er, und sein ganzes Gesicht hellte sich auf, als er mir sein breitestes Lächeln schenkte. Das Zimmer wirkte im Kontrast nur noch trostloser.

Ich rannte zu ihm, ließ mich auf den Stuhl neben seinem Bett fallen und vergrub das Gesicht an seinem Arm. »Es tut mir so leid.«

Seine große warme Hand auf meinem Hinterkopf. Seine Stimme, noch wärmer. »Pscht. Dir muss überhaupt nichts leidtun.«

Ich hob den Kopf, schaute zu Soula, die im Türrahmen stehen geblieben war.

Hatte sie ihm doch nichts gesagt?

»Du kannst nichts dafür«, fügte er hinzu. »Es ist alles in Ordnung.«

Sekunden vergingen, ohne dass ich ein Wort herausbrachte. Stattdessen heulte ich ihm den Kittel voll. Erst als Soula irgendwas von »Tee holen« murmelte, fand ich meine Stimme wieder. »Nein«, rief ich, und die Frau im Nebenbett zuckte. »Nein.« Diesmal wisperte ich. »Bleib hier, bitte.«

Soula blinzelte viel zu oft, während sie zu uns lief und sich auf den Stuhl gegenüber von mir fallen ließ, sodass Luke sich nun zwischen uns befand.

Ich wartete, bis sie meinen Blick erwiderte. »Tut mir leid, dass ich dich … Tut mir leid, was …«

Energisch schüttelte sie den Kopf. »Hör auf. Es gibt nichts zu entschuldigen.« Sie strich Luke über den Oberarm. »Ich bin froh, dass du hier bist. Dein Grandpa hier geht mir seit einer Stunde auf die Nerven, weil er zu *alten Leuten* ins Zimmer gesteckt wurde.«

Luke zuckte mit den Schultern. »Hörst du, wie sie schnarcht? Wie soll man sich so entspannen?« Seine Augen glitzerten schelmisch.

Ich lachte, aber es tat nur noch mehr weh.

»Wie geht's dir?«, brachte ich hervor.

»Mir geht's hervorragend, Kleines. Das war nichts.« Er gestikulierte in Richtung seines Verbands. »Nur ein kurzer Schreck. In ein paar Wochen bin ich wieder wie neu.« Seine Hand fand meine. »Erzähl mir von dir.«

Soula nahm seine andere Hand und nickte mir zu. In Gedanken schickte ich ihr die Entschuldigung, die ich nicht ganz über die Lippen gebracht hatte. *Es tut mir leid, dass ich dich verurteilt habe. Wenn ich tausend neue Chancen verdiene, dann verdienst du mindestens doppelt so viele.*

Ohne Luke anzusehen, drückte ich seine Hand. »Du bist mein Sicherheitsnetz und wenn du … wenn du irgendwann mal weg bist … Ich verkrafte das nicht. Du warst so lang der einzige Grund, aus dem ich gekämpft habe, aber ich will das nicht mehr. Es reicht nicht. Nicht, weil *du* nicht reichst, sondern weil ich mehr brauche. Ich brauche so viele Menschen wie möglich. Ich dachte, wenn ich die Anzahl auf dich und Soula beschränke, dann ist es weniger schlimm, wenn ich wieder rückfällig werde, weil ich nur euch beide enttäusche.

Leider ist das eine beschissene Logik. Je weniger Menschen ich habe, desto wahrscheinlicher werde ich rückfällig, wenn irgendwas in meinem Leben schiefläuft.«

Mit dem Daumen strich er sanft über meinen Handrücken.

Ich holte tief Luft. »Mit Alexis hab ich den gleichen Scheiß abgezogen. Ich hab ihn zu meinem Mittelpunkt gemacht, und solange er Zeit mit mir verbracht hat, war alles okay, aber das funktioniert auf Dauer genauso wenig. Ich will … Ich will irgendwann mein eigener Mittelpunkt sein. Aber bis ich das kann, werden wahrscheinlich noch Jahrtausende vergehen, also brauche ich euch. Und die anderen Leute in meinem Leben auch. Macht das Sinn?«

»Echo.«

Mein Großvater sprach meinen Namen so sanft, so voller Liebe und Wärme aus, dass ich nicht anders konnte. Ich hob den Kopf.

»Ich war nicht das beste Vorbild für dich. Du hast mir so oft gesagt, dass es ungesund ist, wenn du mein Mittelpunkt bist, und du hattest recht. Genau wie damit, dass ich nicht nur dich, sondern auch deine Mutter vor mir sehe. Ich dachte, wenn ich mich mit ganzer Kraft auf dich konzentriere, dann kann ich verhindern, dass auch du mir entgleitest. Aber ich fürchte, damit habe ich dir keinen Gefallen getan.«

»Doch.« Ich nickte. »Doch, hast du. Es war der krasseste Druck, aber den habe ich auch gebraucht, als ich ganz unten war.«

Sobald ich die Worte ausgesprochen hatte, wurde mir bewusst, dass dieser Moment in der Vergangenheit lag. Ich war nicht mehr ganz unten. Ja, ich hatte heute Nacht einen Fehler begangen, aber ich war nicht hoffnungslos verloren. Ich war nicht mehr die Echo von damals.

»Ohne dich hätte ich nie so oft versucht, mich freizukämpfen«, fuhr ich fort. »Ohne dich, Luke, wäre ich längst nicht mehr hier. Du hast mir die Liebe gegeben, die mir meine Eltern nicht geben konnten. Du hast mich so oft gerettet. Aber ich will nicht davon abhängig sein. Es ist besser als die Drogen, aber es ist auch eine Abhängigkeit.«

Luke führte meine Hand zu seinem Mund und drückte mir einen Kuss auf. Er nickte.

Soula lächelte mir zu. Ihre Augen glänzten vor Stolz. »Ich weiß nicht, ob du das von mir hören möchtest, Echo, aber ich glaube nicht, dass wir je ohne Abhängigkeit leben werden.«

Ich schluckte hart, doch ich versuchte, sie frei von Urteil zu betrachten, um ihr zu signalisieren, dass sie weitersprechen sollte. Innerlich flehte ich, dass sie mir jetzt nicht mit Gott kommen würde.

»Du hast etwas verstanden, wovon ich in deinem Alter noch so weit entfernt war. Es geht darum, sich in eine bewusste Abhängigkeit zu begeben. Zu Menschen, die uns guttun. Zu Berufen und Orten und Zeitvertreiben, die uns erfüllen. Zu jedem Hilfsmittel, das uns Hoffnung schenkt. Und je mehr Hilfsmittel wir haben, je mehr gesunde Abhängigkeiten, desto schwieriger wird es für den Teufel …« Sie registrierte meinen Gesichtsausdruck und lachte heiser. »Desto schwieriger wird es für unsere Sucht, die Kontrolle über uns zu erlangen.«

»Und woher weiß ich, was mich erfüllt?«, murmelte ich. »Oder was gesund ist?«

Soula lächelte. »Diese Fragen habe ich mir oft gestellt. Für mich war ein Ausschlussverfahren hilfreich. Alles, was mir nicht guttut, wird rausgeschmissen. Was übrig bleibt, ist es wert, weiterverfolgt zu werden.«

»Und mich wolltest du nie rausschmeißen?«, platzte es aus mir heraus.

Luke prustete los. Mein liebstes Lachen. Das einen mitriss und alles Übel der Welt vergessen ließ. Es war verflucht ansteckend. Im nächsten Moment fielen Soula und ich mit ein.

»Natürlich«, sagte sie. »Natürlich wollte ich das.«

Ich grinste sie an. »Danke für deine Ehrlichkeit.«

Sie legte eine Hand auf ihr Herz. »Immer.«

»Unerhört!«, erklang eine Stimme hinter ihr.

Die Frau im Bett neben Lukes richtete sich ächzend auf und zeigte mit zitterndem Finger auf uns. »Das ist ein Krankenhaus! Ich bin hier, um zu heilen! Es ist außerdem außerhalb der Besuchszeiten!«

»Bitte entschuldigen Sie, Miss«, ergriff Luke das Wort. »Wir reißen uns zusammen.«

Die Frau drehte sich schnaubend um. Wir drei sahen uns an und wurden erneut von Lachen geschüttelt, diesmal aber lautlos.

»Äh, da ist was dran«, wisperte ich, als wir uns etwas beruhigt hatten. »Wieso dürfen wir eigentlich hier sein?«

Soulas Gesichtsausdruck wurde schlagartig ernst. »Ich habe mich ausführlich mit Betty unterhalten.«

Leise pfiff ich durch die Zähne. »Hast du sie erpresst?«

Entrüstet schüttelte sie den Kopf. »Ich habe ihr die Gelegenheit gegeben, sich innerhalb von zwölf Stunden selbst einzuweisen, wenn sie nicht möchte, dass ich sie anzeige. Und dann um einen kleinen Gefallen gebeten.«

»Das ist der Inbegriff von Erpressung, Soula. Ziemlich badass.«

Ganz schaffte ich es nicht, das Zittern in meiner Stimme zu unterdrücken. Der Gedanke an Betty bereitete mir Übelkeit. Nicht, weil ich sie verurteilte, sondern weil ich sie viel zu gut verstand.

Soula warf mir einen strengen Blick zu, dann schaute sie zu Luke und seufzte. »Wir sollten dich langsam wieder allein lassen. Ich nehme Echo zu mir.«

Luke nickte langsam. »Echo, ich weiß nicht, ob es eine gute Idee für dich ist, in nächster Zeit im Wohnheim zu bleiben.«

Eine Weile sah ich ihn wortlos an. Meine Gedanken überschlugen sich. Vor wenigen Tagen, ach was, Stunden, hätte ich mich mit Händen und Füßen dagegen gewehrt. Um jeden Preis wollte ich mir mein Stück Freiheit bewahren.

Aber wohin hatte diese Freiheit geführt?

»Ich zieh zu dir. Wenigstens für ein paar Wochen. Bis du wieder fit bist. Du brauchst jemanden, der sich um dich kümmert.«

Seine Gesichtszüge entglitten ihm für den Bruchteil einer Sekunde, bevor er sich wieder unter Kontrolle hatte. »Klingt gut, Kleines.«

Ich stand auf, und wir verabschiedeten uns. Als Soula und ich das Krankenhaus verließen, nach draußen in die kühle Morgenluft traten und zu ihrem Auto liefen, seufzte ich laut. »Glaubst du, ich sollte noch mal in die Klinik?«

Sie ließ sich mit der Antwort Zeit. »Möchtest du das?«

»Nein.« Ich räusperte mich. »Ich möchte etwas anderes probieren.«

Fragend sah sie mich an. Die Sonne schien mir ins Gesicht und trieb mir die Tränen in die Augen. Radikale Ehrlichkeit. Ich hatte gestern damit angefangen und ich wollte nicht zurück in die Verdrängung. Wenn das funktionieren sollte, dann musste ich weiter, immer weiter, egal, wie unangenehm es wurde.

»NA-Schritt Nummer fünf«, sagte ich. *Wir gestehen uns selbst und einem anderen Menschen gegenüber die genaue Art unserer Fehler ein.* »Denkst du, es ist zu früh, um meine Chefin anzurufen?«

48. KAPITEL

Alexis

Words you wish you could say

Julian und ich waren die ersten im Prisma. Mit drei dampfenden Tassen Kaffee saßen wir gegenüber voneinander an einem Tisch am Geländer und warteten. Wir sollten beide todmüde sein, denn wir hatten nur zwei Stunden geschlafen, bevor wir hergekommen waren, doch er sah genauso wach aus, wie ich mich fühlte.

Es waren viele Worte gefallen. Kein einziges von mir, doch das war okay. Ich war in diesem Dokument alles losgeworden. Danach war Julian dran gewesen. Er hatte versucht, sich zusammenzureißen – »*es geht nicht um mich, ich weiß, ich will hier nicht so ausrasten*« –, ohne großen Erfolg. Im Grunde hatte er eine Stunde lang rumgebrüllt. So viele Monate hatte er sich in Zurückhaltung geübt, und heute war alles aus ihm herausgebrochen. Auf seinem Dach zum Sonnenaufgang, während Goldbridge langsam unter uns erwachte.

Ich hatte ihn einfach angesehen und genickt.

»*Wie kann er es wagen?*« Nicken. »*Wehe, du gibst dir selbst die Schuld!*« Nicken. »*Das ist alles seine Schuld.*« Nicken. »*HÖRST DU, ALEXIS?*« Nicken. »*Geht mir so am Arsch vorbei, ob es der Alkohol war. Er ist erwachsen, er hätte es besser wissen sollen, als dich da reinzuziehen.*« Nicken.

»Nichts davon ist deine Verantwortung.« Nicken. *»Ich hätte ihm auch die Fresse poliert nach dieser ganzen Scheiße.«* Nicken. *»Das macht dich nicht zum Monster. Hey, schau mich an, das macht dich nur menschlich.«* Nicken. *»Du bist nicht so wie er.«* Nicken. *»Du bist auch nicht wie unser Psycho-Großvater.«* Nicken. *»Alex, wir müssen es Mum sagen.«*

An dieser Stelle hatte ich zum ersten Mal innegehalten. Doch dann hatte ich mir einen Ruck gegeben. Jetzt oder nie. Ich war so viele Schritte gegangen, ich konnte auch diesen letzten gehen. Auch wenn die Angst mich vom Gegenteil zu überzeugen versuchte. Der Gedanke an Echo reichte aus. Ich wollte kein Heuchler mehr sein. Ich wollte die Wahrheit. Also hatte Julian unsere Mutter angerufen und sie ins Prisma bestellt, noch bevor die ersten Mitarbeiter kamen.

Ich weiß nicht, ob ich reden kann, hatte ich Julian vorhin geschrieben, und er hatte mit grimmiger Miene die Schultern gezuckt. »Du musst nicht reden.«

Ich sollte mich fürchten. Vor seiner unbändigen Wut, davor, dass er impulsiv und subjektiv war. Dass er nicht die ganze Geschichte kannte, denn egal, wie viel ich geschrieben hatte, er war nicht dabei gewesen. Stattdessen war ich ihm so verdammt dankbar für die Wut. Ich hatte gedacht, seine Wut würde mir genauso Panik bereiten wie meine eigene (wenn ich das Monster in mir hatte, vielleicht hatte er es auch?), aber irgendwie war es bei Julian was anderes. Seine Wut fühlte sich berechtigt an, nicht außer Kontrolle. Als wäre das die logischste Reaktion auf mein Erlebtes, nicht ein Zeichen von Verdorbenheit.

»Wieso braucht sie so lang?«, zischte er, nahm einen Schluck vom Kaffee, verbrannte sich, fluchte. Seine Finger zitterten, seine Miene war angespannt, sein Blick glühte. Das letzte Mal hatte ich ihn so wütend erlebt, als unser Vater betrunken hier rumgebrüllt hatte.

Das Geräusch von klackernden Absätzen auf den Stufen draußen ließ uns aufhorchen. Sekunden später wurde die gläserne Eingangstür zum Außenbereich des Restaurants geöffnet, und Mum kam herein. Sie trug eine schlichtes schwarzes Outfit, hatte ihr langes Haar zu einem Knoten gebunden und war ungeschminkt. Stressflecken waren auf ihrem Hals zu sehen.

»Guten Morgen, meine Lieben«, rief sie betont fröhlich. Es war nicht zu überhören, dass sie sich dazu zwang.

Julian und ich rührten uns nicht. Sie setzte sich auf den freien Stuhl mit dem Rücken zur Tür und griff nach der Kaffeetasse. »Danke dafür«, sagte sie mit einem Stöhnen und trank hastig. Im Gegensatz zu Julian schien ihr die Hitze nichts anzuhaben.

»Tut mir leid, ich wollte viel früher hier sein, aber …« Erneut seufzte sie. »Echo hat mich angerufen, und wir hatten ein langes Gespräch.«

Wie auf Knopfdruck galoppierte mein Herz los. *Wieso hat Echo sie angerufen?* Dann kühle, köstliche Erleichterung. Das bedeutete, Echo war okay.

Mum strich sich eine widerspenstige Strähne hinters Ohr. Sie schaute blitzschnell zu mir. »Sie hat gekündigt.«

In einer Sekunde starrte ich sie an, in der nächsten stand ich, der Stuhl polterte nach hinten gegen das Geländer. So viel zu Erleichterung. Ich öffnete den Mund. *Nein. Nein. Nein, hat sie nicht. Sie kann nicht kündigen.* Ich wollte es schreien. Ich konnte es nicht mal flüstern.

»Wieso?« Julian fauchte das Wort.

Mum kniff die Augen zu und schüttelte den Kopf. »Es gibt ein paar Dinge, die ihr nicht über Echo …«

»Wir wissen über Echo Bescheid«, fiel er ihr hart ins Wort.

Eine Weile sagte Mum nichts. Sie umklammerte ihre Tasse mit beiden Händen, schüttelte erneut den Kopf. Und wieder dieser kurze Blick zu mir. »Du weißt Bescheid?«

Ich presste die Lippen aufeinander und nickte. *Ich weiß Bescheid, und ich weiß immer noch nicht, was ich darüber denken soll, aber Echo kann nicht kündigen. Sie darf nicht kündigen. Sie ist viel zu gut in dem Job.*

»Ich hätte nie dieses Gespräch mit ihr führen sollen«, wisperte Mum. Sie wirkte, als wäre sie den Tränen nahe.

Julian stellte die Frage, die ich in Gedanken schrie.

»Was für ein Gespräch?«

Mum atmete tief ein. »Nachdem ich gemerkt habe, dass du viel Zeit mit ihr verbringst, habe ich mir Sorgen gemacht.« Sie starrte in ihre Tasse, aber es war klar, wer gemeint war. »Ich habe sie draußen mit jemandem von ihren alten Bekannten gesehen und Angst bekommen. Ich ... ich wollte ihr nie das Gefühl geben, dass ich sie nicht akzeptiere.« Sie hob den Kopf, sah mich flehend an. »Ich habe mir wirklich nur Sorgen gemacht.«

Was zur Hölle hatte sie zu Echo gesagt?

»Ich wollte dich beschützen«, brachte sie hervor. Ihre Augen glänzten. Ihre Stimme war belegt.

Und plötzlich verstand ich. Sie hatte mich vor Echo beschützen wollen.

Ich ballte die Hände zu Fäusten.

Atmen.

Ich musste atmen, sonst würde ich gleich komplett ...

»Du bist so eine Heuchlerin.«

Julians Wut half. Auch wenn es mir das Herz zerriss, wie Mum ihn nun anstarrte, als hätte er sie geschlagen.

Atmen.

Ich setzte mich wieder auf den Stuhl. Reden war nach wie vor unmöglich, aber das machte nichts. Dafür hatte ich jetzt meinen Bruder.

»Du hast ihn nicht vor Dad beschützt«, fuhr Julian mit bebender Stimme fort. »Aber jetzt denkst du, du musst ihn vor dem einzigen Menschen beschützen, der ihm in den letzten Monaten ein bisschen Seelenfrieden beschert hat?«

Hilflos schaute Mum zwischen Julian und mir hin und her. Ich konnte ihren Blick nicht erwidern. Zu groß war meine Sorge, dass ich einen Schreikrampf bekommen würde.

»Vor ... vor Dad?«, stammelte sie.

»Vor Dad«, knurrte er.

Und dann legte er los. So richtig. Er ließ kein Detail aus. Je länger er redete, desto kleiner wurde seine Wut und desto größer sein Schmerz, bis die Tränen über seine Wangen liefen. Je länger er redete, desto stärker fühlte ich mich. Das hier war meine Geschichte. Das war *mir* passiert. Es war real. Ich musste die Last nicht mehr allein tragen. Je länger er redete, desto blasser wurde unsere Mutter. Als er an dem Punkt mit der Flasche angekommen war, die Dad nach mir geworfen hatte, schlug sie die Hände vors Gesicht und gab ein Geräusch von sich, das ich noch nie von ihr gehört hatte. Es erinnerte mich an die Katze. Mum weinte nicht. Sekunden später ließ sie die Hände sinken, umklammerte die Sitzlehnen ihres Stuhls und starrte zu Julian. Nur zu mir konnte sie nicht mehr schauen. Und so beobachtete ich, wie er mit wenigen Sätzen das gesamte Fundament zerstörte, auf dem sie die letzten Jahre errichtet hatte.

Der Gedanke, dass sie mir nicht glauben würde, war mir mehrmals gekommen, doch ihre Reaktion verriet mir alles, was ich wissen musste. Mum glaubte mir. Sie wollte mir nicht glauben. Noch nie hatte sie etwas weniger gewollt. Aber sie glaubte mir.

Erst als Julian fertig war, wandte sie mir wieder das Gesicht zu. Es war das erste Mal, dass ich es mit der Angst zu tun bekam. Eine unnatürliche Ruhe hatte von ihr Besitz ergriffen. Ihr Blick war leer und kalt. In diesem Moment war sie nicht meine Mutter. Sie war ein kleines Mädchen, das wieder und wieder lernen musste, was es bedeutete, wenn die Menschen, die einem die größte Sicherheit im Leben geben sollten, diese Rolle mit Füßen traten. Sie war ich. Ich war sie.

Ohne Vorwarnung schossen mir Tränen in die Augen. Ich wollte sie dafür hassen, was sie zu Echo gesagt hatte. Dafür, dass sie mich im Stich gelassen hatte. Dafür, dass sie es nie kapiert hatte. Aber eigentlich wollte ich sie einfach nur in den Arm nehmen und ihr sagen, dass wir jetzt in Sicherheit waren.

»Mum«, flüsterte ich.

Ein einziges Wort und ihre kühle Gelassenheit zerbröckelte. Darunter kam die pure Verzweiflung zum Vorschein. Zeitgleich erhoben wir uns. Ich zog sie in meine Arme und drückte sie an mich, während ihr hartes Schluchzen uns beide erbeben ließ.

»Es tut mir so ... Ich bin so ... Es tut mir so leid«, brachte sie erstickt hervor. »Ich hätte es ... Ich ... ich hätte dich ...«

Immer wieder strich ich über ihren Rücken, atmete ihren Duft ein, den ich so lang nicht mehr gerochen hatte. Ich versuchte, mehr zu sagen, doch die Tränen machten es unmöglich. Es war alles zu viel, ich war nach wie vor ich, also umklammerte ich sie, so fest ich konnte, und hoffte, sie hörte mich. Auch ohne dass ich die Worte sagte, die wichtigsten, die mächtigsten von allen, die Worte, die nicht nur für sie, sondern auch für mich bestimmt waren.

Ich verzeihe dir.

49. KAPITEL

Alexis

It's been too long

Mum wollte das Prisma schließen, aber Julian hielt sie davon ab, nachdem er einen langen Blick mit mir getauscht hatte. Egal, wie müde ich war, ich wollte arbeiten. Ich brauchte Normalität. Mum war nicht in der Lage zu arbeiten, das war uns allen klar, und Julian wies sie an, nach Hause zu gehen und mit Dad zu sprechen – wir würden dafür sorgen, dass hier alles lief.

»Ich werde mit Echo reden«, sagte sie, als sie sich von mir verabschiedete. »Wir kriegen das irgendwie hin.«

Ich nickte. Ob wir den Rest hinkriegen würden, wusste ich nicht, aber es reichte mir für den Moment, dass sie Bescheid wusste.

Julian machte mir Frühstück, während ich Echos Nummer wählte.

Sie ließ es klingeln. Bei meinem vierten Versuch drückte sie mich weg.

Okay. Verständlich. Aber so schnell würde ich nicht aufgeben.

Ich klickte auf unseren Chat.

Alexis: *Ich weiß, dass du nicht mehr im Prisma arbeiten*

willst, aber am Samstag ist Snack Night. Bitte lass uns zusammen etwas vorbereiten.

Sie begann zu tippen, brach aber wieder ab. Gerade wollte ich ihr noch mal schreiben, als eine neue Nachricht eintrudelte – von meinem großen Bruder.

Nic: *Es ist nicht nur Stress bei der Arbeit.*

Im ersten Moment hatte ich keine Ahnung, was er mir damit sagen wollte. Dann las ich unsere vorherigen Nachrichten, die wir erst vor wenigen Tagen geschrieben hatten. Es kam mir vor, als wäre das Wochen her. Plötzlich wusste ich, was ich zu tun hatte.

Ich warf einen Blick Richtung Küche. Die Metalltür stand einen Spalt weit offen, das Rauschen der Abzugshaube war zu hören; der Geruch nach Eiern, angebratenen Zwiebeln und Tomaten wehte zu mir rüber. Julian war beschäftigt.

Also tippte ich auf das Anrufsymbol neben seinem Namen und hielt mir das Handy ans Ohr.

Es klickte. »Alex?« Er räusperte sich.

O Gott, ich hatte ihn so vermisst.

»Alexis?«

»Hi, Nic«, erwiderte ich. »Willst du reden?«

Eine Weile herrschte Stille.

Ich wollte ihm sagen, dass es in Ordnung war. Dass ich verstand, wie verdammt schwer es sein konnte, die Wahrheit auszusprechen. Dass ich hier für ihn war, bis er bereit war, dass es mir egal war, wie lange wir kein richtiges Gespräch mehr miteinander geführt hatten. Dass ich immer sein Bruder sein würde.

Oder ich fing mit etwas Einfacherem an.

»Wo bist du gerade?«

Er schwieg erneut. Schließlich räusperte er sich wieder.

»Ich habe dich angelogen. Ich bin seit Wochen in London.«

Mein Herz klopfte schneller. »Okay?«

»Ich … ich wollte mich nicht dafür rechtfertigen müssen, wieso ich nicht nach Hause komme, obwohl ich ganz in der Nähe bin. Ich arbeite hier, das Projekt dauert viel länger als gedacht, aber … Es ist nicht nur das.«

London. Nic war in London.

»Was ist es dann?«, fragte ich leise.

Ein Stöhnen erklang. »Ich hab überhaupt keine Ahnung, was ich hier tue, Alexis.«

Der unantastbare Sohn. Der großer Bruder, der um die Welt reiste und seinen Traum lebte. Der Mensch, den ich so beneidet hatte. Er meinte es nicht wörtlich. Er meinte weder London noch seinen Job. Er meinte alles, das war nicht zu überhören.

Schlagartig wurde ich von Leichtsinn erfasst. Ich war frei. Julian wusste Bescheid. Mum auch. Was, wenn ich mir selbst helfen konnte, indem ich ihm half?

»Willst du Besuch?« Die Worte waren mir herausgerutscht, ohne dass ich richtig darüber nachgedacht hatte.

Es klang, als hielte er die Luft an.

»Ich könnte eine Pause von Goldbridge gebrauchen«, fuhr ich fort.

Innerlich zählte ich bis zehn, um ihm Zeit zu geben, sich zu sammeln. Es schien nicht genug zu sein.

»Nicht sofort«, sagte ich dann. »Aber vielleicht Ende der Woche? Nur, wenn du willst. No pressure.«

Ein ersticktes Geräusch erklang. Dann ein Schniefen.

»Bitte komm«, sagte er heiser. »Bitte komm, wann immer du willst. Schick mir die Daten, und ich kauf dir ein Ticket.«

50. KAPITEL

Echo

Might be worth saving

Nachdem ich Thea angerufen und ihr die Wahrheit gesagt hatte, fuhr ich mit Soula zur St. Paul's Kirche und versuchte, den Schaden der vergangenen Nacht zu begutachten. Die Fenster waren intakt, nur das Gebüsch hinter der Kirche war zertrampelt. Wir trafen den Pfarrer, und während Soula mit ihm Small Talk hielt, um herauszufinden, ob es Spuren von meinem Einbruch gab, wurde mir übel, und ich unterdrückte den Drang, ihnen auf die Füße zu kotzen.

»Du hattest einen Schutzengel«, sagte sie, als wir wieder in ihrem Auto saßen, und hielt mir eine alte Sainsbury's-Papiertüte hin, in die ich mich geräuschvoll erbrach.

»Oder Gott höchstpersönlich hat mir die Tür geöffnet«, gab ich schwach zurück.

Mein Handy zeigte eine neue Mailboxnachricht von Thea an, doch ich ignorierte sie.

Der erste Tag nach Lukes Unfall, nach meinem Rückfall, war der schlimmste – ich wollte meine guten Vorsätze in den Wind schießen, wollte den Rausch und den tauben Nebel. Es war nur eine halbe Tablette gewesen, doch sie hatte meinen Körper daran erinnert, was er zurückgelassen hatte. Soula wich auch die folgenden Tage nicht von meiner Seite. Wenn wir nicht bei Luke im Krankenhaus waren, waren wir bei ihr oder bei einem NA-Meeting. Sie kochte, wachte über mir, wenn ich versuchte zu schlafen, zwang mich, an die frische Luft zu gehen. Nach dem dritten Tag fühlte ich mich etwas besser und schrieb Tori zurück, die mir ungefähr hundert Nachrichten hinterlassen hatte. Zusammen mit Darcy besuchten sie mich morgens vor ihrer Schicht und brachten massenweise Essen mit. Wir tranken Mokka aus goldenen Tässchen in Soulas Garten, während diese im Wohnzimmer saß und so tat, als würde sie uns nicht beobachten.

Nachdem die beiden eine Weile herumgedruckst hatten, berichteten sie, was geschehen war: Alexis hatte Julian die Wahrheit über seinen Vater gesagt, und dann hatten sie gemeinsam ihrer Mutter alles erzählt. Daraufhin war Elliot in ein Hotel in West Hill gezogen, Thea und er waren nicht mehr im Prisma erschienen, und die anderen versuchten seitdem, den Laden ohne die Chefköchin und den Souschef zu schmeißen.

»Du fehlst«, sagte Tori.

»Wir verstehen, dass du dich auf dich konzentrieren musst«, fügte Darcy hastig hinzu.

Tori nickte. »Ja, aber du fehlst.«

Als sie weg waren, hörte ich Theas Mailboxnachricht ab, in der sie sich für das letzte Gespräch in ihrem Büro entschuldigte und mich anflehte, dem Job noch mal eine Chance zu geben. Danach rief ich den Chat mit Alexis auf. Meine Hände zitterten.

Ich bin so stolz auf dich, wollte ich schreiben. *Du hast es geschafft. Wie fühlst du dich? Ich vermisse dich. Wie kannst du immer noch was mit mir zu tun haben wollen?*

Echo: *was backen wir?*

Seine Antwort ließ nicht lange auf sich warten.

Alexis: *Es soll etwas mit deiner Vergangenheit zu tun haben.*

Eine halbe Stunde lang überlegte ich, dann schickte ich ihm meine Antwort und Soulas Adresse.

Die Sonne war schon untergegangen, als er klingelte. Mit zwei großen Tesco-Tüten in den Händen und einem vorsichtigen Lächeln auf den Lippen. Er sah so gut aus, dass ich mir für den Bruchteil einer Sekunde wünschte, er würde wieder abhauen, weil das zu viel für mich war. Kein Vergleich dazu, als wir uns das letzte Mal gesehen hatten. Frisch rasiert, ohne Augenringe.

»Kannst du abhauen?«, zischte ich Soula zu, die hinter mir stand und sich nicht vom Fleck bewegte.

»Sei lieb«, sagte sie, nahm Alexis die Tüten aus der Hand und textete ihn auf Griechisch zu.

Er gab ein paar schüchterne Antworten zurück, während er seine Jacke und Schuhe auszog und mir nervöse Blicke zuwarf.

Mit mir sprach er kein Wort, als wir in die Küche liefen. Soula füllte die Stille, zeigte ihm alle ihre Küchenutensilien, und schließlich verzog sie sich nach einem Blick zu mir ins Wohnzimmer. Sekunden später war der Fernseher zu hören.

Wir wuschen uns die Hände und begannen mit der Arbeit. Es war wie im Prisma, wie am Anfang, nur dass jetzt ausschließlich er redete, um mir die Schritte zu erklären, während ich stumm blieb.

Zuerst war der Biskuitteig dran, den wir in einen Backring gaben und in den vorgeheizten Ofen schoben. Als Nächstes das Lemon Curd, das wir mit Quark und Mascarpone vermischten, sodass es zur perfekten Zitronencreme für das Innere der Torte wurde. Und zum Schluss war die Buttercreme für das Äußere dran. Nach einigen Minuten gab es nichts mehr zu erklären, da wir in den letzten Wochen mehrmals Torten zusammen gebacken hatten. Die Stimmen in der Reality-Show, die Soula schaute, waren so nervtötend laut, dass sie das Schweigen zwischen Alexis und mir noch schlimmer machten.

»Wieso Patisserie?«, fragte ich irgendwann, während ich Eier und Zucker in eine Schüssel gab und mit dem Schneebesen verrührte, ehe ich sie in ein Wasserbad stellte und Butter hinzugab. Mit irgendwas musste ich die Stille füllen, sonst würde ich durchdrehen.

»Was?«

»Wieso du dich für die Patisserie entschieden hast.«

Es dauerte eine gefühlte Ewigkeit, bis er antwortete, aber als er sprach, klang er dankbar. »Es hat damit zu tun, dass niemand sonst in meiner Familie großes Interesse daran hat. Mums Ding ist Kochen, Dad ist auf Getränke spezialisiert, und meine Brüder waren und sind auch keine Back-Fans. Julian hasst es, weil man sich dabei an noch mehr Regeln als beim Kochen halten muss. Nic mag kein Süßzeug, er kann sich höchstens für die Ästhetik davon begeistern. Aber *ich* habe gemerkt, dass ich mich in der Konditorei verwirklichen kann. Es war das erste Mal in meinem Leben, dass ich eine Leidenschaft hatte, die ich mir bei niemandem abgeguckt hatte. Und ich hatte die Gelegenheit, mich ohne den Einfluss meiner Familie zu entfalten, als ich auf der Kochschule war. Ich glaube nicht, dass ich von Anfang an gut war. Ich glaube, ich bin gut geworden, weil es Spaß gemacht hat. Gastro hat für mich immer Stress bedeutet. Kochen ist so hektisch und aufgeregt, alle brüllen durcheinander, es muss schnell, schnell gehen. Die Patisserie ist das exakte Gegenteil. Lässt man sich keine Zeit, geht es schief. Ich liebe die Ruhe, das Entschleunigte.«

Und ich *liebe es, dich darüber reden zu hören.*

Es war verdammt hart, ihn nicht anzustarren. Seine Worte klangen hingebungsvoll. Und sie weckten den Wunsch nach mehr in mir. Niemals hätte ich zu Beginn gedacht, dass ich ihn eines Tages verstehen würde.

»Wie lang dauert die Ausbildung?«, flüsterte ich.

»Im Restaurant drei Jahre.« Sein Blick brannte auf mir. »Aber die Kurse auf der Kochschule sind viel kürzer, manche kann man auch in wenigen Wochen absolvieren.«

Ich konnte mir gerade nicht leisten, in diese Richtung zu denken. Es war viel zu viel. Zudem war es erniedrigend. Wir waren gleich alt, und er war schon so weit. Aber vielleicht … eines Tages … vielleicht, wenn es mir besser ging?

Die nächsten Minuten konzentrierte ich mich auf die Creme und versuchte, mir nichts von dem Sturm in meinem Inneren anmerken zu lassen.

Sobald der Teig fertig gebacken abkühlte und die Butter- und Zitronencremes im Kühlschrank standen, lehnte sich Alexis gegen die Küchenanrichte gegenüber von mir und bohrte seinen Blick in meinen. »Du kannst nicht kündigen.«

»Ich hab schon gekündigt.«

»Wir wollen dich alle zurück.«

Warum machte er es mir so schwer?

»Ich bin ein Junkie.«

Das Wort ließ ihn nicht mal zusammenzucken. »Du gehörst in die Patisserie.«

Ein Stöhnen entwich mir.

Mit einem Tortenringmesser löste ich den Biskuitteig vorsichtig aus dem Ring und teilte ihn in drei gleich hohe Böden. Er machte Anstalten, mir zu helfen, aber mein Gesichtsausdruck hielt ihn davon ab.

»Der einzige Grund, aus dem ich gut war, bist du«, sagte ich, als ich fertig war und begann, die Böden mit Zitronencreme zu bestreichen und aufeinander zu stapeln. »Ich wollte dir gefallen.«

»Das ist Bullshit.« Er stieß sich von der Theke ab. »Es macht dir genauso Spaß wie mir. Schau dich doch an. Du vergisst alles um dich herum, während du in der Küche stehst.«

Ich konnte nur den Kopf schütteln. Die Panik schnürte mir die Kehle zu. Er hatte recht. Das war das Schlimmste. Es machte Spaß. Mir hatte noch nie etwas Spaß gemacht, was nicht schlecht für mich war.

»Wir brauchen dich«, fuhr er fort. »Dani und Ginevra schaffen das nicht ohne dich.«

»Sie haben dich«, murmelte ich.

»Ich fahre morgen nach London.«

Mein Herz setzte einen Schlag aus.

»Zu meinem Bruder«, sagte er sanft. »Also brauchen wir noch mehr Unterstützung in der Patisserie als sonst.«

Alles in mir zog sich zusammen. Ich wollte heulen, obwohl ich kein Recht darauf hatte.

Du kannst nicht gehen. Ich weiß, du hast mir nie gehört, aber ich will dich nicht verlieren.

Stattdessen versuchte ich zu lachen. »Ich könnte dich niemals ersetzen.«

»Du sollst mich nicht ersetzen, Echo. Du sollst einfach du sein.«

Ich wandte mich ab, holte die beiden Schüsseln mit Buttercreme aus dem Kühlschrank, füllte sie in zwei Spritzbeutel und machte mich daran, weiße Blumen auf die Außenseite zu spritzen. So wie Alexis es mir vor Wochen beigebracht hatte. Erst kleine, dann immer größere.

Währenddessen lief eine einzige Frage in Dauerschleife durch meine Gedanken. *Wie lang? Wie lang? Wie lang? Wie lang? Wie lang bleibst du in London?*

»Langsam«, wisperte er. Plötzlich stand er direkt hinter mir. Sein warmer Atem kitzelte mich. »Mach langsam.«

Ich versuchte zu gehorchen, während sich meine Nackenhaare aufrichteten und mein Herz immer schnell klopfte. Alles in mir schrie danach, herumzuwirbeln, mich auf die Zehenspitzen zu stellen und ihn …

Nein. Diese Zeiten waren vorbei. Ich würde ihn nicht fragen, wie lang er in London blieb, weil mich das nichts anging. Wir brauchten Abstand. Er musste sich um sich kümmern und ich mich um mich.

Sobald ich mit der weißen Creme fertig war, griff Alexis nach dem zweiten Spritzbeutel, in dem sich die gleiche Creme, aber mit gelber Lebensmittelfarbe vermischt, befand, und vervollständigte das Blumenmuster.

Wir waren uns unglaublich nah. Ich durfte ihn nicht küssen, aber ich konnte auch nicht mehr so tun, als wären wir entfernte Bekannte.

»Du hast die Wahrheit gesagt.« Meine Stimme klang belegt. »Ich bin so fucking stolz auf dich.«

»Nachdem du die Wahrheit gesagt hast. Ohne dich hätte ich das niemals geschafft.«

»Das ist Bullshit«, entfuhr es mir.

Unsere Blicke trafen sich. Er lächelte. Ich konnte nicht anders – ich musste es erwidern.

»Einigen wir uns darauf, dass wir alles zusammen geschafft haben?«

»Okay.« Mein Lächeln schwand. Ich stellte die Torte kalt, drehte mich wieder zu ihm.

Alexis trat einen Schritt auf mich zu. Nur noch Zentimeter zwischen uns. Ich ballte die Hände zu Fäusten und stieß ihn leicht zurück. Mit seinen langen Fingern umschloss er meine Gelenke, hielt sie fest. Er gab mir keine Chance, mich erneut zu wehren. Ruckartig zog er mich an sich. Im nächsten

Moment befand ich mich in seinen Armen. Ein leises Stöhnen entwich mir. Er umarmte mich, wie er mich von Anfang an umarmt hatte. Als wollte er mich nie mehr gehen lassen.

Und wenn er in London bleibt? Wenn er nicht zurückkommt, weil dort alles einfacher ist?

»Echo?«

Ich schlang die Arme um seine Mitte und presste mich ganz fest an ihn. »Was?«

Unaufhörlich strich er über meinen Rücken. »Ich bin auch so stolz auf dich.«

51. KAPITEL

Echo

High enough

Es war wirklich wie NA. Mit dem Unterschied, dass wir nicht in einem Stuhlkreis, sondern an mehreren zusammengeschobenen Tischen im Prisma saßen. Alexis hatte die Torte bereits angeschnitten und Stücke verteilt. Das war ein ziemlich guter Schachzug, da mich so nicht alle Anwesenden anstarrten, weil sie mit Essen beschäftigt waren.

Er saß neben mir, auf der anderen Seite Tori, dann Julian, Darcy, die beiden Aushilfskellnerinnen Banu und Piper, Ginevra, Dani, Rico und Thea. Ich hatte nicht mit der Chefköchin gerechnet, aber ich war froh, dass sie hier war, auch wenn ich mich schlecht fühlte, dass ich nicht auf ihre Mailboxnachricht geantwortet hatte. In der Snack Night vor ein paar Wochen hatte sie sich auch vor mir entblößt, also war es nur fair, wenn ich den Gefallen erwiderte.

Vielleicht war es sogar noch ein bisschen krasser als NA, weil ich mir bei den anderen hier nicht sicher sein konnte, dass sie genauso viel Scheiße wie ich gebaut hatten. Bis auf Theas Snack Night hatte ich an keiner mehr teilgenommen. Na ja, jetzt gab es kein Zurück mehr. Außerdem ging es nicht darum, dass sie mich sympathisch fanden. Noch nie hatte ich so lang in einem Job durchgehalten, und ganz egal, was nach heute geschah, ich wollte, dass sie wussten, wer ich war.

»Alexis und ich haben die Torte heute zusammen gemacht«, begann ich, als die Gespräche verstummten. »Aber da er noch immer nicht so Bock hat, vor euch zu reden, müsst ihr heute mich und meine Geschichte ertragen, sorry.«

Super. Grandioser Anfang.

Ich bekam ein paar schockierte Blicke ab, aber Alexis neben mir grinste, und das war alles, was zählte.

»Das war ein Scherz«, schob ich hastig hinterher. »Das hat nichts mit Bockhaben zu tun.« Ich räusperte mich. »Also die Torte hier hat ungefähr gar nichts mit der Inspiration dafür zu tun, aber wir sind ja in einem Sternerestaurant, deshalb dachte ich, ich muss mich auf euer Niveau begeben. Und immerhin stand mir die Expertise eures Patisserie-Stars zur Verfügung, also … Ja.« Prickelnde Wärme kroch meinen Hals empor, direkt in meine Wangen, und das verhasste Jucken war zurück, aber ich würde nicht aufgeben. »Ich habe mich für einen Zitronenkuchen entschieden, weil das der Kuchen war, den ich, seit ich denken kann, jedes Jahr von meinem Grandpa zum Geburtstag bekommen habe. Er kann nicht wirklich backen, deshalb habe ich jedes Jahr gehofft, er würde mir endlich einen kaufen oder es ganz sein lassen, damit ich nicht so tun muss, als würde er mir schmecken. Aber als ich dann meinen ersten Geburtstag ohne Luke verbracht habe, habe ich mir diesen trockenen, harten Brocken mit viel zu wenig Zucker zurückgewünscht.« Ich schaute auf, begegnete Toris Blick, da war so viel Zuneigung und Wärme in ihren Augen. Sie nickte mir zu. »Nach diesem Tag habe ich mir eine ganze Weile keine Gelegenheit mehr gegeben, Luke zu vermissen, denn mein ganzer Fokus lag darauf, wie ich mir den nächsten Rausch verschaffen konnte. Ich habe inzwischen drei Entzüge hinter mir, und ich träume noch immer von den

Highs, die ich am Anfang hatte. Ein derartiges High habe ich nie wieder erlebt. Dafür habe ich ein neues für mich entdeckt.«

Ich wagte es nicht, hochzuschauen, wollte die Gesichtsausdrücke nicht sehen, den Schock, das Mitleid.

Alexis nahm meine Hand in seine und drückte sie kurz, ehe er sie wieder freigab. Die Berührung schickte tausend kleine Stromschläge durch meinen Körper. Und sie gab mir die Kraft weiterzusprechen.

»Bis ich im Prisma angefangen habe, war ich nie lang genug nüchtern, um etwas zu finden, was mir wirklich Spaß macht. Womit ich meine unerträglich langen Tage füllen will. Die Wahrheit ist, seit Wochen fühlen sich meine Tage viel zu kurz an. Weil es nicht mehr nur darum geht, sie zu überstehen.« Ich schluckte hart, nahm meine Gabel in die Hand, spießte ein Stückchen von der Torte auf und schob es mir in den Mund. Die Säure der Zitrone mischte sich mit der butterweichen Creme und dem fluffigen Teig und zerging mir auf der Zunge. Gerade noch so konnte ich ein Stöhnen unterdrücken. »Bis ich im Prisma angefangen habe, habe ich nicht verstanden, wieso Menschen so viel Kohle für Essen ausgeben«, fuhr ich fort. »Essen war für mich immer nur ein Mittel zum Zweck, ich war oft angepisst, dass ich es überhaupt zum Überleben brauche. Die Arbeit in der Patisserie hat mir gezeigt, was Genuss bedeutet. Denn ein Dessert ist nie überlebenswichtig, es ist immer ein Extra, ein Luxus, etwas, das man sich gönnt, weil man sich selbst wertschätzt oder jemandem eine Freude machen will. Ich verstehe jetzt, wieso man stundenlang etwas kreiert, das dann in wenigen Minuten gegessen wird. Es geht nicht nur um das Ergebnis, sondern um den ganzen Prozess. Darum, sich in ihm zu verlieren. Und stolz auf sich sein zu können, da man etwas mit seinen eigenen Händen erschaffen hat, was vorher nicht da war. Etwas Schönes.«

Ich hob den Kopf und zwang mich, Alexis anzuschauen. Nur Alexis. »Das hast du mir beigebracht«, sagte ich leise. »Aber das bedeutet nicht, dass ich es nur mit dir kann.« Ich sah zu Thea. Tränenspuren glänzten auf ihren Wangen. »Wenn es okay ist, würde ich ab Montag wieder zur Arbeit kommen«, murmelte ich.

Sie nickte sofort. »Das ist mehr als okay, Echo. Du hast uns allen gefehlt.«

»Ja, Mann!«, rief Dani mit vollem Mund. »Wehe, du kommst Montag nicht zurück!«

Ginevra neben ihr nickte überschwänglich.

Ein Lachen entwich mir.

Plötzlich wurde Dani wieder ernst. »Ich schwöre, ich werde dir nie wieder ’ne Kippe anbieten.«

»Danke.« Ich musste lauter lachen. »Das wäre cool.« Dann schaute ich wieder in die Runde. »Achtung, jetzt wird’s richtig pathetisch.« Einige Mitarbeiter kicherten. Wärme füllte meinen Bauch. »Vielleicht geht es nicht nur beim Backen oder Kochen darum, den Prozess genau wie das Ergebnis zu zelebrieren. Vielleicht ist das der Grund, aus dem wir hier sind. Vielleicht machen wir hundertmal den gleichen Fehler, aber beim hundertersten Mal lernen wir dazu. Ich dachte immer, um ein Teil von etwas zu sein, muss ich erst fehlerfrei werden, aber das ist wohl Schwachsinn. Wahrscheinlich geht es darum, ein Leben lang dazuzulernen und zu kapieren, dass es allen anderen genauso geht.«

Tori begann zu klatschen, und erst verdrehte ich die Augen, doch dann klatschte einer nach dem anderen, selbst Alexis, und ich konnte mich nicht mehr gegen die Tränen wehren. Sie klatschten nicht nur, weil ich etwas besonders Tolles gesagt hatte. Sondern um mir zu zeigen, dass ich ein Teil von ihnen war.

52. KAPITEL

Alexis

The good in goodbye

Mum saß am Steuer, Julian neben ihr und ich auf dem Rücksitz. Früher hatten Nic, Jules und ich immer »Shotgun!« gebrüllt, wenn wir auch nur in die Nähe des Autos gekommen waren, und ich hatte jedes Mal verloren, weil ich nie so schnell wie die beiden gewesen war. Heute war ich freiwillig hinten eingestiegen, weil ich dankbar war, dass Julian überhaupt mit zum Bahnhof fuhr.

Als ich ihm geschrieben hatte, dass ich nach London zu Nic fahren würde, hatte er stundenlang überhaupt nicht reagiert. Irgendwann war er zusammen mit Tori in der Patisserie aufgetaucht – sie hatte ihn dem Anschein nach an der Hand gepackt und dorthin geschleift –, hatte sich zu einem Lächeln gezwungen und *»Ich unterstütze alles, was dir hilft, Alex«* hervorgebracht.

Als Nächstes hatte er Mum angerufen, um sie darüber in Kenntnis zu setzen. Am Tag darauf war sie wieder zur Arbeit erschienen. Von Julian erfuhr ich, dass sie Dad rausgeschmissen hatte.

Ich wollte keine Details. Ich wollte nicht wissen, wie das Gespräch mit ihm verlaufen war, was in der Zukunft passieren würde. Ich wollte mich einfach nur auf mich konzentrieren.

Während Goldbridges Straßen an uns vorbeiflogen, verband Julian sein Handy mit dem Aux-Kabel und tippte auf dem Bildschirm herum. Im nächsten Moment erklangen die ersten Töne von »Build Me Up Buttercup«.

Für ein paar Sekunden versteifte ich mich.

»Mach das aus.« Mums Stimme klang ruhig, aber das hatte nichts zu bedeuten. Sie war eine Meisterin im Schauspielern. »Julian, mach das aus.«

Er machte es nicht aus. Er drehte die Lautstärker höher.

»Nein!«, rief er so laut, dass wir ihn über die Musik hinweg verstehen konnten. »Das ist *unser* Lied! Wir sind eine Familie. Wir drei, genau hier! Das dürfen wir uns nicht zerstören lassen, nur weil es ein paar Mitglieder in dieser Familie gibt, die sich wie Arschlöcher verhalten!« Und dann begann er lauthals mitzusingen. »I need you – I need you! More than anyone, darling, you know that I have from the start, so build me up – build me up! Buttercup, don't break my heart!«

Ich sollte ihn anbrüllen, sollte mich auf Mums Seite schlagen, doch eine Sekunde später lachte ich los. Es klang so bescheuert. Und es war so Julian. Die Welt ging unter, und er versuchte verzweifelt, Stimmung zu machen.

Mum legte eine Vollbremsung vor einer roten Ampel hin, wandte sich zu ihm und schnappte sich das Handy, war drauf und dran, das Kabel rauszureißen. Aber da begann ich mitzusingen. Ungefähr genauso schief wie Julian, wenn nicht noch schiefer.

Mum ließ das Handy los, drehte sich zu mir um und starrte mich voller Entsetzen an.

Ich zuckte mit den Schultern und sang lauter, Julian feixte, und dann erklang von hinten ein Hupen, und Mum musste weiterfahren. Als wir beim letzten Refrain angekommen waren, fiel sie mit ein. Eine Träne lief ihr über die Wange, aber sie sang trotzdem. Von uns allen konnte sie am besten singen.

Eine Gänsehaut überzog meine Arme. Ja, unsere Familie lag in Trümmern. Nein, ich hatte keine Ahnung, ob wir das wieder geradebiegen würden. Ich wusste nicht mal, ob ich meinen Vater jemals wieder sehen wollte. Aber Julian hatte recht. Wir waren hier. Wir waren auch Teil dieser Familie. Und wir würden nicht aufgeben.

Als wir auf dem Parkplatz vor dem Bahnhof zum Stehen kamen, drehte sich Mum erst zu Julian, dann zu mir, griff nach unseren Händen und umklammerte sie. »Ihr seid das Beste, was ich jemals hervorgebracht habe«, sagte sie. »Ich liebe euch so sehr. Und es tut mir so …«

Ich schüttelte den Kopf.

Julian fing meinen Blick auf und strich Mum über den Handrücken. »Wir lieben dich auch, Mum. Wir schaffen das irgendwie. Wir schaffen es doch immer.«

Die nächsten Minuten vergingen rasend schnell. Wir holten meinen Trolley aus dem Kofferraum, liefen zum richtigen Gleis, umarmten uns wieder und wieder. Es war kurz nach elf, am Bahnhof war kaum was los. Dazwischen checkte ich mein Handy mehrmals nach neuen Nachrichten. Nichts. Als Echo und ich uns gestern nach der Snack Night verabschiedet hatten, hatte ich ihr eine Nachricht mit meiner Abfahrt geschickt. Sie hatte mir nicht darauf geantwortet. Es war okay. Es war okay. Es war okay. Sie musste auf sich achten, so wie ich auf mich achtete. Doch obwohl ich mich auf London und Nic freute, spürte ich einen Stich, als der Zug einfuhr.

Mum umarmte mich ein letztes Mal. »Pass auf dich auf«, sagte sie schniefend. »Grüß Nicolas. Und nimm dir so viel Zeit, wie du brauchst. Ich meine es ernst – denk nicht an uns oder ans Prisma. Wir haben alles unter Kontrolle.«

Das war eine Lüge, aber ich kam damit klar. Es war in Ordnung, nicht immer alles unter Kontrolle zu haben.

Ich lächelte sie an und wandte mich Julian zu, der seine Arme um mich schlang. »Hör nicht auf sie. Komm bitte so schnell wie möglich zurück.« Mum gab ihm einen Klaps auf die Schulter, ich lachte. Und dann erklang seine Stimme erneut, leiser, nur für mich bestimmt. So leise, dass ich mir nicht sicher war, ob ich es mir einbildete: »Komm bitte nicht ohne ihn zurück.«

Als er zurückwich und mich angrinste, war es, als wäre der Moment nicht geschehen. Ich hatte es gewusst. Sosehr Julian Nic verfluchte, er war unser großer Bruder. Und das würde er immer sein.

Mit einem Ächzen kam der Zug zum Stehen, und die Türen öffneten sich. Vereinzelt kamen ein paar Leute heraus. Mir blieben noch fünf Minuten bis zur Abfahrt.

Julian schlang Mum einen Arm um die Mitte, die sich alle Mühe gab, ihre Tränen zu verstecken. »Komm, wir gehen. Es gibt nichts Schlimmeres, als am Gleis zu stehen und zu beobachten, wie jemand abhaut. Bye, Alex! Schick Bilder und so. Aber bitte keine Selfies mit dem Scheißverräter, die will nämlich wirklich niemand sehen!«

»Jules!«, herrschte Mum ihn an, aber dann mussten wir alle lachen.

Ich sah ihnen hinterher, wie sie in Richtung Treppe liefen, die sie wieder zu den Parkplätzen bringen würde. Und dann vibrierte mein Handy. Eine neue Nachricht.

Nic: *Was willst du zu Mittag essen?* 😂

Enttäuscht ließ ich es zurück in meine Tasche gleiten. Es war okay. Ich war okay. Ich würde jetzt in diesen Zug steigen. Ich musste nicht mit ihr reden, um ...

»Alexis!«

Ich wirbelte herum.

Da rannte jemand auf mich zu. Weder Mum noch Julian. Die waren kurz vor der Treppe wie angewurzelt stehen geblieben und starrten auf die Gestalt, die an ihnen vorbeiraste.

Kurzerhand ließ ich den Griff des Koffers los, befreite mich von meinem Rucksack, der mit einem Poltern zu Boden ging, und begann ebenfalls zu rennen.

Schwer atmend blieben wir voreinander stehen.

Sie trug das dunkelblaue Kleid und die goldene Jacke. Wie in jener Nacht. Ihre Augen waren flüssiges Silber, ihre Wangen rot.

»Du bist hier«, flüsterte ich.

Echo warf sich in meine Arme, und ich drückte sie fest an mich.

»Sorry, dass ich zu spät bin«, murmelte sie an meinem Hals. »Ich wollte eigentlich nicht kommen. Ich dachte, ich ... Sorry, das ist so eine klischeehafte Abschiedsszene ...« Sie hob den Kopf, und ich nahm ihr Gesicht zwischen meine Hände.

»Es ist alles gut.«

»Nein, nein, ich muss dir noch so viel ... Ich ... ich hab dir nie gesagt, wie ...« Sie atmete hektisch. »Ich ...«

»Du musstest es nicht sagen«, wisperte ich. »Ich habe dich auch so gehört.«

Sekundenlang sahen wir uns an, ertranken im Blick des anderen. Tränen liefen ihr über das Gesicht, aber sie nickte.

Sanft strich ich ihr mit den Daumen über die Wangen. »Gehst du mit mir auf dieses Date, wenn ich zurückkomme?«

»Du ... kommst zurück?«

Mir entfuhr ein Lachen. »Natürlich komm ich zurück.«

»Versprich es mir.«

»Ich verspreche es dir.«

Noch eine Minute bis zur Abfahrt.

Ich gab sie frei, nur um ihre Hand zu nehmen und sie zu meinem Gepäck zu führen.

Mein Herz klopfte wie verrückt. »Also? Date? Ja? Nein? Vielleicht?«

Stöhnend verdrehte sie die Augen. Erneut musste ich lachen.

Und dann passierte es wie von allein. Ich wusste nicht, wer zuerst näher kam, aber plötzlich war da kein Abstand mehr zwischen uns. Sie schlang ihre Arme um meinen Hals, ich meine um ihre Mitte, und schon berührten sich unsere Lippen. Stürmisch, wild, hungrig. Der Kuss riss mich in Stücke, nur um mich Sekunden später wieder neu zusammenzusetzen. Er erinnerte mich daran, wer ich sein wollte. Nicht, wer ich war, denn das war nicht in Stein gemeißelt, das wusste ich jetzt. Echos Worte von gestern Abend kamen zurück. *»Das hast du mir beigebracht. Aber das bedeutet nicht, dass ich es nur mit dir kann.«*

»Schmeckt nach Ja«, sagte ich, als wir uns voneinander lösten. Ich schulterte meinen Rucksack, griff nach meinem Koffer, hievte beides in den Zug und drehte mich ein letztes Mal zu ihr um.

»Ach, sei ruhig.«

Ich lachte. Und dann wurde ich wieder ernst. »Hey, Echo?«

Eine elektronische Ansage ertönte. Der letzte Aufruf zum Einsteigen.

Rückwärts stieg ich in den Zug.

»Eines Tages will ich auch von dir geliebt werden.«

Die Türen schlossen sich zischend.

Echo ließ ihren Tränen freien Lauf. Aber sie lächelte.

Mein Gott, wie sie lächelte.

TRIGGERWARNUNG

Dieses Buch enthält potenziell triggernde Inhalte zu folgenden Themen: Drogensucht, Alkoholismus, Drogenmissbrauch, Suizid, Tod, Trauer, häusliche Gewalt, emotionale Manipulation und Panikattacken.

Nachwort

»Sein Schweigen war eine psychische Krankheit. Alles in mir wehrte sich gegen diesen Begriff, genau wie ich mich dagegen gewehrt hatte, meine Sucht als Krankheit zu akzeptieren.«

Echos und Alexis' Probleme haben verschiedene Ursachen und äußern sich auch unterschiedlich, aber eines haben sie gemeinsam: Es handelt sich bei beiden um psychische Krankheiten. Und wie bei allen Krankheiten führt kein Weg an externer Hilfe vorbei. Das kann eine Therapie sein, eine Selbsthilfegruppe oder ein Gespräch mit einer Vertrauensperson und/oder einer Fachkraft. Ich weiß, es ist alles andere als einfach, sich Hilfe zu suchen. Ich weiß auch, dass es oftmals nicht beim ersten Versuch klappt. Außerdem versucht die Krankheit einem weiszumachen, dass man alles unter Kontrolle hat, dass niemand es verstehen wird, dass man allein ist, dass es nichts bringen wird. Das ist nicht die Wahrheit. Es ist ein Symptom der Krankheit. Es gibt so viele Menschen da draußen, die verstehen, und so viele Heilungswege.

Hier findest du rund um die Uhr Hilfe und jemanden zum Reden:

Telefonseelsorge: 0800/1110111 oder 0800/1110222 oder per Mail und Chat unter online.telefonseelsorge.de. Alles anonym und kostenlos.

Für Kinder und Jugendliche: 0800/1110333.

Auch unter www.nummergegenkummer.de findest du Hilfe via Telefon und Mail.

Die Sucht & Drogen Hotline ist unter der Telefonnummer 01806/313031 zu erreichen. Sie bietet telefonische Beratung, Hilfe und Informationen durch erfahrene Fachleute aus der Drogen- und Suchthilfe. An die Sucht & Drogen Hotline können sich sowohl Menschen mit Suchtproblemen als auch deren Angehörige wenden.

Falls du nicht betroffen bist: Es ist einfach, Menschen zu verurteilen, deren Erfahrungen man nicht teilt, und sie als schwach und kompliziert abzustempeln. Es ist viel härter, empathisch zu sein, gegen die eigenen Vorurteile anzukämpfen und ihnen ein offenes Ohr anzubieten, auch oder gerade wenn man ihr Verhalten nicht versteht. Ich hoffe, dass dich Echos und Alexis' Geschichte dazu inspiriert, öfter den zweiten Weg zu wählen. 😊

Danksagung

Während ich diese Worte schreibe, erreichen mich immer wieder Rückmeldungen zu *The Way I Break,* Band 1 meiner Hungry-Hearts-Reihe, deshalb beginne ich diesmal mit euch, liebe Leser*innen: Danke, danke, danke für all eure Nachrichten, Bilder und Lese-Updates. Eure Begeisterung wird nie selbstverständlich für mich sein! Mit jeder Weiterempfehlung sorgt ihr dafür, dass ich motivierter bin. Es ist ein Privileg, dass ihr meine Geschichten lest und fühlt.

Danke für die stetige Unterstützung und die schöne Zusammenarbeit an das gesamte Penguin-Team, an meine Lektorinnen Laura und Melike und an meine Agentur erzähl:perspektive!

Wie immer auch ein riesengroßes Dankeschön an meine Lieblingsmenschen: Lea, Jonas, Effi, Maria, Mewa, Juli und die üblichen Verdächtigen. Ihr seid der Grund dafür, dass meine Schreibwelt nicht mehr meine liebste Welt ist.

Danke fürs Verstehen, Mitfühlen, Aushalten und Feiern. Und danke für die Rückmeldungen zu dieser Geschichte, die ich mir an schlechten Tagen so oft anhöre und durchlese, dass meine Zweifel keine Chance haben!